RIDERS OF THE PURPLE SAGE
紫艾草骑士

〔美〕赞恩·格雷 著

吴建国 译

人民文学出版社

Zane Grey
Riders of the Purple Sage

Copyright © Zane Grey，1912
Simplified Chinese edition copyright © 2023 Shanghai 99 Readers' Culture Co. Ltd.
All rights reserved.

图书在版编目(CIP)数据

紫艾草骑士/(美)赞恩·格雷著；吴建国译.—北京：人民文学出版社,2023
(20世纪现代经典文库)
ISBN 978-7-02-017840-7

Ⅰ.①紫… Ⅱ.①赞… ②吴… Ⅲ.①长篇小说-美国-现代 Ⅳ.①I712.45

中国国家版本馆CIP数据核字(2023)第048321号

责任编辑　卜艳冰　骆玉龙
封面设计　钱　珺

出版发行　人民文学出版社
社　　址　北京市朝内大街166号
邮政编码　100705

印　　制　山东临沂新华印刷物流集团有限责任公司
经　　销　全国新华书店等

开　　本　890毫米×1240毫米　1/32
印　　张　13
字　　数　303千字
版　　次　2023年6月北京第1版
印　　次　2023年6月第1次印刷

书　　号　978-7-02-017840-7
定　　价　69.00元

如有印装质量问题,请与本社图书销售中心调换。电话:010-65233595

开创美国西部小说先河的经典之作
评赞恩·格雷与《紫艾草骑士》

一

在名家辈出、群星璀璨,素有"第二次繁荣"或"二十世纪文艺复兴"之称的美国现代文学史上,赞恩·格雷(Zane Grey, 1872~1939)也许是一位长期远离"严肃文学"批评家们视线的通俗小说家。然而,大半个世纪以来,他在普通读者中却极负盛名。他对美国大西部山野风光浓笔重墨的描绘,他精心构设的那些惊天地、泣鬼神的故事场面和曲折离奇、令人回肠荡气的情节,他发人深省地塑造出的那些疾恶如仇、义薄云天的英雄豪杰,他独特的叙事艺术和幽默诙谐的语言风格,以及他埋藏在作品字里行间的生态意识和人文情怀,一直深受历代读者大众的喜爱。

二十世纪初叶,美国的新老作家们在欧洲新思潮的影响下,开始逐渐摈弃保守的"斯文传统",以各自不同的生活阅历、思想轨迹和审美标准,努力探索新的思路,寻找新的突破,开拓新的文学疆域,力图以全新的艺术表现形式去描绘风雷激荡的社会风貌,展现传统的价值体系和伦理规范处于转型期的各种尖锐矛盾,揭示现代人的忧患意识和精神危机。这使这一时期的美国文学呈现出形态多样、异彩纷呈、一派繁荣的景象。我们不妨这样说,美国现代主义文学高度发展的时代,就是一个以轰轰烈烈的"自我发明"为其主要特征的时代。

在这个"文学的黄金时代"里,赞恩·格雷以一个职业作家所特有的胆识、敏慧和坚韧不拔的精神，孜孜以求地在他所认定的文学领域里辛勤耕耘着。他另辟蹊径，以自己独树一帜、石破天惊的一系列脍炙人口的作品，开创了美国"西部小说"的先河：他一生创作了八十余部以美国大西部为题材的长篇小说和大量短篇小说；他曾经创下过连续十年（1917～1926）名列美国权威期刊《书籍与文人》月刊（*Books and Bookmen*）十大畅销书排行榜的惊人纪录，销售量逾四千万；他的作品被翻译成了二十多种文字，在世界各地广为流传；迄今为止，根据他的小说改编、拍摄的电影至少已有一百部之多，许多导演和演员也因此而得以成名。

赞恩·格雷在他众多的作品中所创造的异乎寻常的形象世界，无疑具有一定的典型意义，并对美国通俗文学的创作范式和具有拓荒精神的美国文化的发展产生了不可忽视的影响。在各种文学流派纷呈、文学批评走向多元化的今天，这位颇有建树、被誉为"美国西部小说之父"的作家，业已重新成为人们所关注和研究的对象，这一点是完全可以理解的。

二

赞恩·格雷于1872年1月31日出生在美国俄亥俄州曾斯维尔市的一个贵族世家。他父亲，作为当地赫赫有名的农场主和医术高明的牙医，一心希望他长大之后能子承父业。岂料，事与愿违。赞恩·格雷自幼就喜爱文学，阅读了大量纪实和历险小说，尤其热衷于詹姆斯·费尼莫·库珀以美国西部边疆惊心动魄的斗争为题材的"皮袜子系列小说"[1]，并立志要成为一名作家。

---

[1] 奠定了库珀在美国文学史上的地位的作品，乃是他以美国边疆开拓为题材的系列小说，即以猎人纳蒂·班波（绰号"皮袜子"）为中心人物的五部曲，按写作顺序为：《开拓者》《最后的莫希干人》《草原》《探路者》和《打鹿将》。

1896年从宾夕法尼亚大学牙医学专业毕业之后不久,赞恩·格雷即开始在纽约开业行医。然而,他的兴趣依然是文学创作。在此期间,他以自己的祖先为创作原型,写出了他的第一部饶有兴味的边疆历史小说《贝蒂·赞恩》(*Betty Zane*, 1904),并自费出版了这本书。此后,他继续以其家族历史为背景,创作并自费出版了他的第二部长篇小说《边境精神》(*The Spirit of the Border*, 1905)。从此,在妻子琳娜·罗斯的支持和鼓励下,他弃医从文,创作热情一发而不可收。他早期的作品大多以西部边疆的历史故事为题材,虽然充满冒险与传奇,也不乏精妙之处,但在风格和表现形式上仍未摆脱库珀的影响,也未充分展现出真正意义上的西部边疆的精神风貌,因而屡遭出版社退稿。之后,他深入美国大西部的高山峻岭,实地了解当地居民的现实生活状况,采访了许多传奇式的人物,为他的小说创作收集了大量第一手资料和素材,也使他对自己的创作样式进行了深刻的反思。在此基础上,他写出的《大漠遗产》(*Heritage of the Desert*, 1910)终于被哈珀斯出版公司所接受,并在《哈珀斯》月刊上连载,引起了不小的轰动。这部小说的成功,不仅坚定了他要成为职业作家的信心,也为他赢得了可观的收入,使他作出了举家迁往加利福尼亚州、专心于"西部小说"创作的决定。两年之后,他的代表作《紫艾草骑士》(*Riders of the Purple Sage*, 1912)问世。这部经久不衰、在美国几乎家喻户晓的小说,奠定了他畅销小说家的声誉。"西部小说"所拥有的庞大的读者群和巨大的商业利润,不仅使哈珀斯出版公司从此对赞恩·格雷的书稿来者不拒,也使其他各家出版公司或竞相与他约稿,或寻求与他相类似的作家,从而激发了美国"轻松文学"、尤其是"西部小说"的兴盛与发展。

在二十世纪前三十年中,赞恩·格雷几乎以每月十万字、每年出一部小说的惊人速度,在"西部小说"这一独特的文学领地里笔耕不辍。为了不使创作的源泉枯竭,在写作过程中,赞恩·格雷不仅勤于研读和思考,同时也以敏锐的目光观察和审视着发生在西部的各类重大事件,以严峻的态度记录着自己和周围人对现代生活的真切感受,甚至包括人们谈话的内容和言语,他不断探索和创新,以期能在继承传统的同时,也使自己的作品更真实、更生动、更丰满地反映美国西部的风土人情和历史文化特征。他曾写道:"的确,我的一切创作天赋和灵感均源自于大西部。大西部荒凉的大漠、无尽的美景、丰富的色彩以及绚丽多姿的生活,既是我的至爱,也始终是我的文学创作的全部意义所在。"①

在波及全球的"经济大萧条"期间,"严肃文学"和出版业均受到了前所未有的冲击。然而,赞恩·格雷的创作生涯却几乎未受影响,这主要得益于美国电影业在这十年间得到了蓬勃的发展。在这一时期,他的作品几近一半被好莱坞各大影业公司改编、拍摄成了电影。他数量惊人的作品,不仅使他的名字在全美几乎妇孺皆知,可观的稿费收入也使他成为美国屈指可数、能够"以文养文"的百万富翁小说家之一。即便如此,他仍坚持不辍地探索着美国西部的未知领域,创造着为读者大众所喜闻乐见的文艺作品,直至他因心脏病突发,于1939年10月23日在洛杉矶与世长辞。他晚年曾这样写道:"所谓人类文明的成果,连同人们所创作出的文学作品,终究会从地球上消失,然而,那些红色的巍然耸立的悬崖峭壁、紫色的原野、直冲霄汉的石碑、广袤无垠的苍茫大地,却不会显现出能够让人感知到的变化。"②

---

① 斯蒂芬·J. 梅,《赞恩·格雷:西部传奇》,俄亥俄大学出版社,1997年,第52页。
② 托马斯·H. 波利,《赞恩·格雷:他的生活、历险与女人》,芝加哥:伊利诺伊大学出版社,2005年,第278页。

三

　　《紫艾草骑士》是赞恩·格雷的众多"西部小说"中最富原创性、思想内容最为复杂，因而也是他最具代表性的一部作品。小说以爱情为主线，时代背景为1871年的美国大西部，故事场景设置在犹他州的南部边疆，主要情节围绕年轻、漂亮的女主人公简妮·威瑟斯汀的生活而展开，描写她如何为捍卫女性的权力和尊严，与她自己所信奉的摩门教中的黑暗势力相抗争，最终战胜邪恶、找回自我和真正的爱情的人生经历。

　　简妮·威瑟斯汀是一位十分富裕的农场主的独生女。她继承了父亲在犹他州南部边疆所创下的规模庞大的农场、房地产和万贯家业。她性格温柔、乐善好施、同情穷人，利用父亲当年所创立的多种产业和传给她的巨额财富来济贫帮困、感化恶徒、发展教区事业，无论对信奉摩门教的村民和不信奉摩门教的外来移民，她都一视同仁，使这座位于高山峻岭中的小山村得以在和平、友好的环境下兴旺发达，百姓安居乐业。

　　然而，她父亲在临终前曾留下过一条不可理喻的遗嘱，命她嫁给摩门教大权在握的长老塔尔。由于为富不仁的塔尔奉行的是摩门教古老的"一夫多妻制"，且早已妻妾成群，崇尚自由与现代生活的简妮便不愿遵从父命。塔尔不仅觊觎着简妮的绝色美貌，更图谋霸占她的巨额家产。他软硬兼施，不断向简妮施加压力，并公报私仇地逮捕了简妮的男友温特斯，以此为筹码，威逼简妮与他成婚。在塔尔及其手下正准备对温特斯施用酷刑的危急关头，威震四方、令摩门教徒闻风丧胆的枪手拉西特突然不期而至，并仗义出手，解救了温特斯。救命之恩和对这位一身豪气的骑士的景仰，使简妮对拉西特产生了爱慕之情；塔尔的所作所为非但令简妮极为反感，而且使她对自己一向笃信不疑的宗教教义产生了怀疑。她的公然抗命和对被摩门教视为死敌的拉西特和温特斯的友好态度，使塔尔恼羞成怒，被激化的矛盾发展到了白热化的程度。

以戴尔主教和塔尔长老为首的摩门教中的邪恶势力为了逼迫简妮就范，控制和蚕食她的庞大产业和财富，甚至不惜暗中勾结藏身于"迷魂谷"中的惯匪和盗马贼，对简妮进行了一系列令人发指的压制和迫害：她的行动处处受到监视，牲畜成批地失踪，农场的员工和身边的女佣纷纷不辞而别或背叛了她，家中的房产、契约全被盗走，恐吓和冷枪不断，对拉西特的数次未遂的暗杀……迫于无奈，简妮在拉西特、温特斯等非摩门教朋友的帮助下，与摩门教中的黑暗势力展开了一次次血雨腥风的公开较量。温特斯在"迷魂谷"中孤身追查失踪的牲畜群的下落和盗马贼的藏身之地时，与匪首老圈手下的那位恶名昭彰的"蒙面骑士"意外相遇。一场恶战后，温特斯击毙了他的随从，打伤了"蒙面骑士"，不料却发现，"他"竟是一名美若天仙的少女。于是，他救活了她，并在"奇异谷"中为她疗伤。在孤男寡女、朝夕相伴的处境中，他们相爱了，进而又发现了隐藏在山中的秘密——天然金矿。简妮和拉西特在杨树村与腐败透顶的摩门教中的权势人物进行殊死拼搏的过程中，也将友情发展成了爱情。

为了复仇，为了保护简妮、拯救被拐走的简妮收养的干女儿小菲，拉西特冒着生命危险，亲手杀死了戴尔主教，并放火烧毁了威瑟斯汀庄园。在逃往"奇异谷"的途中，这对情侣与向往新生活、准备奔赴伊利诺伊州的温特斯和贝丝意外重逢。简妮将自己的最后一份家产——她心爱的赛马——赠给了这对恋人，与拉西特和小菲一同躲进了"奇异谷"。在以塔尔为首的摩门教徒即将追入谷中的紧要关头，拉西特推翻了谷口的"平衡石"，永远封闭了"迷魂谷"的出口处。"平衡石"的倒塌所引发的山体垮塌，也将塔尔及其追随者们彻底埋葬在滚滚而下的泥石流中。

四

《紫艾草骑士》是一部内容复杂、涉及多主题的长篇小说，尤以批判宗教的虚伪性和揭示现代人的信仰危机为其主要特色。它并非完全靠情节取胜，与大多数以除暴安良、匡扶正义、英雄救美等为主题的程式化的西部小说大不相同。从某种意义上说，它也是一部题材严肃的文学作品。作者在这部小说中所虚构的杨树村，是一个摩门教占主导地位的社区，是简妮·威瑟斯汀的父亲亲手创立的，因此，简妮也是这片土地当然的权威和首领，对村中绝大多数财富和房地产享有合理合法的继承权：

想到这里，她叹了口气，脑海里浮现出当年的情景——父亲在犹他州南部这片最为偏僻的边缘地区建立了这座小山村，并把整个村寨传给了她。她拥有这个村落所有的地产和众多的房屋。威瑟斯汀庄园是她的，这座规模庞大的农场，连同农场里成千上万的牲畜，以及那些在紫艾草原上奔行速度最快的骏马也是她的。琥珀泉的所有权也属于她，琥珀泉的泉水养育了这座小山村青翠的草木，为这座村落带来了盎然的生机和秀丽的景色，使生命在这荒无人烟的紫色高原上得以繁衍生息。无论杨树村发生什么事，她都无法置身事外、避而远之。

如同其他经典历史小说所描写的那样，美国大西部的文化在读者眼中往往积淀着深刻而又丰厚的宗教隐喻意义。在西部边疆早期的发展历程中,城镇或村落大都是由个人所缔造的,而缔造这一人文社区的被具象化了的人,便是上帝的化身,拥有至高无上的权力。创立基业的物质基础是富有灵气的泉水,而泉水则是创造生命、使万物得以繁衍昌盛的象征。

依据这一原理,赞恩·格雷在这部作品中也将美国大西部的此类原型特征隐喻化地呈现在读者眼前。小说中的简妮代表着杨树村约定俗成的制度、宗教和伦理法则。然而,她心地善良,崇尚和平与自由,热爱安宁、和谐的田园式生活环境。简妮祈求的是,她生活中的那份宁静和甜蜜不要长此以往地受到搅乱。她甘愿为她的黎民百姓多做善事、多谋福利,而且要比过去做得更多、更好……教区里信奉摩门教的村民们与不信奉摩门教的外来移民之间若发生纠纷,她就会深感不安。她总是以救世主的形象出现在她的民众面前。因此,尽管她明知摩门教中的黑暗势力用心险恶,对她的压制和迫害不断升级、越演越烈,她仍对自己的地位和信仰抱有不切实际的幻想,甚至费尽心机地要解除拉西特的武器,想以此来阻止流血事件的发生,保护她那些信奉摩门教的村民。拉西特后来在一次谈话中指责她说:"我说的糊涂,是指那种遮住了你的双眼、使你看不到事实真相的糊涂。我认识许多心地善良的摩门教徒。但是,也有一些摩门教徒的心比地狱还黑。即使你明明知道了,你也视而不见。"然而,残酷的现实最终还是使她醒悟过来,使她开始质疑摩门教教义的权威性,质疑她的主教、长老、牧师们的言行和动机。在严酷的事实面前,她终于明白,罪恶往往会以善举的幌子堂而皇之地出现;在缺少法制、混乱无序的时代里,正义有时也要靠以眼还眼、以牙还牙的暴力才能得到伸张;在宗教、伦理、法律机器都无法正常运转的社会里,自我价值的实现,不可能仅凭善意的感化和墨守成规的宗教教义,而要靠个人的睿智、胆略和过人的本领；掌管女人命运的人并不是上帝，也不是教会，而是她自己。这种极端化的自由思想和个体精神的张扬，正是美国西部浪漫传统的典型特征，也是美国文化中的重要组成部分。

《紫艾草骑士》的主题思想是多角度、多方位的，包容了作者对财富、道义、爱情观、贞操观、救赎论、个体主义、孤立主义、女性主义、伦理价值判断、宗教信仰自由等一系列严肃的社会问题的看法。作者在小说中所着意塑造的独行侠杰姆·拉西特，是西部小说中具有代表性和象征意义的英雄形象。他一身黑衣、独来独往的被人格化了的个性品格，即体现了他作为非正统派主角（anti-hero）的存在价值。他在危急关头出手解救温特斯的侠义之举，以及他独特的行事作风（例如：他爱马胜于爱己，枪械从不离身，对简妮以礼相待，言语不多但光明磊落、一身正气的侠骨情怀），既突显出他高大丰满、具有中世纪骑士的风范和正义感的游侠形象，同时也确立了他作为一个集众多谜底于一身的神秘人物（enigmatic protagonist）在这部作品中的重要地位。

赞恩·格雷在小说中所精心设计的这位英雄人物，是一个思维敏捷、行动果敢、武艺高强、举止温文尔雅、却又始终面带忧色的中年汉子，然而，他同时也是一个对摩门教徒怀有刻骨仇恨的冷面杀手。凝结在他身上的这些极具个性却又相互矛盾的特征，使他在周围人的眼中越发显得高深莫测，令人望而生畏。他的名字令摩门教徒闻之色变，有关他的各种传闻更是沸沸扬扬、莫衷一是。他一直在苦心孤诣地追查他失踪的妹妹米莉·欧尼的下落，追查绑架他妹妹的摩门教的凶手，长达十八年的追踪和寻仇生涯，使他踏遍了大西部地区的山山水水，使他对摩门教徒充满了仇恨，也使他成了西部地区赫赫有名、令摩门教徒们闻风丧胆的枪手。对摩门教徒的生活方式，拉西特始终持怀疑态度，而且认定，摩门教自古以来所遵从的教义本身就存在严重的弊病。因此，他对摩门教的蔑视态度，在本质上已经不再是一个宗教信仰的问题，而是一个社会的和伦理的问题。他说："这些摩门教徒的思想大有问题呢。你在哪儿听说过这种事情，一个摩门教徒已经有老婆了，居然还可以再娶一个女人，还大言不惭地说，这是在尽义务呢？"拉西特是一个无神论者，也不受任何宗教教义的束缚。他遵循的是自己的价值判断体系，将匡扶正义和有仇必报视为高于一切的真理。在简妮的感化和爱情的作用下，拉西特的价值判断体系的确曾发生过动摇。然而，当摩门教长老们重蹈覆辙，如同当年绑架米莉·欧尼的女儿贝丝一样绑架了小菲时，拉西特又恢复了他的侠骨雄风和复仇心理，在教堂里当众杀死了戴尔主教，用枪杆子使正义得到了伸张。

五

爱情是人类生活永恒的主题，也是文艺创作永恒的主题。《紫艾草骑士》的另一重要主题，便是贯穿在整个故事情节之中的男女主人公之间错综复杂的情感纠葛和爱情故事。作者试图通过他所描绘的人物和环境向读者宣示，男女之间的纯洁爱情是人类最为高尚的情感，其作用是强大无比的，爱情可以改变人生的轨迹，甚至重塑人的信仰。

这部小说的另一中心人物是伯恩·温特斯。他既是一名受雇于简妮的非摩门教的骑手，也是简妮的男友。他对简妮怀有深深的感恩之情，与她结下了义薄云天的友谊，同时也对她怀有朦朦胧胧的爱意，却又深知这是不可能的。因此，他的思想感情十分复杂。温特斯身上具有诸多与拉西特相平行的特点，也体现了西部小说中英雄人物的诸多特征。但是，他遵循的是自己的荣誉准则和行为法则。当他重创了老圈的蒙面骑士，却发现"他"竟是一名妙龄少女时，他毫不犹豫地救活了她，并悉心照料她恢复了健康，实践了他"从不伤及女人"的骑士品格。在"奇异谷"中，在与贝丝朝夕相处的日子里，他对她的感情，由原先的憎恨和厌恶逐渐转为同情和怜悯，继而又化成了纯洁、真挚的爱情。温特斯与贝丝之间的关系，是这部小说情节发展的另一条主线，也是他的生活信念和性格得以转变的关键要素。

温特斯之所以在杨树村备受塔尔之流的迫害，不仅因为他是一名不信奉摩门教的外来移民，更因为塔尔追求简妮不成而迁怒于他，既视他为情敌，也视他为巧取豪夺简妮的庞大家产的最大障碍。在摩门教占统治地位的社区里，人与人之间毫无平等可言。温特斯在小说一开始时就声称："我的处境很不幸——我的心情也不好——我已经失去了一切［……］我指的是良好的信誉，良好的名声，现在全没了——有了它，我才能在这个村子里立足而不感到苦楚。得啦，一切都晚啦……"在他与贝丝之间的关系升华为爱情之后，他又恢复了对人生的信心，并渴望带着贝丝远离这蛮荒之地，回到他位于东部的繁华的家乡，开始新的生活。

纯情少女贝丝的脱胎换骨式的转变，既为这部小说增添了对未来的乐观态度，也强化了作者的爱情观：高尚、纯洁的爱情能够改变人生，女人能够轻而易举地改造男人。由于有了爱情的滋润，温特斯才懂得了活着的意义；贝丝才得以死而复生，摆脱了过去噩梦般的生活的阴影，焕发出青春的气息和活力，并对自己有了更深刻的了解："我也找到——找到自我感觉了。我还很年轻——我依然还活着——我是那么充实——啊！我还是一个女人呢!"在爱情的作用下,拉西特也修正了自己的人生观,改变了对摩门教徒的仇视态度,放弃了他强烈的复仇心理;简妮则对自己的宗教信仰的本质有了更加深刻而又透彻的理解。

六

在艺术表现手法上,作者采用的是传统的第三人称叙事角度。《紫艾草骑士》的主要人物为两对处于热恋中的情侣:简妮·威瑟斯汀与拉西特为一对;温特斯与贝丝为另一对。在故事的开头部分,在拉西特和贝丝尚未登场之前,简妮与温特斯,在他们周围的人群和读者的眼中,已然是一对情投意合的浪漫情侣,然而,事实上,他们之间的感情完全是一种柏拉图式的纯洁的友情,而绝非爱情。尽管他们的关系随着故事情节的展开而迅速终结了,作者却依然将叙事话语的焦点集中投放在这两个人物的身上,通过内心独白、意识流等手段,以细腻的笔法,分两条主线,不厌其烦地描述了他们两人的心理活动过程,表现了他们对外部环境的感知和对一系列严肃问题的分析判断,以此来阐述观点、抒发情怀。这两条主线时而互为平行,时而重叠交错,通过两种不同视角的频繁交替变换,将小说的思想内容不断深化,将故事的情节一次次地推向了新的高潮。在整个作品的构建和情节的铺叙中,作者从未将笔触伸向拉西特的内心世界,也未潜入贝丝的心理感受。读者可以通过简妮和温特斯互为映射的视角与各成体系的价值判断标准,逐步揭开笼罩在他们身上的神秘幕纱,认知和评判他们的性格特征和个体精神。因此,简妮和温特斯才是这部作品真正的主角。

在这部小说中,作者并没有刻意渲染惊险的枪战和血腥的打斗场面。他采用的是时空倒错、事后叙述（posterior narration）、插入式叙述（intercalated narration）、故事外叙述（extradiegetic narration）、次故事叙述（hypodiegetic narration）等方法，通过这些层层相嵌的叙事关系，使残酷的暴力冲突和惊心动魄的枪战被间接而又可感地再现出来，使小说的思想内容、情节和艺术表现形式有机、和谐地统一在整体的叙事框架中。

七

赞恩·格雷是文学领域里别具一格的独行侠。在他同时代的作家群体中，人们很难找到风格与他接近、成就堪与他相提并论的同伴。他的作品，在某种程度上，是对詹姆斯·费尼莫·库珀所开创的美国西部边疆小说的传承和发扬。库珀和格雷都在自己的小说中融合了历史的沿革，但更注重对历史素材进行文学的再创造。他们都对美国大西部的自然风光有着敏锐的观察力和鉴赏力，能以准确、细腻、生动的笔调描绘出西部地区绚丽多姿的景色，并使其成为作品中不可或缺的重要内容。在他们的笔下，生活在西部大漠荒野深处的人们，要远比生活在现代世界里的人更加高尚、更加真诚和淳朴。但相比之下，格雷的作品在情节构造上更为严密，更富有逻辑性，而且更注重对"现在"情节的叙述和演绎。诚然，作为一部以美国边疆历史为基本素材而虚幻出来的具有开拓性意义的小说，《紫艾草骑士》在艺术表现方法上难免也存在一定的瑕疵，例如：人物之间在对话时所使用的语言尚不够自然、贴切，在一些细节问题的处理上还略显唐突，不足以令人信服，人物的情感发展脉络与读者的阅读体验和阅读期待也稍有脱节，过于细腻的景色描写和缘景抒情的笔法，也使小说有越过散文或游记门槛之嫌。然而瑕不掩瑜，这部作品自问世以来，一直备受读者的青睐，被翻译成了多种文字，在世界范围内广为流传，至今仍保持着它的销售旺势。此外，这部小说多年来已数次被好莱坞各影业公司改编拍摄成同名电影，在世界各地上映。它的文学价值及其强大的生命力由此可见。

"不论西方还是东方，能够传世的文学经典毕竟取决于作品本身的思想和艺术质量，这是为世界文学史所反复证明了的。那些流传至今的中外文学名著莫不以其艺术的魅力吸引着世世代代不同社会、不同民族的读者。"在经受了不同时代、不同读者的考验之后，《紫艾草骑士》这部曾引发了一种新的文学样式诞生的作品，在当代文化语境下依然拥有它庞大的读者群，真可谓一部不朽的经典之作。

吴建国
修改于 2016 年 10 月 29 日

目 录

第一章　拉西特……………………001

第二章　杨树村……………………015

第三章　琥珀泉……………………029

第四章　迷魂谷……………………044

第五章　蒙面骑士…………………061

第六章　争夺菜牛群………………077

第七章　威瑟斯汀的女儿…………098

第八章　奇异谷…………………… 111

第九章　银杉与白杨………………128

第十章　爱情………………………146

第十一章　忠与不忠………………165

第十二章　看不见的手……………187

第十三章　遁世隐居与风暴骤起…207

第十四章　西风……………………224

第十五章　紫艾草山坡上的团团黑云………237

第十六章　黄金……………………262

第十七章　郎格儿的越野赛………276

第十八章　老圈的丧钟……………………296

第十九章　小菲………………………………316

第二十章　拉西特的风格……………………333

第二十一章　黑星星与夜游神………………349

第二十二章　紫艾草原的骑士………………372

第二十三章　"平衡石"的倒塌……………382

第一章　拉西特

一阵铁蹄疾驰的刺耳的"嘚嘚"声已经越去越远,渐渐消失了,三角叶杨树林中扬起的一溜黄尘,如同一团团黄云,飘荡在一丛丛紫艾草的上空。

简妮·威瑟斯汀神情恍惚、心绪不宁地凝望着眼前这片宽阔的紫色山坡。在等候教会的那拨人马到来之际,有一名骑手刚刚离她而去,正是这名骑手捎来的口信使她陷入了沉思,甚至悲哀之中,就因为她擅自结交了一个不信奉摩门教的人,他们便要来向她发难,来攻讦她了。

这座位于三角叶杨树林中的小山村,近来已经不再太平,甚至发生了激烈的争斗,她不知道这些争斗是否会波及她的身上。想到这里,她叹了口气,脑海里浮现出当年的情景——父亲在犹他州南部这片最为偏僻的边缘地区建立了这座小山村,并把整个村寨传给了她。她拥有这个村落所有的地产和众多的房屋。威瑟斯汀庄园是她的,这座规模庞大的农场,连同农场里成千上万的牲畜,以及那些在紫艾草原上奔行速度最快的骏马也是她的。琥珀泉的所有权也属于她,琥珀泉的泉水养育了这座小山村青翠的草木,为这座村落带来了盎然的生机和秀丽的景色,使生命在这荒无人烟的紫色高原上得以繁衍生息。无论杨树村发生什么事,她都无法置身事外、避而远之。

那一年,1871年,是发生变革的重要标志。变革之风循序渐进,已经影响到了居住在这个边缘地区的热爱和平的摩门教信徒们的生活。沿格莱兹村——石桥村——斯特灵村一线，以及再往北去的几个村落，人们早已奋起反对不信奉摩门教的外来移民的侵入，抵御盗马贼们的频频侵袭了。今天打击这一方、明天又进攻那一方的事件时有发生。如今，杨树村也开始躁动不安、群情激奋起来，局面变得越来越难以撑持了。

简妮祈求的是，她生活中的那份宁静和甜蜜不要长此以往地受到搅乱。她甘愿为她的黎民百姓多做善事、多谋福利，而且要比过去做得更多、更好。她希望那种祥和、宁静、田园式的日子能够永远保持下去。教区里信奉摩门教的村民们与不信奉摩门教的外来移民之间若发生纠纷，她就会深感不安。她虽然出生在摩门教家庭，但是她善待穷人，对那些时运不济的非摩门教的外来移民也很友好。她一心只盼大家都能够一如既往地行善积德，安居乐业。她在思考着这偌大的农场对她的意义所在。她热爱这里的一切——那片三角叶杨树林，那座古老的石砌庄园，那琥珀色的泉水，那一群群毛发蓬松、浑身尘土的野马，那一匹匹毛发光亮、四肢匀称的纯种赛马，那一群群悠闲地啃着嫩草的牲畜，还有那些身材瘦削、皮肤被太阳晒得黧黑的紫艾草原的骑手。

在伫立等候时，她并没有去展望这场不合时宜的变革究竟会带来什么样的前景。一条懒洋洋的小毛驴的叫声打破了午后的宁静，使人惬意地联想起农场建筑物周围那昏昏沉沉的氛围，还有那些敞开的牲畜棚，以及一块块苍翠的紫苜蓿地。她放眼望去，长满紫色艾草的山坡一览无余地展现在面前。大草原般的牧场波浪起伏，地势由低渐高，向西延伸。稀稀疏疏的几棵雪松黑黝黝、孤零零地矗立着，显得格外醒目，衬托着远处那一堆堆嶙峋的红岩。慢坡的尽头，一面断崖拔地而起，宛如一座巨大的纪念碑，其深紫色的轮廓若隐若现，显得孤傲而又神秘，逶迤不绝地向北渐渐淡去。由此向西是满天的霞光彩云，一派美景。由此向北则是缓缓而下的山坡，绵延起伏，一直伸向轮廓幽暗的一条条峡谷深壑，再往远去，便是连绵不断、砲然耸立的大地，那不是峰峦叠嶂的山脉，而是波澜壮阔的紫色高原，那儿有众多巉岩倒悬的扇形绝壁，有无数顶端状如城堡的陡峭山崖，灰蒙蒙的峭壁危崖鳞次栉比。临近黄昏的斜阳悄无声息地将这些悬崖峭壁的幽影越拉越长。

纷至沓来的马蹄声将简妮·威瑟斯汀的思绪又重新拉回到眼前的问题。一群骑手沿着林中的甬道策马而至，他们纷纷跳下马背，甩动着手中的缰绳。他们一行七人，为首的是塔尔，一个身材高大、肤色黝黑的男人，是简妮教会里的一位长老。

"你接到我的口信了吗？"他劈头盖脸地问道。

"接到了。"简妮答道。

"我发过话的，要那个名叫温特斯的骑手在半小时之内赶回村里来。可是，他却没来。"

"他对此事一无所知，"简妮说，"我没告诉他。我一直在这儿等你们来呢。"

"温特斯在哪儿？"

"我把他留在大院里了。"

"喂，杰里，"塔尔转身对他的随从厉声说，"你带几个人去，把温特斯给我带到这儿来，如果有必要，可以把他捆起来。"

那几个马靴上布满尘土、佩有长马刺的骑手立即"丁零咣啷"地拥进三角叶杨树林，消失在浓密的树荫里。

"塔尔长老，你这样做是什么意思？"简妮正言厉色地问道，"你即使要抓温特斯，也得照顾一下我的面子，等他离开我家之后再动手啊。再说，如果你真抓了他，那就不仅冤枉了好人，而且也是在伤及无辜啊。对温特斯的指控,说他参与了昨天夜里在村头发生的那场枪战,也纯属无稽之谈。他当时正和我在一起呢。更何况,他早已把他的枪支弹药都交给我替他保管了。你这样做只不过是在借题发挥而已。你这样对待温特斯,到底居心何在啊?"

"我马上会告诉你的,"塔尔回答道,"可是,你得先告诉我,你为什么要袒护这个不足挂齿的骑手?"

"不足挂齿!"简妮义愤填膺地叫道,"他才不是这种人呢。他是我可遇而不可求的最优秀的骑手。我找不到任何一条我不该支持他的理由,而应当支持他的理由却有千万条。就因为我对他的友好态度,他才遭到我的村民们的嫉恨,才沦为一名流浪汉的,塔尔长老,这是我莫大的悲哀啊。再说,他还救过小菲的命,我永远都要感激他呢。"

"你对菲·拉肯的一片爱心,我早有所闻,我还听说,你有意要收养她呢。不过,简妮·威瑟斯汀,这孩子可是一个不信奉摩门教的人的孩子啊。"

"不错。但是,长老,我不会因为喜欢一个非摩门教徒的孩子而丝毫影响我对摩门教徒的孩子们的爱。如果小菲的妈妈愿意把这孩子过继给我,我就收养她为干女儿。"

"这一点我并不太反对。你可以把摩门教的教义传授给这孩子嘛,"塔尔说,"不过,我很讨厌看到温特斯这家伙老缠着你。我要采取措施制止他。你抛给那些不信奉摩门教的穷叫花子们的爱心实在太多啦,简直让我觉得,你也许已经爱上温特斯了。"

塔尔说话的口气既含有一个摩门教徒威严不可侵犯的傲慢,又带有一个男人因妒火中烧而发泄出的怒气。

"也许我确实爱上他了,"简妮说。她又气又怕,感到心在乱跳。"我还从来没有想到过这一点呢。这可怜的家伙!他肯定需要有人来爱他。"

"今天就是要让温特斯尝尝苦头的日子,除非你断然否认这一点。"塔尔转过身,冷冷地说。

塔尔手下的那伙人从三角叶杨树林中走了出来,把一个青年男子带上了甬道。此人身着流浪汉的破衣烂衫。只见他昂首挺胸,宽阔的双肩向后隆起,被反绑着的双臂上一块块健壮的肌肉微微颤动着,紧盯着塔尔的一双蓝眼睛里燃烧着蔑视的火焰。

简妮·威瑟斯汀第一次真正感受到了温特斯的精神气节。她暗暗思忖,不知自己会不会真的爱上这位英姿勃勃的青年。然而,她的情感刹那间又冷却下来,头脑清醒地回到了眼前的事端。

"温特斯,你肯不肯立即离开杨树村,永远不再回来?"塔尔神经紧张地问道。

"为什么?"骑士反问道。

"因为这是我的命令。"

温特斯不屑一顾地冷笑了一声。

塔尔的黑脸膛陡然红了起来。

"如果你不肯走,那就意味着你的毁灭。"他厉声说道。

"毁灭!"温特斯情绪激昂地叫道,"你难道还没有毁掉我吗?你说的毁灭是指什么?一年前,我还是一名骑手。我有自己的马群和牲畜。我在杨树村有很好的名声。可是,如今倒好,只要我一进村来看望这位女士,你就派人来围攻我。你放猎狗追逐我。你还一路跟踪我,好像我是个盗马贼似的。我现在已经一无所有了——只剩下这条性命了。"

"你愿不愿离开犹他州?"

"噢!我知道啦,"温特斯以奚落的口吻接着说,"一想到简妮·威瑟斯汀这个大美人居然会对一个不信摩门教的穷人这么友好,你就恼羞成怒了。你想独霸她。你这妻妾成群的摩门教徒。你喜欢她——你念念不忘的是威瑟斯汀庄园、琥珀泉,还有那七千多头牲畜啊!"

塔尔腮帮子都气歪了,沸腾的热血使他脖子上的青筋一根根暴凸出来。

"再问一遍。你走不走?"

"不走!"

"那我就要动用鞭刑啦,我要抽得你皮开肉绽、灵魂出窍,"塔尔厉声叫道,"我要把你赶出紫艾草原。假如你胆敢再回来,你就有更大的苦头吃。"

温特斯愤激的脸膛变得冷若冰霜,仿佛成了一尊古铜色的雕像。

简妮情绪冲动地走过来。"啊!塔尔长老!"她带着哭腔叫道,"你们不能这样对待他!"

塔尔冲着她抬起一根不住颤抖的手指。

"那就要看你的表现啦。你懂不懂,我们不许你跟这个小伙子交朋友,你这样做就是对主教大人的大不敬啊。简妮·威瑟斯汀,你父亲把财富和权力传给了你。你就头脑发热,忘乎所以啦。你到现在都还不明白摩门教女人应有的身份。我们劝诫过你,容忍了你。我们一直在耐心等着你回心转意呢。我们已经饶恕了你一时的放纵,迄今为止,我还从没见过有哪个摩门教的女人得到过这么大的宽容呢。没想到,你还是执迷不悟。从今往后,你不能再跟温特斯保持什么友谊了。他必须接受鞭刑,然后远离犹他州。"

"噢!别打他呀!这样做太卑鄙啦!"简妮恳求道。她有点迟疑不决，勇气在渐渐消退。

塔尔惯于打消她的锐气，她自己也渐渐意识到，她是在假充泼辣，她其实并不是一个很有胆量的人。他此刻已经换了一副面孔，掩盖着他那打翻了的醋坛子，俨然代表着她从孩提时代就耳濡目染的那种具有神秘色彩的专制政治——她所信奉的宗教的强大力量。

"温特斯，你愿意在这儿受鞭刑呢，还是乖乖地滚到紫艾草原里去呢？"塔尔问道。他脸上挂着微笑，那皮笑肉不笑的僵硬表情却越发让人感到残忍。他的心态极端阴暗、冷酷，却硬要摆出一副公正的样子，透出点儿正义之光。

"我就在这儿承受它吧——假如躲不过去的话，"温特斯说，"不过，上帝作证！——塔尔，你最好直接把我给杀了。对你和你们这些喜欢装神弄鬼的摩门教徒而言，那才是最痛快的鞭答。你会让我成为又一个拉西特的。"

塔尔的脸上泛起了诡谲而又严峻的神色，满面红光，那兴许是因为他对自己正在履行的崇高职责的精神实质有了新的认识而产生出的一种神圣的喜悦吧。但是，他心里有鬼，那是难以掩盖的，那是一种阴险的私欲，一种发自他内心深处的邪念，一种能吞噬一切的万丈深渊。鉴于他对宗教的态度如此狂热、毫不动摇，他在公报私仇时当然也会毫不留情。

"长老，我……我很后悔，我刚才不该说那番话，"简妮吱吱唔唔地说。她心底里的宗教意识，长期养成的恭顺、谦和的秉性，以及担惊受怕的痛苦，都在她的话音里流露出来。"你就饶了这个小伙子吧。"她低声下气地说。

"你现在救不了他啦。"塔尔的回答轧轧刺耳。

她是在逆来顺受，向注定不可避免的命运俯首膜拜。当她承受着内心的压抑,努力思索着什么才是真理时,胸中突然涌起一股由弱渐强的力量。这股力量在她的心底由来已久,原本十分柔弱,而此时却如同一根钢筋,越变越硬了。一种从未有过的不可思议的感觉在她的心灵深处油然而生。她再次把拘谨的目光投向了紫艾草原,探寻地凝望着那片紫色的山坡。简妮·威瑟斯汀热爱这片桀骜不驯的紫色原野。悲伤时,这片紫色的原野能使她变得坚强起来;高兴时,紫艾草原上的美景能给以她无限的欢乐。在这万分窘迫的处境里,她忽然情不自禁地喃喃自语道:"有谁会来拯救我!"这是一句求神降临的祈祷,仿佛祈祷之后,从那人迹罕至的绛紫色的荒野里,从那些纵横交错的红壁蓝崖之中,就会有一位所向无敌的骑士策马而来,这位骑士既不受任何教义的束缚,也不对任何信仰狂热追求,纵然面对的是这帮冷酷无情的人,他也会仗义出手。

躁动不安、跃跃欲试的塔尔手下的那帮人突然间安静下来。片刻之后,便是一阵交头接耳的低语声,随后是一阵沙沙作响的骚动,紧接着又是一片惊呼声。

"看那儿!"其中一人指着西边说。

"来了个骑士!"

简妮·威瑟斯汀转身望去,只见西边的天际间,隐隐约约有一名骑士正扬鞭策马从紫艾草原中奔驰而来。他顺着左边的山坡飞奔而下,身披金色耀眼的霞光,只见他越来越近,身形也越来越清晰了。她的祈祷得到应验啦!

"你们认识他吗?有谁认识他?"塔尔急切地问道。

他手下的那帮人看了又看,然后一个个都摇着头。

"他是远道而来的外乡人。"其中一人说。

"那匹马真不赖。"又一个人说。

"一个谁也不认识的骑手。"

"嘀!他还穿着黑色的皮夹克呢。"第四个人说。

塔尔一边挥手命令大家安静下来,一边急步上前,想把温特斯藏在他身后。

骑士勒住马,身子在马背上微微一倾,便轻灵自如地飞身跳下马来,稳稳站立在地面上。他下马的动作那么轻灵迅捷,简直令人匪夷所思,更加令人称奇的是,这位骑士在飞身下马时,并没有丝毫的转身动作,却准确无误地径直停落在他眼前这帮人群的正对面。

"瞧!"塔尔的一个随从嗓音嘶哑地低声说,"他带着两支枪呢,都挂在下边,枪柄是黑的——看不太清楚——枪柄和枪套的颜色一模一样,都是黑的。"

"是一名枪手!"另一人悄悄地说,"伙计们,小心点儿,手可千万别乱动啊。"

陌生人款步徐行地向前走来,那缓慢的步态,似乎只是一种悠然自得的信步闲游,不过,也有可能是不习惯于步行的骑士所特有的小碎步;话说回来,那步法更有可能是一个不想在这么多人面前贸然出手的人所采取的高度警惕的行进姿势。

"喂,陌生人!"塔尔叫道。他的这声招呼没有丝毫的欢迎之意,有的只是态度生硬的好奇。

骑士漫不经意地点了点头,权当回答。阔边黑帽投下的一大片阴影遮住了他的脸庞。他仔细打量了一下塔尔和他的同伙,然后停下缓慢的脚步,仿佛想缓和一下气氛。

"晚上好,尊贵的女士。"他朝简妮打了个招呼,并随手脱下阔边黑帽,颇为典雅地向她行了个礼。

简妮回礼之后,抬眼望去,立刻本能地发现,那是一张值得她信赖、能引起她关注的脸庞。那是一张具有紫艾草原上的骑手们的典型特征的脸庞——瘦削,精干,被太阳晒成了棕红色;那不动声色的表情是在多年沉默寡言、独往独来的生活中磨练而成的。然而,抓住她注意力的却不是这些特征,而是那热烈的凝视着她的目光,那目光中流露着一丝倦意,敏锐的灰褐色的眼眸里放射着令人怦然心动的忧心忡忡的神色,仿佛此人一直在孜孜以求地找寻他永远也找不着的目标似的。虽然只是瞬间的一瞥,简妮也能凭着她那微妙的女人的直觉,感受到他的忧伤和渴望,感受到他深藏在心底的秘密。

"尊贵的女士,您就是简妮·威瑟斯汀吧?"他问道。

"是啊。"她答道。

"这河水是您家的吗?"

"是的。"

"我可以让我的马饮水吗?"

"当然可以。那边有水槽呢。"

"不过,你们也许早就知道我是谁吧——"他扫了一眼那几个在留神听他说话的人,有点儿犹豫不决地说,"你们也许不会让我饮马的——尽管我并无他求。"

"陌生人,不管你是谁,都没关系。让你的马去饮水吧。要是你渴了,饿了,你也可以来我家做客。"

"谢谢啦,尊贵的女士。我自己就免了吧——可是,我的马累坏了——"

马蹄的践踏声打断了骑士的话。随着塔尔手下那帮人的又一阵骚动,站成一圈的人墙忽然裂开了,露出了被羁押在那儿的温特斯。

"我大概有点儿妨碍你们的事情啦——是不是已经有一会儿

啦?"骑士问道。

"是的。"简妮·威瑟斯汀回答道,声音有些发颤。

她能感觉到他眼中射出的那种威风凛凛的豪气,接着,她看到他转眼望了望被捆绑着的温特斯,望了望正抓着温特斯的那几个人,然后又望了望他们的头领。

"在这一带乡野里出没的所有盗马贼,入室行窃的蟊贼,杀人越货的强盗,私制、贩卖枪支的人,以及所有品行不端的人,恰巧都是不信奉摩门教的异教徒啊。尊贵的女士,这个年纪轻轻的小伙子属于哪一类品行不端的人呢?"

"哪一类都不是。他是一个忠厚老实的人。"

"您知道情况吗,尊贵的女士?"

"知道——知道。"

"那他犯了什么错,要被捆成这副样子呢?"

他既是在问简妮·威瑟斯汀,也是在问塔尔,一针见血、义正词严的发问,立即平息了骚动,使众人暂且安静下来。

"你问他呀。"简妮回答道,声音也高了起来。

骑士迈步离开了她,动作依然像先前那样缓慢而又谨慎,步法也和先前一样,然而,他的这一举动已经把她完全撇在了一边,却使他自己处在与塔尔和他手下那帮人距离极近的位置上,这种架势蕴蓄着特别深刻的含义。

"小伙子,说话呀。"他对温特斯说。

"喂,陌生人,这里没你的事儿,别在这儿搅和了,"塔尔总算开口了,"不要乱管闲事。已经有人请你去喝水、吃饭了。你得到的待遇已经够好啦,在犹他州这个偏远的地方,没有哪个村子的人会对你这么客气的。去饮你的马,然后走你的路吧。"

"别急——放松点——我还没开始搅和呢。"骑士答道。他的口气已经有所改变。说话的腔调也像完全换了个人。起先,在对简妮说话时,他还温文尔雅,态度谦和;而此刻,从他抛给塔尔的第一句话就能听出,他的语气干巴巴、冷冰冰的,充满了冷嘲热讽。"我不巧碰到了一桩非常奇怪、让我大惑不解的买卖。七个摩门教的人,还都带着枪;一个非摩门教的人,却被人用绳子捆着;还有一个女人,居然对他的忠厚老实深信不疑!真奇怪啊,是吗?"

"奇怪也好,不奇怪也罢,这事儿与你毫不相干。"塔尔反唇相讥地说。

"我从小就受到教育,女人的话就是法律。虽然年龄增长了,可我还是忘不了啊。"

塔尔既惊又气,开始发怒了。

"你这爱管闲事的人听着,我们这儿的法律有点不一样,那可不是女人的胡思乱想——是摩门教法!……你小心点,别触犯它。"

"那就让你们的摩门教法见鬼去吧!"

这句存心找茬儿的话标志着骑士态度的进一步改变,起初还是和颜悦色的关切之情,此时已经演变成了故意挑衅。这句话也造成了塔尔和他的同伙们心理上的转变。面对这突如其来的大逆不道、亵渎神祇的言词,面对有人当众辱骂被他尊为至高无上的宗教制度,这位头领惊愕得倒退了一大步,目瞪口呆地喘着粗气。那个名叫杰里、正牵着马朝这边走来的人,吓得丢掉了手里的缰绳,一动不动地呆立在途中。其余的人则像木桩一样站立着,高度戒备地注视着,手臂紧张地垂放着,大伙儿都在等候头领发话。

"说吧,小伙子。你犯了什么错,才被人捆成这样的?"

"这全他妈的就是一场迫害啊!"温特斯暴怒地叫道,"我没做过任何错事。我之所以得罪了这个摩门教的长老,就因为我是那位小姐的朋友啊。"

"尊贵的女士,这是真的吗——他说的话?"简妮心仪的这位骑士问道,但是,他那炯炯有神的警觉的目光片刻也没有离开不声不响地站在那儿的一小群人。

"真的?当然是真的,千真万确。"她回答说。

"哎呀,年轻人,依我看,要是真成了如此美若天仙的女人的朋友,你也就别想有救了,不过,这也实在是没办法的事情啊……你看这事儿该怎么办呢?"

"他们要对我动用鞭刑呢。你知道鞭刑意味着什么——尤其在犹他州!"

"我能料想到。"骑士慢悠悠地回答道。

他那令人胆寒的目光扫视着那几个摩门教徒。旁边的几匹马儿在烦躁不安地甩着被勒紧的嚼子。简妮心头的激愤和焦灼难以平息。温特斯伫立在那儿,脸色苍白,纹丝不动。刹那间,整个气氛紧张得让人透不过气来了。塔尔的一声干笑打破了尴尬的局面,只是他笑得十分勉强,再说,这一声干笑也无法掩饰他心中的畏惧。

"上啊,伙计们!"他叫道。

简妮·威瑟斯汀再次向骑士投去求助的目光。

"陌生人,你就不能出手救救温特斯吗?"

"尊贵的女士,您需要我去救他——从您自己人的手里去救下他吗?"

"需要你?不,我请求你!"

"可是,您做梦也想不到您是在求谁呢。"

"唉呀,先生,我求求你啦——救救他吧!"

"这些人都是摩门教的人,可我是……"

"无论——无论如何——要救救他。因为我——我喜欢他!"

塔尔咆哮如雷。"你简直就是个花痴!终于说穿你心底的秘密啦。会有办法教训你、让你知道厉害的……伙计们,我们走吧!"

"摩门教徒们,你们可以走,但是,这个年轻人得留下。"骑士说。

他的话如同一声枪响,使塔尔停下了脚步。

"什么!"

"谁要留下他?他是我的犯人!"塔尔气急败坏地叫道。"陌生人,我再说一遍——别在这儿多管闲事了。你已经搅和够啦。该走你的路了,否则——"

"听着!……他得留下。"

骑士声音低沉,话却说得斩钉截铁、不容置辩。

"你算老几啊?我们这边有七个人呢。"

骑士摘下阔边黑帽,随即便做出了一连串极其敏捷的动作,摆出了一个十分奇特的亮相:沉腰、曲臂、抬手、拔枪出套、旋转枪口,全都一气呵成,迅雷不及掩耳。

"拉西特!"

温特斯发出的这声无比惊讶、激动人心的叫喊,立即将骑士那独一无二的姿势和他那令人胆寒的名字骇然联系在一起。

塔尔伸出一只手摸索着。他眼里的嚣张气焰已然暗淡下去,转为一脸的颓丧,他的面无人色也使那些因畏惧他才跟随着他的人看到了即将来临的死亡。然而,盘旋在他头顶上的死神并没有降临,因为骑士在等待着的那些慌乱的手指、那极有可能闪电般下沉的手,其实并没有沉下去。塔尔镇定下来,转身朝他的坐骑走去,那些脸已经吓得煞白的同伴们把他扶上了马。

第二章 杨树村

温特斯感触颇深,脸上洋溢着感激之情,却又讷讷地难以说出口。简妮立即奔向了这位在关键时刻仗义出手的恩人,紧紧握住他的双手。她那笑容满面、却又泪水涟涟的表情使他很有些茫然。顷刻间,仿佛突然意识到了什么,她恢复了平静,转身朝拉西特的那匹疲惫不堪的马儿走去。

"我要亲自带它去饮水。"她一边说,一边牵着马儿向参天古杨树下的水槽走去。她那纤细灵巧的手指松开了缰绳,卸下了马嚼子。马儿喷了个响鼻,低头饮水了。水槽系磐石凿成,中间开槽,槽上长满了青苔,绿油油的,湿润而又凉爽,从木质水管里流出的清澈的呈琥珀色的水流"哗哗"地注入石槽中,溅起了一朵朵水花。

"它今天驮着你走了很远的路吧?"

"是啊,尊贵的女士,大概走了六十多英里的路啦,也许有七十英里呢。"

"风尘仆仆——骑了这么久——哎呀,马的眼睛瞎啦!"

"是的,尊贵的女士。"拉西特回答说。

"怎么会瞎了呢?"

"以前有几个人用绳子套住了它,把它捆了起来,然后用烧红的白铁灼伤了它的双眼。"

"啊!是人吗?简直是伤天害理啊……那些人是你的仇人吗——他们是摩门教徒吗?"

"是的，尊贵的女士。"

"居然拿马儿撒气！拉西特，我承认，与我信仰相同的那些男人确实残酷得违背人道。我永远对此深感悲哀。他们一直被人驱使、遭人仇视、饱尝蹂躏之苦，已经变得铁石心肠了。可是，我们女人们却一直在盼望着、祈祷着，希望有朝一日我们的男人心肠能够软下来。"

"对不起，尊贵的女士——那种日子恐怕永远也不会到来的。"

"哎呀，会来的！……拉西特，你觉得摩门教女人很坏吗？你也动手打过她们吗？"

"没有。我认为摩门教女人是天底下最善良、最高尚、最吃苦耐劳，也是最盲目、最不幸的女人。"

"啊！"她庄重地、若有所思地朝他看了一眼。"那你愿意接受我的邀请，和我一起共进晚餐吗？"

拉西特一时竟不知该如何回答是好，颇不自在地把身体的重心从一条腿移到另一条腿，两手不停地旋转着他那顶阔边黑帽。"尊贵的女士，"过了一会儿，他才开口说，"依我看，您的善良之心也许会让您对有些事情看不透。在这一带，我的名气也许并不太响，然而在北边，那些躺在坟墓里的摩门教徒，要是知道我和您同桌而坐，他们在坟墓里也不会安心的。"

"大概不会吧。可是——你到底愿不愿接受我这个邀请呢？"

"说不定您的哪个兄弟或者亲戚会不请自到的，那可就多有得罪啦，况且我也不想——"

"我在犹他州没有一个我认识的亲戚。任何人也无权过问我的所作所为。"她转过身来，微笑着对温特斯说，"伯恩，你要来的，还有拉西特，你也来。我们要好好吃顿饭，尽情享受一下大家聚在一起的欢乐。"

"我只是有点儿担忧，塔尔和他手下的那帮人会不会在村子里兴风作浪。"拉西特说。这是他最后的也是软弱无力的推脱之辞。

"会的，他会兴风作浪的——不过，那要等他做完祈祷之后，"简妮回答道，"来吧。"

她带路走在前面，胳膊上挽着拉西特那匹马的缰绳。他们走进一片树林，徜徉在枝叶扶疏的林中大道上。三角叶杨树林虬枝横桠，夕阳的余晖透过树叶，撒下一条条金色的霞光。浓密茂盛的绿草地与满目荒凉的紫艾草原反差鲜明，令人赏心悦目。间或有一两只鹌鹑"吱吱"地叫着，飞快地从路边横穿而过，树冠里传来欧鸲鸟唱起的婉转的晚歌，静谧的空气中飘浮着清新的气息，潺潺流水声在耳边低吟。

简妮·威瑟斯汀的庄园矗立在一大片枝繁叶茂的三角叶杨树林中，是一幢长长的用红岩砌成的平房，建筑物中央的庭院里铺着地毯，那条欢快地流淌着琥珀色泉水的河流就是从这儿发源的。构成这幢房屋的大块的岩石、粗重的木料、厚实的门窗，均表现出这幢房屋的主人当年在建造这座宅院时的良苦用心：既要能抵御强盗，又可使房屋经久耐用；周围的鲜花，河床石板上布满的青苔，院落地面上色彩鲜艳、错落有致的地毯，舒适宜人的角落里摆放着的吊床和书籍，洁净的铺着亚麻布的桌子，这些又显示着房屋主人的宝贝女儿如今过着的幸福安逸的生活。

简妮在茂密的草地上放开了拉西特的马。"你愿意让马儿留在你身边吗？"她说，"要不，我让人把它牵到紫苜蓿地里去吧。"随着她的一声吩咐，一群女人立即忙碌起来，穿梭往返忙着摆餐桌。过了一会儿，简妮说了声对不起，便进屋去了。她穿过屋内一间面积宽大却很低矮，犹如要塞中的密室般的房间，进入了另一个稍微小点儿的房间。古老的敞开式的壁炉里，木块在熊熊燃烧，火光映照着房间的四壁。她又穿过这一间，才走进自己的房间。闺房和屋外的庭院一样，舒适而又温馨，让人备感亲切；只是这儿的气氛要更加温馨，缤纷的色调也更加柔和。

简妮·威瑟斯汀只要一踏进自己的房间，几乎都要站在镜子前打量一番。她打心眼儿里喜欢看镜子里的这个美女的形象，从幼儿时代起到现在，她一直念念不忘的就是在镜子前欣赏自己那美若天仙的容颜。她的亲朋好友们，以及后来纷纷拜倒在她的裙下、拼命向她求婚的那些摩门教或者非摩门教的人，都在推波助澜，把她的爱美之心自然而然地、一次又一次地推向了顶峰。所以，直到二十八岁时，她还几乎压根儿就没有想过，她如此令人惊羡的魅力是否能永远征服生活在这个小小社区里的民众。父亲虽然把土地、庄园，以及乐善好施的品格几乎都传给了她，但是，他最放心不下的还是她的绝色美貌，她会引来无数人的觊觎、迷恋，乃至厚颜无耻的追求。不过，此时此刻，她虽然凝视着镜子，不过，照镜子的用意已经远远超出了她往日的自我陶醉，脸上也没有显露出往日那种孤芳自赏的淡淡的微笑。那是因为，她的心思已经不在欣赏自己有多美丽，自己在那位朋友的眼里有多美丽了；她在暗暗思忖，不知在这个名叫拉西特的人的眼里，自己是否也算得上美若天仙。在这茫茫丛林和高山峻岭中，在这广袤的紫色荒原上，这个人的名声早已响彻云霄，然而，这个谈吐文雅、表情忧郁的人，也是一个仇视和杀戮摩门教徒的人。此时此刻，当她匆匆换下女式骑装，穿上白色衣裙，在镜子前仔细端详着衣裙的典雅曲线和自己的优美形体时，促使她在镜子前久久凝望着自己形象的动因，已经不是她往日的那种有意无意的虚荣心。她注视着自己娇艳的面容、坚毅的下颌、饱满而又结实的嘴唇，注视着那双骄傲的燃烧着激情的深蓝色的眼睛。

"假如我能使用某种手段留住他,让他在这儿住上几天,哪怕只住一个星期——他就绝不会再对摩门教徒大开杀戒了,"她沉醉地遐想着,"拉西特!……一想到这个名字、这个人,我就不寒而栗。可是,一见到他这个人,我却又不记得他是谁了——我简直喜欢上他了。我只记得他救了伯恩。他一定受过很多苦。不知都是些什么样的痛苦?——他曾经爱上过某个摩门教的女人吗?他很懂得我们这些可怜的无人理解的女人的心,他的支持是多么仗义啊!反正他懂女人的心——懂得还不少呢。"

简妮·威瑟斯汀来到客人当中,招呼他们坐上桌来,然后支开女佣,亲自动手伺候客人。晚餐非常丰盛,围桌而坐的人却显得那么不可思议。坐在她右边的是衣衫褴褛,几乎饿得半死的温特斯;即便是瞎子也能看得出他在她的幸福生活中所占的分量有多重,然而,也正是出于对她的一片诚意,他才变成了一个愁眉苦脸的流浪汉,而且他身上依然还笼罩着塔尔要毁掉他的阴影。坐在她左侧的是身穿黑色皮夹克的拉西特,看上去如同一个来自梦幻世界的人。他不属于那种忍饥挨饿的人,也不再镇定自若,却也不是一个善于言辞的人。他在不停地、烦躁不安地扭来扭去,依然挂在他身上的那两支沉甸甸的手枪时不时会撞到桌腿。假如人们能够忘却拉西特的存在,那些喜欢饶舌的人也就不大可能编得出版本不一的传闻了。此时的简妮·威瑟斯汀在尽其所能不停地说着、笑着、左顾右盼着,为达到自己的目的,她在鼓足勇气充分施展一个漂亮、大胆的女人令人眼花缭乱的唇齿和明眸的作用。

晚饭结束之后,两个男人拉开了座椅,她依着拉西特,直勾勾地逼视着他的眼睛。

"你为什么会来杨树村呢?"

她的问话似乎打破了一时的尴尬。骑士立即站起身来,仿佛猛然想起了自己身在何处,想起了自己已经在此耽搁很久了。

"尊贵的女士,我已经踏遍了南部犹他州和内华达州的山山水水,目的是为了追寻——某一样东西。由于打听到了您的名字,我已经知道在哪儿能找到它啦——就在这儿,在杨树村。"

"我的名字!哦,我想起来了。你起先开口说话的时候,就已经知道我的名字了。那就请你告诉我吧,你是从哪儿知道的,是谁告诉你的?"

"在一个小村庄里——格莱兹村,我想是这个村名吧——从这儿往西大约五十英里左右。一个非摩门教的骑手告诉我的,他说,您可以告诉我在哪儿能找到——"

"什么?"拉西特突然缄口不语了,她便急切地问道。

"米莉·欧尼的墓地。"他沉声答道,话音里满含着悲愤。

温特斯在椅子上转过身子,惊诧不已地看着拉西特;身着白色衣裙的简妮慢慢站起身来,仍旧是一脸的疑惑。

"米莉·欧尼的墓地?"她喃喃地重复了一声,"你认识米莉·欧尼?难道你知道她是我最要好——最喜欢的朋友——她就死在我的怀里?你和她是什么关系?"

"我的要求有点儿过分吗?"他问道,"我认识的几个人——几个亲戚——他们一直想知道她安葬在哪儿,仅此而已。"

"亲戚?我还从没听说过她有亲戚呢,只知道她有一个哥哥,在得克萨斯州被人枪杀了。拉西特,米莉·欧尼安葬在一个秘密的墓地里,就在我家的农场里。"

"您能带我去那儿吗?……您这样做,会进一步得罪摩门教徒的,只怕比和我共进晚餐还要糟糕呢。"

"的确如此,不过,我会带你去的。只是我们去的时候不能让别人看见。也许明天吧。"

"谢谢您,简妮·威瑟斯汀小姐。"骑士一边回答,一边朝她深深一躬,然后退出了院落。

"你不愿在这儿留宿——在我家住一夜再走吗?"

"不啦,尊贵的女士,再次向您表示感谢。我从来不在室内睡觉。再说,假如我留下来了,那边村子里说不定又要掀起一场大风波啦。算啦,算啦。我还是去紫艾草原吧。但愿您对我的一番好意不会给您惹来麻烦。"

"拉西特,"温特斯酸楚地笑着说,"紫艾草原也是我的床。也许我们可以在那儿会合。"

"也许吧。不过,紫艾草原辽阔着呢,再说,我也不会待在这附近的。再见吧。"

随着拉西特的一声低啸,那匹盲眼黑马欢快地嘶嘶叫着,小心翼翼地踏着碎步走出了树林。骑士并没有给马儿套上缰绳,而是走在马儿的身旁,用手拍了拍它,领着它一起走进了三角叶杨树林,慢慢消失在林荫深处。

"简妮,我得马上离开这儿,"温特斯说。"把我的枪还给我吧。如果我刚才有枪在手的话——"

"当场被打死的人,要不是我的朋友,要不就是我教会的长老。"她打断了他的话。

"肯定是塔尔——毫无疑问。"

"噢!你真是个血气方刚、性格野蛮的青年!我怎样才能教会你克制和仁慈呢?伯恩,宽恕仇人是神的旨意啊。'不可逞一时之勇而遭天谴。'"

"嘘!别再跟我说什么仁慈、谈什么宗教了——从今往后。今天,拉西特鬼使神差突然出现,才使我保住了男子汉的尊严,我以后即使死了,也要死得像条汉子!……把枪还给我吧。"

她默默地走进屋子,从屋里搬出一条沉重的子弹带、一支插在皮套里的手枪、一杆步枪,把这些物件递给了他。他刚扣好子弹带,她便挺身站到他的面前,此时虽然默默无语,却胜过千言万语。

"简妮,"他说,声音轻柔下来,"别这样看着我嘛。我不会去谋杀你那个长老的。我会尽量避开他和他手下那帮人的。可是,我已经被逼到了山穷水尽、走投无路的地步啦,你难道还看不出吗?简妮,你是个好女人。这世上绝没有任何一个女人像你这样无私和善良。你只是在某个方面很糊涂……听!"

树林后突然传来一阵急促、纷乱的马蹄声。

"是你的那帮骑手,"他接着说,"该换夜班岗了。我们到那边的树林里去吧,那儿有凳子,我们可以坐下来再说一会儿话。"

这时,旷野里依然还有阳光,然而在枝繁叶茂的三角叶杨树林中,婆娑起舞的树影已经使路径变得朦朦胧胧。温特斯拉着简妮离开了林中的甬道,拐进了一条曲折通幽的小径,小径的两边灌木成行,宽度恰好能容两人并肩而行。他带着她兜来兜去,最后来到了位于树林边缘的一个小土丘旁。这儿离庄园已经很远,在一个十分隐蔽的凹角里有一条长凳,坐在凳子上,透过树冠间的空隙,可以看到远处绛紫色的山坡和陡峭的石壁,以及还依稀可辨的那些峡谷深壑的轮廓。自从温特斯以严肃的口吻说出那番令她震惊的言词以来,简妮一直缄口不语,但是,一路走来时,她始终都紧紧挽着他的胳膊;此时此刻,当他停下脚步,把步枪斜靠在凳子上时,她依然紧紧挽着他。

"简妮,看来我必须离开你啦。"

"伯恩!"她带着哭腔喊道。

"是的,看来也只能这样啦。我的处境很不幸——我的心情也不好——我已经失去了一切——"

"你要什么我都可以给你——"

"请你听我说嘛。我说的损失,并不是你所想象的那种损失。我指的是良好的信誉,良好的名声,现在全没了——有了它,我才能在这个村子里立足而不感到苦楚。得啦,一切都晚啦……至于将来,我想,你最好还是努力把我忘掉吧。塔尔不会放过我的。你应当能看得出他今天的用意——不过,你也可能看不出。你是个糊涂虫——都是你那该死的宗教!……简妮,原谅我——我心里很痛苦,也有些怨恨。唉,我担心的是,那只看不见的手会暗地里使坏,把你给毁了。"

"看不见的手?伯恩!"

"我说的是你的主教大人。"温特斯深思熟虑地说。这句话把她吓了一大跳,但是他并没有让她轻松下来,"他就是法律。他颁布的法令已经把我给毁了。你看看我现在这副模样!如今,这个法令马上也要强迫你去归顺教会的旨意了。"

"你错怪戴尔主教啦。塔尔为人暴戾,这我知道。可是,他这几年来一直在热恋着我呢。"

"哎呀,这就是你的信仰、你的借口啊!你无法理解我所掌握的情况——即使你能理解,为了活命,你也不会承认的。这就是你们摩门教徒的特点。那些长老和主教绝对会不惜一切手段来聚敛财富,强化教会的权力,营造他们的宗教帝国的。你想想他们对这一带非摩门教徒的所作所为吧,想想他们是怎么对待我的——想想米莉·欧尼的悲惨命运吧!"

"她的情况,你了解多少呢?"

"我了解得够多啦——我全知道,或许只有一点我还不了解,就是带她来这儿的那个摩门教徒的名字。但是,这种话,我们不能再说下去了。"

她捏了捏他的手,表示理解。他扶着她在凳子上坐下来,让她依偎在自己身边。他尊重女人的沉默不语,他凭自己的直觉推测着,这种沉默一定充满着他所无法理解的女人的深情厚谊。

此时此刻,夜幕尚未降临,夕阳的最后一抹血色晚霞在这一瞬间把大地映照得一片火红。对温特斯来说,眼前的景色与他对未来的感觉,在某种意义上颇有些相似,于是,他用探寻的眼光审视着这片美丽而又荒凉的绛紫色的原野。茫茫紫艾草原神秘莫测,危机四伏。整个景致在温特斯眼里只是大自然的一种野性、严峻、强悍的具体表象。他因为触景生情,引发对未来生活的憧憬,便忽然感到,眼前的景色与身边的这个女人何其相像,唯一不同的是,她的心灵更美,也更具有危险性,她身上有一个更加难解的谜,想到这里,一种不可名状的思绪使他的心麻木了,使他的目光暗淡下来。

"瞧!有一个骑手!"简妮的惊呼声打破了寂静,"那人有可能是拉西特吗?"

温特斯再次把目光投向西边。一名骑手的朦胧身影出现在天际,不一会儿便与紫艾草原的色彩融为一体了。

"也许是吧。不过,我看不像是他——那人是朝这边来的。更有可能是你的一名骑手。是的,现在看清楚了。又来了一个。"

"我也看见他们了。"

"简妮,你的骑手似乎多得像紫艾草原上的草丛啊。昨天,在迷魂谷附近的那条山道上,我就遇到过他们中的五个人。他们在照料放牧在那儿的那批白色牲畜呢。"

"你还去那个峡谷啊?伯恩,我希望你不要再去那儿了。老圈和那批盗马贼就住在那边的山谷里呢。"

"哎呀,那又怎么样?"

"你常去迷魂谷的事儿,塔尔已经旁敲侧击地说过好多次了。"

"我知道。"温特斯大笑了一声,"他下次就会拿我当盗马贼啦。哎,简妮,我离开此地后,要走五十多英里路呢,途中是没有水的。离这儿最近的水源就在那个大峡谷中。我自己得喝水,我的马儿也要喝水啊。瞧!那边又来了一些骑手。他们从峡谷中出来了。"

"放牧在那儿的那批红色牲畜就在那个山坡上,在向着迷魂谷那边的山坡上呢。"

暮色迅速降临。一群黑压压的骑手越过低洼的平川,朝山坡上爬去,身影越来越清晰。一名迎头追赶过来的骑手发出一声尖锐的呼哨,打破了宁静,随后,嘹亮的呼应声,如同狩猎的号角声一样,在幽谷中回荡着。这批刚出平川的骑手们立即策马飞奔过去,冲上了山梁,他们的身形在荒凉的黑黝黝的地平线上清晰可辨。不一会儿,他们又奔下了山梁,渐渐消失在紫色的原野里。

"但愿他们别撞见拉西特。"简妮说。

"我也这样想呢,"温特斯回答道,"到了这个份儿上,值夜班的那些骑手们一定也知道今天白天发生的事情了。不过,拉西特很可能会走别的路,避开他们。"

"伯恩,拉西特到底是谁呀?对我来说,他只是一个名字——是一个很可怕的名字。"

"他究竟是谁?我也不知道啊,简妮。在我认识的那些人当中,谁也不认识他。他说话带有一点儿得克萨斯口音,有点儿像米莉·欧尼。这一点你注意到没有?"

"是啊。他居然知道她的情况,真奇怪!何况她在这儿已经生活有十年了，去世也有两年啦。伯恩，你知道多少有关拉西特的情况啊？告诉我，他都做过哪些事情——你为什么要在塔尔面前提起他——还扬言你要成为又一个拉西特呢？"

"简妮，我知道的也只是一些道听途说，有些属于谣传，有些则是人们编造出来的故事，大多数传闻连我自己都不相信呢。在格莱兹村，他的名气确实很响，可是，在我所认识的那边的骑手和牧场主当中，谁也没有真正见过他。在石桥村，我就从来没听到有人提起过他。但是，在斯特灵村，以及再往北去的几个村落里，他却是人们经常谈论的话题。我还真没去过任何一个人们说他经常光顾的村子呢。关于他本人和他的所作所为，传说颇多，莫衷一是。有些人说，他常在这个或那个摩门教徒聚居的村子里乱开杀戒，而另一些人却又对此矢口否认。我倾向于相信他是这样的人，而且你也知道，摩门教徒是如何掩盖事实真相的。不过，拉西特有一个特征，那是众口一词的——他是被这个地区的骑手们传得沸沸扬扬的一名枪手。他是一个能得心应手地运用自动手枪的人，速度之快，枪法之准，令人叹服。如今我已经亲眼看见过他了，这就进一步加深了我对他的了解。拉西特天生无所畏惧。一看见他时，我的眼睛就告诉了我，他是我的朋友。我永远也忘不了我认出他的那个时刻，我是根据我早已耳熟能详的他拔枪前的那个沉腰动作，才认出他来的。就在那一瞬间，我大叫了一声，喊出了他的名字。我认为，正是我的那声大叫，才救了塔尔的命。不管怎么说，我是知道的，当时，塔尔和死亡之间的距离不足毫发。假如他或者他手下的人胆敢向下动一根手指头——"

温特斯没有把话挑明，但是，他话里的含意，却令简妮不寒而栗。

夕阳的暗淡余晖已经在西边消逝，暮色渐渐融入了黑夜。紫艾草原此时已是黑乎乎的一片朦胧。一颗微弱的星星在西南方的天空中闪烁着。骏马奔腾的声音已经消失，万籁俱寂的夜色里，只有三角叶杨树的叶片在柔和的晚风中轻轻摇曳着，发出低微的沙沙声。

突然，一头郊狼尖利的嚎叫声打破了这祥和、宁静的夜色，随即，从遥远的黑暗深处又传来了一头雄性郊狼的呼应声。

"喂！紫艾草原的狗在叫呢。"温特斯说。

"我不喜欢听狗叫，"简妮回答道，"深夜里，有时候我睡不着，就会躺在床上，侧耳聆听那些长声的悲鸣，或者断断续续的吠叫，或者充满野性的嚎叫，这时候，我就会情不自禁地想到，你正睡在紫艾草原的某个地方呢，我就感到格外心疼。"

"简妮，你不可能欣赏到比这更美妙的音乐的，我也不可能有一张比这更舒适的床。"

"你想想，像拉西特和你这样的人过的是什么样的日子啊！没有家，没有安逸，没有歇息，也没有枕头让你们疲惫的脑袋放松一下。唉！……我们还是耐心点儿吧。塔尔的怒气会得到化解的，时间会帮我们解决问题的。你说不定还能帮村里人很大的忙呢——谁知道呢？比方说，假如你发现了久未查明的老圈和他手下那帮人的藏身之地，把消息通报给我的骑手们？那就不仅能消除塔尔那不堪入耳的旁敲侧击，而且也使形势对你有利啦。多年来，我的骑手们一直在追踪被偷走的那些牲畜的下落。你和我一样清楚，在这荒无人烟的地方，我们为自己的牧场付出了多么昂贵的代价啊。老圈却把我们的牲畜赶进了迷宫似的峡谷，然后再向北或者向西赶，一直赶进了犹他州的自由市场。如果你能花些时间在迷魂谷里查一查，找到他们的踪迹，那该多好啊。"

"简妮，我已经考虑过这个问题啦。我会尽力的。"

"我该走啦。我也很伤心,因为从现在起,我不知道还能不能再见到你。不过,明天行吗,伯恩?"

"明天当然行。我会密切注意拉西特的行踪的,我要找到他,跟他结伴而行。"

"晚安。"

她告别了他,然后转身离去,白色、飘逸的身影不一会儿便消失在夜色之中。

温特斯一直等到听见了轻微的关门声,确信她已经到家之后,这才提起步枪,悄无声息地钻出灌木丛,走下小土丘,穿行在黑魆魆的林木间,朝树林的边缘走去。此时,灰蒙蒙的天空已经变得一片湛蓝,满天繁星照亮了早来的黑暗;他面前开阔的平地上,凉爽的晚风在徐徐吹拂着,紫艾草芬芳的气息沁人心脾。他紧贴着三角叶杨树林的边缘,无声无息地快步向西走去。树林很长,还没有走到尽头,他忽然听到有声音传来,便立即收住脚步。沉闷的马蹄声告诉他,马儿是冲着他这边来的。他猫腰躲进了暗处,等待着,侧耳聆听着。还未来得及细想,只是根据声音来判断,他便吃惊地发现,那些骑手竟然已经近在咫尺了。他们正贴着紫艾草原的边缘朝这边走来,刹那间,他明白过来,马蹄被人用布料裹住了,所以马蹄声才会如此低沉。片刻后,那几个骑手在暗淡的星光下朦朦胧胧地进入了他的视线。不过,他目光很敏锐,况且也适应了黑暗,因此,他仔细一看,马上就认出了老圈那庞大的身躯和他那张留着黑胡须的面孔,认出了那个四肢灵活、体态轻盈的盗马贼中的中尉,那个脸上蒙着黑布的骑手。他们从他面前走了过去,黑暗渐渐吞没了他们的身影。不一会儿,紫艾草原的深处又走来了一群黑压压的骑马人,他们几无声息,形如一群幽灵,随后,他们也与黑夜融为一体了。

第三章　琥珀泉

老圈和他手下那帮人即便在光天化日之下前来光顾杨树村，那也是一件司空见惯、不足为怪的事情。但是，如果他用布料把马蹄裹起来，趁着夜色在村子周围偷偷摸摸地行动，那就意味着，他又在酝酿什么坏点子了。此外，在温特斯看来，老圈身边的那个蒙面骑士的突然现身，简直就是一个不祥之兆。因为此人颇具神秘色彩：他很少路过这个村子，即使偶尔假道此村，也是疾趋而过，速度极快；紫艾草原上的骑手们很少能在白日里遇见他，然而，凡是他所到之处，总会留下一系列神秘莫测、令人费解的行径，如同他脸上蒙着的那块黑布一样。老圈那帮人并不只局限于偷盗牲畜啊。

温特斯匍匐在三角叶杨树林的阴影里，脑海中在反复盘算着这次巧遇，但是，没隔多久，他便认为，危险已经过去，该继续上路了。然而，他刚迈开脚步，突然感到心头一热，便又折转回来，贴着树林的边缘朝相反的方向走去。走到通向简妮家的那条小路时，他决定先进村去摸摸情况。于是，他迈开轻捷的脚步，急匆匆向前奔去。穿过这片树林，他便进入了村中唯一的那条街道。街面很宽，两旁的白杨树缤然成行，白杨树下，人行道的两侧，两条沟渠"哗哗"地流淌着发源自简妮·威瑟斯汀家的那口琥珀泉的泉水。

树木间闪烁着农家小屋的烛光，前方几家店铺的窗户里灯火通明。温特斯悄悄靠近这几家店铺，看见人们正三五成群地站在一起，在交头接耳、十分严肃地谈论着什么。往日里常见的那种人们聚集在街头巷尾，坐在板凳或台阶上悠闲地聊天的情景已经不见踪影。温特斯趁着夜色越走越近，直到能依稀听见人们的说话声。岂料，他根本听不清他们到底在说什么。他看得出，其中有不少人是摩门教徒，便瞪大眼睛察看着，想从中找出塔尔和他那几个手下，却没看见他们。温特斯断定，那几个盗马贼并没有从村里这条街道上走过。毫无疑问，这些表情凝重的人正在谈论的是拉西特的不期而至。不过，温特斯已经确信无疑地感到，塔尔白日里对他的险恶用心暂时还没有、也不会暴露出来。

眼看没有什么值得他打听的内容，温特斯便顺原路折返了。教堂里黑咕隆咚，教堂隔壁的戴尔主教家的宅院也是黑洞洞的，塔尔家的屋子也同样黑灯瞎火。平常这个时候，几乎每天晚上，这儿都灯火辉煌，温特斯明显意识到，眼前的这种状况确实不同寻常。

快要走出大街、靠近那片树林时，他忽然又听到了一阵急促的马蹄声，便赶紧蹲伏下来。顷刻间，他看见两个骑马人朝他这边走来。他立即闪身躲进了一棵大树的阴影里。此时的星光比方才亮了些，借着星光，他清楚地看见了塔尔那高大威猛的身躯，塔尔身边是那个身材短小、长得活像癞蛤蟆的骑手杰里。他们谁也没说话，径直策马而去，消失在黑暗中。

温特斯走出了树林，一路上都在心情郁闷地回忆着白天那一幕幕场景。他暗暗思忖，不知这个多事之夜还会冒出哪些稀奇古怪的事情来呢。他思绪万千，忧心忡忡。有一位女性就居住在那片黑魆魆的树林的深处，那位女性是他的朋友。然而，他却要紧握枪杆，躲躲闪闪地去接近她的庄园，偷偷摸摸地在附近寻觅藏身之地，活像一个印第安人，一个居无定所、形单影只、四处漂泊的流浪汉。她的头顶上空笼罩着冷酷无情、藏而不露、秘而不宣的强大势力的阴影。简妮·威瑟斯汀的高尚情怀,连尊贵的女王也难以企及:她慷慨解囊,用自己丰饶的家产来周济她的民众,同时也热心救助那些命运不济、被她的村民们视为仇敌的人。她唯一的要求就是能获得所有女人都应当拥有的神圣权利——自由,按照她自己的心愿去获得爱情,享受生活。即便如此,她的祈祷、她的企盼,却全是一片枉然。

"几年来,我总算看明白了,一场乌云密布的风暴一直就盘旋在她的头顶和杨树村的上空,"温特斯一边迈开大步,一边喃喃自语道,"这场风暴不久就要爆发了。我可不愿意看到那种前景。"这真是一个多事之夜啊——在大街上神色不安地交头接耳的村民们——裹起马蹄、趁着夜色出动的盗马贼们——行踪诡秘的塔尔——还有那位藏身于紫艾草原,怀着不可告人的可怕意图的人,拉西特!

温特斯穿过那片黑压压的三角叶杨树林,进入了紫艾草原,接着又健步朝那面缓坡上爬去。他一直顺着北斗星所指的方向行走着,间或也会停下脚步去听一听,然而听到的只是他平常所熟悉的郊狼的吠叫声、劲风的呼啸声、紫艾草的瑟瑟声。不一会儿,一堆黑乎乎的乱石岗出现在他的右侧,他折身朝那儿走去,并轻声打了个呼哨。乱石堆中猛然窜出了一条狗,"呜呜"地欢叫着朝他扑来,亲热地围着他直打转。他小心翼翼、一步一步地爬上了这片凹凸不平、犬牙交错的乱石岗,然后又从这儿走了下去。乱石岗下的光线更加幽暗,却是个避风的好去处。一团白色的物体出现在他眼前。那是另一条狗,正蜷作一团睡在马鞍和行囊之间。听见他来,狗醒了,拍打着尾巴向他致意。温特斯用马鞍作枕,裹着毛毯,朝着满天繁星仰面躺下。那条白犬走过来,舒适地蜷伏在他身旁,另一条狗"呜呜"地叫了几声,然后便走向了几码开外的小土丘,蹲伏在那儿守卫着。在这人迹罕至的隐蔽处,在这星空寥廓的蓝天苍穹之下,温特斯合上了双眼,心酸地对比着这荒凉的旷野和他孤苦伶仃的处境,不知不觉地睡着了。

他一觉醒来时,天刚破晓,周围呈现出一派鲜亮的铁灰色,空气中散发着紫艾草原所特有的浓郁、凉爽的气息。他站起身来,朝摇头摆尾地向他讨好的那两条猎犬打了声招呼,展开四肢活动了一下被束缚得有些疼痛的身躯,然后去搂了几束紫艾草的枯枝败叶,点燃了一堆篝火。几条干巴巴的牛肉放在火上烤一烤,权当他自己和两条猎犬的早餐。他就着水壶喝了点儿水。行囊里再没有别的东西了,他也早已习惯了独守篝火的日子。他在篝火边坐下,摊开双手,等待着。几个月来,等待已然成了他的首要任务,他也不清楚自己究竟在等待什么,但愿不是在等待时光的流逝。不过,他此时已经感觉到,用不了多久就会有行动了;他今天势必要分别与拉西特和简妮再见一面,说不定还会有那帮盗马贼的消息;明天,他就要沿着那条羊肠小道去迷魂谷了。

在等待时,他喜欢和他钟爱有加的那两条猎犬说话。他给那两条猎犬取名叫小圈和小白。它们是牧羊犬,是长毛大牧羊犬和一种大猎狗的混血品种,体格超一流的强健,而且训练有素。在他倒霉的岁月里,这两条猎犬似乎也懂得它们对主人的价值所在,对他怀有深厚的感情,而且忠心耿耿。小白用那双充满忧郁和爱恋的眼睛在注视着他,小圈则蹲伏在那边的小土丘上,毫不懈怠地担负着站岗放哨的任务。太阳出来时,白犬就会去接替它的同伴,小圈则回到主人的脚边睡觉。

时光在一点儿一点儿地流逝,温特斯卷起毛毯,把毛毯和简单的行囊捆缚在一起,然后爬上坡顶,去寻找他的马儿。他一眼就看见了那匹马，它正站在离他不远的紫艾草地上，便立即拔脚朝它奔去。在这个地区，每一个骑手都会自豪地声称自己拥有一匹好马，也渴望能赢得赛马场上的头彩，因此，在众多绿草如茵、风景秀丽的牧场上，良种赛马比比皆是，随处可见；然而，温特斯的这匹坐骑却是他命运不济的悲哀佐证。

马儿牵来之后，温特斯背靠岩石，面向东方，伫立在那儿等待着，手里把玩着一根草叶。灿烂的阳光将这条绛紫色的山谷映照得流光溢彩。在他的正前方、在他的左边、右边，紫艾草漫山遍野，绵延起伏，如同波浪翻滚的紫色海洋一样。在那片三角叶杨树林中，在紫色原野里的那块绿洲上，简妮·威瑟斯汀家的那幢古老的石宅呈现出一片暗红色。从那儿延伸开来的是一块块绿油油的乡村菜园、花园、果园，一棵棵挺拔的白杨树傲立于其间，再往远处去，便是一块块色泽深沉、土地肥沃的紫苜蓿田了。还有无数红、黑、白色的斑斑点点遍布在紫艾草原上，那是数不清的马、牛、羊。

于是，温特斯一边观赏着眼前的美景，一边耐心等待着，让时光慢慢流逝。终于，他看见一匹马奔上了山梁，他知道，那一定是拉西特的那匹黑色的骏马。他攀向最高的一块岩石，想让自己的身形能在蓝天的衬托下醒目地显现出来。他站在高耸的岩石上挥舞着帽子。几乎就在这一瞬间，拉西特勒住马，转过身来，这位骑士的非凡眼力果然名不虚传。温特斯连忙爬下巨石，系好马鞍，绑好行囊，又朝他的爱犬交代了几句，正准备上马去见拉西特时，他忽然又改变了主意，决定留在此处等他过来，因为那儿地势更高，非常惹眼。

出自一个男子汉的态度友好的问候是什么滋味，温特斯已经很久没有品尝到了。拉西特的一声问候，顿时温暖了他那颗由于长期无人理睬而变得十分冷漠的心。当那只钢铁般有力的手紧紧握住了他的手,当他的目光与那双灰褐的眼睛相遇时,当他回报以同样友好的问候时,他便断定,他和拉西特一定能结为朋友。

"温特斯,我们不妨先聊一会儿,然后再下山去,"拉西特一边说,一边放下马缰,"我并不急着赶路。你这两条狗的品种很不错嘛。"他以一个骑士的眼光立即看出了温特斯那匹坐骑的优劣之处,不过,他并没有说出自己的看法。"哎,昨晚我离开你们之后,有没有出什么事?"

温特斯把遇见盗马贼的情况告诉了他。

"我那会儿正舒舒服服地躲在紫艾草原里呢。"拉西特回答道,"什么也没看见,什么也没听到。依我看,老圈在这一带还是很霸道的。在犹他州北部,没有人知道他是怎么蛰伏在这些峡谷之中,而且不留任何痕迹的。"拉西特沉默了一会儿,又接着说:"我和老圈其实并不陌生,几年前,他赶着牲畜进入位于里约森林北面的鲍斯迪尔的福特地区时,我就认识他了。不过,他在那儿干得并不顺手,所以,他如今把牲畜赶往别的地方去了。"

"拉西特,你早就认识他呀?告诉我,他是摩门教徒还是非摩门教徒?"

"我也说不清楚。我认识一些摩门教徒,不过,他们硬要假充是非摩门教徒呢。"

"摩门教徒是不会假装成非摩门教徒的,除非他是个盗马贼。"温特斯振振有词地说。

"也许是吧。"

"这个地区的生存条件对谁都很艰难,对非摩门教的人来说,那就更是难上加难啦。你是否知道,或者曾经听说过,有哪个非摩门教的人在摩门教徒聚居的社区里发达起来过?"

"闻所未闻。"

"唉，我想离开犹他州。我母亲住在伊利诺伊州。我想回家。我已经有八年没回过家啦。"

这位年龄稍长几岁的男子汉温厚的情怀深深打动了温特斯，使他也想说说自己的身世。他的家乡在昆西，他少小离家，独自在外闯荡，在金矿寻找过发财的梦，跑得最远的地方也没有超出过盐湖城；他四处奔波，当过帮工，替人赶过马车，放过羊，后来又一路南下，越过大分水岭，走遍土地贫瘠的荒山野岭，踏遍崎岖不平的莽莽高原，翻过崇山峻岭，最后来到了这片位于边缘地区的居住区。在这一带，他成了紫艾草原上的一名骑手。他曾经有过一些积蓄，有一段日子过得还挺红火，直到一次偶然的机会，他才受雇于简妮·威瑟斯汀的。

"拉西特，其余的我也就不必告诉你啦。"

"哎呀，对我来说，这也不算什么新鲜事。我了解那些摩门教徒。我见识过他们的女人所付出的简直匪夷所思的爱情，她们忍辱负重，忍气吞声，甘愿牺牲自我，对上帝的赤诚之心已经到了在我看来十分狂热的地步。我也看到过与她们形成了鲜明反差的那些男人的肮脏伎俩。他们相互勾结，沆瀣一气，而且行事诡秘。没有人能阻拦他们，除非拿起枪杆子。因为摩门教徒是不轻易杀人的。在我看来，这是他们所信仰的那个宗教的唯一可取之处。温特斯，你记住我这句话，这些摩门教徒的思想大有问题呢。你在哪儿听说过这种事情，一个摩门教徒已经有老婆了，居然还可以再娶一个女人，还大言不惭地说，这是在尽义务呢？"

"拉西特，你的想法和我一样。"温特斯回答道。

"那你为什么从不拿起枪杆去对付塔尔或他们那伙人呢？"骑士颇为好奇地询问道。

"简妮恳求过我,要我忍一忍,不要去计较。她甚至拿走了我的枪。直到失去了一切,我才明白过来。"温特斯回答道,脸也涨得通红,"但是,拉西特,你听我说。我曾经在一艘失事的船上弄来了一支温切斯特①、两把柯尔特②,还有大量的子弹。我把它们都藏在迷魂谷那边了。在那儿,六个多月来,我几乎每天都在练枪,步枪的枪管把我的双手都灼伤了。我也一直在练习拔枪的动作——练习用柯尔特射击,常常一练就是好几个钟头呢!"

"这话倒挺有意思,我爱听。"拉西特说着,立即抬起头来,那双灰褐色的眼睛紧盯着温特斯。"在动手练枪之前,你会打枪吗?"

"会啊。现在嘛……"温特斯做了一个快如闪电的出枪姿势。

拉西特脸上露出了微笑,古铜色的眼睑眯成了一条缝,那双灰褐色的眸子仿佛射出了更加明亮的光芒。"你会杀了塔尔的!"他没有疑问,有的只是肯定。

"我答应过简妮·威瑟斯汀,我要尽量避开塔尔。我会恪守诺言的。但是,我和塔尔迟早还会狭路相逢。我现在的感觉是,只要塔尔胆敢再朝我吹胡子瞪眼,我就会立即拔枪!"

"依我看,是这样。这个地方很快就会乱成一团了。"他停顿了片刻,用马鞭轻轻抽打着身旁的一丛紫艾灌木。"温特斯,看来你已经大有长进啦,既然如此,请你谈谈米莉·欧尼的情况,好吗?"

温特斯听得出,拉西特的问话中含有一种被压抑着的渴望,他激愤的情绪缓和下来。

"米莉·欧尼的情况?好吧,拉西特,我把我所知道的情况全

---

① 商标名,温切斯特公司出品的一种连发式步枪。
② 商标名,柯尔特公司出品的左轮手枪。

都告诉你吧。在我还没到这儿来之前,米莉·欧尼已经在杨树村生活了好几年了,我能告诉你的大多数事情都发生在我来此地之前。我后来渐渐对她有了非常深的了解。她是一个有过不幸遭遇的女人,而且非常热衷于宗教事务。我曾经产生过一个想法,不过,我从没对任何人说起过——我认为,在她的内心世界里,她其实还是一个不信奉摩门教的人,她不是摩门教徒。可是,她依然按照摩门教的规矩为人处事,当然,她也具有摩门教女人口风很紧、绝不轻易向别人吐露心迹的特点。你是知道的,在每一个摩门教徒聚居的村子里,都有一些在我们看来似乎颇具神秘色彩的女人,而米莉身上的神秘色彩就更加非同寻常了。她当初来杨树村时,身边还带着一个长得非常漂亮的小女孩,她把全部的爱都倾注在这个小女孩身上了。米莉委身于一个摩门教徒的事儿,在杨树村并没有公开化,但是,我可以确信无疑地说,她的确是一个摩门教徒的小老婆。也许这个摩门教徒的大老婆或小老婆们不肯承认米莉的身份。在这一带村子里,这种事情是屡见不鲜的。摩门教徒的妻、妾们自己都戴着枷锁呢,可是,她们仍然有嫉妒心。唉,不管米莉是出于什么原因才来到这个地区的——无论是出于爱情,还是出于对宗教的狂热追求——但是,她为此感到后悔了。她放弃了乡村学校里的教学工作。她连教堂也不去了。她不肯再用摩门教徒的方式来抚育她的宝贝女儿了。于是,那些摩门教徒就不断向她施加压力,威胁她——是逐步加码的,那是他们惯用的伎俩。最后,孩子不见了。有报道说,孩子是'走失'的。其实,那孩子是被人偷偷拐走的,我心里明白。你也明白。这件事使米莉·欧尼深受打击。但是,她依然抱着一线希望坚强地活着。她变成了一个奴隶。她全心全意、累死累活地卖力做工,目的就是想赎回自己的孩子。可是,她从此再也没有听到过有关那孩子的消息。后来,她终于垮掉了……我到现在都还记得她那时的模样,一个十分脆弱的女人,心地透明得你简直一眼就能看穿她——脸色苍白得如同死灰——还有她那双眼睛!……她那双眼睛一直使我难以忘怀。她只有一个真心实意的朋友——简妮·威瑟斯汀。可是,简妮无力修补一颗破碎的心啊,米莉终于死了。"

有好大一会儿,拉西特没说话,甚至连头也没有动一下。

"这个男人!"他突然大喊了一声,嗓音嘶哑。

"我一点儿也不知道这个摩门教徒到底是谁,"温特斯应道,"杨树村的非摩门教徒里也没有任何人知道。"

"简妮·威瑟斯汀知道吗?"

"她是知道的。但是,即使你用烧红的烙铁去烙她,你也休想把这个人的名字从她嘴里烙出来。"

拉西特没再说话,策马出发了,温特斯紧随其后,他的两条猎犬也跟了上来。下山半英里之后,他们走进了枝叶扶疏的柳林,接着又来到了一大片绿草如茵的开阔地,葱绿茂密的嫩草,像深绿色的天鹅绒毯一样铺展在地上。潺潺流水声和鸟儿的婉转啼鸣不绝于耳。温特斯携同伴来到一处有树荫遮蔽的凉亭,并引领他来到了琥珀泉边。这是一眼十分壮观的喷泉,清澈甘洌、呈琥珀色的泉水从色泽深沉的一眼石孔中"哗哗"地倾泻出来。拉西特俯身啜了口泉水,然后又连续喝了几大口。他没作任何评论,温特斯也不需要作任何解释。对紫艾草原上的骑手而言,除了他的坐骑,泉水便是他的最爱。更何况这眼喷泉是如此美妙,如此出名,生活在南部犹他州高山峻岭中的骑手们几乎无人不知。正是这眼喷泉让老威瑟斯汀成了一个赫赫有名的封建主,也使他的女儿如今能用她父亲当年从紫艾草原的劳苦民众身上搜刮、榨取来的家产钱财来回报社会,帮困济穷。

泉水喷涌而出，形成了一条翻腾不息的湍流，一路欢快地奔腾着，流向了一条垂柳成荫的水渠。青苔、紫萁、百合花倒悬在青翠的渠岸上。除了蓄水、引水的岩石上留有粗糙的开凿痕迹外，这青青杨柳丛和沼泽地简直就是大自然的天合之作。

山坡下是人工湖，一共有三个，依次而下，湖岸系用泥土堆筑而成，湖的周围是一棵棵树干挺拔、绿叶扶疏的白杨。平静如镜的湖面上，一只只鸭子在游弋；一只蓝色的苍鹭一动不动地站立在水闸上；几只翠鸟从岸边的柳荫里飞扑出来，尖叫着划过湖面；一只白鹰在湖面上空盘旋着；柳林和灌木丛中不时传来欧鸲鸟和鸣禽的歌唱声。眼前的景色与坡壑纵横、人烟稀少的紫艾草原以及远方乱石嶙峋的山谷截然不同，形成了一种奇异的反差。温特斯在思念着那个女人，她爱这些鸟儿，爱这叶的碧绿，爱这淙淙流淌的泉水。

旁边的坡地上，在第三个，也是最大的那个湖泊的下方，有一座相当宽敞的石砌牲畜棚，周围散落着许多牲畜的围栏、敞开式的牛棚、马厩、鸡笼、鸭舍、猪圈。这儿尘土飞扬，热闹非凡，马蹄的"嗒嗒"声、小马驹撒欢的嬉闹声、小毛驴"嗷嗷"的叫声，此起彼伏。一匹匹健马正在趾高气扬地踏进围栏。牲畜棚的小窗户里时不时地有栗色、黑色、红褐色的马儿探出头来。他俩走进牲畜棚里的大院时，周围的喧闹声竟越发响亮起来。不过，这种欢迎仪式并没有得到在场的另外几个成年男人和几个小男孩的支持，他们一哄而散，很快就不见了踪影。

正当温特斯和拉西特转身朝那座庄园走去时，简妮也正牵着马儿从甬道上走来。她身着骑裙和宽松的短衫，往日的端庄淑雅似乎不见了踪影，她看上去倒像一个英姿飒爽的女骑士，而不像是威瑟斯汀庄园的女主人。她脸上洋溢着灿烂的笑容，她的问候，既含情脉脉，又彬彬有礼。

"好消息啊，"她宣布说，"我刚从村里出来。一切平安无事。我原以为——我也不知道究竟会发生什么事情。但是，没有出现任何骚动。塔尔骑马外出了，此时正在去格莱兹村的路上呢。"

"塔尔走了？"温特斯吃惊地问道。他满腹狐疑，不知塔尔突然出村的真实意图究竟是什么。难道是因为他不愿再次撞见拉西特而想一走了之吗？他的出走是否与可能就隐藏在这附近的老圈和那帮惯匪有瓜葛？

"走啦，是啊，谢天谢地，"简妮回答道，"我总算可以清静一会儿啦。拉西特，我想请你看看我的马。你是一名骑士，你对马一定很有眼光。在我的这些马儿当中，有一些具有阿拉伯马的血统呢。我父亲曾经从印第安人手里得到过内华达州品种最好的良种马，那些印第安人声称，他们的马是当年西班牙人留下来的纯种马呢。"

"嗯，尊贵的女士，您骑的这匹马倒是很吸引我的眼球呢，"拉西特一边说，一边绕着这匹体格高大、四肢匀称、肌肉健壮、线条优美、红棕色的皮毛中夹杂着白色花纹的骏马走了一圈。

"那几个小伙计到哪儿去啦？"她一边四处张望，一边问道。"杰德，葆尔，你们去哪儿啦？快过来，快把那些马牵出来。"

牲畜棚内门闩拉开的声音，如同给马发出了信号，它们纷纷把头探出了窗外，打着响鼻，跺着脚。不一会儿，它们踏着沉重的步子冲出了大门，全是清一色的良种马，在牲畜棚的大院里来回奔撞着，昂首摆尾，鬃毛随风飘舞。撒了一会儿欢之后，它们远远停下了脚步，摆出桀骜不驯的架势，抬头张望着，随后便亲热地嘶嘶叫着，慢慢朝它们的女主人走来，同时也朝这两个陌生人和他们的坐骑不屑一顾地喷着响鼻。

"来——来——来,"简妮伸出双手喊道。"哎呀,银铃儿——郎格儿,你们的风度哪儿去啦?过来,黑星星——过来,夜游神。啊,你们这些漂亮的家伙!我的紫艾草原的赛手们!"

只有两匹马儿朝她走来,她称之为黑星星和夜游神的那两匹马。只要一看见这两匹马,温特斯就兴奋不已。头一匹马通体乌黑,色泽深沉,另一匹则黑得油光闪亮;两匹马的大小一模一样,如同天造地设一般,都体格高大,身材颀长,肩胛宽阔,四肢灵活,且强壮有力。从它们皮毛的光泽度、马鬃的整洁度即可看出,它们备受女主人的宠爱。这一点还表现在它们那炯炯有神的大眼睛里,表现在它们款款走来时的热切神态上。

"我还从来没见过这么俊美的马儿呢,"拉西特由衷地赞叹道,"在当今这个时代,我也算得上一个阅马无数的人了。嗳,尊贵的女士,假如您想骑着马儿远走高飞,穿过紫艾草原——比方说,想与人私奔——"

拉西特的这句有点儿干涩的幽默话还没说完,便戛然而止了,不过,这句笑谈却颇有些耐人寻味。简妮羞红了脸,却又狡黠地朝他眨了眨眼睛。

"你可要当心呵,拉西特,我说不定会把你这句话当成是求婚呢,"她快乐地回答道,"向一个摩门教女人求婚,想带着她私奔是很危险的。哎,我刚才是在等你们呢。现在正好是带你去看米莉·欧尼的坟墓的最好时机。值白天班的骑手们已经出发了,值夜班的骑手们还没有回来。伯恩,你是怎么看这件事的?需要我操心吗?你是知道的,我不得不操心啊。"

"嗯,值夜班的骑手们一般不会回来得太晚,"温特斯慢吞吞地回答说,并和拉西特交换了一下眼色,"天黑之后,牲畜一般都会安静下来。但是,我知道,一头小小的郊狼就能把你那批白色的畜群吓得到处乱窜呢。"

"我可不愿自找麻烦。走吧。"简妮说。

他们各自骑上马,简妮策马走在前面,带领他们沿着这条甬道走了一段,然后折向了一条被牲畜踩踏而成的驿道,朝西边走去。温特斯的两条狗也一路小跑着紧跟在他们身后。农场这一侧的景致完全不同于另一侧:突显在眼前的这片原野崎岖不平,远处的紫艾草地更是沟沟坎坎,毫无生气;这儿既没有引人入胜的深蓝色的深壑峡谷,也没有鬼斧神工般的悬崖峭壁。起伏不平的坡地一直向前延伸,渐渐消失在灰蒙蒙的天边。没走多久,简妮就离开了驿道,进入了紫艾草原,片刻之后,她跳下马来,抛开了缰绳。两个男人也随即下了马,步行跟在她身后,沿着一条低矮的陡坡走了很长一段路。她一连穿过了好几个小土丘,才终于在一个很不起眼的土堆旁停下来。小土堆静静地卧在一丛弯弯曲曲的紫艾灌木的阴影里,靠近斜坡的边缘,骑在马上的人倘若没看出这是一座坟墓,便会疾趋而过,毫无察觉。

"就这儿!"

她说话时脸上显现出悲哀的神色,但是,对这座没立墓碑、无人问津的坟墓,她也没作任何解释。墓前有一小丛淡紫色的熏衣草和一丛苍白的雏菊,毫无疑问,那是简妮栽下的。

"我来这儿只是为了缅怀她,为她祈祷,"她说,"可是,我却不能留下任何痕迹啊!"

茫茫紫艾草原里的一座孤零零的坟墓!米莉·欧尼的这片安息之地是多么凄凉啊!杨树林、紫苜蓿田,在这儿是看不见的;附近也没有岩石、山岗、雪松作陪,一切都是那样单调乏味。灰蒙蒙的土坡,间或有几片紫色,贫瘠而又荒凉,高原的风儿吹拂着紫艾草,刮向了暗淡、遥远的天际。

拉西特低头看了看坟墓,然后抬头仰望着天空。此时此刻,他仿佛变成了一尊青铜塑像。

简妮轻轻拍了拍温特斯的胳膊,拉着他回到坐骑旁边。

"伯恩!"当他们来到拉西特听不见他们说话的地方时,简妮哭叫道,"拉西特很可能就是米莉的丈夫——那个很久以前失踪的小女孩的爸爸呀!"

"很可能是啊,简妮。我们上马走吧。如果他想再看到我们,他会跟上来的。"

于是,他们骑上马,沿着那条被牲畜踩踏出的驿道朝山梁上爬去。在山岗上,在他们正准备下山时,温特斯回头望了一眼。他没看见拉西特,便情不自禁地把目光移向了远处的那面缓坡,不料却看见了一团飞扬的尘土。

"喂,是个骑手啊!"

"是的,我也看见啦。"简妮说。

"那人在策马狂奔呢。简妮,有点不对劲啊。"

"啊,是的,那一定是……他怎么那样骑马啊?"

那匹马渐渐消失在紫艾草原里,然而他身后留下的一圈圈飞扬的尘土却清楚地表明了那名骑手的去向。

"他走的是一条比我们近的路——他直奔牲畜栏那边去了。"

温特斯和简妮立即跃马扬鞭急驰而去,直到进入那条甬道的拐弯处才勒住马。这条甬道直通杨树林的右侧。刹那间,在甬道另一端的入口处,一匹枣红马的身影突然闪了一下。温特斯随即便听见了一阵急速而又很有节奏的马蹄声。他敏锐的目光立刻认出了那个正匍匐在马鞍上的骑手。

"是贾金斯,是你家的一个非摩门教的骑手!"他叫道,"简妮,如果贾金斯像那样策马飞奔,那就意味着出大乱子啦!"

第四章 迷魂谷

这名骑手风驰电掣般飞奔而至,猛然勒住他胯下那匹还在吐着白沫的马。他身躯魁伟,生就一双无所畏惧的大眼睛。

"贾金斯,你怎么浑身是血啊!"简妮惊慌地叫道,"啊,有人朝你开枪啦!"

"没什么大不了,威瑟斯汀小姐。只是肩膀被划破了一个口子,被我的汗水和马的汗水浸透了,所以,这些不全是血。"

"出什么事儿啦?"温特斯急切地问道。

"盗马贼下山了,抢走了那批红色牲畜。"

"我的骑手们都哪儿去啦?"简妮厉声问道。

"威瑟斯汀小姐,整整一夜只有我一个人在看守那群牲畜。今天早上,光天化日之下,那帮盗马贼冲下山来。他们一看见我就朝我开枪了。他们一直在拼命追击我,枪声不断,火力很猛,不过,我还是逃脱了。"

"小贾,他们是想要你的命呢!"温特斯断言道。

"我到现在还在纳闷,"贾金斯回答道,"他们为什么要这么迫不及待地对我下毒手呢。况且,对盗马贼来说,耗费时间来追杀一个普通骑手,这也是很不寻常的。"

"谢天谢地,你总算逃回来了,"简妮说,"可是,我的那些骑手呢——他们到底去哪儿啦?"

"不知道。昨天夜里下山时,我压根儿就没见到那些值夜班的骑手,今天早上我也没碰见任何一个值白天班的骑手。"

"贾金斯！伯恩，他们遭到伏击——被老圈的人给杀了吧！"

"我不信，"温特斯斩钉截铁地回答道，"简妮，你的骑手们大概还没有踏进紫艾草原呢。"

"伯恩，你这话是什么意思？"简妮·威瑟斯汀的脸色刹那间变得一片煞白。

"你还记得我曾经说过的那只看不见的手吗？"

"啊！……不可能的！"

"但愿不可能，可是，我担心——"温特斯话说到这里，摇了摇头。

"伯恩，你这话说得太刻薄了；不过，这也是很自然的。我们等着瞧，看我那些骑手们到底遇到什么情况了。贾金斯，跟我到屋里来吧。你的伤口必须包扎一下。"

"简妮，我一定要查清楚，老圈究竟把那群牲畜赶到哪儿去了。"温特斯信誓旦旦地说。

"不，不！伯恩，现在别去冒这个险——那些盗马贼这时正在开枪杀人的兴头上呢。"

"我这就走。小贾，那批红色牲畜有多少头？"

"有两千五百头呢。"

"哼！老圈究竟有多大能耐，能赶走这么多牲畜？一次能偷盗一百头牲畜，就已经是很庞大的数目了。这件事我一定要去查清楚。"

"不许去！"简妮恳求道。

"伯恩，你需要一匹善于奔跑的骏马。威瑟斯汀小姐，恕我大胆直言，您要不就让他骑上一匹快马，要不就别让他走。"

"是的，是的，贾金斯。他必须骑上一匹无可匹敌的骏马。你想要哪匹马——是黑星星——还是夜游神？"

"简妮,我哪一匹都不要,"温特斯斩钉截铁地说,"我不会拿你的心爱之物去冒险的。"

"那就郎格儿吧?"

"那可是一匹货真价实的好马啊,"贾金斯回答道,"郎格儿很可能比黑星星和夜游神厉害得多呢。您是绝对不会相信的,威瑟斯汀小姐,但是,我是知道的。郎格儿才是紫艾草原上最强健、速度最快的骏马呢。"

"呵,不会吧,郎格儿不可能比黑星星还厉害吧。但是,伯恩,如果你执意要走,那就带上郎格儿吧。无论你需要什么,尽管让杰德帮你准备。啊,千万要警惕、要小心哦……愿上帝赐给你速度。"

她紧紧握了握他的手,然后立即转过身去,带着那名骑手走了。

温特斯策马来到石砌牲畜棚前,一跳下马就大声呼喊杰德。那小伙计急忙跑来。温特斯吩咐他去准备些牛肉、面包、干果之类的物品,把这些物品统统装进鞍囊里。他把自己的那匹马放进了离他最近的围栏里,然后去牵郎格儿。这匹威武雄壮的枣红色骏马早已因其脾气暴烈、不服管束而赢得了威名。它似乎早有准备地走出了牲畜棚,一进大院,它就挣脱了温特斯,两耳竖直,在大院里横冲直撞。温特斯不得不给它套上缰绳,但它随即便一脚踢断了一大截围栏,前腿竖起,身躯直立,然后又猛然撞下,似乎想摆脱缰绳的束缚。杰德也匆匆赶来帮忙。

"郎格儿嫌自己的本事没得到充分发挥呢,"杰德一边说,一边整理着那副硕大的马鞍,"它一进围栏就大发脾气,老想在外面撒野奔跑。等着瞧吧,瞧它闻到紫艾草原的气息时的那个高兴劲儿吧!"

"杰德，这匹马的确是个脾性暴烈的家伙。我只骑过它一回。奔跑？它快如追风噢！"

温特斯的靴子刚踏上马镫，枣红马便猛然一窜，挣脱了缰绳，让它的骑手在半空中来了个飞身上马的姿势。这匹烈马大幅度的颠簸摇摆，不禁使温特斯回想起还不算很遥远的往事，想当年，作为简妮·威瑟斯汀家众多骑手的头领，他就是骑着这匹烈马进入紫艾草原的。郎格儿不服气地用力甩动着刚给它套上的马嚼子。它冲出道路，沿着树林边缘的树荫狂奔起来，然而，当到达饮马槽边时，它的神态已经完全改变了，在那儿趾高气扬地腾跃着，欢快地大声咀嚼着。温特斯跳下马背，把水壶灌满水，也让马儿喝足了水。那两条狗，小圈和小白，也一路小跑着赶来喝水了。随后，温特斯重新上马，骑着郎格儿，朝紫艾草原进发了。

一条宽阔的灰白色的山路蜿蜒曲折，伸向坡底。温特斯以敏锐的目光迅速扫视了一遍眼前的地形，马上发现，在他的视线范围内，既没有人，也没有马，甚至连一头菜牛也没见到，除非他们正匍匐在紫艾草丛里。小圈大步流星地走在前面，小白则一路小跑着跟在后面。郎格儿的速度也有所减缓，迈着轻松的步子慢悠悠地跑着。由于起初的兴奋和忙乱已经过去，要走的路程还很漫长，温特斯的思绪又回到近来所发生的一桩桩绝非偶然的事件上，静下心来仔细揣摩着。

塔尔的连夜骑马外出，以及随后所发生的种种事件，似乎已经表明，他正在秘密策划一系列阴谋；老圈和那个蒙面骑士以及他手下那帮盗马贼用布料裹起马蹄的鬼鬼祟祟的行为；塔尔带着他手下杰里一大清早沿着山路飞马赶往格莱兹村的报告；简妮·威瑟斯汀家那些骑手莫名其妙得不见踪影；对受雇于简妮的一个非摩门教骑手的不同寻常的追杀，虽然追杀他的意图未能得逞，不过，毫无疑问，那不过是因为贾金斯精湛的骑术，而且骑的又是她那匹专供比赛用的快马；最后，那么一大群红马居然蹊跷地被人赶走了。这些事件在温特斯的脑海中都被赋予了一定的色彩，彼此之间隐隐约约有了某种联系。想到简妮对他说话有些刻薄的指责，他便努力想排除心中的积怨来客观地看待塔尔。然而，使他能看清事实真相的却也正是他对塔尔的刻薄了解。他已经感受到了那只看不见的手的巨大阴影。他一直在密切关注着，直至看出了这只魔掌隐隐约约的轮廓，于是，他顺着这个轮廓追踪下去，逐步看清了一个男人的仇恨心态，一个摩门教长老出于嫉妒的敌对心理，看清了主教大人的强大势力，进而也看清了可怕的宗教教义伸得很长、涉及范围很广的那条手臂。那只看不见的手已经做出了第一个针对简妮·威瑟斯汀的行动。她的骑手们肯定是被人调遣走的，使她没了帮手来照管那七千头牲畜。在温特斯看来，调遣那些骑手的人，肯定是那个很有权势的人，他竟然会让这么多的牲畜无人过问，任由盗马贼恣意驱赶，任凭狼群肆意蹂躏，这简直太不可思议了。与宗教势力相互勾结、狼狈为奸的是欲壑难填的贪婪之徒，他们的目的是完全一样的。

"老圈会用什么手段来驱赶那两千五百头牲畜呢？"温特斯暗暗思忖着。"他是摩门教徒吗？他昨天夜里和塔尔见过面吗？在我看来，这似乎是一个居心叵测的阴谋。不过，塔尔和他的教徒们也许还不会让简妮·威瑟斯汀完全破产，除非教会能从她的破产中获利。老圈是从哪儿进山的？我一定要把这些事情查个水落石出。"

郎格儿三小时内奔行了二十五英里路之后，稍微放慢了速度。经过这番热身，它已经能轻松自如、随心所欲地奔跑了。接近黄昏时分，温特斯总算发现了那群红色牲畜走过的那条山路，看到了它们前天夜里吃草的地方。于是，温特斯让马休息，用自己的双眼观察起来：近在眼前的是一头母牛、一只小牛犊、几匹一岁龄小马驹，远处的紫艾草地上还散落着几头菜牛。他抬眼望去，发现有几头郊狼正在偷偷摸摸地朝这些牲畜靠拢。他以骑士的眼光慢慢扫视着周围的景致，然而视野里并没有出现其他活物。周围的紫艾草深及马的胸脯，散发着温暖、芬芳、甜美的气息，草随风舞，向着阳光倒伏的地方呈现出灰褐色，在风吹不到的地方，草的色泽更加深沉；随着视野的延伸，一派极其美妙、雾霭缥缈的紫色原野展现在他眼前。越过远方那片宽阔的荒原便是缓缓隆起的高山峻岭，那儿峡谷纵横，道路崎岖，迷魂谷的前端就坐落在此。

温特斯提起马缰，顺着那条宽阔的被牲畜踩踏出来的驿道向前走去。被踩倒的紫艾草丛如同一条巨蟒仰卧在地皮上。在几英里路的行程中，他看见了几头奶牛和牛犊，它们是从被驱赶的牲畜群中逃脱出来的。片刻之后，他在坡顶那块平整的台地上停下来，俯瞰着脚下那条峡谷的谷底。峡谷的开口处意味着紫艾草原在此中断了。那条被牲畜踩踏出来的驿道与峡谷平行，一直伸向他目力能及的地方。那条驿道一直通向一个至今尚无人知晓的关隘，老圈就是从这儿把牲畜赶进深谷里去的，有不少骑士曾经沿着这条驿道追入山谷，却从此再也没有回来过。温特斯暗自庆幸的是，那帮盗马贼并没有偏离他们一贯的路线。停留了片刻之后，他掉转马头，朝着与那条驿道成直角的方向，往山口的顶端走去。

太阳已经失去热度，慢慢沉向了西边的地平线，如同一只渐渐由白变黄的巨大火球悬挂在天边，它仿佛马上就会陨落，会顺着它自己洒下的金色影子从山坡上滚落下去似的。温特斯注视着越拉越长的万条霞光，对自己数英里之长的身影颇为惊奇。夕阳沉下了。笼罩在他四周的耀眼阳光迅速暗淡下来，山峦上反射出来的带着寒意的紫光在幽幽闪烁着向前移动，越过峡谷，爬上对面的山坡，在追赶着、抹杀着、掩埋着残阳的最后一缕金色的光芒。

温特斯驱马走进一条羊肠小道，他进入峡谷时总是走这条路。他跳下马来仔细查看着，除了自己前几天走过的足迹外，却没有发现任何其他痕迹。但他还是派出小圈去前方打头阵了。过了一会儿，小圈安然返回。于是，温特斯牵着马继续朝峡谷深处走去。

在这茫茫原野上，辽阔的长满紫艾草的一道道山坡，被一面面巨大的红岩绝壁切割得四分五裂的峻拔突兀的山脊、富有神秘色彩的纵横交错的深谷幽壑，皆令人叹为观止，通向迷魂谷的山口更是大自然造就的一道奇妙的风景线。迷魂谷的底部地势平坦，一条深邃、狭窄的裂口直通谷底，入口处的两侧是犬牙交错、刀削斧砍般的黄色绝壁。仅仅是这条通向五百英尺深处的狭窄山道，就足以能考验温特斯每次进山时的胆量了。这条小道即便是驮货的驴子也难顺利通过，郎格儿在温特斯的牵引下，非但毫无惧色，反而不屑一顾或充满鄙夷地喷着响鼻，像一匹被缚住了腿脚的跳马一样，提起它那沉重有力、包着铁皮的前蹄向下砸去，第一脚就踏得碎石飞溅。温特斯心头一热，对这匹枣红马更是赞叹有加了，于是，他松开马缰，一步一步地向下挪动着。郎格儿的铁蹄践踏起的碎石片、碎石子，常常能掩埋到温特斯的膝盖处；有时候，他还得费力地躲避滚落下来的大块岩石；飞扬的尘土有时会使他看不见郎格儿；有一次，他甚至连人带马，顺着一大片因风化而坍塌的黄岩峭壁一齐滑落下去。这是一条绝不能停步的极其危险的山路，因此，如果出现灭顶之灾，那至少也是因为在下行途中停歇息了片刻而造成的。

走完这段险路后,温特斯稍觉轻松地歇了口气,忽然对自己这项冒险计划成功的可能性有了十分的把握。因为起初,那只是一种为达目的而不顾一切、不计后果的决心,而此刻,决心已经转化为十足的信心,使他感到,这是值得他用自己全部的理智、机敏、眼力和听觉去奋力一搏的冒险。

峡谷底部地势平坦,生长着一丛丛矮小的墨西哥果松。黄昏在悬崖峭壁下已经越聚越浓。温特斯策马走进谷中的小径,随后便沿着小径向峡谷上方走去。树木、岩洞和一切景物都渐渐黯淡下来,黑暗正悄悄爬上峭壁,直到夜色完全吞没了整个峡谷,不过,白昼依然还徘徊在峡谷的上空。天色慢悠悠地黑了下来;星星开始闪烁了,起初很暗,不一会儿就明亮起来。峭壁顶端的边缘凹凸分明,如同尖利的牙齿咬进了蓝色的天穹,那是温特斯借以认路、找到自己风餐露宿的营地的路标。他不得不一路摸索着穿过一片树干纤细的橡树林,来到一眼泉水边。他让郎格儿在泉边饮水,自己也喝了几口。然后,他解下马鞍,放开了郎格儿,毫不担心他的坐骑会离开泉边,因为这儿生长着茂密的、清凉的嫩草呢。接着,他满足了自己的辘辘饥肠,又喂饱了小圈和小白。随着两条爱犬舒适地蜷伏在他身旁,他也静下心来,等着睡意上来。

从前,在犹他州这些海拔很高的崇山峻岭之中,夜色对温特斯来说曾经是一种惬意的享受。然而,那都是过去的事了,如今,那些仇人对他的迫害已经改变了他的心境。以前,作为一名看管牲畜的骑手,即使在夜深人静之时,他也从未体会到荒凉或寂寞的滋味;如今,他成了一个流浪汉,在万籁俱寂之际,在深沉的黑暗之中,在微弱的星辰带着寒意升上天空、划过天际之时,他躺在旷野里,对自己的凄凉处境感到十分心酸。一年来,他活得像一只黑狐，一只被驱赶得远离了同类的黑狐。他盼望有人的说话声，有手的抚摸。白天，他还可以骑着马四处游走，可以刻苦练枪，至少还有一些必须去处理的事情；到了夜里，在入睡之前，他的灵魂深处总会充满斗争。他渴望离开这无尽的长满紫艾草的山坡，离开这荒无人烟的深山峡谷，尤其在这茕茕孑立、形影相吊的深夜时分，这种渴念会越发令人难以忍受。想到这里，他情不自禁地伸手抚摸着小圈和小白，心里万分感激这两条爱犬对他的忠心耿耿和朝夕相伴。

在今天这个夜晚，难以排遣的落魄感照样也在折磨着温特斯，早已习以为常的黯然神伤、心焦如焚的情绪依旧涌向了他的心头。然而，他渐渐生出了一个信念，他那毫无价值的生命已然发生了些许变化。在郎格儿把他甩上高高的马鞍之际，他就意识到了这种微妙的变化。此时此刻，躺在通向迷魂谷的山口上，他对这一点已经有了清楚的认识。他并没有一丝一毫要去冒险的激动，他的直觉悲哀地告诉他，等待着他的将是极大的危险，甚至是死亡。他决意要查明老圈的隐身之地。那些盗马贼骑的马虽快，却没有一个能赶得上郎格儿。温特斯知道，深夜里，有小圈和小白守护着他的藏身之地，任何盗马贼也休想偷偷接近他。此外，他还有敏锐的视觉和听觉，有长枪和百发百中的命中率，他苦练枪法的目的就是为了实际应用。奇怪的是，在预料事态会如何变化时，他一点儿也没想到要杀了塔尔。他只是在想，一旦进入迷魂谷，他可能会遇到什么情况，在那无人涉足的峡谷里，他也许只能辨别出几条羊肠小道的走向，而无法揭开那神秘的幕纱。再说，他也并不在乎能有什么结果。思索良久，脑子想得累了，他终于迷迷糊糊地睡着了。

等他再次睁开眼睛时，天又亮了，对面峭壁的顶端已经被晨曦染成了金黄色。风餐露宿，早晨的事务简简单单，只需几分钟就能处理好。他看见郎格儿就在近处，并十分惊讶地发现，郎格儿竟朝他走来。郎格儿属于那种一关进围栏就很不安分的烈马。它不愿与骡、驴、菜牛这样的牲畜为伍，喜欢在尘土飞扬的地方惬意地打滚，在辽阔、空旷、大风呼啸的紫艾高原上驰骋，夜里就歇息在泉水边那块凉爽而又湿润的草地上。杰德深谙这匹枣红马的脾性，所以才说："等着瞧吧，瞧它一闻到紫艾草原的气息时的那个高兴劲儿吧！"

温特斯系好马鞍，牵着马儿走出了那片橡树林，然后跨上马背，策马朝峡谷外走去，小圈和小白也一路小跑着紧随在身后。一条杂草丛生的古道，沿着一湾涓涓溪流，一直通向一汪积水很浅的沼泽地。这条峡谷宽约五百米，两旁是黄色的如刀削斧砍般的悬崖绝壁；峡谷里生长着茂密的紫艾草，间或也能见到稀疏的几丛橡树和墨西哥果松。它纵深达五英里，基本成直线向前延伸，之后，两旁的石壁开始逐渐升高，石壁的表面变得凹凸不平，峡谷的底部也越来越深邃。这是峡谷地势上的突变之处，是温特斯从未涉足过的地方，也是通向错综复杂的迷魂谷的真正门户。

他控制着郎格儿的速度，时而慢步徐行，时而停下来侧耳细听，然后再继续小心翼翼地向前迈进，边走边警觉地睁大眼睛注意着周围的动静。峡谷的这个地段居高临下，比起前面已经走过的十英里路程要高出很多。温特斯一边马不停蹄地走着，一边敏锐地搜寻着可以行走的路径或跃入眼帘的活物，就周围的复杂地形而言，他丝毫也不敢放松警惕，不敢轻易放过任何蛛丝马迹。否则，即便这儿有路，他也可能发现不了。他策马趟过一丛丛茂密的紫艾草，走过一簇簇墨西哥果松和一块块杂草丛生的地皮，草丛中盛开着花瓣很长的紫百合。他驱马走进了峡谷中一条幽深的曲径,其宽度还不及杨树村前小树林里的那条甬道宽。走出这条羊肠小道后,他便进入了偌大的一个椭圆形山窝,山窝的周围是一座座巍然耸立的残崖断壁,这儿沟壑纵横,溪谷交错,是众多深壑峡谷的交汇处。

温特斯骑在马背上,以一个骑士特有的眼光仔细审视着眼前这人迹罕至、巉岩林立的溪谷深壑。观察了片刻之后,他顺着一条流水潺潺的溪谷继续向前走去。要不是因为有这条向北流淌的主干溪流,他也不可能从众多的沟壑中分辨出哪里才是迷魂谷的出口。在穿越这片椭圆形山窝的过程中,他经过了五个深壑,蹚过了好几条山涧,那些山涧都是流向这条稍大些的主干溪的。接近出口处时,他以为已经到了迷魂谷的入口处,便继续策马前行,走进深谷。两侧的绝壁高耸入云,一侧笼罩在黑暗的阴影里,另一侧则沐浴在阳光之中。这条通道也很狭窄,弯弯曲曲,却通向了另一个山谷,令温特斯十分惊奇。

映入眼帘的又是大片连绵起伏的紫色坡地,紫艾草漫山遍野,地势越高,色泽越浓。山谷为高不可攀的悬崖峭壁所环抱,长达数英里,宽也有好几英里。不过,真正令他叹为观止的却是这个山谷极其隐蔽的位置。越过地势平坦、覆盖着紫艾草的坡地,一连串形状十分奇特的黄石岗陡然出现在眼前。他简直无法分辨哪些近、哪些远。此起彼伏的乱石岗,如同排山倒海的波涛一样,汹涌澎湃,滚滚向前,卷向了远方光秃秃的陡坡和峻拔突兀的山崖。

在这片平坦的紫艾草坡上,温特斯惊飞了无数的鸟儿,也吓得野兔四处乱窜。前进了大约一英里路之后,他又瞥见一群翘着白尾巴的羚羊正在向远处逃奔。他沿着小溪继续策马前行,小溪蜿蜒向西，流向了那片乱石岗子的边缘。高坡渐渐退出了视线，隐进了越来越近的屏障的后面。在温特斯眼里，这个山谷似乎布满了大量由熔岩凝固而成的奇形怪状的顽石。他一直顺着小溪走着，直到它消失在一条深壑里。于是，温特斯放弃了这条深邃、狭长的罅隙，因为他已经无法再继续朝那个方向搜索前进了。他掉转马头，沿着乱石岗的圆弧状边缘与紫艾草坡相连接的地方又继续朝前走去。不一会儿，他就来到一处地势低凹的去处，在这儿，郎格儿该可以撒开四蹄奔上山了。

他的四周布满一丛丛高低不平、被风吹雨打得圆溜溜的岩石。没有一块草丛或一束紫艾草来装点这单调乏味的锈黄色。他看到，在他的右侧，与这片崎岖不平的乱石堆相连接的是一堵巍峨的峭壁；在他的左侧，从他脚下这片凹地开始，地势逐渐上升，坡度越来越陡，直到形成一座峻峭的山崖，山崖顶上矗立着许多或斜依着、或断裂开来、或布满裂纹的巨大的石柱、石笋。没过多久，他就领略到那面斜坡上的奇妙风光了。那面斜坡非同一般，在阳光下熠熠生辉，如同一整块被打磨得平滑铮亮的花岗岩一样，居然还有几株遒劲的雪松不可思议地在被剥蚀得赤裸裸的岩石表面伸展开来。大风已经扫落了陡坡上被风化的页岩，大雨已经冲净了累积在陡坡上的尘土。随着坡度的不断上升，陡坡已失去了它优美的圆弧状的曲线而与一面垂直的绝壁相连接，其优雅的姿态已经被大小不一、颜色各异的岩石所取代，锈黄色的峭壁上则镶嵌着许多罅隙、岩洞和裂纹纵横的石柱。在温特斯敏锐目光的勘察下，眼前的景色已经不再那么绚丽多姿，却具有特别重要的意义，因为，在一英里开外的地方，越过那座光秃秃的如冰丘般的石板坡，便是长满紫艾草的山谷，那儿有许多张着大口的溪壑，其中的一个应该就是通向迷魂谷的另一门户。

他跳下马来，把缰绳交给了小圈，开始搜寻原本应该是那条小溪的发源地的那条罅隙。搜寻无果，因此，他推断，溪水一定是流入某一条地下河了。于是，他回到原地，牵着郎格儿离开了那块山石，朝山坡下的紫艾草地走去。那个峡谷溪壑纵横交错的汇集点并不算远。但是，究竟该选择哪个豁口进入，却没有道理可讲。他进入的那条深壑是一个畅通无阻，却陡如竖井的黄石沟，深约上千英尺，沟底有许多因风化而形成的千奇百态的洞穴，头顶上方则倒悬着无数成拱壁状或角塔状的巉岩。温特斯继续行进了一会儿，便进入了一个十分奇特的地段，在这儿，两侧陡峭的岩壁上有许多深不可测，如同神龛般的凹圆形洞穴。这些巨大的深陷于岩壁中的黑洞洞的穴囊绵绵不绝，一直延伸至一个急弯，转过急弯便是一大片繁茂的树林，林木下生长着浓密的灌木丛。

温特斯钻进了其中一个岔支，果然不出所料，他发现了茂盛的草地。他拨开幼嫩的橡树，替马开道。要是能找到水源，他打算把这儿当成他的又一个藏身之地，于是，他又艰难地折返到那面向内侧倾斜的绝壁的脚下。在一片银杉树丛里，他发现了一眼泉水。这个十分隐蔽的小山窝似乎是一个理想的去处，他可以放心让马儿在此歇息，自己夜间也可以在此露营，还可以悄悄从这儿步行出去探查周围的情况。浓密的草丛可以掩盖他的足迹，那片开阔地上的茂密的橡树林可以作为一道天然屏障用来隐蔽郎格儿，的确需要去勘察一下，看看那些茂盛、丰腴的嫩草是否足以能满足需求。于是，温特斯把马儿留给小白照管，把小圈召到身边，提起步枪，朝那片开阔地走去。他仔细辨认着一座座岩峰巍峨峻拔的轮廓，在脑海里像摄影一样牢牢记下了它们的形状，这样，即使在天黑以后，他也能顺利返回这个绝好的藏身之地。

一束束紫艾草疏密有致地覆盖着这条峡谷的中央地带,温特斯像印第安人一样撩开大步,蹚过草丛,向前走去。他间或也会用手按住爱犬,停下脚步,侧耳倾听着周围的动静。除了不知名的昆虫鸣奏出的一阵阵令人昏昏欲睡的哼哼声之外,四下里没有任何其他声音来搅扰这正午时分暖融融的寂静氛围。温特斯突然发现前方又有一个急弯,这个弯道前所未有地十分突兀,急转直下。他小心翼翼地绕过这个拐角,再一次惊诧不已地停下了脚步。

峡谷豁然开朗,成扇形展开,通向一个巨大的长满绿色和灰褐色植物的椭圆形地带。这个地段宛如一只庞大的椭圆形轮盘,从它的中心区域,如同轮盘上距离相等的轮辐一样,又辐射出一条条峡谷深壑。这里的色调已经有所改变,黄色渐渐淡去,被暗红色取而代之。一面面陡峭的石壁从各个角落里拔地而起,石壁上像鬼画符一样布满了裂纹,污迹斑斑,峭壁的顶端逐渐变细,形成了一个个如塔楼状的尖顶,或成锯齿状排列开来的尖峰,或如哥特式建筑物上端的那些小尖塔的圆顶。

温特斯向前推进的动作更加谨慎了。越是接近这个椭圆形地带的中心,紫艾草丛和灌木丛就变得越矮小、越稀疏。他打算绕过这个地段,沿右侧继续前进,因为右侧的灌木丛和坍塌下来的成堆的乱石有助于掩护他的搜寻行动,就在这时,他忽然间瞥见了一条宽阔的被牲畜踩踏出来的通道。与其说它是一条被牲畜踏平的通道,倒不如说它就是一条大路,而且牲畜走过时留下的痕迹依然还很新鲜。更令他大为吃惊的是,这些蹄印居然还是湿的!他仔细推敲着这一新的发现。这几天并没有下过雨。对这个疑团的唯一解释只能是,这群牲畜曾经被人赶着蹚过溪水,而且溪水的深度足以漫过它们的腿。

小圈突然闷吼一声,温特斯立刻小心翼翼地直起身子,透过紫艾草丛向外望去。一群模样散漫的骑手正驱马走过那片椭圆形地带。他吓了一跳，立即猫下腰，紧张得浑身直哆嗦。"盗马贼!"他咬牙切齿地哼了一声，飞快地扫了一眼周围的地形，想找个地方隐蔽起来。附近只有几窝紫艾灌木，无处藏身。他也不敢贸然闯过眼前这片开阔地，奔向那些岩石堆。他再次拨开紫艾草丛向外窥视着。那群盗马贼正朝这边走来——四个——五个——七个——总共八个人，不过并非与他成一条直线。这对他血管里似乎正悄悄蠕动着的那种冷飕飕的死亡感多少也是一丝缓解。他屏住呼吸，蹲下身子，并用手按住了那条已经毛发倒竖的猎犬。

他听见了铁蹄践踏在岩石上的嘚嘚声，听见了那几个骑手粗俗的狂笑声。过了一会儿，这些声音渐渐消失了。时间在一分一秒地慢慢流逝。他又等了一会儿，然后才站起身来。那些盗马贼正策马朝一条峡谷里走去。他们的坐骑疲惫不堪，他们还携带了好几头驮载着货物的牲口，很显然，他们已经走过很远的路。温特斯一时还无法确定这伙人与抢走那群红色牲畜的强盗是否属于同一伙人。老圈的人马早已四分五裂了。温特斯注视着这些骑手依次走进了峡谷，慢慢消失在崴嵬的峭壁下。

这几个盗马贼是那个椭圆形区域的西北侧冒出来的。温特斯一直在目不转睛地盯着那个方向，假如再有人出现，他希望能看清他们究竟是从哪条峡谷里钻出来的。一刻钟过去了。他的监视没有白费，因为他发现，又有三个人骑着马从北边过来了。但是，要判明他们到底出自于哪条峡谷，却已为时已晚。他警惕地注视着，看着这三个骑马人穿过那片椭圆形地带，绕过那个巍然矗立的红岩矶角，与前面那几个人一样，就在那儿消失不见了。

"北边的那条峡谷!"温特斯兴奋得叫起来。"老圈的黑窝! 我终于找到它啦!"

对温特斯来说，还有一个疑点仍令他困惑不解，那就是，牲畜所留下的那些足迹为何全都是指向西面的？那条宽阔的被牲畜踩踏出来的驿道是从盗马贼们所进入的那条峡谷里延伸出来的，毫无疑问，那些牲畜就是从那儿被人驱赶出来，然后再从那片椭圆形开阔地上走过去的。没有任何足迹指向相反的方向。他断定，老圈也是赶着那群红色牲畜走向那个集合部，而不是从那儿走向这边的。那条宽阔的驿道究竟出自山谷中的什么地方？它又通向何处？温特斯知道，思考这个问题简直就是在白费时间，然而，这个问题所具有的诱惑力却也不易化解。多少年来，老圈在迷魂谷的颇具神秘色彩的入口处和出口处，一直是紫艾草原上的骑手们所津津乐道的话题。

突然间，猎犬跃跃欲试的行为终止了温特斯的思考。小圈用鼻子在空气中嗅了嗅，有所察觉地"呜"了一声，缓缓转过身子，紧接着便咆哮起来。温特斯急忙扭头望去。两名骑手，一前一后，径直朝他这边横冲过来，距离已不足一百码。落在后面的那个人正是老圈的蒙面骑士。

温特斯立即机警地猫下腰，想悄悄掩藏到紫艾草和灌木里去。可是，尽管他早有戒备，行动敏捷，跑在前头的那匹马还是发觉了他的意图。那匹马猛然停下脚步，喷着响鼻，两耳倒竖。马上的盗马贼迅速俯下身子，仿佛在急切地打探前方的动静。紧接着，他以极快的手法拔枪出套，随即便开火了。

子弹"嗖嗖"地射进了紫艾草和灌木丛中。四处飞溅的碎木屑击打在温特斯身上，滚热的气浪和剧烈的刺痛简直要把他掀翻在地。他飞身向前一扑，步枪的蓝色枪管同时也快如闪电般平伸出去，在这一瞬间，他射出了一枪——两枪。

冲在最前面的那个盗马贼扔掉了武器，身子在马鞍上猛烈摇晃了一下，随即便摔下马来，一只脚依然还吊挂在马镫上。那匹马惊恐地发出一声长嘶，猛然一个前冲，随后便拖着这名盗马贼朝紫艾草地的深处狂奔而去。

那个蒙面骑士蜷缩在马鞍的前桥上，身子慢慢歪向了一边，片刻后，随着一声微弱、奇怪的叫声，蒙面骑士从马鞍上滚落下来。

第五章　蒙面骑士

温特斯瞥了一眼那两个被击毙的盗马贼，然后把目光迅速转向了其他盗马贼进入之后就不见了踪影的那条峡谷。他在盘算着，如果那些骑手听见了枪声，他们快马加鞭需要多少时间可以折回这片开阔地。他全神贯注地等待着，紧张得连气也透不过来。但是，估算的时间慢慢熬过去之后，并没有任何骑手出现。温特斯马上想到，步枪的射击声并没有传入峡谷的纵深处，进而感到，他眼下暂时还没有危险。

他匆匆走向第一个盗马贼被自己的坐骑拖去的那个地点。那家伙躺在深深的草丛里，已经死了，下颚低垂，两眼暴突——令温特斯很恶心的一幕情景。这是他有生以来击毙的第一个人，第一个被他用武器瞄准、击穿心脏而当场毙命的人。温特斯把这个盗马贼拖进了乱石堆里，用厚厚的石板掩盖住他的尸体，随后却感到自己浑身的每一个毛孔都在冒着又冷又湿的黏糊糊的汗水。之后，他又抹平了紫艾草丛和青草地上被尸体压过的痕迹。盗马贼的那匹马停在离这儿四分之一英里的地方，正在啃着嫩草。

在快步走向那个蒙面骑士时，温特斯仍在打着寒噤，恶心得直想呕吐，但是厌恶感并不能完全排解他的好奇心。尽管老圈的这个臭名昭著的中尉已经被他击毙了，然而他的脸究竟是什么模样，他还从没见过呢。温特斯从这一壮举中体验到了一种凛然的自豪感。这位外乡流浪汉虽然经常出入于迷魂谷，却立下了这么大的功劳，塔尔对此还有什么话好说？

温特斯虽然满怀好奇和迫切的期待,然而,一看到躺在他脚前的只是一具黑乎乎的骨架瘦小的身形时,他还是感到十分意外,不免大吃了一惊。这个盗马贼脸上蒙着黑色的面具,他的名声也因为这个黑色面具而广为人知,可是,他居然没有配备任何武器。温特斯朝垂头站在一旁的那匹马儿瞥了一眼,发现马鞍上也没有枪套。

"一个不带枪的骑士!"温特斯有点儿纳闷地咕哝了一声。"他没有系腰带。他不可能把枪插在他那华贵的衣服里……真奇怪!"

那具躯体忽然发出了一声微弱的气息奄奄的喘息,接着又猛然抽搐了一下,温特斯立即发现,这名骑士命还没绝。

"他还活着!……我得站在这儿,亲眼看着他死掉。我居然枪杀了一名手无寸铁的人啊。"

温特斯战战兢兢地上前揭开了骑士的宽边黑帽和那块蒙在他脸上的黑布。顷刻间,一头略有些拳曲的浅栗色头发,一张白皙、稚嫩的面孔陡然暴露在他眼前。只见他脸颊的下方与腮边有一条黑白分明的分界线,被太阳晒黑的皮肤和长期不见阳光的嫩白皮肤之间的界线十分明显。

"呵,他不过是一个小男孩啊!……怎么回事!难道他就是老圈的那个蒙面骑士?"

小男孩露出了点儿神志恢复的迹象。他挣扎了一下;嘴唇动了动;一只小巧的棕色的手紧紧抓着胸前的衬衣。

温特斯在他身边跪下了来,内心里却对自己的行为越来越感到恐慌。他的子弹钻进了这个骑士的右胸,打在靠近他右肩的位置上。温特斯双手颤抖着解开了他的黑色围巾,接着又轻轻撕开了他被鲜血浸透的衬衣。

他第一眼看到的是一个窟窿,它如同张开的嘴巴,暗红色的伤口衬托着周围白嫩的皮肤，鲜血从这个部位汩汩地流出，形成了一条鲜红的小溪。紧接着，一个女人优雅、娇美的乳峰赫然凸显在他眼前！

"一个女人！"他情不自禁地叫出声来，"一个小姑娘！……我杀死了一个小姑娘！"

她忽然睁开了眼睛，这一下把温特斯吓得呆若木鸡。那是一双深不可测的蓝眼睛。眼神里夹杂着死亡、恐怖、痛苦的意识，却没有视觉意识。她并没有看见温特斯。她在凝望着未知的世界。

又是一阵剧烈的痉挛。她似乎慢慢恢复了一点儿体力，开始痛苦地扭动着。在她猛烈抽搐的时候，她差点儿挣脱了温特斯紧抱着她的双臂。她慢慢松弛下来，软弱无力、半依半靠着躺下来，伸出没戴手套的那只手探向自己的伤口，用力揿压着，大半个手腕都插进了胸口。鲜血从她的指缝里往外冒着。她再一次睁开了眼睛，这一次，她看见了温特斯。

他狠狠咒骂着自己，咒骂着他一向引以为豪的百发百中的枪法。他曾经打伤过一只羚羊，当他正准备用刀结束它的生命时，他看到羚羊的眼中流露出可怜的求生的神色。然而，她的眼神里所包含的情感绝对要丰富得多——那是人的精神的一种显现。出于本能的求生欲望，天道的无助，对命途多舛的怨艾，这一切都淋漓尽致地显现在她的眼神之中。

"原谅我！我根本不知道！"温特斯突然大声喊道。

"是你朝我开的枪——是你杀死了我啊！"她喘息不定、气若游丝地说着。她嘴唇上冒出了一个血糊糊的气泡，在微微颤动着。温特斯知道，那是由于鲜血涌入了她的肺腔，和着肺里的空气呛出来的。"啊，我早知道——这一天——迟早——会来的！啊，好烫啊！……抱住我——我快要死了——真黑啊……噢，上帝啊！……仁慈的——"

又一阵剧烈的抽搐之后，她僵直的身子松弛下来，软绵绵地躺在那儿，一动也不动，脸色苍白如雪，双眼紧紧闭上了。

温特斯以为她已经死了。但是，她的胸部还在微弱地颤动，生命的迹象依然还在她体内徘徊。死亡似乎只是几分钟之内的事，因为那颗子弹已经击中了她的要害部位。尽管如此，他还是去灌木丛中撕扯了一些紫艾草叶，用这些草叶紧紧压住她的伤口，再用那条黑色围巾裹住她的肩膀，在她腋窝儿下牢牢打了个结。然后，他合上了她的衬衣，不想再看到那沾满鲜血、似乎在谴责他的乳峰。

"现在——该怎么办？"他问自己，脑子在飞快地旋转。"我必须马上离开这儿，她快要死了——可是，我不能扔下她不管啊。"

他迅速打量了一眼北边那片紫艾草地，没发现有任何动静。于是，他捡起那女孩的阔边黑帽和蒙面布端详起来。起初，他刚揭开蒙在她脸上的这块布时，就已大为震惊，此时，看着这块蒙面布，他的惊愕程度丝毫也不亚于当初。因为在当时，蒙面布下的女人的特征已然使他忘记了她是一个盗马贼，而此刻，这块黑绒布已经清楚地表明了她的身份，她就是老圈身边的那个蒙面骑士。温特斯已经解开了这个谜团。他把步枪轻轻伸进她的身下，小心翼翼地提起她，把她扛在肩上，然后迈开脚步，顺原路返回了。那条猎犬也如影随形地跟在他身后。那匹马儿，原本一直俯首帖耳地站在一边，此时也不等召唤就主动跟了上来。在返程途中，温特斯专拣草窝最深、紫艾草和灌木最茂密的地方行走，一边走，一边时不时地回头张望着。他没有停下来歇息过片刻。他最关心的事情是，不要让肩上的女孩受到震动，尽量隐藏好自己的足迹。快要接近那条狭窄的深谷时，他改变了方向，紧贴着峭壁向前移动着,直到走进他的藏身之地。在穿过那片浓密的橡树林时,他不得不扒开树丛才能迈步向前,走得十分吃力。他把肩上的重负举过头顶,一会儿侧身避让,一会儿压弯身前的小树,这才走进了树林。在茂盛的杂草和紫艾草丛中艰难跋涉了一番之后,他匆匆钻进了那片银杉树林。

他放下女孩,却几乎不敢再看她一眼。尽管她像大理石一样苍白、冰冷,但是她依然还活着。温特斯于是很欣赏自己的这一行为:费了这么大的气力,走了这么远的路,终于把她活着扛回来了。他想坐下来休息一下。小白用鼻子闻了闻那女孩,"呜呜"地哼了两声,然后轻轻走到温特斯的脚边。小圈则在泉边贪婪地喝起水来。

温特斯刚坐下,又立即一跃而起,朝那片空地走去,找到了他的坐骑,牵着它穿过橡树林,然后解下马鞍,用一条长绳把它系住。郎格儿早已吃足了嫩草,高兴地朝他晃动着脑袋,发出低微的嘶嘶声。温特斯感到,他必须把另一个盗马贼的马也安顿好,自己才能安安稳稳地歇息。于是,他提起步枪,带上小圈,再次出发了。他保持着高度的警惕,快步穿过那条峡谷,朝那片椭圆形的开阔地走去,接着又走向了那条被牲畜踩踏出来的通道。他把有可能暴露自己行踪的痕迹全都清除干净了,所以,只有极善跟踪的人才有可能发现他的去向。他开始四处寻找那个盗马贼的马儿,边走边回头张望着身后的紫艾草地,唯恐会被人循迹跟来。没想到,没费周折就找到了那匹马。他把马牵进了那片洼地,从那个椭圆形开阔地的对面看过来,这个地方是看不见的,之后,他贴着笼罩在阴影里的西边的石壁继续向前走去,进入了他自己的那条峡谷和十分隐蔽的营地。

那女孩的眼睛睁开了,她脸颊上燃烧着一层红晕,朝温特斯含混不清地呻吟了一声，不过，温特斯以为，她嘴唇微微翕动的意思只是想喝水。他抬起她的头，把水壶的壶嘴轻轻贴在她嘴唇上。喝了点儿水之后，她又再度陷入了昏迷，那或许是体质过于虚弱的缘故吧。然而，温特斯却注意到，那燃烧着的红晕已经渐渐消退，回复到先前那毫无血色的惨白模样了。

太阳躲进了峡谷西面拔地而起的峰顶背后，一片带着凉意的乌云慢慢爬上了四周的峭壁。温特斯喂好两条猎犬，用一条长绳系住已经一命呜呼的那个盗马贼的坐骑。他可以放心让郎格儿自由自在地吃草。做完这一切之后，他又去砍了一些银杉树枝，为女孩搭建了一个简陋的小窝棚。然后，他轻轻抱起她，把她放在一条毛毯上，合起毛毯的两边盖住她的身体。他用另一条毛毯裹住自己的双肩，背靠一棵银杉树舒适地坐下来，那个小窝棚也是依着这棵银杉树搭建起来的。小圈和小白陪伴在他身边，一个在睡觉，另一个在放哨。

温特斯惧怕守夜。一到夜间，他的思维就会变得异常活跃，何况这一次，他得守在一个生命垂危的女孩身边，他得观察、思考、揣摩，这个女孩地地道道是被他屠杀的。他为自己编造了一千条理由，却没有一条能够合理解释他的行为，能够减轻他对自己的谴责。

在他看来，似乎要等夜幕完全降临之后，他才能更清晰、更仔细地端详她那张苍白的脸蛋。

"她随时会走掉的，"他说，"会远离痛苦的——感谢上帝！"

每隔一小会儿，他就会心惊肉跳地去察看一下，确认她是否已经死了。每次过来，他都会俯下身子，把耳朵贴在她胸口听一听。她的心脏依然还在跳动。

寒星升上了天空，刚刚降临的漆黑的夜色渐渐明朗起来。那几匹马儿已经歇息，周围没有任何声响，峡谷沉睡在死一般的寂静中。

"我就把她埋在这儿，"温特斯暗自思量，"让她的坟墓和她的生平一样，也成为一个令世人难解的谜吧。"

因为这女孩的寥寥几句话、她的眼神、她的祷告，温特斯竟莫名其妙地动了恻隐之心。

"她还只是个小姑娘啊，"他自言自语地说。"她和老圈是什么关系？盗马贼们是没有老婆、姊妹、女儿的。她不是个好东西——这是肯定的。可是，为什么……唉，她也许并不是心甘情愿与盗马贼为伍的。她祈求过上帝的仁慈呢！……生活既光怪陆离，又残酷无情。真不知老圈那帮惯匪的其他成员中是不是还有女人？十有八九有。但是，他玩的到底是什么花招呢？老圈的蒙面骑士！一个能把村民们吓得四处躲藏、关门闭户的名字！一个负有十多起谋杀案、上百起抢劫案、上千起偷盗牲畜案的名字！在这些案件中，这个女孩究竟扮演的是什么角色？她的作用或许只是进一步增添了老圈的神秘色彩。"

星移斗转。白色的星辰时不时划过头顶上方深蓝色的一线天。昆虫此起彼伏的嗡嗡声打破了寂静。温特斯注视着那张一动不动的苍白的脸，在他关切地守候着她、一小时一小时地等待死亡来临时，她的恶名竟在他的脑海里被一点儿一点儿地淡化了。他的思绪中只剩下了悲哀，只剩下了眼前必须面对的事实。无论她是什么人——无论她以前作过哪些恶——她还年轻，何况也快要死了。

午夜过后的时光特别难熬，越发让人感到冗长不堪。星光已经渐渐淡去，天空越来越黑，漫漫长夜进入了最黑暗的时辰。"她会熬到天亮，死在黎明的晨曦之中的。"温特斯忽然想起从前某个老妇人的奇谈怪论,喃喃自语道。漆黑的夜空终于露出了一点灰白,过了一会儿,灰白色的天空逐渐明亮起来,初现的晨曦慢慢爬上了东面的山崖。温特斯俯伏在女孩的胸口听了听。她依然还活着!她的心跳比以前有力,虽然仍很微弱,但是更有力了,难道这只是他的幻觉?他把耳朵贴近她的胸口又听了听。然后,他猛然站起身来,感到自己的脉搏也加速跳动起来。

"如果她一时半会儿死不了——她就有希望活过来——虽然希望非常渺茫。"他说。

他不知她的内出血是否已经止住。她嘴唇上已经没有血沫了。不过,她的脸色比死尸还要苍白。他掀开她的衬衣,解开那条围巾,小心翼翼地清除掉敷在她肩胛下的那个伤口上的紫艾草叶。伤口已经闭合。他轻轻抬起她,确信无疑地看到,子弹穿出的后背上那个窟窿也已经闭合了。他因此而想到,在高原具有愈合作用的清新空气里,伤口只要保持清洁,很快就能愈合。他回想起以前也曾遇到过的很多类似的例子,骑手们被砍成了重伤,或者中了致命的枪伤,然而,血止住了,伤口闭合了,他们后来都恢复了元气。他无法判断内出血是否还在继续,但是他相信已经止住了。否则她肯定活不了这么久。他打量了一下子弹射入的位置,断定子弹只是擦破了她上肺的肺尖。肺里的伤口或许也已愈合了。在仔细清洗她乳房上的血渍、重新包扎她的伤口的过程中,他心中油然产生出一种说不清楚的、奇妙而又庄重的幸福感,因为他想到,她兴许能活过来。

天已大亮,一缕阳光照耀在西边高耸的峭壁边缘,这使他猛然想起,该考虑下一步行动了。他一边忙着整理那几件简单的露营物品,一边在脑海里把整个形势又仔细盘算了一遍。在目前这个藏身之地停留过久是很不明智的。再说,如果他想沿着那条被牲畜踩踏出的驿道追查下去,如果想找到那些盗马贼的老窝儿,他也应当立即动身才是。因为他知道,那些盗马贼也是身手不错的骑手,倘若他们当中有一两个人一整天或者整整一夜没回营地,他们一般不会大惊小怪;可是,一旦这些没回营地的人过了适当的时间还未露面,他们马上就会展开搜索。这一点正是温特斯所担心的。

"一个善于跟踪的好手还是能找到我的足迹的,"他嘀咕道。"那我就会被困在这儿了。我们来动动脑筋吧。盗马贼们只要不外出行动,他们一般都是极懒惰的家伙。我就利用这一点来冒一次险。这样,我就能换一个藏身的地方啦。"

他仔细擦拭好枪支,装填好弹药。刚要站起身准备出发时,他又俯下身去,久久凝望着那个仍未苏醒的女孩。沉吟良久,他吩咐小白和小圈要做好守卫,这才离开了营地。

最保险、最隐蔽的路线还是贴着峡谷的绝壁下行走。温特斯由此出发,穿过浓密的橡树林,缓缓朝那片椭圆形开阔地逼去,一边走,一边聆听着周围的动静。快要接近这一大片开阔地时,他拿定主意,要从这儿穿插到对面去,然后再沿着左侧的峭壁继续向前搜索,直至找到那条被牲畜踩踏而成的驿道。他机警地审视着这片椭圆形开阔地,如同在搜寻羚羊一样。之后,他利用岩石和一簇簇紫艾草作掩护,猫下腰,从一处飞快地跃向另一处,直到奔入对面峭壁下浓密的灌木林里。一到这儿,他便高度戒备地反复打量着前方的地形,不过,行进时的速度已经明显加快。在一丛又一丛灌木间匍匐前进时,他经过了两个壑口,在第三条深壑的入口处,一条溪涧跃入了他的眼帘,溪涧里的水清澈见底,流速很快。蹚过这条溪涧后,由牲畜踩踏出的那条驿道便豁然呈现在他眼前。

驿道傍着溪涧地势较低的那一侧向前延伸，于是，温特斯紧盯着这条驿道，继续以茂密的紫艾草和灌木为掩护向前推进。溪涧逶迤不绝，宛若一条巨蟒，绵延约一英里左右，最终在一个山谷前豁然开朗。山谷中红艳艳的一块块色彩在绛紫色的艾草的衬托下，显得格外醒目，再往远看，平坦的谷底或点或线的鲜红色彩连绵不断，一直伸向山谷尽头高耸的峭壁。

"哈哈，终于找到这群红色牲畜啦！"温特斯惊诧得叫起来。

星罗棋布般的白色和黑色的条条块块清楚地表明，这个宛如天然围场的山谷中还有许多其他颜色的牲畜。老圈，这个盗马贼，倒也不失为一个农场主呢。温特斯粗略估算了一下，放养在这儿的牲畜的数量已经大大超过了那群红色牲畜。

"好一个牧场啊！"温特斯再一次惊叹不已地叫道，"有水，有草，足足能容纳五万头牲畜，而且还不需要派任何骑手来看管！"

温特斯先是大吃一惊，接着又粗略估算了一下，但他没敢在这儿多作停留，立即又悄悄溜回原来那片紫艾草丛里。发现了老圈隐藏得很深的牲畜和牧场后，几个悬而未决的疑团也就有了眉目。这个盗马贼把他的牲畜全放在这个山谷里，简妮·威瑟斯汀家的那群红色牲畜在这儿；近两年从杨树村附近的山坡上莫名其妙地失踪的一些牲口也在这儿。在老圈把那群红色牲畜赶到这儿来之前，他多次偷盗来的牲口早已能满足他手下那批人要吃肉的需求了，而且绰绰有余。近来，斯特灵村及北边的几个村落均未发生牲畜被偷被抢的事件。温特斯也知道，那边的骑手们对老圈不再来骚扰那个特殊的领地，还一直感到纳闷呢。然而，他和他手下的那帮惯盗却一直在频繁骚扰格莱兹村和杨树村。他们从不缺黄金；不过，他们近来大肆赌博、酗酒，在那几个村子里胡作非为、挥金如土的表现，已经引起了人们越来越多的猜测。老圈日趋频繁的造访，已经导致好几家新酒馆的诞生。在那几个小山村里，从前只是偶然发生一两起抢劫或枪击事件，如今，这类事件却不断发生。老圈在迷魂谷的另一边也许还有一块牧场，他可以从那儿把牲畜赶往犹他州边远城镇的集市上去交易，反正那儿也没人认识他。不过，温特斯最终还是对这种猜测持怀疑态度的。此外，根据最近几天所了解到的情况，一个新的认识已经在温特斯的脑海中渐渐形成：老圈对这几个村子的频频骚扰和恐吓，蒙面骑士的神出鬼没以及他的那些所谓的罪恶行径，与追踪而来的骑手们的激烈交火，偷盗牲畜的不端行为——这一切只不过是这个盗马贼头领要弄的花招，目的是想掩盖他在迷魂谷里的真实生活、他不可告人的阴谋以及他的真实勾当。

温特斯活像一个在寻觅猎物的印第安人一样匍匐在茂盛的紫艾草丛里向前爬去，穿过椭圆形山谷，越过其北侧的一条又一条羊肠小道，最终进入了那条深壑，被牲畜踩踏而成的那条山道就是从这条深壑里向外延伸的，他亲眼看见的那几个盗马贼，也是从这条深壑中神秘消失的。

如果说他此前的行动已经很谨慎，此时此刻，他则绷紧了全身每一根神经，迫使自己隐藏好足迹，保持住敏锐的听觉。他一直在匍匐前进，动作十分隐蔽，眼睛几乎已经派不上用场，只有在极为艰难地爬过一簇簇矮树丛，翻过一堆堆从悬崖峭壁上坍塌下来的乱石堆时，他才会抬起头来看一看。然而，每当他停下来稍作歇息时，他就会看到，一堵堵厚重的红岩绝壁在不断升高，越来越巍峨，越来越险峻，越来越崎岖不平。他已经注意到，自己是在绕来绕去地向上爬行。紫艾草、橡树林、桤木丛，已经渐渐让位给了从岩石缝里生长出来的墨西哥果松。突然间，一阵细微、沉闷的嗡嗡声钻进了他的耳中。他起初以为是雷声，接着又以为是被风化的岩石坡的垮塌声。然而那嗡嗡声却绵绵不绝,他循着声音走过去,却发现那声音传自峡谷的深处,低沉的嗡嗡声已然变成了柔和的隆隆声。

"是瀑布,"他自言自语道,"水量还不小呢。不知它是否就是我后来没找着的那条小溪。"

隆隆的瀑布声吵得他有些烦躁,因为他无法听到别的声响。不过,盗马贼们也不可能听见他的动静。在确信除了一只飞鸟外谁也不可能发现他之后,他壮起胆子从地上站起来,快步向前走去。他警觉地从墨西哥果松的缝隙中向外看去,发现自己已经快要接近坡顶了。

到达坡顶时,他又大吃了一惊,随即便蹲伏下来。展现在他眼前的是一段不算太长的峡谷,谷底是一面光秃秃、圆溜溜的岩石,寸草不生,既不见紫艾草,也没有一棵树,只有绵绵不绝、鳞次栉比的石崖陡壁。一条碧波粼粼的小河朝他这个方向流来,在峡谷的尽头,一条瀑布从峭壁顶端的一个大缺口飞流直下,落在下面两级绿茵茵的石阶上,又铺洒开来,形成了一条倒挂的白色水帘。

假如温特斯没有十分的把握,确信自己进入峡谷的路并没有走错的话,他也就不会如此惊诧不已了。峡谷两侧的峭壁并没有任何豁口,也没见别的溪壑通向这边,再说,他是循着盗马贼留下的足迹和那条被牲畜踩踏出的山道一路追踪过来,才进入这个峡谷的,因此,他不可能走错。可是,这儿却是峡谷的尽头,仿佛一切踪迹到了这里全都中断了。

"那条被牲畜踩踏出的驿道就是从这儿向外延伸的,"温特斯不断提醒自己,"是从峡谷深处向外延伸的。我眼下最需要查清的是,那些牲畜究竟是怎么进入这个峡谷的?"

假如他还能说自己对哪件事很有把握的话,那就是他对牲畜的足迹所做的细致、缜密的勘查,每一个蹄印都是朝正西方向的。此时此刻,他面东而立,紧盯着峡谷尽头那个巨大的圆溜溜的死角,一条宛如薄纱的水帘从那儿直泻而下,水帘的宽度不足二十码。他的算计已经出现了差错,却不知为什么会出差错,也不知错在哪里。多少年来,他生平第一次对自己身为骑士、善于寻迹追踪的本领产生了怀疑,对自己的记忆力产生了怀疑,不知自己是否真记住了亲眼所见的一切。由于迫切想隐蔽好自己的行迹,他肯定迷失了方向,误入了迷魂谷里的这条岔道,因而才错过了那条有牲畜足迹的峡谷,否则,怎么也无法解释。他想不出还有什么别的差错。盗马贼不可能插翅飞走,牲畜也不可能从上千英尺高的悬崖峭壁上跳下来。他只是想证实一下被紫艾草原上的骑手们传扬已久的这些如同迷宫般的峡谷和山坳到底错综复杂到了何等地步——足迹是一直指向迷魂谷的,然而至今却没有任何骑手能发现它们。

突然间,他听见瀑布柔和的轰鸣声中传来了一种非同寻常的声音,却一时无法确定那是什么声音。他随即卧倒在一块岩石后,侧耳聆听着。那声音传自他来时的方向,而且越来越响,很像被捂住了的"砰砰咚咚"的践踏声、"扑通扑通"的踩水声、"叮叮当当"的铃铛声,听上去十分奇怪。尽管他神经已经高度紧张,额头上还是浸出了一层冷汗。在这神秘莫测、峭壁高耸的迷宫里,不大可能出现的情况会是什么呢?他匍匐在地,紧握步枪,努力克制着不打寒颤,聆听着那越来越近的极不正常的声音。过了一会儿,那声音已经不再沉闷,变得清晰起来,与此前所听到的截然不同。温特斯已经清楚地听出,那是系在马儿身上的铃铛在上下颠动时发出的叮当声,铁块撞击在水下岩石上的砰砰声,马蹄踩入水中溅起的哗啦声。

他如释重负地松了一口气,思绪又重新回到现实中,出于好奇,他立即从岩石后探出头来,向外窥视着。

在那条小河里,三个全副武装、骑在马上的人正赶着一支驮着货物的驴队蹚着水向这边走来。假如在犹他州的任何一个地方遇到这几个身着黑衣、神色诡异、披挂着重武器的人,温特斯立即就能认出,他们是一伙盗马贼,更不用说这还是一处强盗的藏身之地了。他以一个骑士敏锐的目光审视着,马上便看出了端倪,这支队伍经历过长途跋涉。这几个人正运载着从北边某个村落里掠夺来的财物呢。他们都已疲惫不堪,他们的坐骑简直已经精疲力竭了,那些驴子也由于筋疲力尽而拖着沉重、迟缓的步子,却依然在忠心耿耿、慢条斯理地走着,仿佛踏入水中的每一个步子都已非常吃力、溅起的每一个水花都有可能是它们所付出的最后的努力。

所有这些,温特斯只瞥了一眼,便胸有成竹了。之后,他兴奋不已、全神贯注地监视着。这几个盗马贼驱赶着驴队,径直朝瀑布走去,径直走向了瀑布的中央,瀑布正中央的水幕蔓延开来,形成了一层薄如蝉翼、轻若白云的雾霭。盗马贼们一个挨一个,骑着马鱼贯进入了这片白茫茫的雾霭之中,在这一瞬间,他们趾高气扬的黑色身影显得十分突出,随后便消失不见了。

温特斯倒吸了一口凉气,惊诧得呼出声来。

"天哪!这可是盗马贼所有洞穴中最大的一个啊!……那个瀑布下竟然隐藏着一个大山洞,还有一条通道直通外面的大峡谷。老圈原来就藏匿在这儿呀。只有一条羊肠小道从上面那片紫艾草坪通向这里,他只需守住这条小路,就可以高枕无忧了。通向迷魂谷的这个出口,即使被人发现,也不会有多大危险。我是在已经放弃希望之后,才偶然发现它的,纯属歪打正着。原本最令我困惑不解的问题——牲畜留下的足迹为什么是潮湿的——现在也有答案了!"

他急忙转身奔下山坡,迅速折回到长满紫艾草和灌木丛的那片平坦的开阔地。在返回营地的路途中,他已经没有时间可耽搁了,只是在从一个隐蔽处扑向另一个隐蔽处时,才会偶尔停下脚步,机警地扫视一下前方的动静。茂密的草丛不会留下他走过的痕迹。他环顾着周围这些纵横交错的峡谷深壑,不知自己是否还能再看到它们。他打心眼儿里不愿再看见这些沟壑深谷,然而,他还是以一个骑士的眼光仔细察看着那些拐弯抹角的地方和高耸入云的险峰峻岭,在脑海里记下了这些地貌标志,以便日后不忘。

在停下来喘息的当儿,他谨慎地环视着这长满紫了艾草的椭圆形山谷和悬崖峭壁间的沟沟壑壑。除了微风徐徐吹拂着灌木的枝叶外,别无动静。于是,他加快了步伐,一连越过好几个峡谷的入口处和陌生地段,奔向了东面的峭壁。东面峭壁根下的这个路段易于隐蔽,也易于行走,而且从北、西两侧也看不到这里。他迅速走过这一段路,进入了自己藏身的那条峡谷,在峡谷越来越深的幽影里,他心里这才感到踏实了不少。不一会儿,山崖上的那个巨大凹口和笼罩在头顶上方的凸起的红岩出现在眼前,那是他记忆犹新的路标,表明他已经回到了自己营地所在的那个小山窝。当他钻进那片小树林、再次确信眼下已经安全时,他的思绪又重新转回到他留在营地里的那个小姑娘的身上。天色已近黄昏,暮霭沉沉。他还能找到她吗?他急不可耐地闯进了营地,把他的两条爱犬吓了一跳。

小姑娘依然躺在那儿,睁着一双深褐色的眼眸,看到他在她身旁跪下时,她的眼睛张得更大了。她的脸颊像在发高烧一样涨得通红。他抬起她的头,将水喂到她干裂的唇边,看着她慢慢咽下了一大口水,被呛得咳嗽了一声时,他心里油然生出一种难以名状的轻松感。他温柔地把她放回地上。

"你——是——谁?"她迟疑不决地低声问道。

"我就是朝你开枪的那个人。"他答道。

"你——现在——不会还想——杀死我吧?"

"不会的,不会的。"

"你——打算——怎么——处置——我呢?"

"等你好点儿了——体力恢复了——我会把你送回那个峡谷里,就是那些盗马贼骑马穿过那条瀑布后钻进去的那个峡谷。"

犹如一只乌鸦突然飞掠过头顶,留下了一层淡淡的阴影,她那大理石般苍白的脸庞仿佛陡然间变了颜色。

"千万别——把我——送回——那儿啊!"

第六章 争夺菜牛群

与此同时,在农庄里,在温特斯因贾金斯带来的消息而踏上了追踪盗马贼的征途之后,简妮·威瑟斯汀把这个受伤的人领进了家中,用灵巧的手指为他包扎好胳膊上的枪伤。

"贾金斯,你认为,我的那些骑手们到底出什么事啦?"

"我——我还是不说为好。"他回答道。

"说吧。无论你告诉我的是什么消息,我都会守口如瓶的。我现在担忧的远远不是丢失了一大群牲畜。温特斯曾经话里有话地说过——可是,你就说吧,贾金斯。"

"唉,威瑟斯汀小姐,我的看法和温特斯一样——您的骑手们是被人调集到某个地方去了。"

"贾金斯!……谁调集他们的?"

"谁有能耐驾驭您那些摩门教骑手,您自己知道啊。"

"你怎么敢指桑骂槐,说我教会的长老们下达了调集骑手的命令?"

"我岂敢指桑骂槐啊,威瑟斯汀小姐,"贾金斯振作起精神回答说,"我知道我在说什么。我本来就不想告诉您的。"

"啊,我无法相信!我不会相信的!塔尔丢下我那些牲畜不管,任凭盗马贼肆意掠夺和豺狼的肆意攻击,难道就因为——因为——?不,不!这太令人难以置信了!"

"是啊,这件事的确很蹊跷,在杨树村这一带简直闻所未闻。可是,请恕我直言,威瑟斯汀小姐,在这个边疆地区,再没有别的腰缠万贯的摩门教女人啦,更何况她还是一个不服管束的女人呢。"

对一向出言谨慎的贾金斯而言,这番话的确说得十分放肆,然而并没有让她生气。这位骑手对她的本质特征直言不讳的提醒,反倒使她寻思起另一些人对她的看法。温顺、谦恭是她一贯的行事作风。不过,话说回来,她果真是一个不服管束的女人吗?她依然在迟疑不决地沉思着。忽然,她热血沸腾地想起了她的骏马黑星星,这匹烈马向来就不服管束,总爱在紫艾草原上纵横驰骋。倘若她有朝一日也能自由自在地纵横驰骋,那该多好啊!简妮强压住内心熊熊燃烧的烈火,对自己不守本分、渴望自由的热切心情颇感羞愧。

"贾金斯,去村里跑一趟吧,"她说,"一旦你打听到有关我那些骑手们的确切消息,请立即回来向我报告。"

他走了之后,简妮毅然决然地将自己的思绪调整到近来已经被她疏忽了的一系列事务上。父亲教会了她如何管理上百名员工,如何安排园林的培育和土地的耕作,如何记录下进进出出的牲畜和看管牲畜的骑手们的活动。除了经营好这份家业之外,她还给自己增添了许多毫不相干的义务,其中有一项就极其微妙,需要她调动起自己全部的聪明才智和善于变通的本领,才能处理好,那就是她对村子里的那些非摩门教徒的家庭所给予的让人难以察觉、甚至不便明说的援助。尽管简妮·威瑟斯汀自己从来没有承认过,但是,她的举动早已上升为一种不亚于制度化了的慈善行为。要不是她凭空虚构出了无法计数的就业机会,而且有很多岗位并非出于实际需要,那些原本在摩门教徒占主导地位的社区里无法生存的非摩门教徒的老婆孩子恐怕早就饿死了。

在接济这些穷人时,简妮也意识到自己是在欺骗她教会里的那些十分敏感的牧师,但是,对于这类欺骗,她并不想祈求宽恕。怎样才能蒙住那些非摩门教的人,同样也是十分困难的事,因为他们虽然贫穷,却个个都很有骨气。一想到这些人竟会如此仇视她的民众,她便感到极大的悲哀;一想到通过她的努力,这些人终于慢慢淡化了仇恨的心理,她便获得了极大的慰藉。任何时候做这项工作都需要非常清醒的头脑,需要排除一切疑虑和焦躁心理。然而,在目前这种状况下,她需要的是充沛的精力和坚韧不拔的毅力,才能集中心智去履行她的职责。

夕阳落山了,也终结了她的苦思冥想,使她静下心来,以坚忍的耐心和毅力等待着,在今天的前半晌儿,她还没有如此坚韧的耐心和毅力呢。她在等待贾金斯的到来,不料,他却迟迟没有露面。她的宅院一向很安静,可是今晚却安静得有些出奇。晚饭时,女佣们全都默不作声,不过仍十分殷勤地伺候她左右;这种默然无语的殷勤表达了她们紧闭的嘴唇所无法表达的思想感情——摩门教的女人们所特有的同情心。杰德给她送来了那座石砌牲畜棚的大门钥匙,并按常规向她汇报了那些骏马一天的活动情况。他的日常工作的内容之一,就是保证每天让黑星星、夜游神以及其他几匹赛马在野外奔跑十英里路。今天,这个项目却被取消了,于是,这小伙计反复解释说,她今天并没有要求他做这项工作,越说越惶惶不安。当她询问他次日是否还会再来时,杰德的表情既喜出望外,又如释重负,立即向她保证说,他愿意永远为她干活儿。简妮心中挂念的是那些在崎岖的山间小路上或疾驰或慢行,或小步快跑或飞速驰骋地往回赶路的骑手们。暮色笼罩着她正漫步走入的那片树林,小鸟已经停止了歌唱,晚风沙沙地摇曳着三角叶杨树的枝叶,泉水淙淙地流淌在石砌水渠里。刚刚升上夜空的第一颗星星在闪烁着,仿佛给夜色平添了几分宁静和美感。她所信仰的宗教信义油然涌上心来，似乎在对她说，在她这个小小的世界里，一切都会好起来的。她脑海里浮现出温特斯孤独地守着篝火，坐在他那两条忠实的爱犬之间的情景。她在为他的平安而祈祷，为他的大功告成而祈祷。

第二天清晨，简妮的一个女佣传话说，贾金斯希望能见她一面，他有话要当面对她说。她急忙走出屋子，却惊讶地发现他披挂着步枪和左轮手枪，一时竟忘了本想询问他枪伤的初衷。

"贾金斯！为什么带着那些枪？你是从不带枪的人呀。"

"情况紧急啊，威瑟斯汀小姐，"他回答说，"请您到小树林里去说话，好吗？要是有人看到我在这儿，那就确实不安全啦。"

她和他一起走进三角叶杨树林的树荫里。

"你想说什么？"

"威瑟斯汀小姐，我昨晚去了我母亲家。刚进屋就听到有人敲门，有个男人要见我。我去开了门。他脸上蒙着面纱。他警告我不要再为简妮·威瑟斯汀充当骑手了。他声音沙哑，听上去很怪，我估计他是用假嗓子说话的，和他脸上蒙面纱的目的一样。他别的什么也没说，就急匆匆地溜进了黑暗里。"

"你当时知道他是谁吗？"简妮压低嗓子问道。

"知道。"

简妮并没有追问那人是谁，她不想知道，她害怕知道真相。她平静的心态在这一瞬间已经消失得无影无踪了。

"这就是我为什么荷枪实弹的原因，"贾金斯接着说，"因为我根本不愿放弃做您的骑手啊，威瑟斯汀小姐，除非您赶我走。"

"贾金斯，你想不想离开我呢？"

"您看我像那种人吗？给我一匹马———一匹快马，派我去紫艾草原吧。"

"噢，谢谢你，贾金斯！你比我自己的人还要忠诚可靠。不过，我不能接受你的一片诚意啊——因为你也许会因此而遭殃的。可是，我到底该怎么办呢？我头都晕了。错怪了温特斯——那群被偷走的牲畜——这些假面具，各种威胁，全都搅和在一起，我还蒙在鼓里呢！我真的不明白！但是我能感觉到，有人在暗中使坏，一场可怕的阴谋正在我周围逐渐形成，在不断向我逼近。"

"威瑟斯汀小姐，事情其实很简单，"贾金斯一本正经地说。"请您听我说——也请您恕我直言——请您姑且抛开摩门教徒的成见，听我明明白白地告诉您吧。我昨天去了那些沙龙、商铺，以及人们喜欢聚集在一起说闲话的地方。您的那些骑手们都在这些地方待着呢。他们在那儿高谈阔论，说要组建一支治安联防队去追踪和打击盗马贼呢。他们自称是'骑手'。这就是您要得到的报告——这就是您那些骑手们背弃您的原因。奇怪的是，那帮人里还有几个是别的农场来的骑手呢！而且塔尔的手下，杰里·卡德，也在其中——是他们的头儿。我见到他和他的马了。他根本没去格莱兹村。我可不是那么容易就能被蒙骗过去的，一看那匹马的模样就知道，它在紫艾草原里长途跋涉过。塔尔和杰里根本就没去格莱兹村！……哦，我还遇见布莱克和多恩了，一般来说，只要他们脑子里的那种摩门教徒的见解能让他们正常思考，他俩都还是我的好朋友。但是，这两个家伙骗不了我，他俩也没真想拿我当傻瓜。我问过他们，是直截了当地问的，问他们为什么要像这样背弃您。我也没忘记提醒他们，在布莱克那可怜的老母亲生病时，您是怎么照料她的，您对多恩的那几个孩子有多好。他们当时都满面羞愧呢，威瑟斯汀小姐。只不过他们当时的态度很冷淡——那种神秘莫测的脸色使他们看上去很怪异，很不正常。可是，我能看得出，他们起初的脸色是良心受到谴责时所流露出的正常的愧疚，可是，后来却又换上了一副神秘兮兮的表情，有区别呢。从他们面部表情的变化，我可以看出，他们是身不由己。他们对那件事没有发言权。他们的神情仿佛是在说明，他们不忠于您的原因，是因为他们要忠实于某个更加重要的使命。况且那也是一个天大的秘密。哎呀，事情已经一清二楚啦——就和您看见我这支枪一样。"

"一清二楚！……我的牲畜在紫艾草原上随意游荡——任人偷盗！简妮·威瑟斯汀就是一个可怜的女人啊！有人要逼迫得她低三下四、整治得她精神崩溃才肯罢休呢！……唉呀，贾金斯，事情已经够清楚啦。"

"威瑟斯汀小姐，让我去召集那些我能召集到的小伙子，去照管那群白色牲畜吧。就在那边的山坡上，离这儿不到十英里——有三千多头呢，而且全都是菜牛。它们都被放养在那儿，无人看管，一只长耳大野兔蹦跶一下，都能把它们吓得到处乱窜。我们会风餐露宿地守着它们，尽力照应好它们的。"

"贾金斯，我总有一天会报答你对我的帮助的，除非我的一切财产都被剥夺了。去召集那些小伙子吧，告诉杰德，让他把我的马拉出来随你挑，除了黑星星和夜游神。但是——千万不要为我那些牲畜去流血，也不要拿自己的性命去无谓地冒险啊。"

简妮·威瑟斯汀匆匆回到自己的房间。在这个寂静、封闭的氛围里，她内心的愤怒再也无法克制了。她满腔的怒火喷薄而出，一股前所未有的豪气直冲脑门。她眼前一片漆黑，哑然无语地横卧在床上，像一团熊熊燃烧的烈焰在扭曲着、翻滚着。她辗转反侧，胸中的怒火越烧越烈，越烧越烈，许久之后，才终于慢慢熄灭了。

狂怒之后，她精疲力竭、虚弱不堪地躺在那儿思索着，但是，她所思考的并不是那些企图摧垮她的人对她的百般压制,而是她意想不到的对自我的重新认识。直到最近这几天,她的生活中并没有多少内容能激发起她的万丈豪情。她的祖先是维京人①,是桀骜不驯的部族头领,他们天生不肯背负沉重的十字架,也绝不肯容忍自己的意志受到阻挠。她父亲秉承了这种性格,因此,在他勃然大怒时,他的族人常常会吓得抱头鼠窜,如同山坡上的羚羊一见到火光就会四下逃窜一样。简妮·威瑟斯汀意识到,她的体内也同样蛰伏着那种刚勇暴烈的性格和无所畏惧的好战精神,她只是在一味地忍让,因此尚未被人察觉而已。无论是男人或女人身上,她原本最瞧不起、最不屑一顾、也是她最不能原谅的一件事,就是仇恨。仇恨一旦产生,就会像烈火一样,一直烧向地狱。在那一瞬间,在她失去自我控制时,她心中竟也燃起了一团仇恨的烈火。她本质上是一个热爱和平、充满爱心的人,然而,迫使她背离了自己的秉性而一再忍让到如此地步的人,恰恰正是那些代表着上帝旨意的牧师,她所信奉的教会的长老,以及她一向敬爱有加、言听计从的主教大人。

别说丢失了成群的牲畜和成片的牧场,即便丧失了琥珀泉和这座历史悠久的石砌庄园,简妮·威瑟斯汀也不会感到心疼,她所面临的首要问题是,该如何安排好自己未来的生活,她眼下所思考的最大问题是——如何拯救自己的灵魂。

她跪在床脚边祈祷着。她虔诚地祈祷着,仿佛她这辈子都从未祈祷过一样——她祈求上帝能宽恕她的罪孽,免除她心灵深处那邪恶、灼热的仇恨心理;使她能爱戴身为牧师的塔尔,尽管她不可能爱上身为男人的塔尔;使她能为她的教会、她的民众,以

---

① 8~11世纪在西北欧沿海许多地区进行劫掠或世代定居的北欧海盗。

及那些仍旧依赖着她丰厚的家产而生存的人去尽责尽力；使她能笃信上帝，使自己女性的尊严不受侵犯。

当简妮·威瑟斯汀从狂怒中、从求助于上帝的祈祷中站立起来时，她已经心绪宁静、心平气和、心里有底了——宛如一个已然脱胎换骨的女人。她要按照自己的意愿去尽职尽责，以自己认定的真理为主导，去过自己的生活。她或许永远也不可能嫁给一个自己所中意的男人，但是，她决计不会成为塔尔的妻子。她的牧师们或许能夺走她的牛羊和马群、牧场和土地、畜栏和牛棚、威瑟斯汀庄园，乃至养育着杨树村的这片泉水；但是，他们绝不可能强迫她委身于塔尔，他们绝不可能改变她的决定，或摧垮她的精神。一旦对再多的损失也不去顾惜，一旦对自己有了自信，简妮·威瑟斯汀便获得了心灵上的平静。一年来，她的心情还从来没有像现在这样平静过。她原谅了塔尔，姑且不论他对她的个人感情如何，她对他那所谓的职责还是有所了解的，这一点既使她深为遗憾，也使她颇有些伤感。首先，作为一个男人，塔尔的目的就是想把她占为己有；其次，他也希望能为了他的教会而留住她和她的万贯家产。她根本就不信塔尔要拯救她的灵魂的动机，只是出于一个牧师对宗教的热情。她怀疑自己是否真正弄懂了他那个不怀好意的说法——他说，假如她死也不肯嫁给他，那就等于说，她死也进不了天堂。简妮·威瑟斯汀对宗教常识的基本了解，已经使她时刻准备去挑战她所信仰的宗教那有限的束缚力；她也怀疑她的主教大人，她自幼受到的教育是，主教大人是直接与上帝对话的人——主教大人是否会因为她拒绝嫁给一个摩门教徒而诅咒她的灵魂。等到塔尔和他那帮教徒把她折磨够了，也许把她折磨得一贫如洗之后，他们会发现，她依然故我，不可改变，到那个时候，她还会东山再起，夺回她所损失的大部分财产。这就是她的逻辑,最终也符合她对所有男人的信任,她相信,他们在本质上还是善良的。

铁蹄践踏在庭院石板地上的锵锵声迫使她匆匆走出了幽静的房间。院落里,拉西特正伫立在他的坐骑旁边,他的一身黑衣和他那巨大的黑色枪套,与他温文尔雅的微笑形成了极为鲜明的反差。简妮敏捷的大脑立即将注意力转移到了他的身上,脑海中竟冒出了一个颇有些暧昧的愿望,想利用自己迷人的魅力将他来访杨树村的明确目标化为乌有。假如她能够化解掉他对摩门教徒的仇视,或者,起码能阻止他别再滥杀摩门教徒,她就不仅能挽救她的民众,还能引领这个导致遍地流血的人在一定程度上恢复他的人性。

"早上好啊,尊贵的女士!"他一边说,一边把阔边黑帽摘下来拿在手里。

"拉西特,我还不是老太婆吧,也称不上尊贵的女士噢,"她灿烂地微笑着回答说,"如果你执意不肯称我是威瑟斯汀小姐——那就叫我简妮吧。"

"我觉得还是简妮容易些。对我来说,名总比姓要方便。"

"喔,那就用我的名吧。拉西特,很高兴又见到你了。我遇到麻烦啦。"

接着,她便和他谈起了贾金斯的负伤返回,被盗走的那群红色牲畜,温特斯骑着郎格尔的出走,以及她那些被人调集在一起的骑手们。

"在我看来,您好像在笑对人生呢,对一个遇到了这么多麻烦的女人来说,您显得很了不得呵。"

"拉西特!你是在恭维我吗?不过,我这回算是铁了心啦,决不能露出一副惨兮兮的样子。我已经失去了很多,说不定还会遭受更大的损失。但是,我决不会酸溜溜地丢人现眼,当然,我也不希望再遇到不开心的事。"

拉西特习惯性地一遍又一遍地旋转着手里的帽子,在思量着该怎么回答她。

"在我看来,女人总是那么不可思议。我很久以前就对她们敬而远之了。不过,我还是愿意和有胆量的女人打交道。既然已经知道您对这些麻烦的态度了,我还是想问一下,您是否打算拼一下呢?"

"拼!怎么拼?即使我想拼,也没有一个朋友能帮我呀,我只有一个朋友,可是,那个小伙子却不敢待在这个村子里。"

"我冒昧地说一声,尊贵的女士——简妮——您还有一个朋友,假如您需要他的话。"

"拉西特!……谢谢你!可是,我怎么能接受你这么个朋友呢?很难想象啊!唉,你会带着那些吓人的武器骑马冲进村里,把我的仇人都杀了——但是,那些人也是我的牧师和教民呢。"

"在我看来,只有把我惹恼了,我才会那么干。"他干巴巴地回答道。

她朝他伸出了双手。

"拉西特!我愿意接受你的友情——我会为此而感到自豪的——我会报答你的——如果我能阻止你去屠杀下一个摩门教徒的话。"

"有件事我得告诉您,"他直言不讳地说,眼中闪现着灰褐色的光芒,"您是一位心地善良的女人,您大可不必作出这样的牺牲……不,我认为,我和您是不可能按这种条件而结为朋友的。"

她急切地迈步走近他,对他那喜怒无常的情绪突变,她既很反感,又很醉心。他愿意为了她而去打拼的举动,即令人不寒而栗，又令人深受鼓舞。

"你来这儿是为了杀一个人吧——那个人和米莉·欧尼——"

"那个把米莉·欧尼拖进了地狱的男人——您应当那样说才对！……简妮·威瑟斯汀，是的，我就是冲着这个目的才来此地的。我有一肚子的话，却无法对别的活着的人去诉说……这么好的一个女人，你做梦也找不着——所以，别再提她了。除非您告诉我那个男人的名字。"

"让我告诉你？休想！"

"依我看，您会说的。不过，我决不会强求您。我是一个信念奇特的人，思维方式也与众不同，我似乎能预见未来，因而感到，有些事情很难解释。我追踪了多年的这条线索一直很棘手，很复杂，不过，现在总算有眉目了。还有，简妮·威瑟斯汀，您很久以前歪打正着地给了可怜的米莉以极大的安慰。这就让拉西特成了您的朋友，无论您想不想结交这个朋友。可是，您现在却莫名其妙地想把这件事一笔勾销，这就难免会让我产生某种想法——上帝才知道是为什么！——除非您是出于高尚而又糊涂的无奈，否则，那只会激起我对摩门教徒更深的仇恨。"

简妮感到自己被一股威猛的力量震慑住了，这股力量远远超过了她的定力。与这个男人比意志力，她必败无疑。若想影响他，她势必要全面施展女人的魅力。拉西特的凛然气度使她不得不肃然起敬。她曾经十分厌恶他的名字；与他面对面时，她才发觉，自己害怕的只是他的行为举止。他那令人费解的暗示，他那话里有话，说她难免会使他产生某种想法的话语，已经深深扎进了她的脑海中。她相信，命运已经将米莉·欧尼的情人或丈夫抛进了她的生活中。她相信，通过她的感化，恶人兴许也能弃恶扬善。他虽然没有明说，却显然是在指责她那所谓的糊涂，着实令她颇有些恐慌。他的这种错误的想法也许会有助于打开他的心扉,她感觉到了他内心深处隐藏着的辛酸、宿命的情结。她必须不惜一切代价安抚好这个男人;她知道箭已在弦、木已成舟了,假如拉西特在女人的魅力、美貌和温柔手段的作用下,还不能软化下来,那就是因为她已经不可能改造他了。

"依我看,您以后也不会再听到我说这种话了。"过了一会儿,拉西特又接着说,"哎,简妮小姐,我是专程赶来告诉您的,您的那群白色的菜牛就在那边的山坡下,在那些山梁的背后呢。我亲眼目睹的那儿正在发生的事情,大概会使您很感兴趣的,假如您愿意亲眼看看的话。您有望远镜吗?"

"有啊,我有两架望远镜呢。我这就去取,然后跟你一起骑马去看看。请等等我,拉西特。"说罢,她便匆匆走进屋里。她先派人让杰德为黑星星备好马鞍,并把那匹马牵到这个院子里来,然后才走进自己的房间,换上了她那套骑士服。只要去紫艾草原,她总爱穿上这套骑士服。身着这套男式服装,她看到镜子里出现的是一个风度飘逸、容貌英俊的骑士。如果想获得拉西特小小的倾慕,她就没有理由在细节上留下遗憾。果然不出所料,她所喜欢的那种温文尔雅的微笑,那种使他判若两人的微笑,在他的脸上慢慢绽开了。

"我差点儿就把您当成一个帅小伙子啦!"他惊讶地叫道,"简直太奇妙了,服饰居然能造成这么大的差别!我真有点儿服了您的尊贵身份啦,就像那天晚上一样,您的一身白色衣服充分显示了您的典雅,可是,您这身打扮——"

黑星星趾高气扬地踏进院落,把跟在后面的杰德拖得几乎两脚不沾地,咋一看见拉西特的那匹黑马时,它啸叫了一声。不过,一见到简妮,它那桀骜不驯的神色似乎温柔了许多,摇晃着它那线条优美的脑袋,甩动着已经套上的马嚼。

"趴下,黑星星,趴下。"简妮说。

骏马先垂下脑袋,缓缓伸长身躯,然后屈曲起一条前腿,接着又弯下另一条腿,直到完全匍匐下来。简妮左脚踩上马镫,轻盈地闪身一跃,便稳稳坐进了马鞍,黑星星立即站起身来,伴随着清脆的马铃声向前跨出了一大步。在穿过那片树林时,简妮就难以驾驭它了,等它看到前方的紫艾草原时,它的奔行速度已是快如疾风。简妮任凭骏马在开阔的驿道上自由驰骋了近三英里,然后才哄着它慢下来,等候她的同伴。拉西特没隔多久便追上了她,两人并辔向前奔去。这使她回想起过去常与温特斯并驾齐驱的情景。此时此刻,他在哪儿呢?她凝视着辽阔的山坡,眺望着迷魂谷一带绵延起伏的紫色轮廓,难过地闭上了双眼,心头涌起一股不可名状的担忧。

"我们要在这儿拐弯了,"拉西特说,"进入紫艾草原后,还要再走一英里左右。那群白色的牲畜就在那边,在那些山脊的背后。"

"你到底想让我看什么呀?"简妮问道,"我有心理准备——请别担心。"

他笑了笑,言下之意是,坏消息转眼就会到来,不需要任何言语上的预警。

转入一道山梁的背风处时,拉西特跳下马来,示意她也赶紧下马。他们放下缰绳,把马儿留在了原地。随后,拉西特拿起望远镜,带领她朝这个地势并不算太高的土坡上爬去。快要接近坡顶时,他停下脚步,向她做了个停止前进的手势。

"依我看,要是我们站在高处而又不暴露自己的身形,我们看到的可能会更多,"他说,"不到一小时之前,我就在这儿。当时,那群牲畜的位置在南面七八英里的地方,如果它们还没有被惊吓得四处逃窜的话——"

"拉西特!……被惊吓得四处逃窜?"

"那是我说的。现在就让我们来看一看吧。"

简妮紧跟在他身后,又向坡顶爬了几步,从山脊后探出头来,朝远处窥视着。山脊下是一片浅沼地,但是地势逐渐变深、变宽,通向一个山坳,然后又折向了左侧。简妮的目光顺着波浪起伏的紫艾草地向远处望去,只见一头头离群的牲畜在散乱地四处奔走,随后,她便看到了簇拥在一起的那一大群白色的畜群。她太熟悉这批菜牛了,即使在四五英里开外的地方,她也意识到好像要出乱子了。她拿起望远镜,从左向右慢慢扫视着,把整个畜群都收进了望远镜的视野范围内。那些掉队的牲畜在不安地到处乱窜;紧密地聚拢在一起的那些菜牛则在啃着青草。简妮又用望远镜仔细察看着那几头高大壮硕、像哨兵一样守卫着畜群的领头牛,只见它们一会儿匆匆走上几步,一会儿又突然停下来,摇晃着巨大的犄角,警惕地四处张望着,接着又朝另一个方向跑去。

"贾金斯怎么还没有把那些小伙子召集起来呢,"简妮说,"不过,他很快就会赶到那儿了。但愿他不要迟迟不来。拉西特,到底是什么东西在吓唬那些高大的领头牛啊?"

"眼下什么也没有,"拉西特回答说,"那些菜牛现在总算安静下来了。它们受到过惊吓,不过,还不算太严重。我觉得整个畜群比我刚才在这儿时已经向那边移动了好几英里啦。"

"它们吃草的范围不会那么远——至少在不到一小时的时辰里,还走不到那么远。牛群可不是羊群啊。"

"是啊,它们是跑过去的,而且显得很惊慌。"

"拉西特,到底是什么东西吓着它们的?"简妮很不耐烦地又追问了一声。

"放下望远镜吧。先用肉眼看一看,你能看得更清楚些。瞧那边,在畜群另一侧的那些山脊,紫艾草地那边阳光充裕的那些山脊……对,就那边。看仔细些,睁大眼睛看,等着瞧吧。"

简妮睁大眼睛看了好一会儿,除了一道道低矮的紫色山梁和亮得令人目眩的紫艾草之外,她什么也没看到。

"又开始啦!"拉西特压低嗓子说,并抓紧了她的胳膊。

"快看……那儿,你看见了没有?"

"没有,没有。你让我看什么呀?"

"一道白色的闪光———一道极快的如同针尖般的白光———一道亮得刺眼的光芒,好像是太阳照射在白色物体上的反光。"

果然,简妮在凝眸观察时,突然发现了一道疾速掠过的闪光。她立即举起望远镜去捕捉那个闪光点。进入视野的依然还是紫色的草丛,被望远镜放大了的紫艾草,波浪起伏的紫艾草,色泽更加鲜艳的紫艾草,很长时间都一成不变,这使她十分恼火。又过了一会儿,那个山脊上的紫艾草丛里突然飞起了一块宽大的白色物体,在强烈的阳光下闪烁了一下,随即又消失了。仿佛是在玩魔术一样,简妮被眼前的这一幕惊呆了。

"那究竟是什么东西?"

"我想,那道山梁后正躲着一个人呢,他在挥动床单或者白色的毛毯来反射阳光。"

"为什么?"简妮百思不得其解,满腹狐疑地问道。

"为了惊散这群牲畜,为了把它们吓得到处乱窜呗。"拉西特咬牙切齿地回答道。

"啊!"她怒不可遏、情绪激动地冲上来,紧握望远镜的手痉挛般地颤抖着,但她随即又低下了头。片刻后,她又抬起头来,似笑非笑地望着拉西特。"我那帮颇有正义感的弟兄又在忙活了。"她不无嘲弄地说。她已经压住了冲天的怒气,不过,在她一生中,这也许是她头一次轻蔑地噘起嘴唇,用冷嘲热讽的口吻说话。拉西特那双冷静的灰褐色的眼睛似乎已经看透了她的心思。"我说过,无论发生什么,我是有心理准备的;不过,这件事还是太叫人难以置信了。可是,他们——不管是什么人,为什么要惊散我的牲畜呢?"

"那是摩门教徒在用神圣的手段迫使一个女人屈服呢。"

"拉西特,我死也不会屈服的。我也许会服软,但是,我决不会怕硬。你觉得这些牲畜会被惊吓得到处乱窜吗?"

"我可不喜欢那几个领头的大菜牛的模样。可是,事情很难预料啊。有时候,畜群会像水牛一样很容易被惊得到处乱窜。任何闪光,或者小小的动静,都能把它们吓得一哄而散。即便是骑手下了马,徒步走向它们,有时也会把它们吓得四处奔跑。有时候,它们好像又什么都不怕。但是,我想,那个白得耀眼的闪光会得逞的。对我来说,这种手段也算很新鲜呢,何况我还见识过一些骑着马来偷盗牲畜的伎俩。那些惧怕上帝的摩门教徒们,只要由一个人出面,玩出一些鬼把戏来,就足够了。"

"拉西特,玩这个鬼把戏的人不会是老圈那拨人吧?"简妮问道,仿佛想抓住救命的稻草一样。

"也许是吧,不过,这种可能性不大,"拉西特回答说,"老圈是个明火执仗的大盗。他才不会鬼鬼祟祟地躲在山丘后面,用这种鬼把戏把你的牲畜吓得团团乱转呢。他会直截了当地攻击你,如果你不喜欢,那就拿起枪来和他斗。"

简妮缄口不语了。她想憋住自己,不去提及那些她曾经慷慨扶助过的人,此时此刻,事实已经证明,那些人全都是卑鄙无耻之徒,甚至比那些盗马贼还要下流。

"瞧!……简妮,那几头领头的菜牛已经受惊啦。它们在领着那些离群的牲畜到处乱跑呢,说不定真会把整个畜群带动起来的。"

简妮的眼力虽然不及拉西特那样敏锐,能看清那些细节,但她还是亲眼看到,牲畜的队伍变得越来越长了。顷刻间,如同成群的白色蜜蜂跟随着蜂王从一只巨大的蜂巢里蜂拥而出一样,那些菜牛正在从密集的群体中四下散开。不一会儿,整个畜群都骚动起来,速度快得令人咋舌。牛群奔腾的隆隆蹄声传进了简妮耳中,声音越来越大;尘埃滚滚,飞扬在紫艾草原上空。

"牲口炸蹄儿了,畜群溃散的嗡嗡声很响啊。"拉西特说。

"啊,拉西特!畜群正在朝那个山坳里奔呢!畜群是奔向那边的峡谷的!整个儿开始狂奔起来啦!"

"依我看,它们会逃进那条峡谷的。不过,路还远着呢。哎,简妮,这个山坳先是弯向北面,然后再折向东面的。炸了窝儿的牲畜群肯定会经过这儿,从离我们不到一英里的地方跑过去的。"

此起彼伏、如白色长龙般的菜牛队伍浩浩荡荡,争先恐后地奔腾穿行在紫艾草中,成漏斗状冉冉升起的尘埃弥漫在空中,群牛狂奔的隆隆声不绝于耳。

"我想去圈住那些乱成一团的畜群,"拉西特说,他那双灰褐色的眼睛扫视着西边的山坡,"村子那边扬起的尘土中有几个黑影。也许是贾金斯带着他的小伙子们赶来了。但是,他不可能及时赶到这儿来帮忙。你最好带着黑星星守在这个山脊上。"

他奔向自己的坐骑,解下鞍囊,勒紧马鞍的肚带,随即飞身跳上马背,策马冲下山脊,径直奔向了那个山坳。

简妮走向黑星星,牵着它来到山脊上,然后骑上马背,心情激动、满怀希冀地面向那个山坳眺望着。她能清楚地听见炸了蹄的畜群被兜抄得来回绕圈子的声音,她知道,只有最具胆略的骑士才敢做出这样的壮举。

白色的牲畜队伍逶迤不绝,已经拉长到两英里了。成千上万只牛蹄践踏出的隆隆声绵绵不断,如同沉闷的雷声。随着这些菜牛越奔越近,隆隆声也越来越响。拉西特不一会儿就越过了山坳中的平地,冲向了东面的山丘,在那儿等待着牲畜群的到来。须臾间,白色长龙的前锋已经抵达简妮所站位置的正对面,拉西特立即驱动他那匹黑马横冲过去。

简妮目睹他朝着受惊牛群的领头牛的侧面直插过去,并从这个角度策马飞奔起来。这情景犹如一场惊心动魄的竞赛。他们一同冲进了山坳,等到那白色长龙的尾部接近拉西特起初站立的位置时,其前锋已经开始折向西边。庞大的牛群开始往回绕了,尽管回转的速度极其缓慢,极其执拗,但是确实开始往回兜了,络绎不绝的白色队伍渐渐形成了一条漫长、美丽的弧线。简妮十分惊奇地看到,领头的菜牛已经开始回转、折返,并朝她这边奔来,奔上了山坳。拉西特的黑马在右前方紧贴着这些狂奔不已的菜牛奔驰着,简妮睁大眼睛欣赏着那匹盲马飞奔的身姿和矫健的步伐。过了一会儿,畜群宛若构成了一扇巨大的弧形,一个巨大的半月形,首尾两端几乎面对面,相距近一英里。但是,拉西特依然在毫不留情地聚拢着领头的菜牛,把它们逼向了左边,逼迫它们一点一点地回转过来。其余那些被飞扬的尘土蒙住了眼睛的菜牛则横冲直撞地紧跟着它们的头领向前狂奔。这条由奔腾不息的菜牛所组成的不断变化着的弧线朝着简妮滚滚而来,到达她脚下不足半英里时,弧线的两端终于渐渐合拢,形成了一个圆圈。拉西特一会儿与她的位置保持平行,一会儿面对着她,一会儿又离她而去，此时，他正朝着与她相反的方向冲去，始终在锲而不舍地逼迫狂奔不已的群牛的前锋向内侧回转。

直到这时，简妮仿佛才突然领略了拉西特非凡的技艺，她目不转睛、惊诧不已地注视着这位英勇无畏的男子汉在纵横驰骋。他的坐骑快如闪电，毫无倦意，虽然早已双眼失明。他把领头的牛群逼迫得团团乱转，直到即将把它们逼进菜牛队伍尾部的内侧圈中，落在畜群队伍尾部的那些菜牛几乎仍然在直线疾奔。不过，它们很快也要回转过来了。然而，一旦拉西特将牛群的队伍逼成了圆圈，他自己将如何脱身呢？简妮·威瑟斯汀立即双手合十祈祷着，她既是在祈祷，也是在由衷地赞叹；她在为这个男人的安危而祈祷。飞扬的尘土即将汇合成圆圈了。简妮的目光透过纱幔般的黄尘依稀看到，拉西特正在将那些领头的菜牛逼向圆圈的内侧，渐渐将紫艾草原上那个圆圈的缺口合拢起来。在滚滚黄尘中，她已经看不见他的身影，但是她认为，她还看得见那匹黑马，马背上已经没有骑手，她目睹那匹黑马扬起前腿，直立起身躯，吃力地向前猛扑了一下，终于轰然倒下。拉西特已经被甩下了马背——不见踪影了！然而，片刻之后，他又奇迹般地现出身来，冲出飞扬的尘埃，冲进了紫艾草原！他总算逃离了险境，她长长地舒了一口气。

简妮·威瑟斯汀魂不守舍、目不转睛地注视着这庞大无比、浩浩荡荡的菜牛群在来来回回地奔突追逐。这批因受到惊吓而炸开了锅的牲畜群！奔流不息的白色圆圈在空阔的紫艾草地上越聚越紧。飞扬的尘土如漩涡般卷向空中，遮天蔽日。大地在颤抖，无数牛蹄践踏出的轰隆声连绵不断，犹如贴着地面滚滚而来的响雷。简妮感到耳朵都震聋了，接着，她又毛骨悚然地听到了一种新的声音。随着圆圈在紫艾草地上不断缩小，菜牛们开始叫唤起来,已经完全合拢的圆圈中央出现了混乱不堪的场面,牛头相撞的"呼嘣"声、牛角相击的"咔嗒"声,摄人心魄。此起彼伏的叫唤声、犄角相抵的破裂声、争先恐后地攀爬的践踏声,庞大牛群的内圈中发生了互相扭打和搏斗,乱作一团;处于强大压力下的群牛相互簇拥着、踩踏着、声嘶力竭地叫唤着。随后,僵持状态出现了。内圈里的那种相互倾轧的现象停了,可怕的吼叫声和碎裂声中止了。外圈的混乱状况仍在持续,但也在渐渐平息。白色畜群终于安定下来,遮天蔽日的黄尘也在慢慢随风飘散。

简妮·威瑟斯汀满怀感激地等候在山梁上。拉西特终于出现了,拖着疲惫不堪的步子,蹚着紫艾草,正朝她走来。远处的山坡上,贾金斯正率领他那队小伙子骑马疾驰而来。这批白色牲畜至少在眼下有人来照料了。

当拉西特走到她身前,伸手抚摸着黑星星的鬃毛时,简妮一时竟哑然无语。

"我的——马——死啦。"他喘息不定地说。

"啊,太可惜了!"简妮叫道,"拉西特!我知道它是无法替代的,不过,你可以在我那些赛马中任意挑选一匹——银铃儿、夜游神,甚至是黑星星。"

"我会挑一匹快马的,简妮,不过,我决不会夺你所爱,"他回答道,"只是——我想借用一下你的黑星星,骑着它去追那些让这批牲畜受惊的家伙,你看行吗?"

他指着那几条正飞速离去的黑色身影,他们身后的紫艾草地上扬起了一团团尘土。

"骑上这匹骏马,我就能追上他们,然后——"

"然后怎么样,拉西特?"

"他们就别想再惊吓任何牲畜啦。"

"啊！不！不！……拉西特，我不会让你去的！"

话音刚落，她脸颊上突然腾起火一般的红晕，颤抖的双手挥了挥黑星星的马缰。然而，没等拉西特抬头，她又垂下了眼睑。

第七章 威瑟斯汀的女儿

"拉西特,你愿意做我的骑手吗?"简妮曾经问过他这个问题。

"依我看,可以答应你这个要求。"他当时是这样回答的。

话虽简短,但是简妮知道,这只言片语中隐含着无限的情谊。她需要他来帮她照管牲畜、马群和牧场,如果可能,再帮她保住这些家产。尽管她无法明确表露自己的心迹,但她是一个胸襟坦荡的人。无论付出什么样的代价,她都必须将拉西特拉拢过来,留在她身边;至于那个把米莉·欧尼带到杨树村来的男人,她必须守口如瓶。她惶恐不安地控制着自己的头脑,即便在灵魂深处也努力不去触及那个摩门教徒的名字,她甚至不愿去想那个名字。撇开这件强加于她、同时也被她视为神圣而又不可推卸的事情之外,在这个关键时刻,她也需要有一个帮手、一个朋友、一个强有力的支持者。如果她能驾驭住这个枪手,温特斯就是这样称呼他的,如果她能够阻止他去制造流血事件,她应当采取什么样的策略来把玩他这团烈火,让他出面来干预她教会里的那些牧师对她的压制和迫害呢?她永远也忘不了那一幕,当温特斯高喊出拉西特的名字时,塔尔和他的手下竟然被吓得心惊胆战的模样。倘若她不能完全左右拉西特,她就只能尽自己最大的努力去推迟那不幸之日的到来。

在她那些一走进赛场就能稳操胜券的赛马中,有一匹深栗色的骏马,她戏谑地称这匹马为银铃儿,那是因为它的铁蹄能踏碎岩石的缘故。当杰德牵出这匹身材匀称、体格健美的骏马时,拉西特的注意力一下子就被吸引住了。一个骑手对纯种赛马的酷爱之情，在他身上也表现得淋漓尽致。他一遍又一遍地围着银铃儿转着圈儿，不想夺走简妮心爱之物的决心显然在一点儿一点儿地减弱。

"拉西特，你简直就是个爱马如命的人啊，连银铃儿都看出来啦，"简妮放声大笑着说，"瞧它那眼神。它很喜欢你哟。它会爱上你的。你怎么能忍心拒绝它呢？呵，拉西特，银铃儿别的不会，但它能跑！它的速度和郎格儿不相上下，只有黑星星能略胜于它。它性情暴烈，不适合给女人骑。就挑它吧。它是你的啦。"

"一遇到好马，我的意志力就软弱涣散了，"拉西特说，"我就接受它吧，我也会接受您的指令的，尊贵的女士。"

"哎呀，我很高兴，也就不计较你称我女士啦。你还是继续叫我简妮吧。"

从那个时刻起，拉西特似乎总是人不离马、马不离鞍了，早出晚归都骑在马上，他在简妮的各项事务中的作用也恰好得到了发挥，日子仿佛又回归到往日的宁静了。她的智慧告诉她，这只不过是暴风雨即将来临前的暂时的平静，她不相信生活会变得如此太平。

她又恢复了进村走访的习惯，有一次竟和塔尔不期而遇。他一如既往地向她打着招呼，就像他们以前没发生过矛盾时的状况一样；虽然不可能很快就忘却过去的事，她还是摆出和解的姿态，作出了让步，爽朗地向他打了声招呼。他很遗憾她损失了一大批牲畜；他信誓旦旦地向她保证，已经组建起来的治安维持队很快就能打垮那些盗马贼；事成之后，她的骑手们还是有可能回到她身边的。

"你太任性啦，雇佣了这个名叫拉西特的人，"塔尔用十分严厉的口吻接着说,"他到杨树村来,可是来者不善,善者不来啊。"

"我总得有人手啊。再说,请他做我的骑手,说不定对杨树村的摩门教徒也是一件再好不过的事呢。"

"你是说,要让他就此罢休?"

"我就是这个意思——如果我能做到的话。"

"像你这样的女人,要想降服男人,什么样的事都能做得出来的。这也许是件好事呢。你也可以在一定程度上立功赎罪。"

他向她鞠了个躬,告辞了。简妮继续走自己的路,内心却充满矛盾,思绪万千。她厌恶塔尔长老那副冷冰冰的生硬态度,一副居高临下瞧不起她的模样,仿佛他是在义正词严地发泄满腹的不快一样。否则,他本应是一个性情平和、处事持重、头脑顽固的人,因为她认识他已经有十年之久了。事实上,他也只是在抓捕温特斯这件事上大动肝火的,除此之外,她连做梦也想不到,他会是一个声色俱厉、动辄骂人的牧师。如今,他在她心目中的形象已经是一个离奇古怪、行踪诡秘的人。假如他接着就两人分手的原因继续和她争吵下去,她对他的看法或许会好一些。塔尔究竟是不是一个表里如一的人呢?这个问题已经有意无意地涌上了简妮·威瑟斯汀的心头,与她一贯不愿揣度别人的信念毫无疑问地产生了冲突。因此,她不愿回答这个问题。塔尔是不会开诚布公地与你决一胜负的,温特斯说过,拉西特也说过,她的这位长老绝不会与你正面交锋,只会暗地里捣鬼。就在刚才这次见面、交谈的过程中,塔尔居然能只字不提他曾请求、告诫、强求她嫁给他的事实。他对温特斯也只字不提。他的态度俨然是一个完全出于义愤的牧师的态度,一个能宽容女人因意志薄弱而犯了错误的牧师的态度。他似乎毋庸质疑地彻头彻尾地超然于局外了,仿佛对施加在她身上、要她去承受的压力一无所知似的。对秘密调动她的骑手、对趁着夜色的秘密出行、对那些盗马贼的猖獗活动、对牲畜群被惊得炸开了锅的这些事实，他似乎全无干系，毫不愧疚。这一点使她再一次看清了她原本觉得并不太公正的诸多怀疑。当然，这一认识是在克服了某种固执的信念之后才逐渐形成的。当她不得不接受这一严酷的现实时，她不寒而栗了，这种不寒而栗也是强烈的反叛精神的核心。

简妮离开大街，转向旁边的一条宽畅的巷子，走进一个面积庞大、树影婆娑的庭院。庭院里种植着三叶草、紫苜蓿、各种鲜花、各类蔬菜，沁人心脾的各种芳香混杂在一起，扑鼻而来。如同混种在一起的这些鲜嫩的绿色植物一样，院落里还有数十个小宝宝、大娃娃、小淘气、大顽童、调皮捣蛋的男孩子、嘻嘻哈哈的女孩子，一个大家庭大大小小的孩子应有尽有。因为科列尔·布兰德——生下了这么一大群孩子的父亲，是一个摩门教徒，他有四个老婆。

他们居住的屋子规模很大，虽然破旧，却很坚固，房屋的建造格调也很别致，下半截全用圆木垒就，上半截用厚重的楔形木板镶成，外面的几个石砌烟囱上爬满了各种藤蔓。房子装有许多扇木质百叶窗，有一扇矫揉造作般的玻璃窗户还煞有介事地拉上了白色的窗帘。由于这屋子里有四个女主人，因此，屋子也相应分隔成了四大块，它们互不相通，各有门户，无论想进哪一扇门，都得绕道从外面走。

在宽敞、低矮、顶部爬满藤蔓的前廊上的一个阴暗角落里，简妮发现，布兰德的老婆们正在伺候戴尔主教。她们都是身为母亲的女人，年龄大体相仿，容貌平平，然而，偏偏就在这一刻，除了矜持，什么都有的一幕被简妮撞见了。主教大人身躯高大，体格壮硕，头发和胡须都是铁灰色，生着一双浅蓝色的眼睛。简妮进屋时,他们正在风流快活的兴头上;不过,等简妮看清他们时,他们已经云收雨散了,即便如此,她依然十分忌惮他,如同敬畏自己的父亲一样。

这几个女人一哄而上,簇拥在她周围,以示欢迎。

"威瑟斯汀的女儿来啦,"主教大人捏着她的手,兴高采烈地说,"你这个一向贤惠的姑娘,近来不怎么大方啊。安息日①也不见你来参加仪式了!我要狠狠批评塔尔长老。"

"主教大人,是我的罪过。我会来向您忏悔的。"简妮轻描淡写地回答说,不过,她感到自己的话里涌动着一股暗流。

"摩门教式的求欢做爱啊!"主教大人搓着双手,高声叫道。"塔尔就想独霸你呢。"

"不。他并没有向我求爱。"

"什么?这个反应迟钝的家伙!如果他还这么磨磨蹭蹭,我可要亲自出马去威瑟斯汀庄园求欢啦。"

主教大人放声大笑起来,接着又开了一些更加露骨的玩笑,然后才正颜厉色地谈起村里的事务,说完之后,他便起身离去,撇下简妮和她的朋友玛丽·布兰德待在一起。

"简妮,你好像精神不太好嘛。是为牲畜被盗而伤心吗?你有这么多牲畜呢,你是多么富有啊。"

于是,简妮向她吐露了心中的秘密,说了许多悄悄话,不过,她还是没有说出她最担心的怀疑。

"唉,你为什么不肯嫁给塔尔,成为我们中的一员呢?"

"可是,玛丽,我不爱塔尔啊。"简妮固执地说。

"在这件事情上,我不想责怪你。可是,简妮·威瑟斯汀,你

---

① 安息日,主日,犹太教徒以星期五日落到星期六日落为安息日,大多数基督教徒以星期日为安息日。

究竟是爱男人,还是爱上帝,总得在两者之间作出选择啊。我们身为摩门教的女人,常常不得不作出这种选择。的确不容易啊。你所追求的那种幸福,我也曾经追求过。可是,我从来就没有得到过那种幸福,你也得不到的,除非你抛弃自己的灵魂。我们一直都在心惊胆颤地关注着你和温特斯的恋爱关系。会惹出大事的。你不想看着他上绞架,或者被枪毙——或者受到更加悲惨的处置吧。格莱兹村的那个非摩门教的小伙子,就是因为傻乎乎地跟一个摩门教女人勾勾搭搭,才被他们整得很惨的。嫁给塔尔吧。作为一个摩门教徒,这可是你应尽的义务啊。做了他的老婆,你虽然不会感到欢天喜地——可是,想想老天爷吧!摩门教女人根本不可能为了她们自己的理想而结婚的。背起十字架吧,简妮。你要记住,当年是你父亲发现了琥珀泉,建造了这些老房子,迎来了摩门教徒在此定居的,并像父亲一样保护了他们。你可是威瑟斯汀的女儿啊!"

简妮告别了玛丽·布兰德,前去拜访她的另一些朋友。她们也像玛丽一样高高兴兴地欢迎她,喋喋不休地向她表达着摩门教女人们被压抑着的情感,让她的耳朵里灌满了塔尔、温特斯、拉西特、对上帝应尽的义务,以及天堂里的荣耀。

"毫无疑问,"简妮喃喃自语道,"听了这么多的说词之后,我都不知道自己是谁了,我依然如故,不为所动呢——不,是目标更加明确了。"

她回到大街,满腹心思地迈步朝村子中央走去。一队牛车拉着沉重的货物吱吱嘎嘎地从她身旁走了过去。这些被人们雅称为"紫艾草原上的运输队"的牛车,拉的是从斯特灵村运来的粮食、面粉和日用百货,一想到这些牛车是她的家产,牛车要送货去的那三家店铺,有一家也是她的家产,情绪消沉的简妮忽然开怀大笑起来。在她脚边路基旁流淌着的泉水，流进了家家户户的庭院，滋养着花园、菜园和果园的这条泉水，也是她的家产，虽然已经不再是她的私有财产了，因为她愿意免费把这泉水奉送给村里人享用。然而，在这个被三角叶杨树所环抱的村庄里，在这个由她父亲亲手缔造、她依然还在管理着的村落里，她却不能主宰自己的命运，不能按照自己的意愿来选择一个人做丈夫。她可是威瑟斯汀的女儿啊。假如她也以强悍的姿态来行使自己的权威，那就有他们好看的！但是，这一傲气十足的念头刚冒出来，就被她强压下去。

没有任何事物能够替代村民们对她怀有的深厚感情，没有任何势力能够剥夺她一出现就能给人们带来欢愉的那份惬意的心情。当她路过那几家门面简陋的商铺、那几家门口拴着疲惫不堪的马儿的沙龙时，当她沿着大街一路走去时，她再一次深刻体会到了她生活中的圣餐①究竟是什么——那就是，她是深受人们的爱戴的。那些在水沟边玩耍的脏兮兮的小顽童们，店铺里的职员们，驾着牛车的车把式们，骑手们，爱在街头巷尾闲聊的人们，风尘仆仆地骑在马上的牧场员工们，跑腿的小女孩们，急匆匆赶往商铺去购物的女人们，所到之处，人们都用欢乐的眼神满怀敬意地注视着她的到来。

简妮不厌其烦地一一和他们打着招呼，走走停停，徜徉了很久，才终于走到村子里非摩门教徒的居住区。这个居住区位于村子的最南端，这儿生活着近三十户非摩门教徒的家庭，他们住在简陋的茅屋、窝棚、小木屋，以及几间破旧不堪的农舍里。杨树村的这些住户们的社会地位，根据他们的居住条件就能一望而知。

---

① 基督教新教的一种宗教仪式，教徒们领食少量的面包和酒，表示纪念耶稣。传说耶稣受难前夕与门徒聚餐时，曾以面包和酒象征自己的身体和血液，分给他的门徒吃。

他们也享有充足的水源,因而这里的草地、果树、紫苜蓿地、菜园长得也很茂盛。偶然也有一些成年男人和小伙子拥有几头牲口,其他人则靠打零工为生,因为摩门教徒不肯为他们提供就业机会。这些人家没有一户是富裕的,大多数都非常贫穷,有些人完全要靠简妮·威瑟斯汀的施舍,才能生活下去。

如同她一走进她的村民中就会心情舒畅一样,简妮一接触到这些非摩门教的人就会深感悲哀。这并不是因为她不受欢迎;在这儿,女人们会心怀感激地接待她,孩子们会激动不已地欢迎她。但是,贫困和无所作为,加上与之相伴的恶劣的生存条件和满目的凄凉景象,总是使她很伤感。假如她能以前所未有的力度减轻这一贫苦地区的悲惨状况,那就恰好应验了那句古话:使人人都遭殃的风才是恶风①。如今,在她能够为这儿所有的青壮年提供就业机会的时候,虽说她的摩门教骑手们都乐意受雇于她,她却意想不到地发现,已经没有几个非摩门教的人愿意继续为她工作了。当这些男人一个接一个地告诉她,他们不敢接受她好心的帮助时,她确实感到十分震惊了。

"不行啊。"一个名叫卡森的人说。他是一个头脑聪明、见过世面的人。"我们已经接到警告啦。直截了当、开门见山的警告呢!有贾金斯出头就行了,他带着枪呢,他的枪法也好,他招募的那些胆大包天的小伙子也会使枪。但是,他们几乎都没有家庭的拖累。我们怎么敢去冒这个险啊,假如有人趁我们不在的时候,放火把我们的房子给烧了,那可怎么办啊?"

简妮感到一阵心寒,脸绷得很紧,脸上全无血色。

"卡森,你和其他人住的这些屋子都是租来的吗?"她问道。

---

① 英语谚语,指此失则彼得,没有使所有的人都受害的坏事。

"您应当知道啊,威瑟斯汀小姐。有些房子还是您的呢。"

"我知道?……卡森,我长这么大就从来没有哪一天花力气查问过房屋出租的事,也没有查问过一岁小牛犊或者一捆草的事,更不用说数金子的事啦。"

"毕温斯,您的商铺的老板,他负责这件事呢。"

"你听好了,卡森,"简妮脸都气红了,心情烦躁地接着说,"你,布莱克,还有威列特,马上打包搬家,带着你们的家眷住到我在小树林那边的木屋里去。那些屋子要比这儿舒服多啦。搬好家就去帮我干活儿。如果你们再遇到什么不顺心的事情,我就给你们发钱——发金子,足够让你们离开犹他州!"

这个大男人竟哽咽住了,结结巴巴地说不出话来,接着,他便激动得热泪盈眶了,等他总算能开口说话时,说出的却是一声狠狠的咒骂。其实,没有任何温文尔雅的言辞能比得上这句咒骂,能更好地表达他对简妮·威瑟斯汀的感激之情。很奇怪,他的表情,他说话的腔调,竟使她想起了拉西特!

"不,这可不行,"他情绪稳定下来之后,又接着说,"威瑟斯汀小姐,有些事情您其实并不知道,我们这帮人当中,谁也没有胆量敢告诉您。"

"我好像已经听到不少事了,卡森。好吧,那么,你愿意让我帮帮你吗——比方说,把日子过得好起来?"

"当然愿意啦,"他喜形于色地回答道,"我明白您的意思,您也知道我的意思。谢谢您!假如真有好日子过,我巴不得能为您效劳呢。"

"好日子会来的。我相信上帝,也相信人心都是肉长的。再见吧,卡森。"

这条小巷一直通向外面的紫苜蓿地,紫艾草篱笆把紫苜蓿地分隔得错落有致,小巷的两旁全是简陋的茅屋和窝棚,位于小巷尽头的最后一个住宅最为破烂。这间棚屋从前是牲畜棚,如今却住着一户人家。三角叶杨树遒劲繁茂的枝叶遮蔽着被风雨剥蚀得几近倒塌的木板搭就的屋顶。棚屋只有一层,和印第安人居住的小屋一样。棚屋的周围有几块菜地,稀稀拉拉地生长着一些蔬菜,那是一个体弱多病的女人花时间、花力气种出来的。这个可怜的栖身之地位于村子的边缘,住在这儿的是一个寡妇,她得自己去附近的灌溉渠挑水。当简妮走进这家没有栅栏的院落时,有一个孩子看见了她,立即高兴得尖叫了一声,泪水涟涟地朝她扑过来,一头鬈发随风飘舞着。这孩子是个小囡囡,是这户人家四个孩子中的一个,名叫小菲。这个名字很适合她,因为她是一个小精灵,一个小妖精,一个天生的小尤物,漂亮得简直不属于尘世间,像童话故事里的小仙女一样美丽。

"妈妈叫人去找过你呢,呜呜,"小菲含混不清地哭泣着说,简妮赶忙吻了吻她,"你怎么总不来看我呀,呜呜。"

"我不知道啊,小菲。我不是来了嘛。"

小菲是一个过惯了户外生活的孩子,菜园子、排水沟、田间地头是她常去的地方,总是弄得浑身肮脏,衣衫褴褛。但是,破旧的衣衫和满身的泥土,却遮不住她的天生丽质。裹在她身上的一件薄薄的拖泥带水的小睡衣,仅把她秀美、苗条的身段遮蔽了一半。她的脸蛋和嘴唇红得像樱桃;眼睛是紫罗兰色的;这个小美女最惹人喜爱的地方是她那一头拳曲的金发。杨树村所有的孩子都是简妮·威瑟斯汀的朋友,她爱这些孩子。不过,还数小菲对她最亲。小菲几乎没有小伙伴,因为这些非摩门教徒家的孩子们当中没有和她年龄相仿的玩伴,而摩门教徒家的孩子又不许和她在一块儿玩耍。所以,她就成了一个害羞、孤独、很任性的孩子。

"妈妈病了。"小菲一边说，一边拉着简妮朝棚屋门口走去。

简妮走进屋来。屋里只有一个房间，光线很暗，几乎没有什么陈设，却收拾得干干净净、整整齐齐。一个女人躺在床上。

"拉肯夫人，你好点儿了吗？"简妮焦急地问道。

"我已经病倒一个星期了，不过，现在好多啦。"

"你难道就这么孤零零的一个人躺在这儿——没有一个人过来照顾你吗？"

"噢，不！我的女邻居们都好得很。她们轮流过来照顾我呢。"

"你叫人去找过我吗？"

"是啊，好几次呢。"

"可是，我没接到任何消息——也没接到任何口信啊。"

"我让那几个男孩子去找过你，让他们给你的女佣们带了个口信，让他们告诉你，我病得很重，想请你到我这儿来一趟。"

一阵突如其来、极度恶心的呕吐感袭来，使简妮难受得头晕目眩。她竭力克制住虚脱感，如同她竭力克制自己，想超然于脑海中诸多的怀疑一样。那阵发作总算过去了，也使她意识到自己是多么的软弱无能。当她重新振作起精神时，那种无可奈何的痛楚也随之烟消云散了。不过，她也再次看清了那股在暗中捣鬼的黑势力，这一次竟把这不可告人的勾当玩到她自己家里来了。那只看不见的手，如同茫茫黑夜里的一只蜘蛛，已经开始行动了，正在她生活的环境周围布设、缠绕、拧结这些阴险歹毒的丝线，目的就是想编织出一张黑暗的网来束缚住她。如今，简妮·威瑟斯汀已经看清了这场阴谋，而且在认识这场阴谋的过程中，她变得更加冷静、更有把握了，与此同时，她的先辈们敢于争强斗勇的豪气也在她身上复苏了。

"拉肯夫人,你现在已经好些啦,我很高兴,"简妮说,"可是,我难道就不能帮你做点儿什么吗——也来轮流照顾你,或者给你送些东西来,要不,由我来照顾小菲吧?"

"你真是个好心肠的人啊。自从我丈夫走了以后,要是没有你,真不知道我和小菲该怎么过呢。我就是为了小菲的事情才想找你聊聊的。我本来以为,我这次肯定活不过去了,因此,很担心小菲该怎么办。唉,我也许一时半会儿还死不了,只是浑身力气都没了,我怕活不了多久啦。所以,我不妨现在就把话明说了吧。你不是一直在问我是否同意把小菲过继给你,让你把她当自己的女儿一样抚养成人吗?你还记得你说过的话吗?"

"确实说过这话,我当然记得。有了她,我会很开心的。可是,我希望等到那一天——"

"别介意。那一天会来的——迟早总会来的。我当初拒绝了你的这份好意,现如今,我就把原因告诉你吧。"

"我知道是什么原因,"简妮打断了她的话,"因为你不想她长大后成为一个摩门教徒。"

"不,不完全是这个原因。"拉肯夫人动情地抬起她瘦弱的手放在简妮的手上。"我打心眼儿里不愿把这些话告诉你。可是——事情是这样的:我把你的想法全都告诉了我的那些朋友。她们了解你,也很关心你,她们也说,我完全可以把小菲托付给你。女人都爱说闲话,你是知道的。这消息后来又传到了摩门教徒的耳朵里——人们七嘴八舌地议论起你对小菲的偏爱,以及你想过继她的目的,一时间,流言蜚语传得满天飞。后来,这种话又毫不避讳地传回到我这儿了,也许是出于嫉妒吧,说你想过继小菲的目的,并不完全是因为你很喜欢她,而是因为你要履行宗教义务,想再抚养一个女孩子,等她长大时好嫁给某个摩门教徒。"

"该死的一派胡言!"简妮·威瑟斯汀气得大叫起来。

"使我犹豫不决的,就是这种搬弄是非的话,"拉肯夫人接着说,"我打心眼儿里不信。现在,我想,我同意你——"

"等一等!拉肯夫人,我这辈子也许说过一些小小的但是没有恶意的谎话,但是,在大是大非的问题上从没撒过谎,也从没撒过伤害他人的谎。相信我。我很喜欢小菲。假如有她在身边,我会疼爱她、呵护她的。我想过继她,完全是出于一片爱心……让我来证明这一点吧。你和小菲搬过来和我同住吧。我有这么大的一幢房屋,况且我也很孤独啊。我可以帮着看护你、照顾你。等你病好了,你也可以为我工作。我会照料小菲,把她抚养成人——不让她接受摩门教的教育。等她长大了,如果她想离开我,我会送她走的,当然不会让她两手空空地走,送她回到你们的家乡伊利诺伊州。我向你保证。"

"我就知道,那全是一派谎言。"这位母亲回答道。她无力地依在枕头上,苍白、憔悴的脸上露出了平静的笑容。"简妮·威瑟斯汀,愿老天保佑你!我一直对你怀有深深的感恩之情。可是,因为你是摩门教徒,我从来不敢和你亲近,现在总算踏实了。关于宗教信仰方面的事情,我不太懂,可是,你的上帝和我的上帝一样啊。"

第八章 奇异谷

回到那条奇异的峡谷中后，温特斯发现，这条山谷中的确隐藏着许多让人意想不到的事情，那个受伤的女孩轻声说出的几乎如祷告般的恳求——她居然恳求他别把她送回那帮盗马贼的身边，便是最近几天来所发生的一系列事件中首当其冲的大事，是一个最令人摸不着头脑的高潮。她主动说出的不肯再回到他们身边的这一愿望，确实让温特斯深感震惊。按照这个逻辑思考下去，她的这一恳求立即印证了他对她的第一印象——与其说她坏，倒不如说她是不幸——于是，他心头浮起了一种释然的喜悦。假如他事先知道老圈的蒙面骑士是个女人的话，那他早就形成自己的看法了，他会认为，她是一个被人抛弃的女人。可是，他的第一认识产生于他揭开面罩、看到一张毫无血色的脸在痛苦地抽搐的那个时刻；之后，他又听到了从她那沾满血迹的嘴唇里迸发出的对上帝的呼唤；从她那一本正经、令人敬畏的眼神里，他仿佛看清了她的灵魂。于是，就在这一刻，她与他订下了一项契约，"别——把我——送回——那儿啊！"

温特斯一旦在他思维敏捷的头脑里形成了对这个可怜的小女孩的看法，就不会轻易改变。他的这一看法，并非基于她还有多大希望能活下来，而是基于她那双深邃的眼睛里所流露出的看破一切、敢问苍天的神情，基于她断断续续说出的那几句令人怜悯的话——寥寥几句，已然昭示了她失意、委屈、有苦难言的心迹，也吐露出她命运悲惨，并非天生依从于邪恶的真相。

"你叫什么名字?"他问道。

"贝丝。"她答道。

"贝丝是名,你姓什么呢?"

"有名就够了——就叫贝丝。"

她脸颊上的红晕越来越深了,却不完全是高烧引起的。温特斯心头又是一惊,不过,这一次,他的惊讶缘自她脸上因害臊而腾起的红云,缘自她霎时间低垂下来的长长的眼睫毛。她也许是某个盗马贼的女儿,但是,她依然还知道羞愧;她也许马上就要死了,可是,她依然坚守着仅存的那点儿廉耻之心。

"很好,贝丝。这没关系,"他说,"但是,大有关系的是——我该怎么处置你呢?"

"你——是——骑手吗?"她低声问道。

"现在不是了。我曾经是。我从前是帮威瑟斯汀家看管牲畜的骑手。可是,我已经丧失了我的地位啦——丧失了我曾经拥有的一切啦——我现在——我现在差不多就是一个无家可归的流浪汉。我的名字叫伯恩·温特斯。"

"你不会——带我——去杨树村——或者格莱兹村吧?我会被他们——绞死的。"

"不会的,当然不会。可是,我必须对你采取点什么措施才行。因为这个地方对我很不安全。我已经枪杀了与你同行的那个盗马贼。他迟早会被发现的,继而就能查找到我的踪迹。我必须寻找一个更加安全的藏身之地,让他们没法跟踪到我。"

"那就丢下我——留在这儿。"

"孤零零的一个人——你会死的!"

"是的。"

"我不会丢下你的。"温特斯声若洪钟、斩钉截铁地说。

"你想——怎么——处置——我?"她说话越来越费力,声音越来越低,越来越微弱,温特斯不得不弯下腰来,才能听得见她的话。

"怎么办呢,我们来认真想一想吧,"他语重心长地回答说,"我想找个地方把你带过去,到了那儿,我就能守在你身边,照顾你,直到你完全康复。"

"那——然后呢?"

"唉,等你伤养好了,我们再来考虑这个问题吧。你的伤势很重。还有——贝丝,如果你不想活——如果你挣扎着活下去——你就绝无可能——"

"噢!我想——活下去!我怕——死。但是,我宁愿——死——也不要回——回——"

"不要回到老圈身边?"温特斯打断她的话,问道。

她嘴唇动了动,表示肯定。

"我保证,绝不把你送回他的身边,也绝不带你去杨树村或者格莱兹村。"

她那双定定地望着他的充满哀痛和诚意的眼睛顿时闪亮起来,传递着难以用言语来表达的惊喜和感激之情。温特斯也突然发现,她那双眼睛原来竟那么美丽,因为他还从没见过或感受过什么才是真正的美。那是一双深蓝色的眼睛,如同深蓝色的夜空一样。随后,那一闪而过的真情流露又变成了意味深长、若有所思的表情,渴望的目光久久地、无意识地在他的脸上搜寻着,那是在希望和信任的边缘战栗地徘徊着的忧虑的表情。

"我要努力——活下去。"她说,断断续续的微弱的声音传进了他的耳中。"随便你——怎么处置我——都行。"

他猛然直起身来,仿佛这句话已经为他作出了决定一样,于是，他朝那两条猎犬大喝了一声，随即便撩开大步走出了营地。温特斯意识到，他内心深处正在萌动着某种互为矛盾的潜流，尽管其意义尚不明确。那股潜流既像是旧有的复杂情感在淡淡流过心田，又像是一股强大的新生力量在悄然集聚，不可名状的转变就在这一瞬间发生了。他既心情沮丧，又意气昂扬。他想理清思绪，想弄明白这种转变究竟意味着什么，不过。他最终还是毅然决然地排除了感情的波澜。他眼下最紧迫的任务是要找到一个安全、隐蔽的去处，这项使命需要的是行动。

所以，他义无反顾地出发了。此次行动仍需要好几个小时，要在天黑之前完成。他这次是从左侧出发的，片刻后又折向了南面，躲躲闪闪地走了一英里左右之后，总算到达了那个巉岩林立的山口。但是，他并没有贸然闯入那片开阔的紫艾草地，而是紧贴着右边的岩壁缓缓向前推进，一直走到峭壁的尽头。那面光秃秃的又长又陡的石板坡赫然出现在眼前。

他没有继续前进，而是停下脚步，仔细研究着这面形状奇特的岩石坡，并立即发现，在这种背景的衬托下，岩石坡上只要有黑色物体在移动，打老远的就能清楚地看到。在他眼前，岩石坡的表面光滑圆润，地势逐渐向上隆起。坡上的磐石坚硬、洁净，经受了数百年急雨湍流的冲刷后，其表面已经布满坑坑洼洼的异体囊。向上一百码开外的地方生长着一长溜奇形怪状的雪松，并沿着山坡的边缘一直延伸至最南端。温特斯想去的地方就在那边，因为，他估计，这些雪松虽然稀疏，却足以为他提供掩护。

于是，他飞快地爬了过去。尽管他对这一地区令人迷惑的地貌特征早就习以为常了，这些树木的纵深程度还是超出了他的估计。他走近一簇可供藏身的雪松，停下来歇息了片刻，并借机打量着四周的地形，这才发现，这些树木居然是从光秃秃的岩石缝里生长出来的。数百年来，雨水流淌在这面岩石坡上，在凹陷的地方形成湍流，打着旋涡儿，把岩石坡的表面冲刷出了无数圆润的深穴孔洞。到了旱季，这些深穴孔洞里又聚积了许多尘土和被大风刮来的种子，雪松便奇迹般地从岩石缝里生长出来。不过，这些雪松并不美。它们盘根错节，疙瘤突起，七歪八扭，形状古怪，仿佛在成长过程中经受了许多磨难，有些树的树冠已经枯死、萎缩，一片灰白，显得老气横秋。它们的生存就是一场辛酸的搏斗，温特斯对这些树种的境遇异常同情。这个地区对树木尚且不易——何况人啊。

他从一棵雪松溜向另一棵雪松，让这些树木挡隔在他和开阔的山谷之间。随着他不断前进，林带也越来越宽，他一直沿着其北侧的边缘向前走着。他路过了好几个隐藏在树荫下的孔穴，其中有半数都积满了水。在察看地貌标志以备将来之用时，他忽然想到，自从冬天的几场大雪以来，这儿至今还没下过雨呢。就在这时，树荫下的石洞里突然窜出了一只兔子，竖着耳朵蹲伏在那儿。

温特斯此时正急需鲜肉，因为他考虑的已经不再是仅仅满足自己的需要。但是，在这种地方，用步枪射击显然大为不妥。于是，他折断了一根松树杈，甩手猛掷过去。兔子被他击伤，蹿上了山坡。温特斯不愿失去这块美味，再说，他也从不让受伤的野味从眼前逃走，逃进某个僻静之处，在那儿慢慢死去。所以，在对山坡下以及山坡后的那个峡谷仔细查看了一番之后，他便朝那只兔子撵去。

兔子一般都会顺着山坡往下跑的特性，他并不陌生。但是，似乎无独有偶，这只兔子本应向山坡下逃遁的，却偏偏在朝山坡顶上奔窜。温特斯随后就明白了，它在山坡的高处有个窝儿呢。

他一次又一次地向前扑去，想尽快抓住它，却总是抓不到，因为这只兔子恢复了体力，总能逃脱他的抓捕。于是，这场追击行动便在这面光秃秃的岩石坡上拉开了。温特斯越追越远，想抓住这只猎物的决心也越来越大。最后，在一个更加陡峭的斜坡下，他终于喘着粗气、大汗淋漓地抓住了这只兔子。他把步枪斜靠在凸起的岩石上，宰杀了这只动物，把它挂在腰带上。

他停留了片刻，想稍微歇口气再下山。他在这面神奇、光滑的岩石坡上已经攀爬了很远，几乎快要接近那堵拔地而起的黄岩峭壁的底部了。那是一堵布满裂痕和疤纹的庞然大物，它似乎在皱着眉头俯视着他，禁止他再继续向上攀登。温特斯俯身去提步枪，枪就靠在那个更加陡峭的斜坡旁，就在他弯腰提枪的一瞬间，他一眼瞥见了开凿在坚硬的岩石架上的好几个小凹槽。

这些小凹槽只有几英寸深，约一英尺左右的间隔。温特斯逐一数过来——二——三——四——一路向上，共有十六个。这个数字使他的目光继而又扫向了峭壁的底部，他首先看到的是那块凸起的台地。放眼望去，那边还有一块表面更加平坦的台地，台地的上方依然还是越来越陡峭的斜坡，一溜凹槽从那儿继续向上延伸，蜿蜒通向了峭壁上一个突起的石嘴子。

只一掠而过地瞄上一眼，是注意不到这些小凹痕的；假如温特斯不知道这些凹痕的意义，他肯定也不屑于再看第二眼。但是，他知道，这些凹槽是人工开凿的，尽管已饱经多年的风雨，他依然看得出，那是从前的那些云崖居人在岩石上凿出的阶梯。他的脉搏开始狂跳起来，"怦怦"地敲掉了他一贯的冷静。他放眼望去，只见一行小石阶清晰可辨，直通悬崖扶壁的那个凸出部，在那儿被挡住，看不见了。他思量着，那块突起的岩石架后面应当有一个山洞或罅隙，从下面是不可能看到的。是运气，是近来一直在捉弄他的运气，在指引着他找到了一个大概可作藏身之地的好去处。他再次放下步枪，脱掉靴子，解下皮带，沿着这些小石阶向上爬去。他酷似一只山羊，脚步敏捷而又稳健，在攀上第一级石坎时，他甚至没有弯腰用手。随后的攀援则必须手指和脚趾并用了，不过，他依然在稳步、快速地向上攀爬；奔上那个突伸出来的矶角时，他围着它转了一圈。在这儿，在他面前，峭壁上出现了一个Ｖ形凹口。他从凹口的顶点转过去，不料却进入了一个怪石嶙峋的深壑，那堵黑沉沉的庞大岩壁宛若被撕裂开来，峭壁顶端露出了一线蓝天。

这条深壑的底部阴暗、凉爽，散发着干燥、陈腐的泥土味。深壑弯弯曲曲，每走几码就要拐弯，看不到前方。他注意到，积满尘土的地面上有不少猞猁和野兔的足迹。每转一个弯角，他都企望能忽然看到一个大山洞，洞里有许多四方形的小石头房子，每个房子都有一眼小孔，如同一只睁开的黑眼睛。通道越来越亮，越来越宽，最后在一面狭窄、陡峭的斜坡下豁然开朗。

温特斯稍稍留意了一下这儿的岩石，发现其光洁度和硬度与下边的岩石坡完全相同，之后，他情不自禁地抬头仰望着由这种大片花岗岩所构成的悬崖绝壁。在这些断层山崖上，黄色的砂岩层层叠叠，大块大块地悬浮在头顶上空，险象环生，那些巨大的石笋、石柱似乎随时都会倒塌，温特斯倒吸了一口冷气，看得心惊胆寒。他本能地退缩了一下，仿佛再向上踏出一步，那些巍巍耸立的峭壁就会受到震动而整个儿倾覆下来。的确，这些断裂的悬崖峭壁就这样悬浮着，等待着，仿佛只要大风一吹，它们就会跌落、坍塌下来。温特斯犹豫了。在这随时都可能发生岩崩和山体垮塌的深不可测的罅隙里，只有鲁莽的汉子才会冒冒失失地闯进去，拿自己的性命去冒险。可是，它们究竟悬浮在这儿多少年而没有倒塌呢?! 斜坡的脚下有一大堆被风化的砂岩，都已变成了碎片掩埋在尘土里，未见有大块的岩石，而悬浮在头顶上空的那些巉岩怪石却大若整幢房屋，它们轻松自如而又狰狞可怖地停歇在那儿，不急不躁而又注定必然地在等待着坠落。在风化的过程中，巨大的石片慢慢剥离了母岩，数千年的风雨又在不断镂刻、雕凿着这些岩壁，它们在等待那辉煌的一刻呢！温特斯感到自己是多么地愚蠢，居然会害怕这些断层山崖，害怕这些已然经受了数千年风吹雨打的巉岩断壁，生怕他通过之时，也是它们倒塌之时。然而，他还是很担心的。

"多好的一个藏身之地啊！"温特斯喃喃自语道，"我一定要攀爬上去——我要查清楚这条道究竟通向哪里。若是能找到水源，那该多好啊！"

他咬紧牙关试探性地爬上这面斜坡。在向上攀爬时，他眼睛是向下看的。不过，片刻之后，这种方式就不行了，他必须四下查看，保持警惕，按照他那爱刨根究底的头脑行事。他抬头扫视着前方，只见光线正从矗立在主岩壁上的一排排石柱、石笋、石板之间透射出来。它们有些紧紧依靠在峭壁上，有些相互挤插在一起，多数则岿然独存，全都呈龟裂、破碎、摇摇欲坠的状态。这真是一片巉岩嶙峋的黄色废墟啊。随着他越爬越高，通道也越来越狭窄，最终成了一条陡峭的斜线，而且像大理石一样光滑，使他难以立足。他终于攀登上来，不料却吃惊地发现，前方仍有许多峭壁，高达数百英尺，一条狭窄的裂隙垂直向下，通向另一边。这是两面陡坡之间的切分线，宽约二十码。一尊硕大无朋的岩石骇然耸立在一侧。温特斯又一次打量着这块巨石，因为它伫立在一块垫座上。这尊巨石十分引人瞩目，令人不得不趋前察看。它如同一只巨大的石梨矗立在其果柄上。它的基脚周围有数千个小凹槽，很是醒目。那是有人用短柄小斧开凿出来的痕迹。那些云崖居人曾经坚持不懈地在这块巨大的顽石上开凿过、切削过、填塞过，使这个庞然大物只坐落在其针尖般的基座上。温特斯暗自揣摩起来。那些身躯矮小的石匠为何要在这块巨砾上砍劈呢？它看上去根本不像是一座雕像，或一尊偶像，或某个神灵的头像，或一尊斯芬克斯①像。他本能地伸出双手推了推这块巨石，接着又用肩膀扛了扛。巨石似乎在呻吟，在微微地晃动，在发出嘎嘎的响声，居然活动起来。它朝着斜坡那一侧稍稍翘起，保持着平衡状态，片刻后又慢慢退回到原处，轻轻摇摆了几下，呻吟了几声，随后又恢复了原状。

温特斯凭直觉推测着这座巨石所具有的重要意义。它是用来防御的。从前的那些云崖居人，在被强敌逼迫得走投无路的情况下，最后退缩到了现在这个位置，狡狯地雕凿出了这块巨岩，使它绝对精确地保持着平衡，而且随时可用强有力的手将它推倒。巨砾的下方触目惊心地矗立着一个摇摇欲坠的巨大石柱，它如果被砸倒，就会引起一面山坡的崩塌，随后就是整个山体的垮塌，那是没有任何力量能阻止得了的。那些石板、石笋、险象环生的峭壁、紧靠在峭壁上的那些石柱、石碑，都会排山倒海地轰然倒塌，永远封闭住迷魂谷的出口。

"我刚才那一下简直是侥幸脱险，死里逃生啊，"温特斯头脑清醒地自言自语道，"真是一块平衡石啊！那些云崖居人过去从未用得着它。他们死了，杳无踪迹了，这块巨石却兀自矗立在这儿，也许已经有了一点儿变化……但是，它依然可以服务于另一个孤独的云崖居人。要是能找到水，我就可以藏身在这一带啦。"

---

① 古希腊神话中带翼狮身女怪。传说她会叫路过她的人猜谜，猜不出者即遭杀害。

他从深谷的另一侧走下来。这儿坡度平缓，空间狭窄，笔直的通道很长。巨大的阴影笼罩在两侧高耸、险峻的峭壁之间。转过一个弯之后，通道变得更加狭窄了，其宽度还不足十二英尺，而且如同夜色一样漆黑。不过，头顶上方还有亮光；又转过一道弯后，白天复现了，接着，空间也宽阔了很多。

一座雄伟壮观的拱形巨岩隐隐约约出现在温特斯头顶上方，它犹如一座巨型拱桥，飞架在两侧峡谷的边缘，周围峭壁上反射过来的夕阳的金色余晖，透过庞大的圆弧形入口，把一条美丽的山谷映照得流光溢彩。他惊讶得跳了起来。这条山谷其实是一个小山坞，有一英里长，半英里宽，环抱四周的绝壁光滑平整，色彩斑斓，向内侧凹陷，形成了许多规模很大的山洞。他断定，这个小山坞的水平面要比迷魂谷，以及那些纵横交错的峡谷溪壑高出很多。山谷的底部没有常见的紫艾草的绛紫色，然而有成片的白杨树的白色装点着它，白杨树的枝桠和苗条的树干在绿叶的衬托下熠熠生辉；白杨林中还夹杂着许多深墨绿色的橡树；在那片杂树林中，有一条鲜艳的绿色林带蜿蜒曲折，贯穿于两侧的悬崖峭壁之间，很明显，这条绿色彩带是由三角叶杨树和柳树构成的。

"这儿有水——这就是老天为我准备的藏身之地啊，"温特斯说，"只有鸟儿能够在那些峭壁上窥视我。我比老圈要略胜一筹呢。"

温特斯迫不及待地迅速转身，顺原路折返了。他把这条峡谷取名为"奇异谷"，把守卫在峡谷出口处的那尊巨砾命名为"平衡石"。下山时，他发觉自己的恐惧心理已经荡然无存，全然不像上山时那样担惊受怕了；不过，他在思想上仍不敢丝毫放松警惕，因而也就不可能集中精力来计划如何转移那个女孩和他自己的全套行囊，直至一路走到那个 V 形凹口。他在那儿歇息了片刻，环顾着周围的环境。随着夜色的临近，山谷里也越来越暗。在峭壁的转角处，在一溜石阶拐弯的地方，他看见了一个石嘴子，那个石嘴子可以用来拴住套马索的索扣。若想爬上那个地方，他也不需要其他辅助手段。既然打算要借着夜色的掩护开始行动，他最需要的是能够辨别方向，看准该从哪儿攀爬上去。于是，他捡了一些小石块，然后迈步朝那面山坡的边沿、朝他留下步枪和靴子的地方走去，每隔几码就上放一块小石头。他把那只野兔放在了石阶起始的那个台地上。之后，他以过目不忘的敏锐眼光打量着巍峨的峭壁上方的边缘。峭壁的边缘犬牙交错，在两个突起的石峰之间，在与他所在的位置相平行的地方，有一个Z字形豁口，即便在茫茫夜色中，那儿也能透过一线天光。确定好方位后，他系上腰带，穿上靴子，准备下山了。还有一件必须慎重考虑并当场要决定的事：是否该把步枪留在这儿。再次返回时，他要背负着那个女孩和他自己的行囊，步枪会增添累赘。反复权衡利弊后，他还是留下了步枪，把枪靠在台地的边缘。他径直朝山坡下走去，每走几十米就会停下脚步，望一眼那些可作为路标的山崖的边缘。视角在变，不过，他已经在脑海中记下了每一个变化。到达最初见到的那棵雪松时，他解下围巾，把它系在一根枯死的树枝上，然后便匆匆朝营地赶去，因为他无需再担忧回程途中会找不到他留下的标记。

夜色正越聚越浓，促使他加快了脚步。等到他快步走进营地附近那条杂草丛生的林间通道，听见了一匹马儿低微舒缓的嘶嘶声时，他才忽然想起，郎格儿已经被全然忘记了。这匹高大的枣红马是不可能进入"奇异谷"的。只好把它留在这儿啦。

温特斯立即决定把另外两匹马牵出树丛，把它们放了。它们从这个峡谷中向外跑得越远，对他越有利。在朦胧的夜色中，他轻而易举就看见了郎格儿，可是，另外那两匹马却不见了踪影。温特斯发出一声轻啸，呼唤那两条猎犬，它们一路小跑着来到他身边，他立即打发它们去寻找那两匹马，自己也跟在其后找去。没多久结果就有了，那两匹马既不在草地上，也不在树林里。温特斯心头一凉，不禁紧张起来，以为盗马贼已经闯进了他这个隐蔽之地。不过，这一想法很快就打消了，因为小圈和小白的表现是令他最放心的。是那两匹马自个儿遛跶走了。

在浓密的银杉树丛下，夜色更加浓郁，不过，还没有浓郁到足以能影响温特斯早已习惯于夜色的眼睛。他一眼就看见了那张一动不动的苍白的椭圆形脸庞。他俯下身子看了看这张脸，微微屏住了自己的呼吸，一来是为了谨慎，唯恐惊吓了她；二来是因为心中没底而战战兢兢，唯恐发现她已经死了。然而，她是睡着了，于是，他直起身来，继续去忙自己的事情了。

他装好马鞍袋。两条猎犬已经饿了，在围着他呜呜直叫，不停地用鼻子拱着他忙个不停的手；但是他没有时间来喂它们，也顾不上自己早已饿得咕咕直叫的肚子。他把马鞍袋挎上肩膀，用套马索扎牢。之后，他用毛毯裹紧那个女孩，把她抱在怀里。当温特斯带着两条猎犬从郎格儿身旁走过时，这匹骏马嘶嘶地低鸣着，马蹄重重地踢着地面。枣红马心知自己已被留下，只是不明白主人是否心甘情愿这样做。温特斯继续前行，进入了那片树林。到了这儿，在漆黑的夜色中，他得摸索前进，得拨开浓密的嫩枝幼树，才能蹚开一条通道。既然已经上路，时间对他并不重要，所以，他侧着身子一点儿一点儿地向前缓慢挪动着，直到完全走出了树林。小圈和小白站已经在前方等着他了。走上空阔的夹在一窝窝紫艾草丛间的通道后，他很留神自己的脚步，生怕被绊倒，或踩在泥淖里，或撞在枝桠横生的紫艾草和灌木上。

他浑然不觉自己是在背着重负。穿行在黑魆魆的草木间，他时不时地借着暗淡的星光打量着躺在他怀里的那个女孩白皙的脸庞。她还没有从昏睡中或昏迷中醒来。他没有停下来休息，直到他完全走出了峡谷黑黢黢的出口。之后，他靠在齐胸高的一处岩石上，轻轻放下怀中的女孩。他的额角、头发、手掌都已被汗水湿透，浑身的肌肉似乎都在抽搐着、鼓胀着、痉挛般地扭动着。他一心只想着要赶快走，并没有感到丝毫的疲乏。一阵微风将紫艾草的芬芳吹拂在他的脸上。刚刚入夜时的伸手不见五指的黑暗已经过去，夜空中群星闪烁。身后刚刚走过的路上传来一匹郊狼的嗥叫，划破了这死一般的寂静。温特斯的各项官能似乎都显得格外敏锐。

他又抱起女孩继续上路了。山坳要比峡谷好走。这儿的光线要稍许亮一些，紫艾草也少一些，也没有乱石绊脚。不一会儿，出了这苍白、朦胧的山坳后，眼前又出现了一片更加苍白的景物，那便是白天所见到的渐渐隆起的那面石板坡。温特斯爬上山坡，两条猎犬也走在他身边。爬上石板坡后，他再次放慢了速度，像蜗牛一样爬行着，并睁大眼睛绕开那些坑坑洼洼的洞穴。他一步一步向上攀爬着。那些形状怪异的雪松，如同被锁在岩石上的身躯庞大的恶魔和巫婆，在痛苦不堪、悄无声息地扭曲着，时隐时现地伸展着它们盘绕在一起的粗壮、裸露的臂膀。温特斯越过了这条雪松林带，他走的是其上侧的边缘，不一会儿就认出了他留下记号的那棵树，其实，在此之前，他就已看见了他那条随风飘动着的围巾。

到了这儿，他跪下身来，动作轻柔地放下女孩，先放下她的脚，然后再慢慢放平她的整个身子。他最担忧的是，她的伤口会再次裂开。只要别让她受到剧烈的震动，别让她从他怀中滑出、跌落就好！不过，他有百倍的信心，即便在黑夜里，他也不会犯此类大错的，这种感觉真奇妙。

眼前的石板坡渐渐升高，似乎已与朦朦胧胧的夜色融为一体，它清晰的轮廓已经被浓密、暗淡的云雾所吞没，那堵高耸的峭壁也笼罩在这层云雾之中。他扫视着峭壁的边缘，只见犬牙交错的石峰石柱如同一支支长矛直刺苍穹，在那儿，他看见了那个Z字形壑口。壑口隐隐约约，光线只比两侧黑乎乎的峭壁略亮一点，不过，他能清楚地辨认出它，这表明它足以能起到路标的作用。

他抱那女孩，一步一步向上挪动着，同时也密切关注着脚下的状况。每攀登几步，他就会停下，以悬崖顶端的那个豁口为记号来辨识方向。两条猎犬也紧挨着他。在追赶兔子时，这面山坡似乎是那样没完没了；而此时，尽管背着重负，他却想也没想这坡有多长，这山有多高，自己有多劳累。他心中只有一个念头，脚下不能有闪失，方向必须准确无误。他一边继续向上攀爬，一边频频停下脚步，望一望峭壁的边缘。他还没来得及细想是否快要到达那个凸起的台地时，他的膝盖已经撞上了它。在朦胧、灰暗的光线下，他看见了他的步枪和那只兔子。他这一路攀爬上来并没有遇到任何不顺，或者说，没走过任何冤枉路，他咬紧的牙关松开了。

他把那脸色煞白的女孩放在那块突起的小山石上的凹陷处，让她脸朝上平躺下来，就在这时，她的眼睛忽然睁开了。那双大大的、茫然凝视着的眼睛，顿时就像黑夜与星辰一样，使她的脸色变得似乎更加苍白了。

"是——你——吗？"她声音极其微弱地问。

"是的。"温特斯回答道。

"哦！我们——这是在哪儿啊？"

"我正在带你去一个安全的地方,谁也别想在那儿找到你。我必须从这儿再往上爬一段,还要去招呼我那两条狗。别害怕。我很快就会来接你的。"

她没再说什么。那双眼睛定定地注视了他一会儿,然后又阖上了。温特斯脱掉靴子,凭感觉摸索着岩石上的那些小凹槽。峭壁投下的阴影笼罩着他要去的那个地点,不过,前方几英尺远的地方仍依稀可辨。原先在寻找那个方位时,他就格外留意所走的路径,因此,这段路现在走起来也就前所未有得轻松了。他脚步轻盈,矫健稳练地向前走去,很快就到达了峭壁上那个突起的矶角,并迅速绕了过去。到了这儿,天黑得伸手不见五指,于是,他一路摸索着,终于找到了一小块平地,在这儿解下了鞍囊。随后,他又带着套马索返身回到那个矶角,将绳索套在那个凸起的石嘴子上。

"小圈——小白——过来。"他轻声呼唤着。

低沉的呜呜声从下面传来。

"在这儿呢!过来,小白——小圈。"他又呼喊了一遍,这次声音很响。

黑暗中很快传来爪子的抓挠声和"咯咯"的蹄声,两条猎犬从灰蒙蒙的阴影里钻了出来,迅速攀爬到他的身边,随即又越过他,继续向前扑去。

温特斯抓住套马索,滑下山来。他把全身重量都系在套马索上,用力拽了拽,看它够不够牢。之后,他抱起女孩,把她稳稳地夹在左腋下,握紧套马索,一步一步向上攀去,每登上几步,便用右手向上攥起一段绳索。每攀上一段,套马索都会松垂下来,他又重新再拉紧它,如此反复,他凭借紧绷的套马索的拉力,轻松自如地保持着身体的平衡。他如虎添翼、如具神力、勇往直前地向上攀登着。悬崖上那个突伸出来的矶角,在黑暗中显得很醒目。他攀了上来,绕过那块凸起的岩石架,进入了那个黑咕隆咚的凹口,之后,虽然看不见,他也能准确无误地摸到他放马鞍袋的地方了。他听见了猎犬的动静,虽然看不见它们。他再次小心翼翼地把女孩放在脚边,匍匐着爬向了那个虽然狭小、却很平整的地方,一路上碰到了不少石块。他搬开了一些石块,把厚厚的尘土捋起来,堆积成一堆,然后才解开了裹在那女孩身上的第一层毛毯,把她放在这张急就而成的床上。之后,他又返身回到石坡下,取回他的靴子、步枪、兔子,收起他的套马索,动作利索地做完了这一切。

"你——在——那儿吗?"黑暗中传来那女孩微弱的声音。

"是的。"他答道。这时他才意识到,他已经累得气喘吁吁,连说话都有些费力了。

"我们——是在——一个山洞里吗?"

"是的。"

"啊,你听!……有瀑布!……我听见了!你把我送回来啦!"

温特斯听见了一阵低沉的呜咽声,刹那间,那声音越来越大,几乎变成了尖锐的啸叫声,但随后又渐渐平息下来,变成了低微的几乎难以听见的沙沙声。

"那是——风刮过——那些悬崖峭壁的声音,"他喘息着说,"你离老圈的峡谷——还远着呢。"

他感到自己连开口说话都很吃力,这才意识到,经过这番高强度、强体力的奔波后,他已经累得精疲力竭了。等他躺在地上,用毛毯裹住身子时,他仿佛觉得自己已经完全虚脱了,连放平身子躺下来都很费劲。他软绵绵地叉开四肢,浑身湿透,燥热难当,整个身子都在剧烈颤抖,筋骨一阵阵刺痛,血管一根根暴突出来。

他就这样不知不觉地在那儿躺了很久，然后才意识到，他总算歇息下来了。

这一夜，他虽然可以歇息下来了，却全无睡意。睡眠不是他想要的。数小时的极度劳累已经过去，仿佛从未发生过一样。他现在需要的是思考。这天的早些时候，他曾排除了那种不可名状的感情上的变化；然而此时，在他不再需要出体力、费脑筋，而且有时间来思考时，他却又抓不住那种幻觉了。那是一种既使他困惑，使他忧伤，又使他意气风发的幻觉。

头顶上方，穿过黑魆魆的峭壁边缘上的那个Ｖ形豁口，群星在熠熠闪烁着，在这漫长的整整一年的时间里，唯有这些星星是他孤独的谴责者。今天晚上，这些星星却与往日不同。他仔细研究着它们。今夜的星光似乎更大、更亮、更加灿烂；不过，他所说的不同，并不是这种不同。他渐渐意识到，这种差别并不是他眼睛所看到的，而是他心灵上感受到的。在这种差别中，他凭直觉推测着，这种令人迷惘的变化究竟会是什么，他认为，他日后总能悟出其中的奥秘。他就这样躺在那儿遐想着，伴随着回荡在耳边的峭壁上传来的萧瑟风声，仰望着闪耀在黑魆魆的悬崖边缘的灿烂星光，他所感受到的那种差别是，他从此再也不会孤身一人了。

第九章　银杉与白杨

在温特斯看来，这一夜剩下的似乎只不过是几个时辰的星光，黑沉沉的一片夜空，再加上一个小时左右的灰蒙蒙的天色，只要熬过这些，黎明的曙光就会来临。

天刚蒙蒙亮，他便打起精神，喂饱了那两条饿着肚子的猎犬，自己也美美地吃了一顿早饭，然后重新收拾好马鞍袋，这时候，天已经大亮了，尽管太阳还没有升上东边的黄岩峭壁。他拿定主意，这一次要一口气爬上去，直接进入"奇异谷"。为了这个目的，他把自己的毛毯绑缚在小圈的身上，把另一条套马索和那只兔子交给了小白。随后，他背起步枪和马鞍袋，抱起那个女孩子，又上路了。她还没有从昏睡中醒来。

在那巉岩林立、险象环生、四分五裂、虎视眈眈地瞪着他的悬崖峭壁下，面对一尊凶神恶煞般耸立在那儿、似乎因数百年的踯躅而显得疲惫不堪、摇摇欲坠的巨大顽石，要想攀登上去，的确是对一个人的体力和勇气的严峻考验，然而，为了完成这一壮举，温特斯心里却感到很甜蜜，还有一种莫名其妙的喜悦。他一刻不停地走着，直到进入了那条狭窄的两面陡坡之间的切分线，这才停下来歇息了一下。"平衡石"在灰蒙蒙的晨曦中显得格外威猛、冷峻，一个没有生命的物体，却似乎在默默地对温特斯说："我正等着冲下山去呢，去摔个粉碎，砸个稀烂，去轰轰烈烈地怒吼一场，去掩埋你的足迹，永远封闭住迷魂谷的出口！"

从山坡的另一侧下来时，温特斯走得很轻松，不过，他好像又有了新的担忧,因为小白似乎禁不起诱惑,在背负着那只兔子的同时,也在大嚼着那只兔子。小圈显然视这种行为是对自己的伤害,尤其在它负荷更重的情况下。它立刻冲了上去,死死咬住了兔子的另一头,怎么也不肯松口。不过,它的行动也阻止了小白进一步的肆无忌惮,于是,两条猎犬就这样叼着兔子,一路厮咬着向前奔去。

温特斯刚走出峡谷,就突然一动不动地愣在了那儿,眼前的美丽景致着实令他惊叹不已。那座巍峨的石拱桥的拱顶已经沐浴在朝阳之中,一道灿烂无比的金色朝霞正穿过其蔚为壮观的拱弧,将一条飞流直泻的金色长河射向了"奇异谷"的正中央。唯有这座石拱桥下的弧线形门户能进得了阳光,所以,山谷的其余部分仍处于沉睡之中,呈现出一派墨绿色,神秘而又虚幻,谷底与环绕四周的峭壁融为一体,山谷中薄雾缥缈,与漫天的朝霞一样曼妙。

温特斯迟疑了片刻,便开始下坡了。从那座半月形的石拱下方经过时,他情不自禁地抬头仰望着石拱的高度和穹隆处。石拱桥以几近完美的曲线横跨在两侧峭壁的边缘,形成了进入"奇异谷"的谷口。即便温特斯脚步匆匆,心事重重,他仍然由衷地感叹着这座石拱桥的巍巍雄姿,并由此联想到,从前的那些云崖居人一定是把这座石拱当作崇拜物来顶礼膜拜的。

温特斯迈开大步向山坡下走去,向下,向下,再向下,越走越感到负担沉重,而那个美丽的山谷却依然远远的在他下方。如同这一带所有的峡谷、山坳、沟壑、罅隙总是让他产生错觉一样,这个深不可测、半隐半现的椭圆形山谷同样也令他迷惑不解。他终于越过了那面久经风雨剥蚀、从石拱桥下开始呈扇形展开的石板坡,走过了一段杂草丛生、伸向右侧的台地,即将踏入一片平地了，到了这儿，山坡下的橡树和三角叶杨树的树梢已经浮现在眼前。这块突伸出来的岩石架的周围生长着一丛丛白杨，他穿过白杨林，进入了林间的空地。这个地方美妙得让人难以想象，完全适合做一个野外的家园，他还从未见过如此绝妙的去处呢。一面绝壁高耸入云，绝壁下长满了银杉树，绝壁上则布满了大大小小的洞穴，却没有任何险峻、突兀的岩体或被风化的断层，因而不必担忧会有石块滚落下来。这片平地在银杉树丛的另一边陡然下降，通向了一条小水沟。那是一排浓密、纤细的银杉树，树丛下依稀有微弱的"哗哗"的流水声。那片空旷的台地一直伸向西边，山谷中的那些郁郁葱葱的树梢一览无余，尽收眼底。

温特斯在银杉树丛与绝壁之间挑选了一块阴凉的草地作为他的营地。在这儿，在岩壁上，受大风的雕刻和雨水的冲刷，出现了好几个高出那面斜坡的绝佳岩洞。这些岩洞洁净、干爽、宽敞。

他折下了一些较大的银杉树枝，在最大的那个岩洞里铺了一张床，把那女孩放在这张床上。他听到她从睡眠中或从嗜睡症中醒来后发出的第一声呼唤，是一声微弱的要水喝的声音。

他赶紧拿上水壶，朝那条小水沟奔去。水沟不深，到处生长着小白杨，郁郁葱葱。他欣喜若狂地发现了一条水流湍急的小溪。那淡淡的琥珀色的溪水使他想起了杨树村的琥珀泉，这个想法不禁使他心头微微一震。溪水很冷，把水壶放进水中时，他感到手指冻得有些刺痛。回到岩洞后，他高兴地看着女孩渴不可耐地喝起来。这一次，他注意到，没有他扶着，她自己也能稍稍抬起头了。

"你渴啦，"他说，"这水可好喝呢。我总算找到了一个好地方。告诉我——你感觉怎么样？"

"疼啊——这儿。"她一边回答，一边把手移向她身体的左侧。

"哎呀，这就奇怪了！你的伤口在右边啊。我想，你是饿的。你的疼痛是不是隐隐约约的疼——是那种持续性的绞痛吗？"

"有点儿像——那样。"

"那就是饿啦。"温特斯大笑起来，不过，他突然又收住了笑声，再次感到心头微微一震。他什么时候放声大笑过？"那是饥饿引起的，"他接着说，"这种因饥饿而引起的疼痛，我不知忍受过多少回啦。我现在就在忍着呢。但是，你还不能吃东西。你可以把水都喝完，但是，现在还不能吃饭。"

"那我不就——饿死啦？"

"不会的，人是不会那么容易就饿死的。我早就发现这一点了。你必须安安静静地躺着，好好休息，睡觉——需要些时日的。"

"我的手——太脏了；我的脸感到——太热了，黏糊糊的；我的靴子挤得脚很疼。"这是她到目前为止说得最长的话，声音却越来越低了。

"不要紧，我是一个很不错的护士呢！"

他很懊恼，自己居然从没想到过这些事情。然而，在当时那种情景下，担心她是否会死掉与关心她是否会舒服，那可是截然不同的两码事啊。他解开了裹在她身上的毛毯。这女孩的身材多苗条啊！难怪他能够背负着她远途跋涉了数英里，在滑溜溜的石阶上抱着她登上山来时也没感觉到累呢。她的马靴齐膝高，是用质地柔软的上等皮革制作的。他辨认出，这双马靴出自于斯特灵村的某个皮匠之手。她的那些靴刺，他愚蠢至极竟然没有取下来的那些靴刺，是由银片和金链组成的，马刺上的齿轮大若银元，做工极为精美。总算费劲儿地把她的马靴脱掉了。她穿着很厚的全羊毛的骑士长筒袜，是半腰高的，一直拉到她短裤的边缘。温特斯脱下了她的长筒袜,却发现她的一双小脚又红又肿。他用水洗净了这双脚,然后又解下围巾,蘸着水擦净了她的脸和双手。

"我得看看你的伤口了。"他彬彬有礼地说。

她没有回答,只是定定地望着他掀开了她的衬衣,揭开了绷带。在揭开绷带时,他有力的手指微微颤抖着。万一伤口又崩开了怎么办!他战栗地看到了那个怒张着的红通通的枪眼,伤口里淌出的一条细细的血流,弯弯曲曲一直流到了她那雪白的乳房上。他小心翼翼地抬起她的身子,发现她后背上的伤口已经完全愈合了。之后,他洗去了她乳房上的鲜血,洗净了伤口,却没有再给她包扎,让伤口敞开在新鲜的空气中。

她的眼睛里传达着对他的感激之情。

"听我的,"他认真地说,"我见过枪伤,而且见得还不少呢。我稍微懂一点儿该怎么处理。你后背上的伤口已经愈合了。如果你静卧三天,你胸口上的枪眼也会愈合的,那你就脱离危险啦。不会再有失血过多的危险啦。"

他说得很认真,很真诚,几乎带着急切的心情。

"你——为什么——想我——好起来呢?"她迷惑不解地问道。

这个简单的问题似乎不需要回答,除非是出于仁爱的立场。但是,是他开枪打伤了这个素不相识的女孩,震惊和发现、对死亡的等待、对生存的希冀,这些情景全都交织在一起,所以,温特斯动了恻隐之心,迫切希望她能活下来的心情压倒了一切。然而,究竟是出于什么原因,他却说不出。他认为,杀死了那个盗马贼,以及随后产生的那种兴奋感,已经扰乱了他的心境。否则,他对自己心灵上所受到的震撼,沸腾的热血,数小时糊里糊涂、冲锋式的狂奔,因为说不清、道不明的神秘感而激动得震颤不已的心情,在孤独中所承受的煎熬,对于这一切,他还能做出什么别的解释吗?

"是我开枪打伤了你,"他一字一顿地说,"所以,我希望你好起来,这样,我就从没杀害过女人了。但是——为了你自己,也是——"

一阵极度的痛苦使她的目光立时暗淡下来,她的嘴唇颤抖着。

"嘘,"温特斯说。"你已经说了太多的话啦。"

从她那难以形容的痛苦表情中,他看出了她十分苦闷的心情,那不可能是由于她目前虚弱的体质和仍在发烧的病态所引起的。她痛恨她过去的那种日子,她也许是被逼无奈才那样生活的。在老圈的胁迫下,她曾犯下了一些不可饶恕的错误。鉴于对这一点深信不疑,温特斯感到浑身上下都泛起了一种耻辱感,也重新点燃了他的满腔怒火,激起了他的冷酷无情。在已经过去的这漫长的一年里,他心中郁积下了诸多的怨愤。他痛恨这荒无人烟的地方——痛恨这高山峻岭中孤寂落寞的生活。他一直在期待着会有转机出现。转机来了。他却像一个偷盗马匹的印第安人一样,悄悄躲进了这深山峡谷之中。他已经发现了老圈的藏身之地;他杀死了一个盗马贼;可是,他也朝一个不幸的姑娘开了枪,又因为这并非故意的行为而救活了她;他的本意是想让她不要白流鲜血,让她不能因为发烧和体质虚弱而丧命。

为了不被饿死,他得为她、也为自己而拼搏。尽管他一向厌恶流血事件,如今,他能用严峻、冷静、平和的心态来对待这件事了。既然他已然失去了温和的天性,他也就失去了对强敌的恐惧。他会密切关注老圈的行踪,这个身材魁伟、留着黑胡须的盗马贼一直禁锢着这个女孩,并利用她来掩盖他罪大恶极的勾当,只要找到他,他会立即杀死他的。

对自己思想深处所发生的变化,温特斯也只能推测到这个程度而已——无所事事的状况已经结束;身心都已注满热烈而又充沛的活力;他在杨树村的一切遭遇似乎都已十分遥远,也不堪回首;目前的种种困难和面临的灾难已经占据了他全部的心智,缠住了他,使他像着了魔一样。

首先,他要布设好紧挨着那个女孩房间的另一个小岩洞,用于安顿自己和为己所用。他的下一项工作,是要用石块垒起一个火塘,再储备一堆木头。这项工作做完后,他把马鞍袋里的东西一股脑儿都倒了出来,摊在草地上,一一加以清理。他的全部家当有:一把短柄小斧、一把猎刀、一大堆步枪子弹和左轮手枪子弹、一只马口铁盘子、一只杯子、一副刀叉、一些牛肉和干果,还有一些茶、糖、盐、辣椒,分别装在几只小帆布袋里。如果只是他一个人,这些东西还是很丰富的,足够他在这荒无人烟的地方蛰居一段时日,然而,他现在不再是孤身一人了。在这高山峻岭之中,饿死人的事并非闻所未闻;不过,他丝毫也不会为那种事情而发愁,他唯一担忧的是,他是否有能力去满足一个身体虚弱、正徘徊于生死攸关状态的女人的需要。

如果这山谷里没有任何猎物——他怀疑有这种可能性——趁着夜色到老圈的牲畜群里去抓回一头小牛犊,对他来说也并不是一件太难的事。眼下最迫切需要做的事情是,要迅速探明"奇异谷"里是否有猎物。小白还在守护着那只已经残缺不全的兔子,小圈则睡在附近的一棵银杉树下。温特斯唤上小圈,来到那片台地的边缘,在那儿驻足察看着这条山谷。

他满怀信心地认为,他会看到一个比原本草草浏览时所得到的印象要丰富得多的山谷。当时由于没有时间,他充其量也只是粗略估量一下山谷的大小,匆忙中形成的概念是,这条山谷是椭圆形的，而且非常美丽。现在，他再次强烈地感受到，他给这个山谷所起的名字是多么恰如其分。那些红岩绝壁的周围，唯有巍峨的石拱桥下的那面岩石坡除外，环绕着一条突起的台地，台地的起点位于一面峭壁的底部，那儿长满了银杉；在第一级台地的下方又有一条更宽的台地，那儿生长着茂密的白杨；峡谷的中央则是一块椭圆形的平地，生长着茂盛的橡树和白桤木，一行绿油油的柳树和三角叶杨树从中穿过，将其一分为二。温特斯看到林木中有不少鸟儿在飞来飞去，这里的鸟儿不仅数量多，而且种类各异。在他的左侧，面对那座石拱桥，一个奇大无比的山洞赫然出现在峭壁上；在他的正下方，越过那些树梢，他依稀看见了一长排突伸出来、呈扁平状的岩石架，仿佛是从前那些云崖居人的栖身之地，那儿有许多黑乎乎的小窗户或小门洞。它们宛如一双双眼睛，那些眼睛仿佛都在注视着他。他以前也曾看见过几处云崖居人的栖息地——全是一片废墟——岁月的无情、孤独的处境、人间的沧桑，给他留下了难以磨灭的印象，从某种意义上说，他自己也要成为一个云崖居人了，那些沉默不语的眼睛仿佛都在俯视着他，没准还会对这意外的发现惊诧不已，在数千年以后的今天，居然还会有人闯入这个山谷。温特斯敢肯定，迄今为止，他是从那座堪称奇观的石拱桥的幽影下走过来的唯一的白种人，他已经闯入了这条布满大大小小的洞穴、令人叹为观止的美丽山谷，他已经越过了那条生长着一簇簇银杉和白杨的台地。

那条猎犬突然在山脚下狂吠一声，冲进了树林。温特斯急忙奔下斜坡，进入了一片树荫蔽日、阳光斑驳的地带。这儿的橡树都很纤细，不到半英尺粗，却长得密密麻麻，枝桠横七竖八地缠绕在一起。小圈奔回他的身边，嘴里叼着一只兔子。温特斯取下兔子，带着猎犬悄悄追了过去。树枝间传来鸟儿羽翅拍动的声音和叽叽喳喳的鸟叫声,枯叶的沙沙声和兽类跑动的声音。温特斯一连穿过了好几条积满枯枝腐叶的羊肠小道,小道上还留有不少新鲜的动物足迹;进一步悄然深入时,他看见了许多鸟儿,还有不少在四处奔跑的鹌鹑,兔子则多得难以计数。进入橡树林还不到一百码,还没来得及走到柳林和三角叶杨树林的边缘,他就心知肚明了,那儿流淌着一条小溪。他看到的这些已经足以能证明,"奇异谷"的确是众多野生动物的家园。

温特斯回到营地。他把兔子的皮都剥了,把两只狗一直在争夺的那只兔子又还给了它们,然后把兔皮处理好,晾晒起来,以备日后能用得着。这是一种毛特别厚的皮货,还拖着一条美丽的白尾巴。温特斯回忆起当时的情景,要不是那条摇摆不定的白尾巴,他也不可能一眼就看出那是只兔子,也就不可能发现这个"奇异谷"了。像这种纯属偶然发生的小事,在迷魂谷里比比皆是,这些事情使他参悟出天命的意义及其导向性作用。

就猎物伸手可及这件事而言,他的运气真不错,这使他想到,他有必要在这山谷中储备一些活的猎物。于是,他拿起斧子,砍伐了几捆白杨和柳树,把它们堆在石拱桥下那条深壑狭窄的出口处。他准备在这儿搭建起一个围栏。他把白杨插进土里,再用柳条逐一加以固定。他来来回回地搬运着建筑材料,一直忙到黄昏,总算把活儿干完了。他对自己的杰作很满意。猞猁也许能翻过栅栏,但是郊狼则绝无可能钻进栅栏来寻找猎物,兔子或别的小型动物也不可能从这条溪壑里逃脱出去。

一回到营地,他就燃起了一堆舒适的篝火,心情轻松、不慌不忙地忙起了晚饭,一点儿也不担忧会被发现。目的明确地忙碌了大半天后,这份难得的轻松和惬意使他感到格外的满足。在围着篝火忙晚饭的时候,他常常会情不自禁地停下来,看一眼山洞里依然安安静静的那个身影,看一眼正懒洋洋地躺在旁边的那两条猎犬,然后再眺望一下这个美丽的山谷。然而,眼前的一切在他看来却似乎并不那么真实。

吃晚饭的时候,太阳已经西沉,挂在弯弯曲曲的峭壁的边缘上。如同喷薄而出的朝阳穿过那座壮观的石拱门,将一道金灿灿的光柱斜斜地射进这条山谷时一样,此时,西沉的夕阳正透过悬崖峭壁间的一个壑口照射进来,宛如投下了一大团熊熊燃烧的烈火,把这条椭圆形的山谷映照得一片通红。但是,在温特斯看来,日出和日落也都不那么真实。

一阵凉风吹过椭圆形山谷,摇曳着橡树林的树梢,借着晚霞,把白杨树叶抖落成千百万个流光溢彩的红片,把银杉树林吹拂得婆娑起舞。随着晚风的徐徐吹来,阴霾也很快降临,天色正越来越暗,山谷突然间就变成了灰蒙蒙的一片。在这个地方,只要夕阳一沉,夜幕很快就降临了。温特斯悄悄探望了一下那个女孩。她睡着了,呼吸很均匀。他托起小圈,把它送进了山洞,并严厉地轻声嘱咐它守卫在那儿。他小心翼翼地替她裹好毛毯,然后又回到了篝火边。

尽管已经疲惫不堪,但是他依然不愿屈从于困倦,不过,今晚并不是因为要保持灵敏的听觉、保持高度的警惕,而是因为他极想弄清自己的处境。在这人迹罕至的环境里,一切细节似乎只是构成一场奇怪的梦的素材。他注视着越来越模糊的峭壁的边缘,注视着越来越黯淡的灰蒙蒙的椭圆形山谷;他眺望着连绵起伏、如同碧波荡漾的湖面一样波光粼粼的树林,眺望着挺拔、笔直、如同一支支长矛一样直刺苍穹的银杉树。他聆听着白杨树叶随风飘动的哗哗声和不绝于耳的潺潺流水声。悬崖上传来一只夜鸟哀婉的歌声,歌声清晰嘹亮,打破了寂寞。温特斯不知这位专在夜间鸣啭的"歌手"的名类，也从没见过，不过，那几声啼鸣，那几声总在天刚擦黑时就会嘹亮地响起的歌喉，他却很熟悉，如同他熟悉这峡谷中的寂静一样。过了一会儿，歌声停了，于是，树叶的沙沙声和淙淙的流水声便越来越清晰，使温特斯油然产生出这简直不像是在人间的幻想。对于这一点，他也不知该用什么字眼来描述，只是体会到一种难以形容的荒凉感和甜蜜感。他忽然想到，那会不会是那个女孩在弥留之际发出的最后的呻吟声，想到这一点，他不禁打了个激灵。无论如何，这是不可能的！这根本不是人发出的声音，尽管听上去似乎很绝望。他开始怀疑起自己敏锐的感觉，以为自己是在半醒半睡的状态下做梦听见了他信以为真的声音。随着风力的增强，那声音也越来越大，他这才意识到，那是晚风吹过悬崖峭壁时发出的萧萧声。

倦意渐渐袭来，温特斯背靠一棵银杉似睡非睡地打起了盹儿。他刚刚入睡，一瞬间又惊醒了，立即带着小白走进山洞。女孩躺在那儿，模模糊糊地看不清楚。小圈正匍匐在她身边，尾巴在不时拍打着岩石，温特斯相信，它并没有睡着，仍在忠实履行它的职责。温特斯一路摸索着，来到自己那张散发着新鲜树枝的芬芳气息的床，和衣躺下，对这舒适、安全的氛围颇有些心满意足。黑夜似乎正在偷偷溜走，他悄然钻进这虚无缥缈的空间，休息了一会儿，便酣然入睡了。

一阵悦耳动听的声音吵醒了温特斯，在似醒非醒的状态中，他以为那不过是仍在耳边萦绕的梦中音乐的回声。他睁开眼睛，看到的却是这曼妙而又奇异的山谷中的另一番令人惊奇的美景。山洞外，在清晨蔚蓝色的天空衬托下，银杉树精美的叶片在圆圆的洞口摇曳着；在俏丽的叶片间，一群灰褐色的鸟儿在拍打着羽翼。它们拖着很长的尾巴，身上有黑、白相间的条纹。它们是模仿鸟①，在婉转啼鸣，仿佛在竞相展示它们那嘹亮的歌喉一样。温特斯侧耳聆听着。一条长长的银杉树枝几乎探进了他的洞府，离他仅有几码远，树枝上栖息着一只这种体态优雅的鸟儿。温特斯注视着它在歌唱时那起伏、颤动的喉咙。他站起身来，当他蹑手蹑脚地走出山洞时，鸟儿全都振翅飞起，飞向了远处。

温特斯来到另一个山洞的洞口，朝里面窥望了一眼。女孩已经醒来，正睁大眼睛、神情专注地聆听着，一只手搭在小圈的脖子上。

"是模仿鸟！"她说。

"没错，"温特斯答道，"我想，它们还是喜欢和我们做伴的。"

"我们这是在哪儿啊？"

"现在就别操心啦。等一会儿我会告诉你的。"

"是那些鸟儿把我给吵醒的。当我听见鸟儿在叫——看到闪闪发亮的树木——蔚蓝色的天空——还有一团金色如火的阳光照射进来时——我就在纳闷——"

她没有说完自己的幻想，不过，温特斯认为，自己已猜出了她的心思。她似乎在遐想着什么。温特斯摸了摸她的脸和手，感到很烫，像在发烧。他赶忙去打水，水很冷，仿佛是从冰窟窿里流出来的，这使他很高兴。冷水是他唯一可以用来降温的药物，只好信赖它了。她不想喝水，但是他逼着她喝了几口，然后用冷水帮她洗了脸，擦了头，又把她的双手浸泡在冷水里，用这个方法来退热。

这一天就以她高烧不退、体温不断攀升而开始了。温特斯不断用冷水擦拭着她滚烫的双颊和太阳穴，为她降温。他密切注视

---

① 一种产于美国南部的鸟，善于模仿别的鸟的叫声，是以得名。

着她,因为他知道,高烧会导致她的身子不停地翻滚、扭曲,所以,只要她稍有烦躁不安的迹象,他便立即紧紧抱住她,生怕身体的剧烈扭动会再度撕裂她的伤口。时间一小时一小时地过去了,在神志不清的谵妄状态下,她一会儿说胡话,一会儿笑,一会儿哭,一会儿又痛苦地呻吟着;但是,即便在这种状态下,她也丝毫没有泄露埋藏在她心底的秘密。温特斯悉心照料着她,自己的心情似乎也开始郁闷起来。白天就这样过去了。到了夜里,随着阵阵凉风的吹拂,她的高烧略有减退,又睡着了。

第二天的情况和第一天完全一样。到了第三天,他似乎在眼睁睁地看着她不断憔悴、不断衰弱。这一天,除了来去匆匆地打冷水外,他几乎一刻也没有离开过她,他自己也什么都没吃。到了第四天,高烧终于退去,她已经虚弱不堪,蜷作一团,变成了一个瘦溜溜的小女孩,唯有眼睛里还有一点儿生命的体征。那双眼睛在依恋地、默默地注视着他,温特斯从中看到了一丝希望。

如何重新点燃她那跳动了几下就几近熄灭的生命的火花,如何滋养她仅存的那一点儿生命的迹象和活力,是温特斯面临的一大难题。可是,除了兔子肉和鹌鹑肉之外,他几乎没有别的资源了。他使出浑身解数,变着花样,用这些肉或炖或熬,做出了各种汤,用调羹喂着她吃。他发现,人的身体与人的灵魂一样,是一种很奇妙的东西,是能够从可怕的打击中恢复过来的。她几乎很快就显露出体力已有所恢复的微弱迹象。还需要再观察一天,他也没有把握,所以,在她长达数小时的沉睡中,他一直守护在她身边,注视着她隆起的胸脯随着平稳的呼吸在时起时伏,注视着她被微风吹散的栗色鬈发。又一天过去了,他知道,她能活下来了。

发现这一点后,他迅即离开了山洞,来到他已经习惯了的地方。他背靠一棵高大的银杉树干坐下来，再次眺望着那两条陡峭的台地。她会活下来的，笼罩着山谷的愁云已经散去，然而，在感到如释重负的同时，他又感到有些痛楚。他忽觉心头一惊，感到有个声音在呼唤他该行动起来了。需要他做的事情实在太多，比方说，必须为营地添置一些器材和器皿，必须去寻找食物，还要探明这个山谷中尚不为人知的诸多秘密。

不过，他还是决定再等上几天，然后再离开营地，去跑一趟远路，因为在他的想象中，那女孩如果看见有他守候在她身边，她会休息得更加安稳。在她生命的力量开始复苏后的第一天，昏昏欲睡的倦态似乎在渐渐离她而去。每一次从短暂的昏睡中醒来时，她的体力都有更进一层的恢复；她吃得也很贪婪；她能在树枝上做床上活动了；在温特斯看来，她那双眼睛始终都在跟着他转。他知道，她的元气恢复得很快。她的话也多了起来，谈起了那两条猎犬、山洞、峡谷，诉说着她是多么的饿，直到温特斯让她停住，要她留些话下次再说。她也就依了他，但是，她会在床上坐起来，一双眼睛扫来扫去，最后总还是落回到他身上来。

第二天早晨，当他去叫醒她时，她坐了起来，执意不肯再让他帮她洗脸、喂她吃饭了，这些事她自己都能做了。不料，她却几乎不肯说话了，温特斯很敏感地揣摩着她头一次显露出的那副心事重重的样子，认为她是在思考、探询、感怀自己的处境。他离开了营地，带着小白外出打兔子去了。回来时，他既惊奇，也有几分焦虑地看到，他的病人正靠坐在山洞的角落里，两只光脚丫晃晃悠悠地伸在外边。他急忙赶上前来，想劝她继续去卧床休息，想告诫她不要过多地消耗体力。阳光照耀在她身上，也照亮了她那小巧的脑袋、乱蓬蓬的头发、苍白的椭圆形的脸蛋，还有她那长了一圈深蓝色眼圈的深蓝色的眼睛。她望着他，他也望着她。在目光的交流中,他以为彼此都看出了对方不同的心事。在温特斯看来,这个娇弱的女孩似乎不太可能是老圈的蒙面骑士。他脑子里忽然闪过一个念头,他也许是弄错了,她马上就会作出解释的。

"扶我下去吧。"她说。

"可是——你身体已经痊愈了吗?"他抗议地说,"再等——等一段时间吧。"

"我身子很虚——头也发晕。可是,我还是想下去看看。"

他把她抱起来——她现在的体重多么轻啊!——他把她放在地上,让她直起身子站在他面前,然后扶着她尝试着趔趔趄趄地走了几步。她活像一个毛头小伙子,长着一头秀发的小脑袋还不及他的肩膀高。不过,此时此刻,当她紧挽着他的胳膊时,她身上的那套骑马装与他所感觉到的她浑身上下散发出的女人味儿并不矛盾,与他起初的感觉一样。她或许就是这高山峻岭中赫赫有名的那个蒙面骑士,她或许喜欢打扮得像一个男孩子;但是,她的身材、她小巧的手和脚、她的秀发、她那双大眼睛和动人的嘴唇,尤其是温特斯所亲身体会到的、而不是他亲眼所见到的那种极其微妙、与生俱来的本质特征,却充分显示出了她的性别。

她很快就累了。他为她安排了一个舒适的座位,就在银杉树下的篝火旁。

"现在该告诉我啦——把一切都原原本本地告诉我吧。"她说。

他把已经发生的一切都详细叙述了一遍,从在峡谷中发现那帮盗马贼开始,一直讲述到眼前这个时刻。

"是你开枪打中了我——现在你又救了我的命?"

"是的。在我差点儿要了你的命之后,我又帮你度过了危险期。"

"你乐意吗?"

"应当说乐意吧。"

她的眼睛具有非同寻常的表现力,而且一直在含情脉脉地望着他。她并没有意识到,她那双眼睛会像镜子一样映射出她内心的复杂情感,那双炯炯有神的大眼睛里闪动着感激、关切、惊奇、忧伤等复杂的情感。

"能跟我说说——你自己的情况吗?"她问道。

他较为简要地讲述了自己的情况:他来犹他州的经过,他从事过的各种职业,一直讲到他如何成了一名骑手,以及摩门教徒又是如何排挤他、几乎把他赶出了杨树村、使他成了一个落魄的流浪汉的。

接着,由于再也无法克制他心头越来越强烈的好奇,他也开始反问她了。

"你是老圈的蒙面骑士吗?"

"是的。"她回答道,同时也垂下了眼帘。

"我早就料到了——我早就认出了你的身材——还有面罩,因为我见过你一次。可是,我不敢相信啊!……不过,你根本不是我们这些骑手们所认识的那个真正的盗马贼吧?一个大盗——一个无恶不作的惯匪——一个绑架、拐卖过无数妇女的强盗——一个残害过无数处于熟睡中的骑手的刽子手!"

"不是!我从来没偷过东西——也从来没伤害过任何人——我长这么大从没干过这种事。我只是骑马——骑马——"

"可是,为什么——为什么?"他大叫起来,"为什么会有蒙面骑士这个称呼?是老圈逼着你骑马参与行动的,这一点我能理解。但是,那个黑色的面罩——那些难解的谜团——在你手上所犯下的那些事情——你那臭名昭著的名头所引起的恐慌——与你脱不了干系的夜间行动——那些别有用心地归咎在你的身上、连盗马贼们都已承认了的那些罪恶行径——甚至连老圈自己都承认过,那全是你的所为!为什么?告诉我,这是为什么?"

"我根本就不知道。"她低声回答道。随后,她昂起一直低垂着的头,那双大眼睛,此时变得更大、更深邃的那双大眼睛,与温特斯的眼睛对视着,目光是那样清澈、坚定,使他读懂了她眼中的真相。她的眼神也证实了他自己的推断。

"根本不知道?那就奇怪了!你是摩门教徒吗?"

"不是。"

"老圈是摩门教徒吗?"

"也不是。"

"你——喜欢他吗?"

"喜欢。我恨他手下的那帮人——恨他的生活方式——有时候,我也有点儿恨他。"

温特斯在连珠炮似的发问中停顿了一下,仿佛想先支撑住自己,然后再去了解他厌恶去证实的事实真相,他似乎是迫不得已才来打听这个事实真相的。

"你和——你过去和老圈是什么关系?"

如同某种娇嫩的东西突然被暴露在狂暴的热浪中一样,女孩顿时萎缩下来。她的头埋下了,她那煞白、憔悴的脸颊上慢慢泛起了一层羞惭的红晕。

温特斯宁可什么都不要,也要撤回那个诘问。他提出这个问题时的想法——与他此刻的心境似乎已截然不同。然而,她的羞耻感却使他心中油然生出了某种类似于尊重的情感,他一直莫名其妙地渴望着能对她产生尊重的感觉。

"就回答——就别回答这个问题啦!——算了吧!"他大叫一

声,既为她深感痛心,也对自己十分恼火。"可是,就这一次,下不为例,行吗?——告诉我吧——尽管我知道,可是,我还是想听你亲口说出来——你是被逼无奈吗?"

"啊,不是。"

"好吧,对我来说,那也没什么关系,"他诚心诚意地接着说,"我是想——我是想让你感受到那种……你明白吗——我们已经身不由己地走到一起来了——而且——而且我是想帮你——而不是想伤害你。我原以为生活对我很残酷,可是,每当我想到你所过的那种生活时,我就觉得,我的那些牢骚怪话也太不够意思、太微不足道了。不管怎么说,我一直是一个独来独往的流浪汉。可是,现在不一样了!……我还不是十分清楚这一切到底意味着什么。唯一清楚的是,我们来到了这个地方——我们生活在一起了。我们不得不待在这儿,要待很久,肯定要待到你身体好起来为止。但是,你绝不会重新回到老圈身边的。我很清楚,帮助你也是在帮助我自己,因为我过去在心理上是有问题的。现在我有事可做了。如果我能帮你恢复体力——然后带你远走高飞,离开这荒无人烟的地方——再设法帮你过上更幸福的生活——你想想,这对我来说,该有多好啊!"

第十章 爱情

在等待的这些日子里,除了那天下午在那条溪壑的出口处扎起了一道栅门外,他几乎从没让营地离开过他的视线,也从没让营地脱离过他的听觉范围。然而,他一心想探明"奇异谷"的愿望却很强烈,于是,这天早上,跟那个女孩长谈了一番之后,他拿起步枪,带着小圈,要准备出发了。女孩躺在他用树枝为她拼凑起的那张简陋的椅子上。她一直在注视着他,当他提起步枪、召唤小圈时,温特斯看得出,她吓了一跳,一副紧张兮兮的样子。

"我只是想去查看一下这个山谷。"他说。

"你会去很久吗?"

"不会的。"他答应了一声,便出发了。这个小小的变化不由得使他想起他先前产生的那个印象:自从她高烧退了之后,只要他不近在眼前,她就会显得忐忑不安。他的推测是,她之所以害怕独自一人被留在这儿,十有八九是由于她体质还很虚弱的缘故。他不能离开太久而丢下她不管不问。

当他迈开大步走下那片梯形台地时,许多兔子被惊得在他面前到处乱窜,还有不少漂亮的鹌鹑,通体紫色,如同这崇山峻岭中的紫艾草的颜色一样,它们也贴着地面飞快地逃进了树林里。树林中阳光斑驳,树荫里随处都能听到鹌鹑的鸣啭和各种鸟类喊喊喳喳的叫声,着实令人心旷神怡。不一会儿,他就走出了他已多次涉足过的范围,进入了一片新的领地。眼前这片树林的中央露出了一大块空地,旁边的山坡上,几条小溪飞流直下。他很快走出了林荫,进入了那片阳光充裕的草甸。草很高,草丛深处的剧烈摇晃表明,那儿有动物在奔跑,他虽然说不出是什么种类,但是,从小圈跃跃欲试的架势可以看出,那些动物显然要比兔子凶猛得多。温特斯朝着由柳树和三角叶杨树所组成的那片林带走去,他早先在山坡的高处看到过这片林带。他钻进林子里,没想到却发现了一条水势很大的河流,河里有大堆大堆半浸在水中的灌木和树枝,在他周围,一棵棵三角叶杨树的树根上有很多陈旧和新鲜的被动物啃噬出的圆圈。

"河狸!"他惊讶得叫出声来,"这才叫功夫不负有心人啊!这片草甸里居然生活着这么多的河狸!它们究竟是怎么迁徙到这儿来的呢?"

河狸绝不可能是循着从前那些云崖居人的足迹迁徙到这个山谷里来的,这一点他可以肯定,进而也对这条河的河口或源头越发好奇起来。他路过了一潭死水,仔细一看,原来这潭死水是由于河狸所筑起的一道堤坝挡住了水流而形成的。河道中有一条水急浪大的湍流,一直向西流去。他顺着河道向前走去,很快又进入了一片橡树林,钻出橡树林后,他意外地发现,眼前还是一堵巉峻的断层悬崖。这儿蔓生着一丛丛茂盛的野生李树和荆棘灌木,行走十分费劲。他发现脚下有无数猞猁和狐狸留下的足迹。浓密的灌木丛中传来的窸窣声说明,那些动物在悄悄地活动。终于,他感到,即使再继续走下去,也是白费力气,原因是,这条溪流又突然消失在峭壁底部的一个罅隙里了,况且他也没法攀上那座怪石嶙峋的峭壁。他推断,尽管河狸或许能顺着那条又窄又深的裂隙在湍急的河水中溯流而上,但是,人却绝无可能从那儿进入这个山谷,这使他欣慰地舒了口气。

山谷为悬崖削壁所环抱,唯有西边有一个壑口,而且那还是一个极为峻险、无法企及的死角。他稍稍后退了几步，然后纵身一跃，跳过山洞，朝南面的峭壁走去。刚走出橡树林，他便再次看见了那个长满白杨的阶梯似的台地，它的上方是另一片更为开阔的台地，边缘生长着许多银杉。山谷的这一侧有不少被风化或被水蚀的岩洞。当他沿着上面那条台地继续前行时，峭壁上的那些岩洞便一个接一个地展露在他眼前，洞穴形态各异，规模大小不一。接着，在他头顶上方，那些云崖居人曾经栖息过的那座大山洞，如同张开的大嘴，令人猝不及防、令人叹为观止地显现出来。

距离仍相当远，他努力想象着，如果从他现在所在的位置看过去，那个洞口都显得如此巨大，等他到达那儿时，那个山洞又会大到何等程度。他沿着台地继续向上攀去，眼前出现了一条越来越陡的山坡，山坡上布满了被风化的岩石和尘土，此时，攀爬已经十分困难，别的也就无暇顾及了。他终于走进了一片阴凉的地带，抬头向上看去。他站立的位置恰好就在洞口的内侧，只见这山洞大得出奇，使他无法判别它究竟有多大、有多深。凹凸不平的洞顶，被多年的水蚀浸染成了一条条、一块块的浅黄色、黑色和锈红色，连绵起伏，影影绰绰地越升越高，仿佛一直通向悬崖的顶端。洞顶又是一个极为壮观的拱形，其构架如同山谷前的那个巨大门户一样，唯一不同的是，它构成了山洞的穹窿，而不是横跨在山谷间的拱桥。

温特斯一路向前、向上攀去。不断有被他碰翻的石块滚下山崖，发出奇怪的空洞的碎裂声和轰隆声。他攀爬了约几百米，却依然没有到达那些云崖居人所栖息的那块凸起的扁平岩石架的底部。那是一长条半圆形的如隔板状的岩石，连接着那幢石头房子，石头房子上有许多曾经被他想象为眼睛的黑咕隆咚的小孔。他终于到达那个岩石架的底部了,在这儿,他看到了开凿在岩石上的步阶。有了这些步阶,攀岩就方便多了,于是,他一边向上攀爬,一边也在遐想着,那个早已销声匿迹了的种族当年是如何轻而易举地守住这座堡垒,抵御住强敌整支军队的进攻的。只有一个地方能够上得来,而这个地方却是那么狭窄、那么陡峭。

温特斯以前也曾到访过一些云崖居人建造在悬崖峭壁上的栖息地,但大都是一片废墟,既无显著特色,也无规模可言,没想到,此处的面积竟如此宏大,令他惊叹不已,而且既没有遭到人类之手的亵渎,也没有遭到时间之手的毁坏。这是一座大得令人震惊的陵墓。这是一座城池。它依然原封未动地保持着其缔造者离开时的模样。那些石砌小屋仍在,那些烟熏火烤过的痕迹,那些散落在冰冷的壁炉周围的一件件陶器,开凿岩石用的短柄小斧,依然完好无损;石碾、石槌、吃饭用的石碗、石盘,都仍旧摆放在那些因为舂了多年的玉米而被打磨得十分光滑的圆形石臼的旁边——这一切都原封不动地保持着原样,仿佛是昨天才被粗心大意的人丢下的。但是,那些栖身于峭壁间的人却早已永远一去不复返了!

尘埃!他们早已化为尘埃,撒落在地面上,或那块凸起的山石脚下了,但是,他们的栖息地和器皿却历经沧桑、与世长存。温特斯不禁对洞顶那尊雄伟的半圆形石拱肃然起敬,它似乎仍在闪耀着其昔日的辉煌。自从那些云崖居人开始栖身在此,朝夕瞭望着这美丽的山谷以来,如同他此时也在凝眸远眺一样,距今已经过去了多少岁月?自从他们的女人开始用那些被碾磨得十分光滑的石臼舂玉米以来,至今已经历经了多少沧桑?自从那个鲜为人知的种族的男人们开始在这儿生活、爱恋、战斗、灭亡以来,距今已经过去了多少世代?他们是被强敌所灭?是被疾病所毁?

要不，是被唯一不可抗拒的强敌——时间——所湮没的？温特斯看到了涂抹在洞顶黄岩上的一长串由高到低的血红色的手印。这是十分怪异的不祥之兆，但愿不是他那些疑问的答案。这个地方令他深感压抑。这儿有光线，却充斥着一种半透明状的阴霾。由于年代久远和废弃不用的缘故，这儿散发着难闻的尘土和岩石的霉味。这儿的气氛令人忧伤。这儿的情景令人肃穆。这儿仿佛是被沉默所主宰的领地，如今却是这样不可改变、不可毁坏、令人生畏。然而，就在这时，高高的石拱顶层的裂隙里忽然灌进了一阵山风，发出飘忽不定、怪诞不经的哭嚎声——的确像是在追悼被尘封已久的这一切而发出的悲鸣。

温特斯一边叹息着，一边搜罗着结实、合适的陶器，以备后用。他挑选了一大捧陶器，抱着它们下山回营地了。他从与出发时相反的方向登上了那块台地，看到那女孩正朝着他离开时的那个方向眺望着。走在深深的草丛里，他的脚步声是听不见的，他一直走到她近前，她也没有发现他。小白正卧伏在她所坐位置的旁边，一见他来了，便一如既往地摇头摆尾向他致意，然而那女孩却没有注意到它的这些动作。她好像对近在身边的一切全都漠不关心。她无精打采地坐在那儿，模样令人心生怜悯；她那靓丽的头发与她那苍白、憔悴的脸颊形成了鲜明的反差；她双手绞在一起，两只赤裸的小脚搭在简陋的椅架上。一想到这个女孩居然与老圈的蒙面骑士存在一定的联系，温特斯就觉得既可恨，又可笑。与其说她是受命运的捉弄，倒不如说她是一个受害者——受害于一个隐藏得很深的阴谋，这个神秘难解的阴谋令他怒火填膺。他半信半疑地以为，她是在全神贯注地翘首企盼他的归来，然而，当他悄悄靠近她时，她却忽然回过头来，一眼就看见了他。一掠而过的惊诧、面色的突变——尽管她苍白的双颊依然毫无血色，不住忽闪着的那双大眼睛紧盯他的神情，都在这回眸一看的瞬间表现出来，改变了她此前专注的面容，使他一望而知，她的确一直在翘首企盼着他的归来，他的归来是她最大的心事。她没有微笑，没有脸红，没有显露出高兴的神色。与她捉摸不定的表情相比，这一切都算不了什么。温特斯看得出她脸上陡然显现出的一丝奇妙、生动、具有活力的迹象。她仿佛一直都处在静止不动、毫无知觉的死亡与绝望的重压之下，她仿佛突然又被注入了生机勃勃的活力，浑身战栗着。她的生命力看来已经快要复苏了。

于是，温特斯的脑海中闪电般地掠过了一个念头，"我已经把她救活了——我已经把她从过去的生活锁链中解脱出来了——她那翘首企盼的表情，仿佛我就是她在这世上值得留恋的一切——她属于我！"这个全新的念头令他为之一震。如同在毫无戒备的情况下遭到了一记猛击，他早已准备好的那些兴高采烈的问候语，尚未出口就被扼杀了，怀中的陶器尴尬地摔落在草地上，一种虽不太熟悉、却深深盘踞在他心底的情感，与同情、高兴，对自己肯定有能力解救她的必胜信念交织在一起，一时间竟使他哑然无语。

"你搬来了这么多东西啊！"她说，"哎呀，全都是盆盆罐罐嘛！你从哪儿弄来的？"

温特斯放下步枪，用水壶朝一只瓦罐里灌了些水，然后把瓦罐坐在焖烧着的篝火上。

"但愿能装得住水啊，"他沉吟了一下，说，"哎，那边有一个巨大的建造在悬崖上的居住地呢。这些陶器就是从那儿弄来的。你难道不觉得我们缺少点什么吗？我的那只马铁口杯子一直被用来泡茶、煲汤、炖肉——做什么都用它了。"

"我注意到啦，我们用来做饭的家伙确实不多。"

她大笑起来。这是头一次。他喜欢那笑声,尽管他情不自禁地想看一看她,但他又不愿显露出自己的惊讶或喜悦之情。

"你会带我去看看那儿吗?还有整个山谷——等我好了——很快吧?"她又补充了一句。

"我会的,真的。这儿真是一个美妙的地方。兔子多得走路都能踢到。还有数不清的鹌鹑、河狸、狐狸、猞猁。我们生活在一个十足的兽窝儿里呢。不过——你有没有见过建造在悬崖上的居住地?"

"没有。但是,我听说过。那个人——那些人说,迷魂谷里到处都有过去留下来的老房子和历史遗迹呢。"

"哎,我还以为,你骑着马到处闯荡时,总归遇到过这种地方呢。"温特斯说。他说得慢条斯理、字斟句酌;他想努力摆出一副漫不经心的样子;他佯装在忙着整理一件件陶器。对他好奇的发问,她应当不会再感到羞愧难当了吧。然而,他从来没有像现在这样心情迫切地想了解一个人的生平细节。

"我骑马的时候——我骑得很快,像一阵风,"她回答道,"从来没有时间停下来看一看。"

"我记得,那天我——我在迷魂谷里遇到你的时候——你风尘仆仆的样子,你的马也显得疲惫不堪。你总是在马不停蹄地奔波吗?"

"哦,不。有时候一连好几个月都不骑马外出的,一旦被关进了那间木屋,我就出不来了。"

温特斯努力克制住热辣辣的愤激情绪。

"这么说,你被关过?"他漫不经心地问道。

"老圈出远门的时候——他常常一走就是好几个月——他就会把我关进那间木屋里。"

"为什么?"

"大概是怕我跑了吧。我经常扬言要逃跑。不过,大多数都是因为怕那帮人在村里喝醉了回来惹事。不过,他们一向待我很好。我也没什么好怕的。"

"整个儿一个囚犯啊!那一定让你很难熬吧?"

"我喜欢那样。在我的记忆中,我是经常被禁闭在那儿的,被关起来的日子才是我唯一真正感到开心的日子。那是一间很大的木屋,建在很高的悬崖上,我可以向外眺望。我还有几条狗和我自己驯养的宠物,还有不少书。木屋里有一个喷泉,有储备好的食物,那些人也会给我送新鲜的牛肉。有一回,我被关在那儿整整一个冬天呢。"

对温特斯这一方而言,他现在更需要出言谨慎了。他保持着漫不经心的样子,继续在忙他手头的活儿。他很想抬头看看她,他有一连串的问题想问她呢。

"在你的记忆中——你一直生活在迷魂谷里吗?"他接着问道。

"我模模糊糊地记得,我还在另外某个地方生活过,有许多女人和孩子,可是,我现在什么都记不清了。我时常想啊,想啊,想得都不耐烦了。"

"这么说,你能看书了?——你有书嘛。"

"呵,是啊,我能看书,还会写字呢,写得可好呢。老圈受过教育。是他教会我的。好多年前,还有一个老盗马贼和我们生活在一起,他曾经是一个很不一般的人。他一直教我读书识字呢。"

"这么说,老圈经常出远门喽,"温特斯若有所思地说,"你知道他常去哪些地方吗?"

"不知道。他每年都要赶着牲畜去斯特灵村以北的地方——常常一去就是好几个月回不来。我听他发过一次牢骚,说他不想再过这种两面人的生活了——那个人是他杀的。那是在石桥村。"

温特斯放下他手头貌似在忙着的事情,怀着急切的心情抬起头来,不想再苦心孤诣地遮掩下去了。

"贝丝,"他说,这是他第一次叫她的名字,"我早就怀疑,老圈不仅是一个盗马贼,他还有别的重大隐情。告诉我,他栖身在迷魂谷的意图究竟是什么?我认为,他绝大部分的所作所为,都是为了掩盖他在这一带的真实行径。"

"你说得对。他不仅是一个盗马贼。事实上,那些人说,他偷盗牲畜的行为只不过是一个幌子。这一带峡谷里有金子啊。"

"啊!"

"是啊,有金子,虽然储量不是特别大,但是,那些金子却足够他和他手下的人用。他们日复一日、周复一周地淘洗金子。然后,他们就带着金子,赶着几头牲口,进村去酗酒、开枪、杀人——以此为幌子来蒙骗那些骑手。"

"赶着几头牲口!可是,贝丝,威瑟斯汀家的那群牲畜,那群红色的牲畜——两千五百头呢!那可不是几头啊。我是循着它们的足迹才进入附近的一个山谷的。"

"老圈根本没有偷盗那群红色牲口。他和摩门教徒签订过一个秘密协议。由他们负责把那些骑手们召集在一起,老圈则负责把那群红色牲畜赶到别的地方去,并且看管到一定的时候——我不知道要看管到什么时候——然后再把它们赶回牧场。至于他能捞到什么好处,我就没听到了。"

"你有没有听他们说起过,为什么要签订这个秘密协议?"温特斯质问道。

"没有。但是,那是摩门教徒耍的一个花招。他们诡计多端。我听老圈手下的那帮人说起过摩门教徒。也许那个名叫威瑟斯汀的女人根本就不在乎她的马笼头呢！我见过那个来谈这笔生意的人。他个头很小，相貌古怪，背驼得很厉害。他就稳稳地坐在马背上。我听我们的一个人后来说，紫艾草原上没有哪个骑手能超过这个人。他叫什么名字来着？我忘啦。"

"杰里·卡德？"温特斯提醒道。

"对，就是这个名字。我想起来了——这个名字很容易记——杰里·卡德和老圈的人好像交情挺好呢。"

"难怪呢。"温特斯回答道，陷入了沉思。他一直怀疑塔尔有不可告人的勾当，这一点已经得到了证实——因为由杰里·卡德出面与老圈谈成的这笔交易，毫无疑问，肯定出自那个摩门教长老的歹毒用心，而且是通过他所下达的一系列命令才得以实现的——这一确凿的证据又重新燃起了温特斯记忆深处原本已被别的情感所压制着的深仇大恨。从他与塔尔正面交锋那个时刻起到现在，仅仅才过去几天，那些事情就被淡忘了，仿佛变得十分遥远了，而内心深处的某种东西此时此刻却似乎在急剧膨胀，刻骨铭心，也不可估量地改变了他丰富的情感。对塔尔的仇恨依然郁积在他心中，不过，那种仇恨已经不再那么白热化了。他对简妮·威瑟斯汀的爱慕之情丝毫也没有改变；然而，在看待这份感情时，他似乎已然换了一个角度，似乎把它当成了另一码事——是什么呢，他一时还无法确切地加以界定。对温特斯而言，回味这两种感情不啻为对早已不复存在的自我的一种审视；这两种神奇的情感——也许这种变化对他来说太虚无缥缈了——相互交织在一起，使他莫名其妙地恼火起来，既想把它保存在记忆里，又想立即把它从脑海中排除掉。他终于毅然决然地排除了杂念，回到了具有重要意义的对眼前现实的思考之中。

"贝丝，再告诉我一件事，"他说，"你有没有认识的女人——

有没有认识的年轻人?"

"有时候有一些女人,和她们的男人在一起;但是,老圈从来不许我去认识她们。我这辈子看见过的年轻人,都是在我骑着快马穿村而过时所见到的。"

这大概是她迄今为止对温特斯说出的最令人困惑不解、最让人浮想联翩的事情了。他苦思冥想起来,越是好奇,他想了解的也就越多,不过,他还是努力强压下了想继续打听下去的欲望,因为他看到,她羞惭得几乎不好意思再说下去了,这种尴尬场面是他造成的,他狠狠谴责着自己。他不会再追问下去了。尽管这样,他得认真想一想才行,继而发觉,他很难理清自己的思路。这个神情忧伤的女孩,与人们不无道理地认定的那个形象,竟然如此大相径庭,这种声名显赫的人生应该把她造就成另外一副模样才对! 直到今天,他才发觉,她原来很单纯,也很直率,与他迄今所认识的别的姑娘一样真切自然。她身上似乎有一种很讨人喜欢的气质特点。她说话声音不高,却温婉动听。他不敢正视她的脸蛋,不敢直视她那双泰然自若、落落大方、然而又若有所思的眼睛,不敢把她看成一个女人,尽管她自己早已承认过,她是女人。老圈的蒙面骑士就端坐在他面前,一个打扮得像个男人的女孩子。在一系列罪恶昭彰的袭击、劫掠、偷盗事件中,她是被人逼迫才一马当先冲在最前面的。在她的青春岁月里,她有许多日子是被囚禁在一间昏暗的木屋里的。与她朝夕相伴的是那些无恶不作的男人;还有那些心肠无比歹毒的女人,但愿他们不许与她接近,至少,但愿他们没有使她蒙上阴影。可是——可是,即使所有这一切——想到这里,真相像炸雷一样在温特斯耳边骤然响起,声音越来越高,盖过了种种不光彩的犯罪事实的喧嚣声,真相就是她那双美丽的眼睛里所流露出的鲜活的生命;真相大白了,她是清白无辜的。

打那以后的日子里,温特斯在脑海里反复权衡的事情只有两件,其一是始终挥之不去的清白无辜的概念,其二是与之相对应的那种冷酷而又令人嫌恶的事实:一份他无意间得到的却又是真真切切的礼物。这两件事怎么可能是真的呢?他相信后者是真的,不过,他也不会放弃对前者的坚定信念;这些互相冲突的看法,进一步加重了似乎笼罩在贝丝身上的神秘色彩。然而,在接下来的那些日子里,思路渐渐变得清晰起来,如同贝丝的体力明显在迅速恢复一样清清楚楚;显而易见,如果不去有意提起她与老圈的长期关系,她似乎已经忘却那段往事了;事情是明摆着的,如同一个只注重眼前生活的印第安人一样,她完全沉浸在目前的现实之中。

日子一天天过去了,温特斯注意到,她那苍白的脸色日渐红润了,清瘦憔悴的双颊也难以察觉地一丝丝丰满起来。有一度,他还能勉强看到她脸上那道黑白分明的分界线——曾经被面罩遮住的那部分和暴露在外、饱经风吹日晒的那部分。当那道分界线渐渐消失,变成了清一色的被太阳晒成的古铜色时,她曾经是老圈的蒙面骑士的污名似乎也被洗刷干净了。那块蒙面布所引起的联想,总是令温特斯难以忘怀;既然已经成为过去,他也就很少去追想她从前的那些经历了。他偶然也会把这次奇遇中的几个不同阶段拼接起来,构成一个整体:他枪杀了一个蒙面歹徒,一个令骑手们一照面便唯恐避之不及的瘟神;他在背负着一个身受重伤的女人翻山越岭,她那流着鲜血、不住颤抖的嘴唇里断断续续说出的话却是祈祷;他精心护理着一个虚弱不堪、缩成一团、似乎是一个男孩子的人;而现在,他眼里看着的却是一个女孩子,她的面容变得格外清秀可爱了,她那双深蓝色的眼睛始终在注视着他，眼睛里没有放肆，没有害羞，却很从容、庄重，而且越来越明澈了。温特斯多次感到，那明媚的目光常使他有些尴尬，然而也具有令人振奋的作用，如同美酒一样。当她以这样的目光看着他时，她心里在想什么呢？他几乎认为，她其实什么也没想。有关她的一切，有关"奇异谷"目前的状况，以及对尚且隐隐约约、却似乎即将来临的未来的憧憬，都在深深吸引着温特斯，使他陷入了沉思之中，以前在紫艾草原上形影相吊地值夜时，他从来也没有像现在这样。

怎样周密地安排好目前的一切是他的主要心思，但是，激励着他要赶快行动起来的却是对未来的呼唤。他根本不知道贝丝和他的那个必将到来的未来究竟是什么。他开始考虑起如何来改善"奇异谷"中的生存条件，使它成为一个适合于居住的地方了，因为没有任何迹象能表明，他们将会迫不得已地在这里生活多久。温特斯固执地排斥着老是想挤入他脑海中的一个强烈的念头，因为他清楚地意识到，也许是明摆着的事实，他压根儿就不想离开"奇异谷"。但是，他必须考虑一些非常现实的问题，这是当务之急，无论他是否命中注定要在这儿长久地生活下去，他感到，眼下迫切需要解决的问题是，要改变一下饮食。他必须远离营地，去寻找品种多样的鲜肉，他还必须尽快去一趟杨树村，要去弄一批粮食来。

温特斯脑海里的那个主意又冒了出来——他可以去一趟老圈放养牲畜的那个峡谷，几乎没有什么风险就能背出一些牛肉来。但是，他希望等他把事情做成之后回来时，再让贝丝知道。他想了又想，还是打算趁她熟睡之后再出发。

这天夜里，他悄悄溜出营地，爬上石拱桥下的陡坡，进入了迷魂谷的出口处。那条深壑此时正笼罩在朦胧的夜光下。"平衡石"

黑魆魆地巍然矗立着，俯瞰着苍白的石板坡。在模糊不清的光线下，它的形状和轮廓已经有所改变，看上去活像一个守候在那儿的魔怪——在等待时机扑下山去，去撞倒那些摇摇欲坠的陡壁危崖，将迷魂谷的出口永远封闭。温特斯感到，那尊巨岩夜间比白天更具威慑力、更让人望而生畏，它斜斜地伫立在那儿，已经等候了上千年，似乎在等待着决定它命运的那个时刻的到来。

"老伙计，如果你一定要翻滚下去，你也要等我回到那个女孩的身边之后再翻啊!"他大声说，仿佛那尊岩石果真是一尊天神一样。

他喊出口的这句话，不仅内容令他心惊胆寒，那声音听起来也很可怖，使温特斯顿时便明白了自己的心思：身在激流中，他也只能随波逐流，他既没有能力停下来，也没有停下来的愿望。

从峡谷中出来之后，温特斯一如既往地小心抹去了自己留下的足迹，不过，他只花费了不到一小时的工夫，就到达了老圈放养牲畜的地方。一看有这么多的小牛犊，他立即改变了初衷，决定抓一头活的小牛犊带回去，而不是把牛肉背回去。他用绳子套住了一头，牢牢捆住四蹄，把它扛在肩上。分量极其沉重，但温特斯力大无比——他能提起一麻袋粮食，轻而易举地甩到垫肩上呢——扛着它走很远的路也不用停下来歇气。最费力的是要爬上迷魂谷的出口处，再继续穿过这个关隘进入山谷。完成这一壮举时，他忽然灵机一动，又改变了主意。他不想杀死这头小牛犊了，而要让它活着。他要再去一趟老圈的牲畜群，再多背几头小牛犊回来。于是，他找了一处最放心的地方，把这头小牛犊暂时存放在那儿，转身又开始了第二趟。

当温特斯背着第二头小牛犊回到山谷时，天色已近拂晓。他爬进自己的洞穴，倒头便睡着了。贝丝对他几乎整夜不在营地的行为一无所知,只是很牵挂地看出,他显得比平时更疲乏,更缺少睡眠。下午,温特斯在营地附近找到了一条小山沟,在沟口扎起一道栅栏,然后把小牛犊圈了进去;等他顺利做完这项活儿时,贝丝还是没有聪明起来,对他的壮举依然一无所知。

这天夜里,他又去了两趟老圈的牧场,第二天夜里又去,第三天夜里再接着去。他的牲口棚里已经关进了八头小牛犊,他估计,这些已经足够了;可是,他又有了新的想法,这些小牛犊他一头也不想宰杀。"我偷了老圈的牲口呢。"他说,并开怀大笑起来。他忽然注意到,这些小牛犊全都是红色的,"红的!"他惊呼道。"是那群红色牲畜里的。我偷的是简妮·威瑟斯汀家的牛啊!……这才是最不可思议的一桩事呢。"

他又去了一趟老圈的那条山谷,这一次,他套住了一头一岁大的菜牛,当场杀了,割下了近四分之一的牛肉。无数郊狼的嗥叫声说明,他根本不必担忧屠宰菜牛的事情会被人发现。他把牛肉背回营地,挂在一棵银杉树上。然后,他摸索着回到床上,酣然入睡了。

次日清晨,他早早醒来,轻松愉快地起了床,心里很有些得意,他总算能给贝丝一个意外的惊喜了。他迫不及待地盼着她快点儿出来。不一会儿,她出现了,走到银杉树下。接着,她又来到篝火边。她那古铜色的脸颊上已经有了健康的红润,瘦条条的身段也开始鼓凸起来,线条优美。

"贝丝,你有没有说过,兔子肉你已经吃腻了?"温特斯询问道。"鹌鹑和河狸也吃腻了?"

"我的确说过。"

"那你想吃什么呢?"

"我对肉腻得慌,不过,如果我们只能靠吃肉活下去的话,我想吃点儿牛肉。"

"好啊,你觉得那玩意儿怎么样?"温特斯指着挂在银杉树上的那块牛肉说,"我们可以吃几天新鲜牛肉啦,剩下的部分,我们可以把它切成条,风干。"

"你从哪儿弄来的?"贝丝问道,反应有点儿迟钝。

"我从老圈那儿偷来的。"

"你又到那个峡谷去啦——你冒险——"在犹豫着不知该说什么才好时,她脸颊上的红润和笑意消退了。

"危险倒是一点儿也没有,只是这活儿很费力气。"

"很抱歉,我不该说我不想吃兔子肉了。你是怎么——什么时候弄来那块牛肉的?"

"昨天夜里。"

"趁我睡着的时候?"

"没错。"

"昨天夜里我醒来过——可是,我不知道啊。"

她的眼睛睁得大大的,因为在沉思而视线模糊,而且,每当她像这样看他时,她那镇定、敏感、观望的目光,总是会被忧郁的神色所取代。前者使她看上去像是一个没有思想、尚未开化的女人;而后者则是在审视内心,她那凝神沉思的目光,是她心绪不宁的反应。温特斯已经有很久没见过那种隐而不宣的变化,没去注意那双深邃的蓝眼睛了,在他看来,那双眼睛既是那么漂亮,又是那么忧伤。可是,他现在要设法让她动脑筋想一想。

"我干的活儿,不只是背回了那块牛肉,"他说,"在你睡着的时候,我忙了五整夜呢。我扛回了八头小牛犊,都圈在一个小山沟里了。整整八头啊,都活着,活得可好呢!"

"你去了五整夜啊?"

从她那双睁得大大的眼睛,那渐渐变得煞白的脸色,以及那声惊呼中,温特斯看得出,那是在提心吊胆——担忧她自己,要不就是在替他担忧。

"是的。我没告诉你,因为我知道,你怕孤身一人留在这儿。"

"孤身一人?"她重复着他用的这个字眼,对这个字眼的涵义却茫然不知。她好像压根儿就没想过她会被孤身一人留在这儿。那么,她就不是在为自己担忧,而是在替他担忧了。这个一向言语木讷、反应迟缓的女孩,现在似乎都有点儿傻了。她伸出一只手来,那个手势仿佛表明,她想摸清自己的思绪。突然,她急步朝他走来,脸上的表情和目光的接触,立即打消了他对她心智是否敏慧,或者感觉是否敏锐的怀疑。

"老圈派了不少人在看管那些牲口——他们会杀了你的。你千万不能再去了!"

话刚说完,她的体力和燃烧的激情就消逝了,她摇摇欲坠地倒向了温特斯。

"贝丝,我不会再去了。"他一边说,一边连忙扶住她。

她靠在他身上,软绵绵的身子起伏不定地哆嗦了好大一会儿。她的脸向上仰着,正对着他的脸。女人的脸蛋、女人的眼睛、女人的嘴唇——完完全全地暴露出她心潮澎湃、头晕目眩、甜美无比、激情难平的真实情感!但是,由于她的恐惧感是出自本能的,她紧紧拥抱着这个朋友、这个唯一的朋友的举动,也同样出自于她的本能。

温特斯轻轻推开了她,搀扶着她站稳身子;与此同时,他不禁也热血沸腾起来,一颗心在激动不已地战栗着,在动摇着他的意志力;某种情感——他曾经在她身上见到过、自己也曾经感同身受过的那种情感——他曾经无法理解的那种情感——似乎就近在咫尺，温润而又醇厚，甜蜜得有如一阵芬芳的气息，因为他从来没有体会过，世间还有如此甜蜜的情感。

温特斯以坚强的意志力努力保持着平静，使自己的思维和判断不被怜悯心所左右，使事实不被情感所动摇。贝丝的眼睛依然在凝视着他，那忧郁的目光使她的灵魂一览无余。他立即毅然决然地把她的生平、她的来历全都挤出了脑外，只留下了那段与他共处的时光。他奚落着自己的智商，因为他居然仍在心存疑虑。他想以她判断他的样子来判断她。他面临的是生活本身的必然性。他在黑暗中看到了命运的归宿，在她那双神奇的大眼睛里看到了一条康庄大道。这是一个心地单纯、娇媚可爱的少女在与新奇、陌生、令人迷乱的复杂情感相斗争时迸发出的真情实感，这是一个清白无辜的人的活生生的真情流露；是一个曾经面对死亡的女人在经受过盲目的恐惧之后对她的救星和守护者表露出的真实的情感。这一切，温特斯都看到了，但是，除此之外，贝丝的眼睛里还有一种正慢慢露出端倪的意识，这种意识似乎也行将喷薄而出、光芒四射。

"贝丝，你在想什么事情吗？"他问道。

"是——啊，是的！"

"你知不知道，这儿只有我们两个人——两个孤男寡女？"

"知道。"

"你有没有想过，我们可以远走高飞，走向文明，或者，我们干脆就留在这儿——就我们两个人——我们一辈子就躲在这远离尘世的地方？"

"我从来没有想过——直到现在。"

"那么，你愿意作出什么样的选择呢——是走——还是就留在这儿——单独和我在一起？"

"留!"她说出了自己脱胎换骨后的新想法,那银铃般的颤音,使她的回答分外有力。

温特斯浑身哆嗦了一下,随后,他那久久凝视着她的目光飞快地离开了她那张脸——她的眼睛。他知道,她只是凭直觉谨慎地说出了自己一半的心思——她已经爱上他了。

第十一章　忠与不忠

在简妮·威瑟斯汀家，向拉肯夫人作出的要照顾好小菲的承诺已经开始兑现。好比一缕灿烂的阳光照进了三角叶杨树林，这个小家伙的到来也给沉闷的威瑟斯汀庄园平添了许多欢乐。高大、肃静的厅堂里到处回荡着稚气的笑声。阴凉的院落里，简妮曾度过了多少个六月里的炎热日子的地方，小菲的小脚丫一会儿"啪啪"地跺着刻有旗形图案的青石板，一会儿又"哗哗"地在琥珀泉里戏着水。她不停地"咿咿呀呀"地说着话儿。简妮暗暗思忖着，一个小孩子来到她家后所造成的变化是多么大呀！她发现，这里过去从来就不是一个真正的家。自从有了小菲的欢声笑语之后，甚至连她一向保持不变的干净、整洁的习惯——她也一直坚持让女佣们把屋子收拾得井井有条，现在都已经不重要了。小菲把简妮的书籍和报纸散乱地扔在庭院里，院落里还有不少她自己一时心血来潮拼凑出来的玩具，小水沟里则飘荡着无数稀奇古怪的工艺品。

正是由于小菲的出现，简妮·威瑟斯汀与拉西特的见面机会才渐渐多了起来。这位骑士大多数时间都坚守在紫艾草原上。他是在为她而奔波，不过，除了有公事，他一般不来找她；简妮不得不愠怒地承认，她采取的主动姿态并没有收到预期的效果。然而，小菲却在拉西特第一次把目光投向她时，就抓住了他的注意力。

简妮在等待着与他会面。一想到上次会面的情景，她的目光便朦胧起来,对这位被她的民众视为公敌的人的态度也软了下来。骑士铿锵有力地走进院落,一个疲惫不堪、却始终保持着高度警惕的男人,因为他时刻都得提防随时随地会对他发起的攻击;他径直朝小菲走了过去。这孩子哪怕在衣衫褴褛的时候,哪怕待在紫艾草原中的茅屋周围的环境里,都显得那么娇美,而此时,穿着漂亮的白色连衣裙,靓丽的鬈发也梳理得整整齐齐,脸蛋也洗得干干净净,像玫瑰一样红扑扑的,她便越发显得娇媚可爱了。她放下了手中正玩着的东西,仰头看着拉西特。

在那次的相聚中,如果不是因为三个人都有一种本能,一种并非出于理性的渴望关系更进一步密切的倾向,简妮·威瑟斯汀就会认为,她是被一种稀奇古怪的念头所左右了。在她的想象中,任何一个孩子都会惧怕拉西特的。然而,菲·拉肯却是一个生活在紫艾草原上的孤寂落寞、没有玩伴的小精灵,完全不同于一般的儿童,而且在陌生人面前总是显得异常害羞。她睁着一双圆溜溜的十分认真的大眼睛注视着拉西特,却一点儿也没有流露出畏惧的神色。骑士向简妮汇报了牲畜和马群的情况,局面总体来说还算不错;当他落座在简妮请他入座的椅子上时,小菲居然还向前挪动了约半英寸。简妮见他一脸的疑惑,便作了解释,把小菲的来历告诉了他。骑士灰褐色的眼睛里流露出的那种一本正经的目光,使她有些惶惶不安。没想到,他扭过头去看小菲时,居然还朝她笑了笑,那亲切的笑意,使简妮怀疑起自己对真正的人际关系的理解。拉西特曾经使多少孩子失去了父亲,可是,他怎么还能朝一个孩子笑得如此亲切呢?然而他脸上的确挂着笑容,他那温文尔雅的微笑,她也见过几次,只是这次的笑容里又增添了新的含意,夹杂着悲酸和亲切,笑得很含蓄。简妮的直觉告诉她,拉西特从没做过父亲,但是,假如生活赐予了他做父亲的资格,那他一定是个好父亲。小菲也一定感觉到了那种微笑所具有的格外迷人的魅力。因为她正在一点儿一点儿地向前挪动着,接着,仿佛像一个已被完全征服而无条件投降的小女人一样,她奔向了简妮,躲在她身边,接着又探出头来,朝骑士投去嫣然一瞥。

拉西特只是在对着她微笑。

简妮注视着他俩,同时也意识到,倘若她真想消除这个男人的仇恨,把他争取过来,眼下就是她应当抓住的绝好时机。但是,该采取什么措施却并非易事。对拉西特,她是越看越尊敬的,然而,越是尊敬他,就越难使她单凭女人的媚态去卖弄风情。不过,当她想到自己的那个崇高动机,又想到塔尔,还有另外那个人时——她早已告诫过自己,决不能把那个人的名字和米莉·欧尼的复仇者联系起来,她突然发觉,自己并没有任何选择的余地。况且,她的一贯信念所赋予她的勇气已经超出了极限,支配着她的或许只是一种虚荣。

"拉西特,我现在很少看见你啦,"她说,虽然明明知道自己的脸颊在发烧。

"我一直在马不停蹄地到处奔波呢!"他答道。

"可是,你不能总是生活在马鞍上啊。你有时间就回来吧。难道你就不想来这儿看看我——次数再多一些?"

"这是命令吗?"

"胡说!我不过是想请你挤出点儿时间回来看看我罢了。"

"为什么?"

在简妮的想象中,乍一听到这个问话,她说不定会感到很尴尬,现在听来,倒也不是那么十分令人尴尬。再说,她心中已经有了一个实实在在的念头,她想见他的目的,也并非完全出于一己私念。而且,鉴于她一向敢作敢为,因此,她决心双管齐下,既要拿出诚意,也要大胆直言。

"我有好多条理由啊——唯有一条我需要提一提,"她回答道,"只要能办得到,我要把你改造过来,让你站在我的人这一边。现在看来,为了达到这个目的,我实在想象不出还有什么我不愿施展的招数呢。"

这番坦诚相见的表白之后,简妮心里不知有多舒坦、有多爽快!她的用意就是想向他表明态度,有这样一个摩门教徒可以去光明正大地玩一场游戏,或者开诚布公地决一死战。

"我明白啦。"拉西特说,说罢便朗声大笑起来。

拉西特总是能激发出她内心最真实的一面,即便这也是最让人气恼的一点。

"你愿不愿意来呢?"她直视着他的眼睛,因为在她这一生中,有一种与生俱来、与她的精神气质同在的霸道作风,绝不会轻易服软的。"我还从来没有这么低声下气地求过任何一个男人呢——除了伯恩·温特斯。"

"在我看来,你好像不会有什么危险,温特斯嘛,他也不会。不过,对我来说,恐怕就没有什么好果子吃喽。"

"你的意思是说,常来这儿,对你会很不安全?你怕杨树林里有埋伏?"

"那倒不至于。"

就在这节骨眼儿上,小菲羞怯地侧着身子朝拉西特走了过去。

"你有小囡囡吗?"她奶声奶气地问道。

"没有啊,小姑娘。"

无论小菲似乎想在拉西特那张被太阳晒得通红的脸膛上或者从他那双平静的眼睛里寻找什么,她显然是找到了。"那你就来看我呀。"她接着又嗲声嗲气地补了一句,说完这句后,她羞怯的样子不见了,取而代之的是一脸友好而又好奇的神情。首先抓住她注意力的是他那顶宽边黑礼帽上的皮饰带和银片;接着是他的短柄马鞭,然后是那些叮当作响的银马刺。这些玩意儿吸引了她,把玩了一小会儿之后,出于小孩子无定性的特点,她又放下这些,接着去翻找别的好玩的东西了。她一边欢欣鼓舞地哈哈笑着,一边用两只小手在拉西特那油光闪亮的皮护腿上来回摩挲着。不一会儿,她就发现了垂挂在那儿的一支枪——枪套,她把枪套拽了上来,然后使劲儿拉扯着这个黑乎乎的庞然大物的柄——枪柄。简妮·威瑟斯汀抑制住差点儿要脱口而出的惊呼。在她看来,这小丫头卖力地想取下这个重武器的行为具有何等深刻的意义啊!简妮·威瑟斯汀把小菲的玩耍、俏丽和可爱当成了她自己作为一个女人在这场竞赛中最强有力的同盟军,胸中顿时涌起了一股难以名状的热情,同时也隐隐意识到了一丝危险。这位骑士倒好,对正在他身边玩耍的这个可爱的小家伙似乎感到十分惊奇,竟然把简妮给忘了。刚开始时,他好像比那个小精灵还要害羞得多。渐渐地,她的信任消除了他的羞涩,于是,他冒冒失失地抬起一只大手捋了捋她那头金色的鬓发。小菲对他这鲁莽的举动竟报以粲然一笑,等到他从一个极端走向另一个极端,用那只大手握住她那只棕色的小手时,她干脆直言不讳地说:"我喜欢你!"

望着他此刻的面容,简妮一时间竟不知不觉地忘却了他是一个视摩门教徒为仇敌的人。胸中激荡着的想做母亲的热望,使她凭直觉推测着这孩子对拉西特的依恋之情。

第二天他就回来了,第三天也回来了;再接下来的一天,他早晨和晚上都回来了。到了这第四天的晚上,简妮察觉出,拉西特好像有心事,似乎思想斗争很激烈。在这几次的来访中,他几乎一句话也不说,只是默默地注视着她,或者心不在焉地陪着小菲玩耍。简妮对这默然无语的氛围却感到心满意足了。

不久后,小菲就把"我喜欢你"这句问候语,换成了另一句更加热情、更加大方的话:"我爱你!"

打那以后,拉西特来看望简妮和她收养的这个小家伙的次数愈发多了起来。日复一日,他变得越来越和气、越来越亲切了,还慢慢培养出了一丝淡淡的欢乐的心情。早晨,他会抱起小菲,让她骑在马上,自己则走在她的身边,一直走到紫艾草原的边缘;晚上,他和孩子一起玩耍,参与由她发明出来的无穷无尽、花样百出的小游戏;他也越来越频繁地接受简妮的邀请,一起吃晚餐了。在这些日子里,威瑟斯汀庄园没有来过别的客人。所以,尽管从没丢掉警惕性,拉西特开始表现得像在家里一样舒适自在了。吃完饭之后,他们一起漫步在那片三角叶杨树林里,或者徜徉在山坡上那几个人工湖的湖畔,小菲不偏不倚地走在中间,这边牵着拉西特的手,那边牵着简妮的手。于是,一种奇妙的关系就这样建立起来了,简妮也喜欢这种关系。黄昏时分,他们回到庄园,小菲和他们吻别后,就去她妈妈那儿了。拉西特和简妮便成了二人世界。

此情此景,如果一个良家女子能有什么招数可以施展,使她既能赢得一个男人的心,又能照样保持自己的尊严,那便是,一个横下心来要施展自己的魅力去勾引男人的女人,得让自己的妙招不被那个生性敏感的人察觉。在拉西特没有明说的喜爱之中,简妮的虚荣心很快就得到了满足,不管怎么说,她的虚荣心毕竟也不大。何况她还怀着一个真诚的愿望,要引导他走出那条血迹斑斑的黑暗道路,这个愿望绝不会使她因虚荣心得到满足而晕头转向,忘却她曾经发过的誓言。但是,她对她所信仰的宗教的那份义无反顾的热情,再加上由此而产生的要挽救摩门教徒的生命的使命感，尤其是其中某个人的性命，使简妮·威瑟斯汀差点儿没做出丧失女人节操的事情来。刚开始时，她理性地揣测着，她对拉西特的吸引力一定是通过感官来实现的。为了增强自己的美色，她竭尽所能，精心打扮起来。她甚至不惜降低自己的身份采用了一些小妙招，明知不值得，却偏要挖空心思地利用这些小技巧。她把自己装扮成了一个情绪多变的少女，因为爱使小性子的女孩子才惹人喜爱呢。在变着花样、假装情绪多变的过程中，她用的那些办法却从未超出过一个毫无经验的女人不懂怎么矫揉造作的卖弄风情。只要一有机会，她就去接近他；而且总是摆出一副很俏皮的样儿，然而，打情骂俏的外表下暗藏着的却是她那强烈的要征服他、每每想夺下他随身佩戴的那两支巨大的黑色手枪的动机。对于她的这些夺枪行动，他是丝毫也不肯让步的。于是，这种拉拉扯扯的行为，便使他们的手经常相碰触，甚至久久握在一起。她越是觉得他心地淳朴，就越觉得自己更有优势。

她想变换一个花样——并非完全出于心甘情愿——要把这种嬉皮笑脸、缺少心机、风情少女式的打情骂俏的方式，改变成一个寡言少语、忧心忡忡、燃烧着神秘色彩的成熟女人的模样。她要让自己的力量、激情、烈火都表现在眼睛里，于是，她便恰到好处地频频运用着这些手段，不由得拉西特看不出她就有这么深的城府，如此念念不忘要信守诺言的形象才更加适合她这个年龄，而不适合一个外表喜欢招摇的任性的小姑娘。

光阴荏苒，七月转瞬已过。简妮暗暗思忖，假如她能够心情愉快地度过这段日子，以后也就能心情愉快地生活下去了。小菲已经完全填补了她心中由来已久的苦闷和空落。对简妮·威瑟斯汀而言，即便是做了一件小小的善事，她都会感到莫大的幸福，更何况，为了能缠住这个拉西特的手脚，她是在从事她这一生中最伟大的善举呢。她开始定期去教堂参加礼拜天的宗教仪式了；否则，她该有好几个礼拜没进过村了。她的牧师或朋友们当中，近来居然没有一个人来拜访她，这是很不寻常的；他们把她疏忽了，不过，她也乐得被疏忽。贾金斯和他那帮小伙子们在照管着那群白色牲畜，近来也没有遇到任何麻烦。所以说，温煦的七月是没有任何烦恼的日子，因而，没过多久，简妮便满怀希望地以为她已经安然渡过了危机；对她来说，有希望就意味着不久就会有信赖，随后也就有了对人的信念。她时常想念温特斯，不过，那只是一种梦幻般的很抽象的遐想而已。她每天都要花好几个小时来教育小菲，或者陪着她玩耍。不管怎样，她的满腹心事依然还是在围绕着拉西特。她给自己的意志力所定下的方向，似乎就是要剪断任何节外生枝、偏离那根主线的其他想法。这种心绪在无法摆脱地困扰着她。

最后，等她如梦方醒般恍然大悟时，她了然于胸了，她已经为自己筑起了一道好得出乎意料的心理屏障。拉西特，尽管比以往任何时候都更加和蔼可亲，更加温文尔雅，却也告别了他那古雅幽默的谈吐、沉着冷静的举止和泰然自若的神态，变成了一个坐立不安、郁郁寡欢的人。无论他欲置摩门教徒于死地的威慑力有多强大，那种愤激的情绪如今总算有了能与之相抗衡的力量，这股力量同样也在燃烧着，同样也能吞噬一切。一种奇怪的忐忑不安的念头还未露出端倪，简妮·威瑟斯汀便感到心头一阵狂喜。可是，假如她不惜付出沉重的代价主动献身去引诱一次，这个代价无论对他、还是对她自己，都将是巨大的，结果却全无用处，那该怎么办啊！

这天夜里，在明月当空的树林中，她鼓足了勇气，突然一个转身横在路当中，面对着拉西特，把身子朝他贴了过去，于是，她就这样依偎着他，仰起脸来直视着他的眼睛。

"拉西特！……你愿意为我做点儿什么吗？"

月光下，她清楚地看出，他那阴沉、疲惫的面容刹那间陡然大变，由于这一变化，她似乎感觉到，他就像一堵石墙一样不可动摇。

简妮双手滑向下面，摸到了悬挂在那儿的枪套，当她的手指抠住那两支巨大、冰冷的枪柄时，她禁不住打了个激灵，仿佛浑身顿时激起了一层鸡皮疙瘩。

"我可以把你的枪卸下来吗？"

"为什么？"他问道，口气十分严厉，这是他头一次用如此严厉的口吻对她说话。简妮感到，他那双强健有力的大手正紧紧扣在她的手腕上。她半推半就地倒向了他，尽管并非完全出于心甘情愿；因为看着他眼中的那种神情，感受到他那双手的触摸，她感到自己浑身都软弱无力了。

"这种事情可不是闹着玩儿的——这并不是出于女人的一时冲动——而是深深的——如同我的心一样。让我把枪卸下来吧？"

"为什么？"

"我要阻止你去杀戮更多的人——摩门教的人。我要帮你弃恶从善，不许你再去胡作非为——再去肆无忌惮地制造流血事件了——"霎时间，真情不由自主地、结结巴巴地从她的唇齿间迸发出来。"你一定要——让——要帮我守住我当初对米莉·欧尼发过的誓。我非常郑重地向她做过保证——在她临死的时候——如果有人来这儿替她报仇——我保证过，我要让他住手。也许我——我，也只有我能够挽救那——那个人，他——他——啊，拉西特！……我感到，如果我改变不了你——那你很快就会出去大开杀戒了——你会由着性子去杀人的——你要杀死的那些摩门教徒里就会有那个人——他……拉西特,如果你还有点儿爱我之心——那就让我——为了我——让我卸下你的枪吧!"

他毫不费力地掰开了她紧握在他枪柄上的手,仿佛那是一双孩童的手一样,然后,他推开了她,阴沉的脸上布满如梦初醒般的吓人的神色,他看了她一眼,随即便离开了她,昂首阔步地走进了三角叶杨树林的阴影里。

第一次试图感染拉西特的努力就这样宣告失败了。等失败的冲击波过去之后,简妮并没有把他冷峻的态度、沉默的谴责和突然拂袖而去的行为视为对她的恳求的断然拒绝,而是把它们当作对自己试图让他违背心愿而付出的努力的严重挫伤和惊诧得不知所措的酸楚。在对拉西特以往的行为再三思考、仔细推敲之后,她相信他还会回来的,会原谅她的。这个铮铮铁骨的男子汉不大可能会跟一个女人过不去,但是她也担心,他很可能会因此而疏远她。然而,在她满怀希望地想找出他的致命弱点的关键时刻,却发现一切劝诱都对他无济于事,她不免为此而担忧起来。对他那铁石般的品质,她早先只是隐隐约约看出了一点儿苗头,如今却凸显出来了,那简直就是一座坚不可摧的壁垒啊。无论如何,只要拉西特依然还待在杨树村,她就决不会放弃希望,绝不会放弃想改造他的欲望。她要改变他,倘若必须牺牲她最珍贵的一切,除了对上苍的希冀,她也在所不惜。尽管她对自己所信仰的宗教具有强烈的献身精神,她却依然不肯委身于一个摩门教徒。想不到事情竟发展到了这样的程度,自我已经显得黯然失色,消融在以履行宗教职责为最高准则的伟大而又炽热的灵光之中。这就是她的首要动机,非凡的精神动机;除此之外,也还有其他一些动机,这些次要的动机,如同触须一样,在辅助她不断增强意志力,去抵御对有可能被克制着的欲念的接受。在这更深人静的不眠之夜，在担忧、哀伤和疑虑交织在一起的复杂心境里，简妮·威瑟斯汀最后终于想通了，如果她必须主动向拉西特投怀送抱，才能使他遵从"汝等不可杀生！"的戒律，她会把事情做好的。

早晨，她期待着拉西特能一如既往地按时到来，不过，她不能马上就露面，所以，她派小菲先等在院子里。拉肯夫人仍在病中，需要照料。这位母亲自从搬进威瑟斯汀庄园以来，心情好像轻松下来了，却似乎也在慢慢放弃对生活的依恋。简妮原以为，只要免除了操劳和责任心，再配上精心的调理和安慰，拉肯夫人衰竭的身子骨就会有所恢复。然而，这种状况却并没有出现。

简妮还有没来得及从屋子里出来，庭院里只有小菲独自一人在那儿玩耍，此时，她正在沿着琥珀泉的石砌河道同时操纵着两条航船，一条由两把扫帚组成，另一条则是一个枕头。小菲玩儿得要多开心就有多开心，浑身上下要多湿就有多湿。

由远及近奔驰而来的马蹄声分散了小菲的注意力，也打断了她正满心欢喜地聆听着的简妮对她的嗔怪。那声音不是拉西特时常骑进外院的银铃儿发出的轻盈、畅快的马蹄声。这个声音较为缓慢而沉重，简妮一时还听不出她的哪一匹马儿在奔行时会发出这种蹄声。戴尔主教的突然出现，把简妮吓了一大跳。他跳下马来，动作迅速地抖了抖马的缰绳，随即便转身走进内院，高视阔步地踩踏在旗形青石板上，马靴"哐啷"作响。他那威风凛凛的外表，明显因为怒火中烧而涨得通红的脸膛，不禁使简妮想起了自己的父亲。

"那是拉肯家的小乞儿吗？"他唐突地问道，居然对简妮连招呼也不打一声。

"那是拉肯夫人的小女儿。"简妮慢条斯理地回答道。

"我听说，你想抚养这孩子？"

"是的。"

"你会理所当然地按照摩门教徒的规矩来抚养她的,是吗?"

"不。"

他的诘问很快。她也很诧异地感觉到,好像另外有个人在替她回答这些问题一样。

"我今天来,是要跟你说几件事。"他停住口,以严厉的目光上下打量着她,揣摩着她的心事。

简妮·威瑟斯汀很喜欢这个人。她自幼年时代起所受到的教育,就是要尊敬和热爱本门教会的主教。何况戴尔主教还是她父亲最要好的朋友和顾问,时间长达十年之久呢,再说,在那段岁月里,他也是她的朋友和向她传授基督教《圣经》的教师。她对宗教教义的阐释,她忠诚于宗教教义的虔诚行为,她对神秘而又神圣的摩门教真谛的接受,全都仰仗这位主教大人。戴尔主教作为一种实体存在,其权威仅次于上帝。他就是上帝派驻在杨树村这个小小的摩门教教区里的喉舌。上帝就是向这个凡人秘密昭示自己的旨意的。

由于思维莫名其妙、不可遏制地出现了偏差,居然把眼前这位主教大人看成了一个普通男人,简妮·威瑟斯汀顿时感到,固守在意识深处的自尊心当众遭到了令人气馁的侮辱。思路想要越过那不断增强、呐喊着的另一个自我的抗议声,可是,那个自我早已失衡了。他若是她的主教大人,就不会用那种稀奇古怪的目光上下打量着她。他十分唐突地闯到她面前,却不肯脱下帽子,不肯向她致意,是一个连起码的一点儿礼貌都没有的男人。他那副嘴脸,连同他的动作,使她想到的是一头正倔头倔脑地闯入围栏的公牛。她曾听人说起过,戴尔主教在大发雷霆时,与一个普通男人并无二致,全然不顾他身为牧师的脸面,现在,她就要亲身体会到这一点了。她也在揣摩着他的心机,忍不住朝他瞥了一眼,感觉那层神圣的面纱暂时还在掩盖着他那普通人的本性。他看上去活像一个农场主;他穿着马靴,佩着马刺,满身尘土;他随身携带着一支手枪挂在腰间,她记得有人说过,他曾经用这支枪杀过人。他有好大一会儿一直在怒视着她,那副气急败坏的样子,一定有非同小可的事情。

"塔尔兄弟找我谈过啦,"他终于开口了。"你应当嫁给塔尔,这是你父亲的遗愿,也是我的命令。你已经拒绝他啦?"

"是的。"

"你不肯放弃你跟那个流浪汉温特斯之间的友谊吗?"

"是的。"

"但是,你必须遵照——服从我——的命令!"他大发雷霆了,"哼,简妮·威瑟斯汀,你很危险啊,快要堕落成一个异教徒啦!那是你结交的那帮非摩门教朋友们的功劳啊。你面临的下场是,灵魂要下地狱、遭诅咒啊。"

简妮心潮起伏,被拷问得头脑一片混乱,刚刚滋生出来的一点儿胆气和果敢精神已经消失殆尽,重新回归到她习以为常的生活轨道上来了。她是一个摩门教徒,主教大人又占了上风。

"幸好我及时赶来啦,简妮·威瑟斯汀。对你的这些所作所为,你父亲会怎么说呢?他会把你关进石头笼子里,让你只能靠面包和水活着。他会用摩门教的教义来教训你。千万要记住,你生来就是一个摩门教徒啊。已经有一些摩门教徒沦落为异教徒了——诅咒他们的灵魂!——不过,到目前为止,还没有一个生来就是摩门教徒的人背离过我们呢。啊,我看得出来,你感到羞愧了。你的信仰还没有动摇。你不过是一个不服管束的姑娘罢了。"主教大人的口气缓和下来。"唉,我来得正是时候,这就好……现在谈谈拉西特这个人吧。我听到了不少怪事呢。"

"你希望知道哪些情况?"简妮询问道。

"关于这个人的来历。你雇用他啦?"

"是的,他正在为我骑着马四处奔波呢。我的骑手们全都走了,我只能拉到谁就用谁啦。"

"我听说——他是一个枪手,一个对摩门教徒怀恨在心的人,一个嗜血成性的人,这是真的吗?"

"是真的——千真万确,我也很担忧呢。"

"可是,他来杨树村这儿干什么呢?这个地方还没有臭名远扬到那种地步,能把这种人吸引来啊。在斯特灵村以及北边的几个村落里,带枪是司空见惯的,械斗天天都有——像他这样的人,那儿更多,依我看,那才是最能吸引他的地方啊。我们这儿只不过是一个十分荒凉、人烟稀少的边陲小镇。只是最近才发生了几起盗马贼杀人的事件。也是直到最近才有了几家沙龙,也没有外乡的流浪汉漂泊到这儿来。这个枪手是不是在这儿有什么特殊使命啊?"

简妮缄口不语。

"告诉我。"戴尔主教命令道,口气十分严厉。

"是的。"她答道。

"你知道是什么吗?"

"是的。"

"那就告诉我。"

"戴尔主教,我不想说。"

他抬起一只手蛮横地挥舞着,传递着他不容违抗的命令。他的脸膛再一次涨得通红,铁蓝色的眼睛里凝聚着好奇的目光。

"第一天,"简妮低声说,"拉西特就说过,他来这儿的目的,是要找到——米莉·欧尼的坟墓!"

简妮垂下眼帘,望着琥珀泉湍急的流水。她看着泉水,竭力想把思绪集中在河水、石砌河床,以及生长在石砌河床岸边的青苔上;可是,她的心智,如同她的身体,却像灌满了铅一样沉重,进退两难。唯有主教大人的话才能排解她的难处。令人难熬的沉默,仿佛比她前半生所度过的全部岁月还要长。

"为什么要——还有别的目的吗?"戴尔主教的嗓音猛然间驱散了沉默,他的嗓音极高,像是一声万分焦急的尖叫。他的说话声总算使简妮不再噤若寒蝉,然而她还是无法抬起眼帘。

"他要亲手宰了那个劝诱米莉·欧尼抛弃家庭和丈夫——抛弃她所信仰的上帝的男人!"

简妮·威瑟斯汀听见了自己那口齿清晰、音质独特、娓娓动听的嗓音。她听见脚边的泉水在淙淙流淌着,一直流向了大海;她听见全世界的江河湖海都在咆哮奔腾着。充斥在她耳边的全是那低沉、虚幻的潺潺流水声——这些声音钝化了她的大脑,却怎么都打不破那冗长、难熬的沉默。就在这时,从某个地方——从无法估量的远处——忽然传来了一阵不紧不慢、高度戒备、丁零当啷、哐啷哐啷的脚步声。那声音犹如一股电流,顿时激活了她体内的生命力。那声音解除了压在她已经麻木了的眼睑上的重负。她抬起眼睑,看到的却是——面色惨白、惊恐万状、呆若木鸡——不是主教大人,而是那个普通男人的嘴脸!越过他,从院外的拐角处,传来了那柔和的、银铃般的脚步声。一只配着亮闪闪的马刺的黑色长统马靴进入了她的视线——紧接着,拉西特出现了!戴尔主教既没看到,也没听见,他睁大眼睛呆呆地望着简妮,完全沉浸在意外发现天机的巨大痛苦之中。

"啊,我明白了!"他大叫一声,嗓音沙哑。"那就是你为什么跟这个拉西特谈情说爱的原因啊——是为了束缚住他的手脚啊!"

简妮铆在骑士身上的目光使戴尔主教猛然转过身来。于是,她清清楚楚的视线被挡住了。她头晕眼花,迷迷糊糊地看到,主教大人的手疾速伸向了腰间。她看见蓝光一闪,血光喷溅而出。耳边随即炸雷般地爆出了一声枪响。庭院顿时化成了无数的黑圈在她周围飘荡着,她眼睛一黑,晕倒在地。

黑云渐渐淡薄,变成了缥缈的云翳,慢慢消散了。透过一层薄薄的蓝色氤氲,她看到了院落用粗糙的原木盖成的屋顶。一只凉爽、湿润的手轻轻拂过她的额头。她嗅到了火药味,正是那股火药味激起了她的悬念。她动了一下,却发现自己直挺挺地躺在刻有旗形图案的石板地上,头枕着拉西特的膝盖,他正在蘸着泉水擦拭她的额角。她眨了眨眼睛,迅速朝四周瞥了一眼,映入她视线的是一支还在冒烟的枪和斑斑血迹。

"唉——唷!"她呻吟了一声,霎时间又天旋地转起来,再次晕了过去,这时,拉西特的说话声攫住了她。

"没事了,简妮,没事了。"

"你——把他——杀了?"她喃喃道。

"谁?刚才在这儿的那个胖子吗?没有。我没把他打死。"

"噢!……拉西特!"

"喂!你怎么会晕倒呢,很奇怪。我原以为你是一个很坚强的女人,不会这么容易就晕过去的。你现在已经没事了——只是脸色有点苍白。我还以为你永远醒不来了呢。可是,我在女人面前总是笨手笨脚的。脑子也不听使唤。"

"拉西特!……瞧那支枪!……那摊血!"

"原来是这么回事儿啊,是枪和血让你不安了。依我看,大可不必。听我说,事情是这样的。我刚好从屋外绕过来,一眼看见了那个胖子，听到他正在朝你大吼大叫。他随后也看见我了，但是很不懂礼貌，一见面就拔枪。他本来就不该在我面前动枪——无论他是出于什么原因。因为那是我的擅长，他是在朝我枪口上撞呢。我见过在蜜糖上飞来飞去的苍蝇，速度比他要快多了。我也不知道他是你什么人，兴许是你的客人、朋友、亲戚，反正我看得出来，他是个彻头彻尾的摩门教徒，不过，我也不能当真就一枪打死他。所以嘛，我就打伤了他的胳膊——在他拔枪的刹那间，用一颗子弹打穿了他的手臂。他的枪就掉在那儿了，还流了一点儿血。我对他说，他的自我介绍已经足够了，请他立即滚出我的视野。于是，他就走啦。"

拉西特一边慢条斯理地用平静而又具有安慰性的口吻讲述着，谈吐中带着点儿满不在乎的味道，一边继续为她擦洗着额头，他的动作温柔而又从容。他那毫无表情的面孔、善良的灰褐色眼睛，进一步镇定了她内心的躁动。

"是他先朝你拔枪的，而你开枪时，只有意打伤了他——你当时并不想杀死他——你——拉西特，是吗？"

"大体是这么回事儿吧。"

简妮吻了吻他的手。

拉西特一贯的镇定和冷静霎时间一扫而空。

"别这样！我受不了的！再说，我一点儿也不在乎那个胖子究竟是什么人。"

他扶起简妮，搀着她走到一张椅子旁。接着，他拿起那条为她擦脸的湿围巾揩去了旗形青石板上的血迹，并随手捡起了那支枪，把它扔在一只靠垫上。做完这些事情之后，他在院落里来回踱着，银马刺随着他的走动发出悦耳的叮当声，两只巨大的枪套贴着他的皮护腿轻轻晃悠着。

"这么说——我所听到的他的那些话——是真的啰?"拉西特忽然在她面前停了下来,开口问道,"你和我谈情说爱——就是为了束缚我的手脚?"

"是的。"简妮坦言道。她要鼓起一个女人全部的勇气,才敢迎接他那灰褐色的眼睛里掀起的风暴。

"所有这些日子,你对我一直都那么友好,简直就像一个在售卖免罪符①的人——所有这些夜晚,对我来说,是多么的迷人啊——你美丽的容貌——还有——还有你情意绵绵地望着我的那副模样,你对我那么的亲密——难道全都是一个女人为了绑住我的手脚而使出来的花招?"

"是的。"

"还有,你的柔情蜜意看上去是那么的纯真无邪,还有,你把小菲抛给我,让我们亲密相处——让我喜欢这个孩子——这一切难道也都是出于同一个原因?"

"是的。"

拉西特挥舞着双手——在她看来,这是一个很奇怪的姿势。

"也许,按照你们摩门教徒的思维方法,玩这种把戏算不了什么。可是,把那孩子也拉扯进来——简直太可恶了!"

简妮心中油然而生的高涨的热情似乎出现了阴霾。

"拉西特,无论我起初的意图是什么,反正小菲已经深深爱上你了——还有我——我也渐渐——渐渐喜欢上你了。"

"如此说来,那就要大大地谢谢你啦,"他说。挖苦和嘲讽的口吻使他的声音听上去很陌生,"你就坐在那儿,看着我的眼睛!你真是一个妙不可言的怪女人啊,简妮·威瑟斯汀。"

---

① 在中世纪,有天主教免罪符的人,可获准向别人出售。

"我不感到惭愧,拉西特。我告诉过你,我要努力改造你。"

"那就请你不妨告诉我,你都作了哪些努力?"

"我努力让你明白我的本性有多美,努力用我的美来感化你。我想让你关心我,这样我才能影响你。当然,这样做也不容易。起初你很坚定,对这些都视而不见。后来,我就寄希望于你会爱小菲,通过这种方法使你渐渐明白,让孩子失去父亲多么令人寒心。"

"简妮·威瑟斯汀,你要么就是一个傻瓜,要么就是高尚得让我感到匪夷所思。也许你是两者兼而有之。我知道,你就是一个糊涂虫。你的良苦用心是一码事——你的所作所为,说到底,就是想迫使我爱上你吧。"

"拉西特!"

"我想,我也是一个有血有肉的人,尽管我从没爱上过任何人,除了我妹妹,米莉·欧尼。那是很久以前——"

"啊!你是米莉的哥哥?"

"是的,过去是,而且我也很爱她。在我心目中,除了她,从来就没有别人,直到现在。难道我没有告诉过你,很久以前我就改变了自己对女人的看法?我曾经是得克萨斯州的一个负责看管国家森林的官员呢,直到——直到米莉离家出走,从此我就换了个人——成了拉西特!多年来,我孤身一人四处奔波,目标只有一个。我来到此地,遇见了你。如今,我已经不是从前的我了。这种改变是潜移默化的,连我自己也没有意识到。我想看见你,听你说话,守护着你,感受到你就在我身边,我现在终于明白了,那是一种永远也难以满足的渴望。你为什么总是让我牵肠挂肚的原因,现在已经一目了然啦。除了你,我别无挂念。我是在为你而活着,为你而呼吸。可是,现在呢,当我得知这一切都意味着什么——得知你的所作所为时——我心中便燃起了难以容忍的烈火！"

"啊，拉西特——不——不——你对我并没有爱到那种程度吧！"简妮麻木不仁地说。

"假如那就是所谓的爱情，我也只好认了。"

"原谅我！我的本意并不是想造成你对我爱到那种地步。啊，我们的人生是多么的错综复杂，纠缠不清啊！你——米莉·欧尼的哥哥！而我——我一不留神，竟然发了疯似的想把你的心融化到摩门教徒这边来。拉西特，我或许很刻毒，但是还没有刻毒到仇恨的地步。如果我没法恨塔尔，我会恨你吗？"

"不管怎样，简妮，你也许只是一个糊涂虫——摩门教式的糊涂虫。唯有这个解释能说明你那种近乎于自私的——"

"我不自私。我鄙视这个字眼。假如我能自由地——"

"可是，你没有自由。摆脱不了摩门教的教义。而且，在对我玩这套把戏的过程中，你也一直很不忠。"

"不——忠！"简妮结结巴巴地说。

"没错，依我看，就是不忠。你忠实于你的主教大人，却不忠实于你自己的良心。你违背了你妇道人家的操守，却忠实于你的宗教信仰。要不是因为还保留着一点儿清白，你就自甘堕落到下流、可耻的地步了——背叛你自己，背叛我——全都是为了束缚住我的手脚，阻止我去掐灭那个摩门教徒的性命。这都是你那该死的摩门教式的糊涂想法所造成的。"

"救人性命，那也算可耻吗——那是糊涂吗——那只是摩门教的教义吗？不，拉西特，那是上帝定下的法则，是神圣的，是所有基督教徒的普世法则啊。"

"我说的糊涂，是指那种遮住了你的双眼、使你看不到事实真相的糊涂。我认识许多心地善良的摩门教徒。但是，也有一些摩门教徒的心肠比地狱还黑。即使你明明知道了，你也视而不见。此外，为什么会有这种糊涂之极的激情，要挽救那个——那个……"

简妮遮住了光线，捂着眼睛的双手在不住地颤抖，贴着她的脸不停地哆嗦着。

"糊涂——真是糊涂啊，让我来简单明了地给你讲一讲这个道理吧，"拉西特接着说，话语中已经没有刚才的愤怒之情，"比方说，你昨晚想缴我枪的那个想法。那的确是一个善良而又美好的想法，也表明了你的良苦用心——但是——唉，简妮，这个主意很蠢啊。你听好了，我认为，生命对我和对任何别的男人都是一样的可贵。保住性命是每一个男人的头等大事，也是最为关切的事。在这个边陲地区，哪里会有男人不带枪的？尤其是，拉西特到底该生活在哪里？唉，我可以在紫艾草原上与成千上万现在还活着的其他男人生活在一起，他们肯定都比我强。自南北战争以来，在西部地区，带枪已经成为一种道德准则。再者，在这远离大都市的边陲之地，男子汉和不像男子汉的人之间有天大的差别呢。你看看，你把温特斯的枪全卸了之后，他差点儿被逼成什么样的人了！为什么呢，你的牧师们可都挎着枪呢。塔尔已经杀了一个人，又在拔枪瞄准其他人了。你的主教大人已经枪杀了六七个人，那些人不会因为有了他的祈祷就能重新活过来的。还有今天，假如他出枪速度够快的话，他也就一枪把我给毙了。我能步行或骑马进入杨树村而不带着枪吗？这是一个混乱无序的时代啊，简妮·威瑟斯汀，今年是耶稣纪元一八七一年。"

"一个不让女人活的——时代啊！"简妮泣不成声地喊道。"啊，拉西特，我感到无依无靠——完全迷失——不知何去何从了。如果我是一个糊涂虫——那么——我就更需要有个人——有个朋友——你,拉西特——迫切需要!"

"哎呀,我也没有说过一句不想回到你身边来的话呀,对不对?"

第十二章 看不见的手

简妮收到了一封来自戴尔主教的信,却不是他本人的手迹,信中写道,那次访谈的意外中断,给他留下了些许疑惑,不知她接下来还会有什么举动。信中还说,他因受了点伤,不便行动,所以,目前还没法确定何时再来看望她,信的结尾还提了一个要求,也几乎就等于是命令,要她马上去拜谒他一次。

看罢这封信后,简妮·威瑟斯汀终于渐渐认识到,她内心深处一直坚信不疑的某种东西显然已经发生了改变。她既没有给戴尔主教回信,也没有去探望他。礼拜天,她照样没去参加教堂的活动——若干年来,这是她第二次无故缺席——尽管她并没有实实在在地吃过什么苦头,然而她内心深处却有一个解不开的情感死结,对于究竟该倾向于哪一边,从而找到一个平衡点,这种备受煎熬的等待简直不亚于遭受实际的痛苦。面对实难预料的不利局势,她的预想很悲观,因而也就越发急切、越发好奇地想观望事态的发展。她的信念已经有一半成形了,至于她下一步的举动——因为跟她的牧师们密切相关——那不是她能左右得了的,该由他们对她的态度来决定。潜藏在她内心的某种东西正在发生变化,在逐渐形成新的认识,在等待做出决断,将想法变为现实,变为铁定的事实。她告诉过拉西特,她感到无依无靠,迷失在他们命中注定的理不清、道不明的生活之中了;非但如此,她现在还有一个担忧:在自己的宗教信仰这一问题上,她的思想也快要接近于同样迷乱的状态了。她无比惊骇地发现,自己竟对那个宗教信仰的许多方面产生了质疑。绝对的信仰一直是她心底清静的根源。现在倒好,尽管信仰尚未动摇,但是宁静已被扰乱,被一场在她与她的牧师们之间拉开的公开交战打破了。她内心深处的那种意识——原本只是一个微弱的声音——她一直试图压住却怎么也压不住的那个声音,现在已然变成了清脆嘹亮的声音,在呼唤她再等待下去。她从来没有违犯过任何一条上帝定下的法则。她的那些牧师们,尽管被授予了极大的权力,披盖着无上美好的信经的光环,尽管他们高高在上地坐在那儿毫不宽容地评判着她,现在也必须在她面前老老实实地践行那条简明易懂、人所共知的基督教的德行:"你愿意别人如何对待你,你就应该如何对待别人①!"

虽然在不明就里的黑暗中等待着,简妮·威瑟斯汀依然保持着对信仰的忠诚。但是黑暗必须由光明来及早刺破。假如她的信仰是完全有道理的,假如她的牧师们只是想吓唬她一下,真相也很快就会彰明较著,如同他们的失败一样,到那时,她会拿出双倍的热情来对待他们,对待她生活中最为美好的事业——为那些与她朝夕相处的人们谋福利,为他们的幸福安康鞠躬尽瘁,摩门教的人和非摩门教的人都一样。假如那暗中作祟的无形的势力又在她周围布下密密的罗网,假如那只看不见的手仍在四处活动,用它那神秘莫测的手段和令人难以想象的权势来干涉她的私事,无所不用其极地慢慢瓦解她,那么,她就会毫无疑问地认定,他们的所作所为并不是出于偶然,也不是出于嫉妒,也不是在吓唬她,更不是牧师们对她的反叛精神所表现出的愤慨,而是一个冷酷的蓄谋已久的计划,一个早在她诞生之前就已筹划好的阴谋,一个用心险恶、不可改变的意志;在怀有这种意志的那个人的帝

---

① 源出《圣经》,又译"己所不欲,勿施于人"。

国里,她和属于她的一切财产,只不过是一个小小的原子而已。

接踵而来的也许就是她的倾家荡产。接踵而来的也许就是她被深深卷入这场黑色的风暴。无论如何,她会重整旗鼓、奔向光明的。上帝会仁慈地对待一个因为迷失了方向而身不由己的女人的。

一个星期过去了。小菲照常玩耍着,奶声奶气、喋喋不休地说着童言趣语,乐此不疲地拖扯着拉西特那两支巨大、乌黑的枪。骑士朝威瑟斯汀庄园来得更勤了。简妮看得出,他也在变,虽然他和气的态度和温文尔雅的举止依旧没变。他显得更加寡言少语、更加神不守舍了。即便在陪小菲玩耍、或者跟简妮说话时,他似乎也在走神,用他的另一半自我在冷静地观察着,目光游移不定。他在聆听着,聆听着,仿佛淙淙流淌的琥珀泉河会给他带来信息,婆娑起舞的树叶在向他倾诉衷肠一样。拉西特从那以后再也没有骑着银铃儿径直闯进大院,也没有再走那条甬道或其他路径。他总是来得很突然,而且悄无声息,仿佛是从那片树林的深处一闪而至似的。

"我把银铃儿留在紫艾草原上了,"在那个星期接近尾声的那天,他说,"我必须带些水给它。"

"为什么不让它就在水渠边或者到这儿来饮水呢?"简妮性急地问道。

"依我看,悄悄从树林里溜进来要更加安全些。我骑着马从紫艾草原过来时,一直被人监视着呢。"

"被人监视?被什么人?"

"被一个自以为隐蔽得很好的人。可是,我的眼力好着呢。还有,简妮,"他接着说,声音近乎于耳语,"依我看,我们说话时,最好也小声点儿。你在这儿也被你自己的那些女佣们暗中监视着呢。"

"拉西特!"她也悄声说,"这简直太让人难以相信了。我的女佣们很爱我的。"

"那又怎么样?"他问道。"她们当然很爱你。不过,她们也是信奉摩门教的女人啊。"

简妮固守已久、叛逆倔强的耿耿忠心与她的怀疑发生了碰撞。
"我不信。"她固执地回答道。

"那好,那你就动作自然一点儿,说话也自然一点儿,要不了一会儿的——让她们有时间来偷听我们——你假装朝桌子那边走,然后再迅速冲过去,一步跨到门边,打开门看看。"

"我会的。"简妮正颜厉色地说。拉西特的话不是没有道理,他是从来不出差错的人,他要是没有确凿的证据在手,也绝不会对她说这种话。话说回来,简妮也是一个非常固执己见的人,凡事非得亲眼看见了才肯相信,而且生性善良,胸襟坦荡,采用如此微不足道的欺诈手段来对付她的女佣,她也感到很羞愧,进而又有些气愤,既为她们寡廉鲜耻的行为而生气,也为自己居然会采取这种下作的手段而恼火。这时,她心中又冒出了一个非常怪异的念头,促使她要借用一下这个再简单不过的伎俩——这使她很难过,虽然这样做也合情合理,无可厚非——她也曾自作聪明、而且迫不及待地采用这种欺骗手段对待过拉西特。不过,她们的用意却有天壤之别,她那时是一时糊涂,他已经指责过她了。公平、公正、仁慈,这三条她原以为能够将她的灵魂紧紧维系在正义之港的锚链,如今已不属于她,当初在履行那种莫名其妙、带着偏见的职责时,这三项原则曾使她既无比兴奋,又使她惶惑无措。

简妮马上心领神会地扮演起她在这出戏里的小角色了。她一会儿嘻嘻哈哈地逗弄着小菲,一会儿又与拉西特大谈起马牛羊的生活习性。接着,她又故意提起了一本账簿,这本账簿里记载的全是与牲畜有关的明细账。她一边说,一边慢慢挪向了那张桌子,快到门边时,她突然一个旋身,一把推开了大门。她这迅雷不及掩耳的动作差点儿撞翻了一个无疑一直在门外偷听的女人。

"赫斯特,"简妮把脸一沉,很不客气地说,"你回家吧,也不必再来了。"

简妮关上门,回到拉西特身边。由于站不稳,她把一只手搭在了他的胳膊上。她要让他看出,疑心已经烟消云散了,可是,这不忠不义的一刀却捅得她心头万分痛苦。

"全都是密探!我自己的女佣啊!……唉,真可悲啊!"她哭诉道,眼睛里噙着亮晶晶的泪水。

"我实在不愿告诉你啊。"他回答道。她由此看出,他已经原谅她了。"那种事情又开始了——那个暗地里使坏的勾当!"

"不,拉西特——他们从来就没有停止过!"

如此令人心酸的确凿无疑的事实终于摆在她面前,而信赖却从威瑟斯汀庄园逃离了,永远逃走了。那些本该大大感激简妮·威瑟斯汀的女佣们全变卦了。虽然对她的爱戴没有变,对家务活儿的专心致志也没有变,但是,她们上千次的鬼鬼祟祟的行为,再加上百般狡辩和口是心非,双管齐下地破坏了家里的安宁。简妮曾发过一次火,不料,看到的却是她们十分陌生、冷若冰霜的面孔,以及毫不打愣的虚情假意。打那以后,她再也没发过火。她原谅了她们,因为她们也是身不由己啊。一群可怜兮兮、身披枷锁、被牢牢禁锢着的夏嘉①,她深深地同情她们!究竟是什么可怕的事情在束缚着她们,使她们如此噤若寒蝉呢?她们为什么对

---

① 《圣经》故事中亚伯拉罕之妾,亚伯拉罕之妻萨拉的侍女,因受萨拉之嫉妒,携其子一同逃入大沙漠以避其嫉恨。见《圣经·旧约·创世记》第十六章。

自己的恩人没有丝毫的歉疚感,对长期形成的亲密关系正在日渐疏远也不感到痛心呢?

"又是一群糊涂虫!"简妮·威瑟斯汀叫道,"我的姐妹们和我一样啊!……噢,上帝啊!"

有一度,她们主仆之间甚至僵到了无话可说的地步。女佣们默不作声地干着家务,同时也偷偷摸摸地按照指令干着她们的秘密勾当。庄园里郁郁寡欢的气氛和女主人郁郁寡欢的心情,甚至连天性活泼欢快的小菲都为之闷闷不乐起来,却丝毫也打动不了这些女佣。她们虽然毫无幸福可言,却对这郁郁寡欢的氛围无动于衷。她们照例在暗中监视着、偷听着;她们有接有送地跟那些鬼鬼祟祟的信使接头;她们偷走了简妮的账簿和记录册,最后,连她的财产契约之类的文件也被偷走了。她们悄无声息地干完了这一切,就像阴魂附身一样执迷不悟。随后,她们既不请假,也不说明原因,更没有一句告辞的话,便一个接一个离开了威瑟斯汀庄园,而且从此一去不复返了。

无独有偶,随着这些女佣的接踵失踪,简妮家的那些园丁、紫苜蓿地里的那些打工仔,以及马厩里的那些员工,也都纷纷背弃了她,甚至连工资都没来要。遍布在这座大农场里的她的所有摩门教雇员全跑光了,唯独杰德没走。杰德仍在一如既往地履行他的职责,却对这天翻地覆的变化讳莫如深,仿佛压根儿就没有发生过一样。

"杰德啊,"简妮说,"这么多的牲畜你也照顾不过来,干脆把它们放出去得了,让它们在紫艾草原上撒欢吧。不过,你首先想到的应当是黑星星和夜游神。一定要保证它们始终处于最佳竞技状态。每天都要对它们加以训练,绝不能马虎。"

纵然简妮·威瑟斯汀如此心胸豁达,慷慨大度,她也眷恋自己的家产。她热爱这连绵不断的绿油油的紫苜蓿地，热爱这一块块农田，热爱这郁郁葱葱的树林，这古老的石砌房屋，还有这美轮美奂、永不停歇地流淌着的琥珀泉，还有这数量极大的家畜和家禽，从大马群、小马驹、驮货的驴群，到鸡鸭鹅，到啃着青菜的小兔子，种群之多，不胜枚举，每一头、每一只她都十分喜欢，不过，她最钟爱的还是那些高贵的具有阿拉伯血统的骏马。如同生活在这紫艾高原上的所有骑手们一样，简妮也钟情于两样实实在在的重要物资——其一是这清冽、甘甜、琥珀色的泉水，在这人烟稀少的蛮荒之地，有水才能生存；其二是骏马，马儿也是她生活中不可或缺的组成部分。拉西特曾问过她，没了枪的拉西特会变成什么样的人，他的言下之意是，马儿就是他须臾不可分离的组成部分。简妮之所以特别钟爱黑星星和夜游神，是因为她天性喜欢一切美好的造物——大概包括所有的生灵吧；她特别钟爱它们的另一个原因是，她自己也属于紫艾草原，像那位骑士生性酷爱他的四条腿的兄弟一样，她骨子里也始终具有并培育着这种本能。当简妮吩咐杰德要坚持训练她宠爱有加的这两匹骏马时，她将信将疑地承认了心中的一个预言——有朝一日，她也许会用得着这两匹快如追风的骏马。

不管怎么说，简妮眼下已经没有这份闲心来仔细推敲在她周围正越织越密的罗网了。自八月初以来，拉肯夫人的病情开始不断加重了；她需要日夜护理；小菲也需要有人照料；堆积如山的家务活儿也同样急需处理。拉西特把银玲儿送进了马厩，与其他赛马关在一起，集中精力更加体贴地照顾着简妮。她也乐意接受这种变化。他是一个好帮手，而且总是随叫随到，她还很幸运地了解到，他的所谓见到女人就不知所措的说法，其根子还在于他为人谦恭的秉性，何况他这话也不符合实际。

他那双棕色的大手能地面面俱到地把一应事情都料理得井井有条，娴熟得连女人都不免会心生嫉妒。他分担了简妮的重负，尤其在护理拉肯夫人这件事上，他帮了很大的忙。这个女人的病痛大多在夜间发作，常常搅得简妮没法好好休息。于是就有了排班的设想，在拉肯夫人需要日夜看护的时候，白天由拉西特守在她身边，简妮可以去睡上一觉，弥补她因为值夜班而缺失的睡眠。拉肯夫人立即对这个温文尔雅的拉西特产生了好感，而且，连问也不问他是什么人，是干什么的，就在简妮面前褒扬起他来。"他真是个好男人，也很喜欢孩子。"她说。听到这句由别人说出的对一个男人的真心评价，简妮不知有多伤感！在她心目中，这个男人已经失去，怎么也无法挽回了。然而，拉西特的形象却怎么也挥之不去，像一座黑塔永远高耸在她面前。在他那凶神恶煞般的形象的背后，或者透过他的身影，却闪耀着振奋人心的光辉品质，这种品质在莫名其妙地感染着简妮。在她的价值判断体系里，善与恶仿佛已经不可理喻地交织在一起了。在她看来，邪恶是不可能与善良为伍的；可是，眼前这个睥睨天下的杀手，却分明是一个温文尔雅、胸怀博大、富有爱心、她闻所未闻的男人。

就在她几乎失去线索，对外面的那些让人牵肠挂肚的事情毫无头绪之际，一天清晨，贾金斯突然不请自到地出现在大院里，来到了她面前。

他面容清癯、身板结实、肤色黝黑、满脸胡须，身上积着厚厚的尘土和紫艾草屑，皮袖口油光闪亮，马靴的内侧几乎被马镫磨穿了，整个儿一副骑手中的骑手的模样。他披挂着两支枪，手里还提着一杆温切斯特。

简妮喜出望外地热情招呼着他，搬出牛肉、面包、饮料等放在他面前，然后才呼唤拉西特出来见他。两个男人互相打量着，拉西特锐利的目光是在质询，贾金斯则是在勇敢地应对，虽然两人都没有开口说话，那种架势所包含的意义，简妮却是一目了然的。

"你的马呢？"拉西特问道，声如洪钟。

"留在那边的山坡下了，"贾金斯回答道，"我是一路走过来的，昨夜就睡在紫艾草原里。我按照你的吩咐去过那个地方了，你那个老顽固老是在睡觉，也不攻击你。"

"我往上移动过一点儿，紧挨着那条泉水，而且我现在每天夜里都是去那儿的。"

"贾金斯——那群白色牲畜怎么样啦？"简妮急忙问道。

"威瑟斯汀小姐，请允许我自豪地说，我一头菜牛也没丢失过。自从拉西特降服了那群受惊的牛群以来，我们很久都没有碰到过任何麻烦。嘿，就连紫艾草原上的那些野狗都远远躲着我们了。但是，最近怪事儿又开始啦——山脊顶上的光反射又出现了，还冒出了诡异的烟，一到夜里就听到奇怪的嘁哨声和各种吵闹声。不过，那批牲畜的表现也棒极了。还有我的那帮小伙计们，我说，威瑟斯汀小姐，他们不过是一些毛头娃娃，可是，在我看来，他们是再好不过的骑手啊。我带领他们出发时，村里人还笑话过我们呢。他们的确是一帮野小子，不过，你也知道，小伙子要比成年人有胆量，因为他们不知道什么是危险。我不否认有危险。但是，正因为所做的工作有危险，他们才感到无比荣耀呢，大概我自己也喜欢这样——不管怎么样，我们会坚持下去的。我们打算把牲畜赶往迷魂谷以外的第一道山沟那边去。那儿有一个巨大的圆形山坳，但是没有山脊，也没有岩石堆，那些想惊扰畜群的家伙也就没招儿啦。那儿的雨水也很充足。我们有的是水，够用一阵子的。我们能够守住这些牲畜，谁也抢不走，除了老圈。我是回来取粮食和其他用品的。我要准备两头驴来驮东西,今晚天黑以后就走。"

"贾金斯,仓库里的东西,你想要什么尽管拿。拉西特会帮你的。我——我真不知道该怎么感谢你才好……可是——你等一下。"

简妮走进房间,这个房间从前是她父亲的,房间厚重的石壁里有一个密室,她从密室里取出一袋金子,然后回到院子里,把这袋金子递给了这位骑手。

"拿着,贾金斯,对你的忠诚来说,我这点东西算不了什么,你明白吗?把它分给你手下的那些小伙子们吧,你看怎么公平就怎么分,剩下的你留着。要藏好它。也许这样做才是最明智的。"

"噢……威瑟斯汀小姐!"骑手猛然大叫一声。"我做十年工也挣不到——这么多啊。这不行——我不能拿。"

"贾金斯,你知道,我是一个富婆呢。说实话,我也没有几个对我忠心耿耿的朋友。我已经碰上倒霉的日子啦。只有上帝才知道我和我的这些家产会遇到什么情况!所以,这些金子你就拿去吧。"

她知道他感激得一时说不出话来了,便理解地朝他笑了笑,转身离开了,留下他和拉西特待在一起。不一会儿,她便听到他们在说事儿,起初声音很低,后来嗓门越来越大,一边说,一边用步枪的枪托重重地敲击着青石板。"简直是穷凶极恶啊,拉西特,你听都没听过,坏透啦。"

"唉,小弟啊,"拉西特回答道,"想毁掉威瑟斯汀小姐的这种行径,在你看来也许已经够糟糕了,不过,现在还没有那么严重——暂时还没有。在这帮歪鼻子斜眼睛的家伙当中,有些人满以为他们是基督的影子,走的是阳关道呢。他们可以想出些名堂,做出些名堂来，但是，他们其实是在一意孤行，不想要命了呢。"

简妮捂着耳朵跑进自己的房间，在房间里，她像一头被关在笼子里的母狮一样焦躁不安地来回踱着，直到小菲走进来，她才从纷乱的思绪中退出来。

翌日，天气闷热难当，看样子像要下雨了，简妮正在院子里歇息，这时，忽然有一名骑手策马走出树林，径直来到拴马桩前。他一跳下马，就匆匆朝简妮走来，瞧他那副模样，活像一个狠下心来要去执行某项艰难的使命、却又害怕接受这项使命的人一样。他那瘦削、修长的身躯和清癯、棕色的脸膛，使简妮一眼就认出，这人是布莱克，是她的一名摩门教骑手。贾金斯很久以前曾说起的那个人，指的就是他。在她雇用的所有骑手中，布莱克欠她的人情最大，因此，他走上前来，脱帽致敬，却依然放不下大男人的架子，抑制着自己的感情，他的姿势和表情都能说明，他还念及旧情。

"威瑟斯汀小姐，我母亲去世了。"他说。

"啊——布莱克！"简妮惊呼了一声，随后就没法再说下去了。

"她去世了，终于摆脱病痛的折磨了，她已经下葬——总算入土为安啦，感谢上帝！……我是来继续为您效劳的，倘若您还愿意接受我的话。别以为我提起了母亲，就是为了博得您的同情。在她还活着的时候，在您的骑手们都背弃了您的时候，我也迫不得已地离开了。我当时也很害怕，不知道会惹出什么乱子来——就对她说了……威瑟斯汀小姐，我们不能谈论——谈论当前正在发生的事情啊——"

"布莱克，你是不是知道？"

"我岂止是知道。您明白，我得守口如瓶才行啊。不过，我也用不着作什么解释，也不想找任何借口，反正我是主动送上门来为您效劳的。我是一个摩门教徒——我也希望做一个正直善良的摩门教徒。可是——现在有不少事情呢!……不说也罢,威瑟斯汀小姐,我不能再多说——我心里想说的话了。您愿意让我回来吗?"

"布莱克!……你知道这意味着什么吗?"

"我不在乎。我讨厌——这种——这种——我要让您看看,有一个摩门教徒是真心实意地支持您的!"

"可是,布莱克——你这样做会大吃苦头的!"

"也许是吧。您现在不是也在受苦受难吗?"

"上帝知道,我的确在受苦受难啊!"

"威瑟斯汀小姐,对我来说,这种话不过是随口说说罢了,可是,我非常了解您——知道您绝不会屈服的。我要是您,我也不会的。而且我——我必须——良心促使我必须告诉您,最糟糕的事情还在后头呢。得啦。我绝对不能再多说了。您愿意接受我回来吗?——让我做您的骑手——让大家看看我是什么样的人?"

"布莱克,听了你这番话,我感到非常高兴。我手下的骑手们都背弃了我,这让我多么伤心啊!"简妮感到热泪如泉水般涌满了双眼,泪珠儿"啪啪"地滴落在手上。"我那么处处替他们着想——那么卖力地想帮助他们。怎么就没有一个人真心对我呢。你让我这么容易就原谅了他们。其实,他们当中有许多人也许和你有同感,只是不敢回到我这儿来。可是,布莱克,我还是拿不定主意该不该让你回来。不过,我还是非常想请你回来的。"

"那就让我回来吧。如果您不惜以自己的生命为日课①,让摩门教的女人们引为鉴戒,那就让我以我的性命为日课,让摩门教的

---

① 日课是指早、晚祷时所诵读的从《圣经》中选取的一段经文。

男人们引为鉴戒吧。对就是对,错就是错。我相信您,我可以用我的性命来证明这一点。"

"你的言下之意是,这样做也许会要了你的命?"简妮倒吸了一口冷气,低声说。

"我们别再说这种话吧。我想回来。我想为您效劳,每一个骑手内心深处都有苦衷,他们其实都愿意回来为您效劳啊……威瑟斯汀小姐,我本来觉得没必要告诉您的,我母亲在临终之际曾经嘱咐过我,做人一定要有骨气。她知道我对这件事有多恼火——她嘱咐我一定要回头……您肯收下我吗?"

"愿上帝保佑你,布莱克!好吧,我同意你回来。你愿意——你愿意收下我的金子吗?"

"威瑟斯汀小姐!"

"我刚刚给了贾金斯一袋金子。我也要给你一袋。如果你不肯收这袋金子,那你就别回来。你说不定要为我工作好几个月——好几个星期——好多天呢,要一直干到这场风暴刮起来为止呢。到那时,你没准会一无所有,陪着你的家人过着受尽屈辱的日子。我们要未雨绸缪才对,既不能让你将来受穷,也不能让我留下无穷无尽的遗憾。我给你的金子,你可以藏起来——留着将来派用场。"

"呃,那我就恭敬不如从命吧,"布莱克回答道,"可是,您知道,我根本就没想过要您的报酬啊。唉,威瑟斯汀小姐,还有一件事。我想见一见这位大名鼎鼎的拉西特。他是在这儿吗?"

"是的,不过,布莱克——出于什么目的——你有必要见他吗?为什么呢?"简妮问道,立即不安起来,"我可以跟他说——可以把你的情况转告给他呀。"

"那可不行。我想——我得跟他本人谈谈。他在哪儿?"

"拉西特在守着拉肯夫人呢。她病了。我这就去叫他。"简妮一边回答,一边转身走向大门,轻声呼唤着那位骑士。一阵轻微、悦耳的"叮当"声伴随着脚步声传来——接着,他那高大魁伟的身形跨出了门槛。

"拉西特,这位是布莱克,我从前的一位骑手。他已经回心转意,站到我这边来了,他很想跟你谈一谈。"

布莱克棕色的脸膛霎时间变得一片煞白。

"没错,我得跟你谈一谈,"他急忙说,"我叫布莱克。我是个摩门教徒,也是一名骑手。前不久,我背弃了威瑟斯汀小姐。我是来央求她让我回来的。听我说,我并不认识你,但是我知道——你是什么样的人。所以,我要把这一点当面跟你讲清楚。这位女士也许根本就想象不到——更不用说还会怀疑我是来做密探的了。她绝对不会认为,这可能就是一个下贱的阴谋,我就是来伺机在你背后打黑枪。简妮·威瑟斯汀从来不会有这种念头的……唉,我不是为干这种事而来的。我想帮她——想为她尽犬马之劳,和贾金斯一道——还有你。问题是——你信得过我吗?"

"我看可以。"拉西特回答道。他那持重、冷静的言辞与布莱克急于要表白的话语形成了极其鲜明的对比!"你本来应当省点儿力气,别这么急着表白的。瞧这儿,布莱克,你脑子里要记好了。拉西特也见识过一些正直的摩门教徒!也许——"

"布莱克,"简妮插进来说,她紧张兮兮地急于要中止他们之间的谈话,因为她觉察出,这种谈话不啻为对他的一种精神折磨,"你马上出发吧,尽快回来向我报告我那些马的情况。"

"威瑟斯汀小姐!……您指的是那群放养在——紫艾草原深处那些空地上的马群吗?"

"当然是,"简妮回答道,"我的马全在那儿呢,我只把纯种赛马放在这边了。"

"都这样了,难道您还没听说过——?"

"听说过?没有!那些马出事了吗?"

"它们已经不见了,威瑟斯汀小姐,已经走失十天之久了。多恩告诉我的,我还亲自骑马去了解过一次呢。"

"拉西特——你知道吗?"简妮急忙转身问道。

"呃,我知道……可是,告诉你又有什么用呢?"

拉西特赶紧别过脸去,布莱克则紧盯着脚下的旗形石板地,他们的神情顿时使简妮明白过来她此时的脸色有多难看。她竭力想克制住自己,却又一时无法从如此沉重的打击中振作起来。

"我的马呀!我的马呀!它们到底怎么样啦?"

"多恩说,根据骑手们的报告,又是老圈下的手……我循着这些马的足迹追了下去,一直追到了接近迷魂谷那边的山坡下。"

"我那群红色牲畜已经不在了!我的马也不在了!接下来就要轮到那群白色牲畜了。这些我都能挺得住。可是,假如我失去了黑星星和夜游神,那就等于是跟我自己的血肉之躯相分离啊。拉西特——布莱克——我的那些赛马会不会有危险啊?"

"盗马贼——或者——或者任何一个想偷你马的人,他最想偷的肯定是那几匹黑马。"拉西特说。他的回答虽不直截了当,意思却很明确。另一位骑手也点头默认了这一令人沮丧的说法。

"啊!啊!"简妮·威瑟斯汀如鲠在喉,怒叫了一声。

"那就让我来负责那些黑马吧?"布莱克问道,"多增加一名骑手也未必就能给贾金斯帮多少忙。可是,既然您这么重视黑星星和夜游神,那就把它们交给我吧。"

"岂止是重视!布莱克,我爱我的赛马。此外,我之所以不允许它们再有闪失,也另有原因。你去马棚吧。每天和杰德一块儿去驯马,绝不能让它们跑出你的视线。如果你真想让我高兴——让我心生感激,那你就看管好我那些黑色的赛马吧。"

布莱克上马走出大院后,拉西特回过头来,面带微笑地凝视着简妮,随着时光的流逝,他脸上的笑容也越来越少见了。

"在我看来,就像布莱克所说的那样,你的确很重视那几匹马呀。我现在还不能说那些阿拉伯马就是我见过的最漂亮的马。不过,银玲儿有可能胜过夜游神,跟黑星星不相上下呢。"

"拉西特,你就别取笑我啦。我很难过——很不舒服。银玲儿虽然快,但还是比不上那几匹黑马,你知道的。只有郎格儿才能同它们相提并论。"

"我敢打赌,那匹高头大马有可能更强,速度要比你那几匹黑色赛马快得多呢。简妮,要是在紫艾草原上来一场远距离比赛,郎格儿说不定能把你的心爱之物全都活活累死呢。"

"不可能,不可能,"简妮不耐烦地回答道。"拉西特,你为什么老是说这种话?我知道,你总爱取笑我,我也相信,你的玩笑完全是善意的。你总是想方设法让我不要发愁。可是,你这样反反复复地提起我那些赛马,是不是还有言外之意啊?"

"我想是吧。"拉西特停顿了一下,再次习惯性地在她面前一遍又一遍地摆弄着手中那顶宽边黑帽,仿佛在数帽檐装饰带上的那些银片似的。"哎,简妮,我好像有点儿明白你的心思啦。"

"你以为我会从我的家乡远走高飞——远离杨树村——远离犹他州的这个边陲小村吗?"

"依我看,你会的。如果你真要走,而且要带着你的黑马离家出走的话,我可不愿看到郎格儿被留在此地,留在紫艾草原上。郎格儿会追上你的。我知道它和温特斯在一起。可是,这种事情谁说得清呢?那匹马此刻也许并不在他身边……再说——什么情况都可能发生,同样奇怪的事情也有可能发生在温特斯身上啊。"

"上帝知道,你说得对!……可怜的伯恩,他已经离开很久啦!我因为自己烦心的事儿太多,居然把他给忘了。可是,拉西特,我并不怎么担忧他。我听骑手们说,他像狼一样机警呢……至于你懂不懂我的心思——唉,你的提醒其实只说出了我的一个梦想。我也的确梦想过要远离这荒无人烟的边陲之地呢,拉西特。我做过许多怪梦。就像你曾经说过的那样,我往往很不实事求是,不能很现实地考虑我应尽的许多义务。比方说——假如我有胆量——假如我有胆量的话,我就会请你为那几匹黑马备好马鞍,然后和我一起骑马出走——然后把我藏起来。"

"简妮!"

骑士被太阳晒得黧黑的脸膛霍然变得煞白。简妮亲眼目睹过好几次拉西特镇定自若的神态受到惊扰的情景——他遇见小菲时的情景;他得知自己渐渐爱上了这孩子和这位女主人时的情景;他站在米莉·欧尼坟前时的情景。然而,无论哪一种情景都不能和他此时动情的模样相比。拉西特不仅脸色煞白——不仅情绪慌乱,不仅失去了往日的冷静,而且突然地、热烈地、急不可耐地把她紧紧拥进了怀里,紧贴着他的胸膛。

"拉西特!"她哭了,浑身战栗着。对这一行为,她唯有责怪自己。他仿佛立时变得一片迷茫、优柔寡断了,随即便松开了她。"原谅我!"简妮接着说。"我总是轻慢了你的——你的感情。我是把你当作我忠实的朋友来看待的。我总是把你看作超越了儿女情长的……仅此而已,听我说——我的意思是——骑马出走。我感到很凄苦,我已经厌倦了这种——这种,啊,越来越苦恼,越来越憋闷的心情!"

"简妮,麻烦就在于——在于,"他深深吸了口气,回答道,

"你是不可能骑马出走的。也许你意识到了,那是因为我攫住了你——那么热烈,像一个狂热的小伙子,你才说出了这句让我神魂颠倒的话。我简直忘乎所以了……可是,这场游戏中最关键的一点是——你不可能骑马出走的。"

"拉西特!……你这话到底是什么意思?我绝对是一个毫无羁绊的女人啊。"

"你绝对不属于这种类型……依我看,我还是跟你把话挑明了为好!"

"把一切都告诉我吧。正因为心里没有底,我才这么胆小怕事的。正因为还抱有信念和希望——糊涂的爱,按照你的说法,我才生活得如此痛苦的。我每天醒来都怀着信心——依然抱有信心。随着白天的来临,各种疑虑和恐惧也接踵而至,愚蠢之极的仇恨就会吞噬我的心灵,使我惶惶不可终日。到了夜里——我就祈祷——为所有的人祈祷,也为我自己祈祷——在祷告中入睡——等再次醒来时就感到解脱了,相信他人了,满怀信心了,又抱着信念和——希望了!然后,啊,上帝!我又开始一日如千年地受着煎熬,直到黑夜再次来临!……可是,如果你觉得我还是一个女人的话,那就请告诉我,我为什么不可能骑马出走——我还会遭受多少损失——把最坏的情况告诉我吧!"

"简妮,你已经受到监视了。你一步也走不了,除非你躲在屋里不出门,那是再锐利的眼睛也看不到的。屋前的那片杨树林里到处都潜伏着鬼鬼祟祟的人,就像蹲伏在草丛里的印第安人一样。倘若你骑马走出去,近来已经很少有人骑马走动了,紫艾草原上也到处都是形迹可疑的人。到了夜里,他们会偷偷摸摸爬到你院外的窗户下,依我看,他们甚至已经潜入到屋子里来了。简妮·威瑟斯汀庄园,你也知道,是从不锁门的!屋前的这片小树林就像一个嗡嗡叫的马蜂窝,不知在发生着多少神秘的事情呢!简妮,这些脚底抹油的家伙是挡不住我的,因为我也要尽量避开他们啊。他们处心积虑地一直想干掉我呢。这是很明显的。不过,想背后朝我打黑枪,或者当面与我对峙,也许都不太容易办到吧。到目前为止,我已经看出,唯一可行的方法是继续观望。这一切都意味着,简妮,你已经变成一个众目睽睽的女人啦。你走不了的——至少现在走不了。也许以后,等你破产了,或许能行。不过,那也是百分之百难以预料的。简妮,你会失去那些已经走失了的牲口——家园和农场——还有这个琥珀泉。你甚至连一袋金子都别想藏住!因为不管在白天还是在夜里,你都不可能把金子悄悄运出去、藏起来,或者埋在地底下,更不用说要把它们收拾起来带走了。你会被整得一无所有的。我之所以告诉你这一切,简妮,是希望你在最糟糕的情况出现时,能有个思想准备。我记得我以前曾经对你说起过,我对许多事情都具有不可理喻的未卜先知的本领呢。"

"拉西特,我能做什么呢?"

"依我看,你什么也做不了,只能先摸摸情况,等待,见机行事。如果你允许我去拜访一下塔尔,去拜访一下被一拖再拖了的——"

"嘘!……嘘!"她压低嗓音说。

"唉,即便那样,到头来也未必能帮得了你。"

"说这话是什么意思?啊,说这话什么意思?我是我父亲的独生女儿——也是一个摩门教徒,可我怎么就不明白呢!我从来没有违背过宗教信仰——做事也从没出过什么大的闪失。多少年来,我一直慷慨大方地奉献着我的满腔热情。我父亲去世时,我就很富有。如果说我现在依然还很富有,那是因为我找不到足够的方法使自己变穷。我自己，我的家产，为什么会引发出如此强烈的秘密迫害呢？"

"简妮，在幕后操纵这一切的人是一个挖空心思要营造一个帝国的人啊。"

"可是，拉西特，我愿意拱手奉送我的家财啊——用我的一切来扭转这种——这种恶劣的局面。假如我捐献出我的财产——我依然能守住信仰，我的——我的牧师们肯定会关心我的灵魂吗？假如我不再信任他们了——"

"幼稚，你静一静吧！"拉西特说，正言厉色的表情中流露着同情。"你是一个优秀、伟大、坚强的女人，你的心灵和你的形象一样美丽。可是，你的头脑却像小孩子一样幼稚。我还要再说几句——以后就不多说了。我以后也决不会再提这种事情。在成千上万的女人中，你是一个强烈反叛你们教会的牧师的人。他们试图规劝你，可是，到最后，他们只好采用威胁的手段了。你现在面对的是钢铁般冷酷的意志，那种意志像基督一样无边，像宇宙一样无际。你注定是要破产的。你的身子是要被禁锢的，要交给某个男人，如有可能，还得身不由己地把一群孩子带到这世上来。但是，你的灵魂？……他们为什么要在意你的灵魂呢？"

第十三章 遁世隐居与风暴骤起

温特斯在他藏身的山谷中一觉醒来。他侧耳聆听着模仿鸟放开歌喉鸣啭出的千奇百变的美妙旋律，举目观赏着明媚的阳光从巍峨的石拱桥下射入山谷中的一道道金灿灿的光柱。环抱"奇异谷"的悬崖陡壁静悄悄地矗立在缥缈的晨雾中，梯形台地上笼罩着一层淡蓝色的雾霭，奶白色的云霞在巉岩断崖间缭绕、飘摇。山谷中央的橡树林云蒸霞蔚，沐浴在一派金色的朝霞里。

他看见了银杉树下的贝丝。自从恢复了元气以来，她总是黎明即起。此时此刻，她正在喂食被她驯化得十分乖巧的鹌鹑。她也在着手驯化模仿鸟。那些模仿鸟在她头顶上方的树枝间拍打着翅膀，有几只已经停止了歌唱，飞落在地面上，在喊喊喳喳的鹌鹑周围羞答答地蹦来蹦去。灰褐色和白色的小兔子们蹲伏在草丛里，一会儿啃噬着青草，一会儿竖起长耳注视着那两条猎犬。

温特斯飞快地浏览着越来越亮堂的山谷，继而又望着贝丝和她的宠物，时而也看看小圈和小白。环顾了一遍周围的景色之后，他的目光又回落在女孩身上。她已经有了很大改变。除了深色的裤子和衬衣外，她又添了一双由她亲手制作的鹿皮软拖鞋，不过，她再也不是一副男孩子的模样了。面对这样一位体态丰满、曲线匀称的女性，谁都不免要多看上几眼。她变得越发优雅、越发漂亮了。一缕温煦的金色的霞光映照着她那头靓丽的秀发，她那光洁的棕色脸颊上洋溢着一片红霞。她那令人浮想联翩的温润可爱的嘴唇和那双眼睛，起先还只是一种幻觉、一种遐想，如今已然成为鲜活的现实了。她的容貌与眼前的美景十分般配,十分融洽:她就像这"奇异谷"一样——野性而又美丽。

温特斯从他的山洞中一跃而起,开始了新的一天。

他推迟了原定的杨树村之行,想等夏天的雷暴雨过去之后再动身。雷暴雨应当很快就要来临了。不过,在雷暴雨到来之前,在进村的紧迫性还没有突显出来之前,他把一切想法,包括可能出现的危险、以往的生活、甚至目前的现状,都统统隔绝到了脑后。能够活着就很知足了。他不想知道那看不见、摸不着的朦胧而又遥远的未来究竟是什么。"奇异谷"已然令他心醉神迷。在这个从前是云崖居人所栖息的家园里,他有的是祥和、宁静,以及与外界的隔绝,此外还有一样东西,这样东西与明媚的朝阳所投下的金色光柱一样美不胜收,使他不敢过久地揣摩其蕴含的意义。

从前独来独往时,他痛恨与世隔绝的隐居生活,如今他十分喜爱这种生活了。从这条有阳光也有阴暗的山谷里,他能有所汲取。从这个奇怪的女孩身上,他能汲取的则更多。

眼前的日子与以往度过的许多日子大体相同。鉴于他没有工具来营造住所,或者修理那些台地,温特斯只好闲着。除了烹饪简单的伙食外,再没有别的事情可做。因为无事可做,也就没有规律可言。他和贝丝兴之所至,做做这,放下;再做做那,又放下;到后来索性啥也不做了,两人躺在银杉树下,看着满天浮云飘荡在巉岩断崖的上空,各自做起了白日梦。这个山谷真是一个金灿灿的阳光明媚的世界。四下里一片寂静。如叹如诉的风声、喊喊喳喳的鹌鹑、婉转啼鸣的鸟儿,乃至极偶然滚落的风化岩所发出的空洞的碎裂声,也只是进一步加深、加浓了那与世隔绝的凝重的寂静。

温特斯和贝丝各有各的心事，思绪也都游移不定。

"贝丝，我对你说起过我的马郎格儿吗？"温特斯问道。

"说过一百遍啦。"她回答道。

"哦，是吗？我忘啦。我想让你去见见它。它能驮起我们两个人呢。"

"我想骑上它。它能跑吗？"

"能跑？它可厉害呢，是紫艾草原上速度最快的骏马！但愿它还待在那个峡谷里。"

"它不会离开的。"

他们离开了营地，漫步走过梯形台地，钻进了长满白杨的那条深壑，徜徉在阳光熠熠的云崖脚下。小圈和小白跑在前头，一会儿回头看看，一会儿又小跑回来，张着嘴，认真地看着他俩，一副乐颠颠的样子。温特斯抬眼眺望着矗立在山谷入口处的巨大石拱，贝丝也顺着他的目光抬眼望去，两人都没有说话。有时候，这座石拱桥会令他们久久注目。今天，一只凌空翱翔的雄鹰吸引了他们的注意力。

"它飞翔的姿势多平稳啊！"贝丝叫道。"它的爱侣在哪儿呢？"

"在窝里啊。它们的窝儿在石拱桥上，在靠近山顶的一个裂缝里。我经常看到那只雌鹰，通体几乎都是白色。"

他们信步走下山坡，走进阳光斑驳的树林里。一只棕色的鸟儿尖叫着从灌木丛里飞了出来。贝丝向枝叶深处窥探着。"瞧！一个鸟窝儿，还有四只小鸟呢。它们一点儿也不怕我们。瞧它们张着嘴嗷嗷待哺的模样。它们饿啦。"

一只野兔在枯萎的灌木里发出窸窸窣窣的声响，然后一掠而过。树林里到处是令人昏昏欲睡的虫鸣声。眼前像箭一般划过了一道紫色，那是在飞奔的鹌鹑，从林中的空地横穿过去了。灌木深处忽然传来了一阵唧唧的哀调。贝丝轻柔的脚步声惊醒了一条熟睡中的蜥蜴,它惊慌地在树叶上向远处游去。她追上去,捉住了它。那是一只体形苗条的小动物,说不出是什么颜色,却极其好看。

"宝石般的眼睛呢,"她说,"像一只兔子——你怕啦。我们不会吃你的。好啦——你走吧。"

他们循着潺潺流水声走进了一条阴凉的小山沟,那儿有一条山涧,棕色的涧水"哗哗"地流淌在长满青苔的岩石上。山涧两岸乱石嶙峋,蹲伏着无数模样奇特的青蛙,青灰色的皮肤上点缀着白色的花纹,黑眼睛不停地转动着。只有靠近时,它们才会跳入水中。温特斯瞥见了一条又细又长的青蛇,就盘绕在一棵小树苗上。他们越走越近,直至能伸手触及这条青蛇。青蛇一点儿也不怕,居然还望着他们,小眼睛里闪烁着绿光。

"真漂亮,"贝丝说。"瞧它多乖巧啊!我还以为蛇总是见人就逃呢。"

"不会的。在这儿,只要狗不撵,连兔子都不会逃的。"

他们悠闲自得地漫步在巉岩断崖之间和乱石堆中,一直走到山谷西边的尽头。在这儿,那条山涧消失了,而瀑布的轰鸣声则不绝于耳。在这迷宫般的岩石丛中,他们绕来绕去,一会儿爬坡,一会儿下坡,不时还停下脚步,采集野梅果和盛开的淡紫色的百合花,一切全凭兴致。闲来无事和高度敏感当然也是原因。

"噢,我们爬到那边去吧!"贝丝指着梯形台地上方的一小块空间大叫起来,那是一小块绿草如茵的平地,夹在断层悬崖的巨大拱座之间。于是,他们爬上了那个隐蔽的凹角,歇了口气,也借此机会观赏着山谷的美景,从他们的篝火处,有一炷蓝色的烟雾在袅袅上升。不过,他们爬到这儿来的目的并不是为了纳凉,不是为了享受这丰茂的草坪,也不是为了来观赏这儿的美景。虽然他们不可能事先就知道究竟会看到些什么,但是,不论吸引他们的是什么,目的也只是为了自我消遣,自得其乐。贝丝脚步轻盈,稳实得像一只山羊,跟在温特斯的后面"啪啪"地走着;歇息了片刻之后,他们又唤上两条猎犬,继续向前走去,一边走,一边瞪大眼睛观赏着这如梦如幻的景色,聆听着山风、蜜蜂、蟋蟀、鸟儿奏起的大合唱。

在行进中,有时是小圈和小白在前头带路,有时是温特斯,有时则是贝丝,方向并不是目标。他们走出阳光斑驳的橡树林,穿过茂盛的草地,进入了绿油油的随风起舞的柳林,一边走,一边嗅着空气中沁人心脾的芬芳。在一大片参天古杨树下,他们终于打算停下来好好歇息一下了,在这一带,那些河狸们正在热闹非凡地忙碌着。

他们驻足观赏着眼前的景致。一条用树枝、木头、烂泥、石块筑成的水坝拦住了溪流,形成了一汪小湖。河狸所搭建的一个个圆溜溜的简易窝棚凸现在水面上。像兔子一样,河狸也很胆怯。不管怎么说,由于温特斯和贝丝都蹲下了身子,让两条猎犬也蹲伏下来,河狸们也就渐渐不怕了,出窝了,有的在水中忙着搬运木头,有的在啃噬三角叶杨树,有的在用短桨状的尾巴拍打着烂泥墙。在阳光的照耀下,它们一个个油光闪亮,继续乐此不疲、持之以恒地从事着它们那怪异的事业。它们是天生的建筑师。小湖周围到处是烂泥和洞穴,附近的环境已是满目疮痍,毫无生机,然而却是这奇妙动物的奇妙家园。

"瞧那只——它在捣泥浆呢,"贝丝说,"看那儿!看它潜水的样子!听见它们在啃树吧!我看它们会把牙齿啃坏的。它们怎么既能离开水,又能生活在水底呢?"

她说完便大笑起来。

稍作休息后，温特斯和贝丝继续漫步朝更远的地方走去，而且，这一次兴许就不完全是信步闲游了。他们小心翼翼、一步一步地朝云崖居人栖身的洞府攀去，因为那是她最想去的地方。

浓密的灌木，布满沙尘的一大段陡坡，尖锐的风化岩，峻险的台地，破损的石阶，在一路向上攀爬的过程中，所有这一切都是对贝丝的严峻考验，每一步都得付出艰苦的努力。但是，她终于攀上了那块凸起的岩石架，大口喘息着，面色红润，神采奕奕，一只小手紧紧攥在温特斯的手里。在这儿，他们歇息下来。美丽的山谷在他们脚下熠熠生辉，千百万婆娑起舞的树叶在阳光的映照下流光溢彩，雄伟的石拱桥巍然耸立在苍穹下，如同镶嵌在蓝天的一顶皇冠。无论如何，贝丝是绝不肯安安稳稳地歇息的。不一会儿，她便四处搜索起来，温特斯只好跟随着她。她从各个角落和搁架上拽出了许多工艺粗糙的彩釉陶器，让他或抱或提着。他们俯下身子朝地下礼堂①中那些深不可测的黑洞窥探着，贝丝甚至还兴致勃勃地捡起一块石头朝洞里丢去，然后站在那儿等待着，过了许久，石块落地的声音才闷闷地传了上来。他们朝那些圆球状的小房子里窥视着，却见它们颇像用泥巴筑成的黄蜂巢，于是便猜想着，不知这些巢穴究竟是储存粮食的地方，还是安置婴儿的小隔间，还是派作别的用场的；他们爬进了那些稍微大一些的蜂房，无论谁的脑袋撞在低矮的洞顶上，都会逗得两人哈哈大笑；他们在脚下的尘土里抠挖着，黑暗里，从尘土中，他们翻找出了一抱又一抱珍稀宝藏，把它们搬到有亮光的地方检视起来。他们找来的都是一些燧石、石器、形状奇特的弯针和陶器；草编绳索

---

① 普韦布洛印第安人用来举行宗教仪式的地下建筑。

在手里轻轻一拉就断，白兮兮的小石器用手轻轻一捏就成了粉末，而且似乎在顷刻间就化为乌有，消散在空气中了。

"那块白色的东西是骨头，"温特斯慢条斯理地说，"是某个云崖居人的骨头。"

"不！"贝丝叫道。

"这儿还有一块呢。瞧！……唷！化成干燥、粉末状的烟尘啦！确实是骨头啊。"

面对此情此景，温特斯那颗原始质朴、如孩童般纯真的心灵，就像一个尚未开化的人一样，立即不假思索地让位给了不断蚕食的文明思想。这个世界并不是单单为了一朝一夕的玩耍，或心血来潮的突发奇想，或闲来无事的赏景观花才存在的。这个世界很古老。要想更好地了解它久远的历史，这座庞大无比、寂静无声的坟墓便是一个绝好的去处，再没有任何别的地方能与之相媲美了。温特斯手中灰白色的粉末就是某个曾经和他自己一样活生生的人的骨头啊。洞中阴森森的光线庇护着这些很久以前在此生活着的人们。他看得出，贝丝也同样受到了强烈的震撼——在这种氛围里，她也无法不去感悟活着的意义，思考人生的归宿。

"伯恩，那些人就生活在这个地方啊？"她瞪大眼睛，若有所思地说。

"是的。"他回答道。

"多少年前呢？"

"一千多年前吧。"

"他们是什么人？"

"云崖居人。那些人遇到了强敌，便把家园建造在这令人无法企及的高处了。"

"他们要打仗吗？"

"是啊。"

"他们打仗是为了——为了什么呢?"

"为了生活。为了养家糊口,为了他们的孩子和父母——为了他们的女人!"

"一千年来,这个世界有没有改变呀?"

"我不知道——也许有一点吧。"

"男人有改变吗?"

"但愿有——我认为有。"

"好多事情一下子都涌进我脑子里来了,"她接着说,那飘忽不定的目光告诉了温特斯,她的确思绪万千。"我骑马去过犹他州的边境地区。我见过那里的人——知道他们是怎么生活的——但是,在千千万万活着的人当中,他们一定只是微乎其微的一小部分。我有书,我仔细读过那些书。可是,这一切再也帮不了我啦。我想走出去,走进这个大千世界,好好看看它。但是,我更想留在这儿。我们的状况究竟怎么样啊?我们也是云崖居人吗?我们孤零零地生活在这儿呢。我最快乐的时候,就是我什么都不想的时候。这些——这些已经化为尘埃的骨头——它们让我恶心,也让我有点儿害怕。曾经生活在这儿的那些人也跟我们一样怀有丰富的感情吗?像他们那样活着到底有什么好处呢?他们已经一去不复返了!活着到底有什么意义——我们活着的意义到底是什么呢?"

"贝丝,你问的这些问题实在太深奥,我回答不了。我也不懂。我只知道,这儿曾经有过欢声笑语——现在却只剩下这沉寂肃穆的气氛了。过去是一派生机盎然——现在却是死气沉沉。男人们开凿出了这些小台阶,打造出了这些箭头和赖以为生的石器,编织出了我们所发现的那些草绳,而他们的遗骨却在我们手里化为乌有了。就时间而言,这一切仿佛就发生在昨天。今天,我们来了。也许我们是具有较高层次的人类——在智力上。可是,谁知道呢?我们在有些事情上不可能有更高层次的见解,人们活着的目的,也不过是为了诸如此类事情而已。"

"哪些事情呢?"

"哎呀——我想,无非是关系呗,友情——爱情。"

"爱情!"

"是的。男人对女人的爱——女人对男人的爱。那是生活所具有的自然属性和意义,也是生活本身最美好的部分。"

她不再说了。若有所思的神情颓然黯淡下来,转化成了忧伤的表情。

"来吧,我们该走啦,"温特斯说。

行动使她又快活起来。她拉着他的手,轻盈地走在他身边,飞快地离开了岩石架,奔下了那段漫长、陡峭、不断有石块滚落的斜坡,冲出了飞扬的尘土,也冲出了那个阴森森的洞府。

"我们遇上滑坡啦,"她叫道。

如同发生了规模不大的山崩一样,大片大片的岩石稀里哗啦地倾覆下来,在陡坡下渐渐聚成了乱石堆。扬起的黄色尘埃在山风中飘荡着,如同山洞里阴森森的氛围一样,只是不像那样毫无变化;垮塌的岩石在峭壁间翻滚撞击着,不断反弹回来,又蹦过去,再反跳回来,轰隆声不绝于耳,最终化为空幻的回音,慢慢消失了。山坡下,在那条阳光明媚的梯形台地上,景象则迥然不同。小圈和小白在围着贝丝欢快地扑来扑去。她脸上又漾起了欢乐的无忧无虑的笑容,眼底闪动着梦幻般的神色。

"贝丝,自去年夏天以来,我还没见过那个呢。瞧!"温特斯指着西边的悬崖说。西边悬崖的上空,翻滚的紫色云层正愈聚愈浓。"看来一场暴风雨是免不了的啦。"

"啊,但愿别遇上暴风雨。我怕。"

"是吗?为什么?"

"你有过在悬崖峭壁间的小洞穴里躲避特大风暴的经历吗?"

"没有,我现在该来想一想这个问题了,不过,我从没经历过这种事情。"

"啊哟,太可怕啦。每年一到夏天,我都吓得要死,总是躲在某个黑暗的角落里。紫艾草原上刮起的风暴已经够吓人了,但是怎么也比不上这一带峡谷里的暴风雨。在这个小小的山谷里——啊呀,霹雳声会快速地来回轰击,能把我们的耳膜都炸裂呢。"

"我们绝对会安然无恙的,贝丝。"

"我知道。可是,那也没办法呀。说真的,我很害怕闪电和打雷,一听到雷声,我就头疼。假如遇到特大风暴,请你守在我身边,好吗?"

"好啊。"

他们回到营地时,天色已近黄昏,天气闷热难当,天空中没有一丝风息,连白杨树叶都纹丝不动,空气如同凝固了一般。深紫色的云层正不知不觉地从西边压过来。

"我们晚饭吃什么呀?"贝丝问道。

"兔子。"

"伯恩,你难道就想不出什么新的花样来做兔子肉吗?"贝丝一本正经地接着问道。

"你把我当成什么人啦——魔术师吗?"温特斯反问道。

"我不敢告诉你。可是,伯恩,你想把我变成兔子吗?"

她嘴唇微启,深蓝色的眼眸快乐地闪眨着;憋了一小会儿之后,她禁不住大笑起来。在这一刻,她是那么的天真烂漫、朝气蓬勃。

"兔子倒是挺适合你的，"温特斯回答道，"你现在已经是身强体壮——也出挑得非常漂亮啦。"

任何带有恭维性的话，他以前从来没有当面对她说过，而此刻，出于好奇，他忽然非常想看一看这句恭维话的效果。贝丝直愣愣地望着他，仿佛没听清一样，但是一张脸却渐渐羞红了，快乐的神态中透着些许的慌乱，一时竟茫然不知所措了。

"我还是立刻动身为好，"他接着说，"得去杨树村弄些粮食和其他生活用品来。"

她大惊失色，顿时焦虑不安起来，他暗暗责骂自己把话说得太唐突了。

"不，不，不能去！"她说，"我刚才不是那个意思——说的不是兔子。我——我只是想——开个玩笑。千万别丢下我一个人啊！"

"贝丝，我必须抽时间去一趟才行啊。"

"那就再等一等。等这场暴风雨过去之后再走吧。"

紫色的云层已经漫过夕阳的下沿，而且越爬越高，在慢慢吞噬着火红的日心，最后终于遮没了血色残阳的上沿。

死亡般凝重的寂静氛围被一阵低沉、浑厚、滚滚而来的闷雷惊醒了。

"啊！"贝丝紧张得叫了起来。

"我们先要有漫天的乌云，然后才会有雷声，暂时还不会下雨的，"温特斯说，"不过，打雷是毫无疑问的。暴风雨马上就要来啦。我真高兴。紫艾草原上的每一个骑手听到雷声都会很开心的。"

温特斯和贝丝吃完简单的晚饭，收拾好营地周围为数很少的几件杂务，然后便驻足凝望着空旷的台地、山谷，以及西边的云天，在等待着即将袭来的暴风雨。

紫色云层的任何变化，都需要有敏锐的眼力才能看得到。黑压压的云层以微乎其微的速度一点儿一点儿地向上蚕食着，渐渐融进了被落日的余晖映照着的金红色的云翳中。一大团幽影从西边的峭壁下蔓延过来，一直笼罩到山谷的对面。钢铁般坚硬、挺拔的银杉树干如同一支支长枪直刺苍穹；天生低垂、战栗不已的白杨树叶全都软绵绵、沉甸甸地耷拉着；细长苗条的草叶却纹丝不动。唯有那条深壑里的涧水在淙淙流淌着。没过一会儿，西边又响起了一阵沉闷、浑厚的隆隆雷声。

一阵微风吹来，白杨树叶纷纷抖动、摇曳着，整个山谷，从西边开始，宛如清风拂过水面一样，荡起了一层层波光粼粼的细浪；短暂的平静，死一般的沉寂，闷热的空气，随着习习凉风的吹拂，终于飘散了。

峡谷中的夜莺亮开歌喉，唱起了清越、凄婉的曲调，宣告暮霭已经降临。悬崖峭壁中的那些大大小小的洞穴，随着晚风的灌入，发出一阵阵如泣如诉如悲鸣的低吟。浓密的云团已经布满西边的天空。在其前锋，在紫云和黑云之间，夹杂着一朵朵灰白色的云团，成蘑菇状翻腾、鼓涌着，气势磅礴地展示着即将来临的暴风雨。雷雨云的外表阴森可怖、怒涛汹涌、摄人心魄。犹如大风积聚起全部力量在其背后推波助澜一样，云层汹涌澎湃，滚滚而来。刹那间，一团红火赫然烧起，由西向东划过天际，随后便熄灭了。紧接着，从紫色云层的最深处爆出了一声轰鸣。那声音犹如巨砾沿着断壁巉岩向下翻滚时发出的隆隆声，它似乎在不断翻滚着跌向深谷，在悬崖峭壁间来回反弹、撞击、轰鸣着。

"啊！"贝丝叫道，双手捂着耳朵。"我刚才是怎么对你说的？"

"哎呀，贝丝，理智点！"温特斯说。

"我是个胆小鬼啊。"

"没那么严重吧。真想不到你还会害怕呀。我喜欢暴风雨。"

"我可以肯定地说，在这些峡谷里，暴风雨确实是一件非常可怕的事。我知道，老圈就很痛恨暴风雨。他手下的那些人也很害怕暴风雨。在一场特大暴风雨中，他们有一个人的耳朵就被响雷炸聋了，再也听不见了。"

"也许我要了解的事情还多着呢，贝丝。假如这场暴风雨不是那么严重，那就是我没有算计好。应该先是狂风大作，然后是电闪雷鸣，再然后才会大雨倾盆呢。我们能在外边待多久就待多久吧。"

三角叶杨树和橡树的树冠在自西向东地起伏摇摆，在梯形台地上，一簇簇白杨展露出无数明媚的笑靥，在飞快地左顾右盼着，妍丽无比。林中的叶片抖落出一阵阵娇柔的"哗哗"声，一棵棵银杉在不断增强的山风中飕飕作响。此时，山风已转为阵风，时而还有徐徐吹来的微风。随着风力的逐步增强，阵风的间歇时间也越来越短，直至转为猛刮不停的强风，阵阵狂风中还夹杂着一股股旋风。乌云漫卷，铺天盖地压向了整个山谷，薄暮时分的朦胧天色已经被黑暗所吞没。洞穴中的风吟声越来越紧，湮没了树叶的"哗哗"声；大风的呼号越来越高亢，仿佛变成了悲愤的嚎啕大哭；随着风力越聚越强，嚎啕声继而又变成了尖锐的啸叫声。风力仍在持续增强，怪诞不经的哭嚎声也随之不断变幻。

最后的一线蓝天终于向席卷而来的乌云归降了。被裹挟在紫色云团中的灰白色的云朵，犹如滚滚怒涛，在疾速奔腾的云层前端涌动、翻卷着，扑向了山谷东面的断崖。紫色云团已经渐渐转化成了黑色。宽阔的片状闪电在西边峭壁的上空不断闪烁着。Z字形或线形闪电暂时还没有划破正越来越黑的夜空。暴风雨的中心依然还远在"奇异谷"的天边。

"听!……听!"贝丝把嘴唇贴在温特斯的耳边叫道。"你马上就会听到老圈的丧钟了!"

"你说什么?"

"老圈的丧钟。只要风力增强到大风①,刮进山洞里,就会形成盗马贼们所戏称的老圈的丧钟。他们认为,那风声就是他死亡的预兆呢。我想,老圈自己大概也是这么认为的。它和人世间的任何声音都不一样……已经开始啦,你听!"

大风裹挟着摄人心魄、惨绝人寰的嚎叫声从天而降。它在怒吼,在咆哮,在尖叫,在长啸。它是由上千种刺耳的哭喊声汇集而成的。它是一种在不断升高、不断变幻着的诡谲的声音。它发端于山谷西面的壑口,掠过每一堵巍峨的绝壁,带着呼啸灌进了大大小小的洞穴和罅隙,其威力仍在不断增强,以排山倒海之势又卷向了那座高耸的石拱桥。隆隆的吼声似乎在那儿被化解掉了,仿佛被淹没在汹涌的潮水中一样,但是旋即又倒卷回来,如此循环往复,周而复始。

它不过是风啊,温特斯暗暗思忖道。在悬崖峭壁上雕凿出无数绝妙洞府的人,正是这位在疾速飞奔、在仰天长啸的雕刻家呢。它不过是一种强风罢了,温特斯的耳朵已经适应了它的喧嚣和奔突,然而,再侧耳细听时,他却发现,在这风声中,或透过风声,或越过风声,分明回荡着一阵阵奇谲怪异的"当当"声,那声音嘶哑沉闷,却十分清晰,且持续不变,自然界的任何声音中都找不出能与之相对应的声音来。它绝不是大地或生灵所发出的声

---

① 大风(gale)是通俗的说法,但在气象学上,则指8级以上的风,近地面时的风力,每小时速度可达68公里或更快。

音。它是大风所造就出的悲号和恸哭声。它是为一切生灵敲响的丧钟!

黑夜裹住了整个山谷。温特斯已经无法看见他的同伴,唯有通过她紧紧抓在他胳膊上的那只手才知道,她就在他身边。他感到两条爱犬也挤聚在他身旁。蓦然间,晦暝、凝重的苍穹被一道蓝白色的令人眩目的闪电撕开了一条裂缝。整个山谷生动、明亮、清晰地展现在他眼前。

在闪电的光焰中,石拱桥宛如司风暴的天神一样身披电光,赫然耸立,崴鬼雄壮。闪电过后,一切又回归到黑暗之中——那是比沥青还黑——浓密厚重、无法穿透的煤黑。紧接着,一声山崩地裂般的炸雷响起。刹那间,随着这声霹雳,炸雷的回声在山谷中激荡起来。那声炸雷起初并未引起回声。那是一声可怕、生动、回肠荡气、破空而出的爆鸣。是峭壁将雷鸣声抛向了对面,假如炸雷崩落了山体,其轰鸣声就不可能如此巨大。霹雳声在悬崖绝壁间来回冲撞、激荡着,其威力在逐步削减,音量在渐渐降低,撞击声也越来越微弱,直至其最后的回声无力再抵达正在迎接它到来的对面的峭壁。

在伸手不见五指的黑暗中,温特斯牵着贝丝的手,凭感觉一路摸索着,找到了那个洞穴的入口处,把她抱了上去。就在这时,一道令人眩目的闪电照亮洞穴,也照亮了他周围的一切。他看到了贝丝苍白的脸庞和她眼中流露出的惊恐神色。他看见两条猎犬也跳上了山洞,于是,他也随后爬进了山洞。金色耀眼的闪电消失了;一切又回归到黑暗中;霹雳声接踵而至,恐怖的隆隆回声不绝于耳。

贝丝缩成一团,身子与他越贴越紧,她摸到了他的手,立即抓起他的手紧捂着自己的耳朵,把脸埋在他的肩上,闭上了眼睛。

须臾间,暴风雨发作了,一阵紧似一阵的或线、或条、或柱状的闪电连续不断地闪烁着,忽明忽暗地映照着整个山谷;暴雷随即一声接一声地炸开了,轰鸣声交相呼应,此起彼伏,形成了震耳欲聋、令人心惊胆寒的万钧雷霆的齐鸣。

温特斯眺望着这条美丽的山谷——山谷中的景致从来没有像现在这样美轮美奂——在半透明状的忽明忽暗的朦胧状态中,山谷显得格外神秘莫测;闪烁不定、金光四射的闪电把它照耀得光怪陆离,美得令人不可思议。黑压压的银杉披上了亮晶晶的光泽;白杨在狂风中时起时伏,宛如风暴突起、波涛汹涌的大海;橡树在大幅度地摇曳着,流光溢彩。山谷的对面,云崖居人的巨大洞府在耀眼的电光下张着大口,每一扇黑洞洞的小窗户都如同在正午时分一样清晰可辨,茫茫黑夜和电闪雷鸣进一步增添了其悲剧色彩。巍峨的石拱桥岿然屹立在黑色的云层中,似乎在首当其冲地承受着这场暴风雨。它攫住了暴怒不已、飞奔而至的狂风。它举起高贵的皇冠去迎接闪电的到来。温特斯由此而联想到了那几只雄鹰,联想到它们构筑在石拱下方一个壁龛处的傲视一切的鹰巢。一阵急速而降的雨幕,漆黑如乌云,遮蔽了石拱桥和波光粼粼的陡壁悬崖,也湮没了闪闪耀目的山谷。闪电在频频闪烁着,电光刺破了黑沉沉的雨幕。大风凄厉的呼号声,伴随着它那预示死亡的奇诡的钟声和不断来回冲撞着的隆隆雷声,与瓢泼大雨的"哗哗"声交织在一起,一切似乎都失去了知觉,被淹没在一片声音的海洋中。

在微弱、闪烁的光线下,温特斯低头看了看那个女孩。她已经躲进了他的怀抱,紧贴着他的胸膛,把脸埋在他身上。她紧紧拥抱着他。他能感受到她身子的柔软和温润,感受到她胸脯的急速起伏。他能看得见她那朦胧、苗条、优雅、凹凸有致的身段。

一个女人正依偎在他的怀抱中！于是，他把她搂得更紧了。他这个曾经形影相吊地度过了许多忧伤、寂寞、漫漫长夜的人，如今不再是孤身一人了，今后也绝不可能再孤身一人了。他这个曾经渴望能有人接触的人，此刻正感受着一个女人不住战栗的身子和剧烈的心跳。通过多么奇妙的机缘，她才终于爱上了他！通过多么大的改变——多么大的奇迹，她才终于成了一块瑰宝！

他不再去聆听炸雷加暴雨的"唰唰"声和轰鸣声了。因为有了紧握在一起的手的悸动，有了剧烈震颤的胸脯的悸动，他清楚地意识到，他内心深处也刮起了一场风暴——心的和弦所拨响的清新的颤音、前所未闻的美妙的天籁之音、欢愉的钟声、忧伤的梦，一齐涌上了心田，使这个不眠之夜充满了欢乐。疑虑冰释了，希望、力量、烈火、自由又重新复萌了，汇集成了难以言表的对甜蜜生活的渴望。他胸中刮起了一场风暴——真实可感的爱情风暴。

第十四章　西风

　　暴风雨减弱后,温特斯摸索着回到自己的洞穴中,此时已是深夜,沸腾的热血已经渐渐平息,躁动不安、震颤不已、激动万分的心情也慢慢安稳下来,他终于睡着了。

　　天刚破晓,他便睁开了眼睛。经过这场暴风雨的冲刷和洗礼,椭圆形山谷中到处呈现出一派生机盎然、艳丽夺目的黛绿色。被雨水洗净的峭壁悬崖在晨曦中熠熠生辉。大大小小的瀑布从峭壁的边缘飞流直下。其中有一条瀑布,宛若一条宽阔的花边布帘,薄如烟霭,从西边悬崖的豁口处倒挂下来,在直泻而下的途中砸在一块凸起的岩石架上,腾起的水流形成了更宽的瀑布,一路跳跃着落入了下方的乳白、金黄、玫瑰色的薄雾之中。

　　温特斯已经作好了迎接这新的一天的准备,心知自己已然是一个完全不同于过去的人了。

　　"真是一个阳光灿烂的早晨啊。"贝丝一边说着,一边迎面向他走来。

　　"是啊。暴风雨过去之后,西风就要来了。"他回答道。

　　"昨天夜里,我——活像一个娇宝宝吧?"她注视着他,问道。

　　"非常像。"

　　"啊,我也是没办法呀!"

　　"我很高兴你害怕了呢。"

　　"为什么?"她问道,显得有些意外。

　　"有朝一日我会告诉你的。"他回答道,口气很认真。接下来,在围着篝火忙碌时,以及在吃早饭的过程中,他都默默无语;早饭过后,他便满腹心事地离开了营地,独自一人沿着台地信步走去。他爬上了银杉树林中的一块凸起的巨大黄岩,面对着山谷和西方,在这儿坐了下来。

"我爱上她了!"

他大声喊出了这句话——卸下了心头的重负——昭示了他埋藏心底的秘密。刹那间,金色的山谷仿佛在他眼前游弋起来,悬崖峭壁纷纷在翩翩起舞,周围的一切都在旋转,内心一片混乱。

"我爱上她了!……我现在终于明白了。"

他纷乱的思绪中交织着重新勾起的对简妮·威瑟斯汀的回忆,以及对目前这种复杂心情的思考,这使他非常惊愕地意识到,他确实已经远远飘离了过去的生活。他发觉自己既不愿把已经断了的线再重新拼接起来,也不愿去深究那些模糊不清的疑问和难题。在这个美丽的山谷里,他正在过着一种美丽如梦的生活。他已经有了宁静的心境,有了这份远离尘世的欢乐,再加上要探明这无与伦比的山谷中所有野生动物和所有罅隙深壑的兴趣——还有爱情。在巍峨的石拱桥下的幽影里,上帝居然主动向温特斯现身了。

"那个花花世界看来已经十分遥远啦,"他喃喃自语道,"但是它就在那边——我也尘缘未断。也许我永远也断不了啦……只是——要是能永远生活在这儿,什么也不再想,那该多好啊!"

然而,当眼前的现实再度凸显出来时,他立即又陷入了十分矛盾的思绪中,仿佛是对他的美好愿望的绝妙讽刺。在考虑眼前的现实时,他立即想到的是这样几件事:必须去一趟杨树村;必须把粮食和其他物品运回"奇异谷";必须开荒、种玉米、养牲畜;而且,最为迫切的是,必须对那个女孩的未来作出决定,因为她爱他,他也爱她。前面那些事情做起来需要花费很多力气,然而，最后这件事，因为牵涉到贝丝，似乎很简单、很自然、很容易就能完成。他会和她结婚。忽然间，犹如有毒的火种又死灰复燃了一样，他早已忘却了的与她的生平来历有关的各种事实真相又再度浮上了心头。这团毒火似乎在熊熊燃烧着，烤干、烤焦了他的一切喜悦，烧向了他的心坎。她曾经是老圈的蒙面骑士啊！面对温特斯的发问："你和老圈是什么关系？"她在回答时曾羞愧得满脸通红，连头也抬不起来。

"我为什么要计较她是什么人、过去是什么身份呢？"他激动不已地大叫了一声。他知道，正在说话的人并不是那个过去的自我，而是现在这个更富有柔情、更温文尔雅、已在这宁静的山谷中幡然醒悟、进而有了崭新的思想的人。温柔的情感渐渐在他心中占了上风，在与欢乐的缺失和像钝刀子一样慢慢捅进来的嫉妒心相较量。坚强的意志力和澎湃的激情，连他自己都感到意外，终于挡住了毒火对他的灵魂的烤灼。

"等一等！……等一等！"他叫道，仿佛在向苍天呼喊。他手捂胸膛，仿佛在召唤积压在他心中的那份悲情。"等一等！这一切来得那么不可思议——那么令人惊叹不已。什么事情都有可能发生。我有什么资格评判她啊？我在为我爱上了她而感到十分得意呢。但是，这种事我也说不准——反正只能听其自然了。"

在目前这种状况下，他当然决定不了她的未来。在"奇异谷"中，包括在斯特灵村以南的任何一个村落里，跟她结婚都是绝对不可能的事。即便她不用那块蒙面布把脸蒙上，人们也能轻而易举地认出，她就是老圈的蒙面骑士。凡是和她打过照面的人，谁也忘不了她，哪怕对她的性别一无所知。然而在一切理由中，最深刻的一条莫过于，他根本就不想带她离开"奇异谷"去远走高飞。他在竭力抵制着这个念头。他把她带到了高山峻岭中这片最美丽、最荒凉的地方;他救活了她,悉心照料她恢复了元气,目睹她焕发出了青春的活力,如同盛开在山谷里的一朵艳丽的百合花一样;他知道,她定能在这儿过上纯洁、甜美的生活——她属于他,他也爱她。但是,这一切并不能成为他不愿带她远走高飞的理由。他们能去哪儿呢?他怕那些盗马贼——怕那些骑手——怕那些摩门教徒。即使他能够成功地携着贝丝安然逃出近在眼前的这些危险,他日后也会害怕女人们刻薄的眼睛和舌头,外面的大千世界里也同样会有许多生存的问题。要想决定她的未来,他必须等待时机,决定她的未来毕竟也是在决定他自己的未来。但是,在她的未来和他自己的未来之间,还存在着某种悬而未决的因素。如同那尊黑魆魆地守候在深谷边缘、随时准备倒塌下来永远封闭住迷魂谷出口的"平衡石"一样,那颗像命运一样既确凿无疑、又不可捉摸的无名石也必须落下,永远封闭住对未来的一切怀疑和恐惧。

"我一直在做梦呢,"温特斯站起身来,喃喃自语道。"唉,为什么不呢?……能够做梦也是一件很幸福的事啊!不过,我要把这个梦再从头至尾、清清楚楚地回顾一遍;然后再把这个梦接着做下去,直到心里的那块石头落下来。我必须向简妮·威瑟斯汀做出交待。我有几趟十分危险的旅程要走。我已经在这儿付出了这么多的心血,目的就是为了要让这个女孩在这儿过得舒适。她是我的女人。我要努力奋斗,确保她能完全摆脱过去的生活。我已经看出苗头了,她正在忘却过去。我爱她。假如我心中的那头野兽一旦抬头,我就先打掉我的手,绝不让它带着淫意落在她身上。还有,啊,上帝!我迟早要杀了那个把她藏在、关在迷魂谷里的男人!"

在他喃喃自语时,西风正轻轻吹拂在他的脸上。西风似乎抚平了他的激情。西风清新、凉爽、芬芳,送来了甜蜜而又奇妙的对远方的憧憬——他乡的生活音讯、他乡的温煦阳光——他乡的和平环境。西风也送来了令人忧伤的对人的心灵和对神秘事物的认知——止不住的渴念和希冀。"奇异谷"只不过是寓意深刻的西风所吹拂过的大千世界的一隅。贝丝只不过是天地间和人生中被莫名的动机所摆布的芸芸众生中的一员。满足感涌上了身在幽谷的温特斯的心田;幸福感弥漫在徐徐吹拂的暖风中;爱情像徘徊在云崖上空的阳光一样明媚,而且即将降临到他身上来了;西风还送来了一声低语:信义终将会战胜疑虑。

"悟透了,心情也就好多啦!"他感慨地叫道。"我要让未来顺其自然。无论发生什么,我都要作好准备去迎接。"

温特斯顺原路沿着台地回到了营地,却发现贝丝依然坐在熟悉的老地方,在翘首企盼他归来呢。

"我单独离开了一小会儿,想理一理头绪。"他解释道。

"你以前可从来不像这样啊。到底是什么——什么事情啊?难道就不能告诉我吗?"

"好吧,贝丝,说实话,我近来老是做梦。这个山谷也容易让人浮想联翩。所以,我才逼迫自己要动动脑子的。我们没法长此以往地这样生活下去啊。我必须尽早去一趟杨树村。我们需要一大批粮食和生活用品。我可以想办法——"

"你能够平平安安地离开这儿吗?"她打断他的话,问道。

"哎呀,这种事情我有把握,你就放心吧。我会在夜里动身,快马加鞭穿过迷魂谷。郎格儿会在原地待命的,我一点儿也不担心它会走开。只要我骑上了这匹骏马——嘿,贝丝,你就等着瞧吧。"

"啊,我很想见见它——骑上它呢。可是——可是,伯恩,我担心的不是这个，"她说，"你——你还会回来吗？"

"给我四天时间。四天后，假如我还没有回来，你就权当我已经死了。因为只有死了，我才回不来。"

"啊！"

"贝丝，我会回来的。危险确实有——我也不想瞒你——不过，我会照顾好自己的。"

"伯恩，我明白——啊，这种事情我明白！我这辈子亲眼目睹过不少遭人追杀的男人。我能体会到他们的心情。我也相信，凭你的骑术、枪法、眼力，是能够对付紫艾草原上的任何骑手的。让我心烦意乱的——并不是——并不是这个。"

"哎哟，那你担心的是什么呀？"

"你为什么——为什么——为什么还要回来呢？"

"我不能把你一个人丢在这儿不管啊。"

"你进了村，也许就改变主意了——回到老朋友们当中——"

"我不会改变主意的。至于老朋友嘛——"他爽朗地笑了一声，意思已尽在不言中。

"是这样——那儿肯定还有——肯定还有一个——有一个女人啊！"红晕泛上了她那光洁的太阳穴和脸颊，一直红到了脖子。她眼睛里含着羞涩，急切而又紧张地注视着他，仿佛想证实她心里的担忧。忽然间，她又垂下了眼睑，头埋到了膝盖上，用双手捂着她发烫的脸颊。

"贝丝——喂，瞧你。"温特斯说，他在努力克制着汹涌澎湃、激动不已的心情，说话的声音都变了调儿，显得有些粗野。

仿佛像迫于无奈——要违心地对一个无法抗拒的声音作出回应一样，贝丝抬起头来，用那双充满忧伤的深邃的眼睛注视着他，嘴唇嗫嚅着，似乎想悄声说什么。

"没有女人啊,"温特斯一边审慎地迎接着她的目光,一边接着说,"除非命途多舛,否则,这世上没有任何事情能阻挡我回来。"

她脸上顿时露出高兴的神色,满面绯红,容光焕发;不料,那欢快的表情有如昙花一现,转眼便消失得无影无踪,仿佛压根儿就没看见过一样。

"我什么也算不上——我罪不可恕——我没名没姓!"

"你到底还想不想让我回来?"他问道,脸色陡然严肃得冷若冰霜。"也许你还想着要回到老圈那儿去吧?"

这句话立时使她挺直了腰板,浑身直哆嗦,脸色一片煞白,高傲的眼睛和紧闭的嘴唇显然在驳斥他含沙射影的话语。

"贝丝,请原谅我。我不该说这种话。可是,你真叫我生气啊。我打算花些力气——为你在这儿营造一个家园——只要你真的需要,我可以做一个——做你的哥哥。但是,你必须忘掉你的身份——我指的是——你过去的身份,而且要快快乐乐地活着。假如你老是惦记着过去的生活,你就会活得很痛苦,也让我很伤心。"

"我曾经有过幸福——我以后肯定会非常幸福的。啊,你待我这么好——好得简直要让我承受不起啦!如果我细想下去,我就不敢相信这是真的。我越是纳闷儿,就越是想弄清原因,也就越感到心烦意乱。我只不过是一个……请你让我把话说完嘛——我不过是一个罪不可恕、没名没姓——与那些盗马贼为伍的女孩儿。老圈的女孩儿,他们就是这样叫我的。你救了我——对我这么好,这么善良——想要我快快乐乐的——到底是为什么呢,这太让人难以置信了。难怪我一想到你要离开我,我心里就特别难受。但是,我以后再也不难受、不痛苦了。我向你保证。但愿我能够报答你,哪怕只是一点点儿——"

"你已经一百倍地报答过我啦。你相信我吗?"

"相信你!别的我也做不到啊。"

"那你就听着……救你的时候,我也救了我自己。在这个山谷里与你朝夕相处的这些日子里,我总算找到自我感觉了。在做梦的时候,我学会了思考。我从不自寻烦恼地向上帝祈求。没想到,上帝,或者某个神奇的精灵,真在这儿显灵了,向我暗授天意了。我绝对不赞成你说自己的那番自白。我也讲不清是为什么。有些事情实在太深奥,说也说不清楚。无论你遭受过多大的委屈,上帝总会眷顾你,而不会责怪你的。每当你靠近我的时候,我都能看得到——感受到你心里的委屈。我有妈妈,还有一个妹妹,远在伊利诺伊州。如果有可能,我都想——明天就带你去见她们。"

"但愿这都是真的!啊,我——我也许可以昂起头来做人了!"她哭着说。

"那就昂起你的头来吧——你这娇宝宝啊。我发誓,这些都是真的。"

她果真把头昂了起来,带着她一贯的独特而又富有野性的优美动作,带着那总是不经意地显露出来的天真无邪的表情,这也是一直让温特斯百思不得其解的一点,不过,她现在的举止又有了更加丰富的内涵——从她心灵深处油然而生的一种精神,把她的内心世界与他这番直抒胸臆的表白紧密联系在一起。

"我也一直在——在思考啊。"她哭着说道,脸上绽开了粲然的微笑,连胸脯也胀鼓鼓地挺了起来。"我也找到——找到自我感觉了。我还很年轻——我依然还活着——我是那么充实——啊!我还是一个女人呢!"

"贝丝,我想,我可以当面向你邀功啦——你的最后那一大发现应当归功于我呢。"温特斯说罢,朗声大笑起来。

"啊,还有更加——还有一件要紧的事情,我必须告诉你。"

"那就说出来吧。"

"你什么时候动身去杨树村啊?"

"等雷暴雨一过去,或者等最大的那场雷暴雨过去之后。"

"我要在你临出发前再告诉你。现在不能说。我还不知道该怎么说呢。但是,必须得说出来。我绝不能让你在离开我时还蒙在鼓里。因为,尽管你话说得很肯定,你还是有可能不回来的。"

日复一日,西风依然在吹拂着整个山谷。日复一日,浓密的云层依然在灰白、绛紫、墨黑这三色之间交替变幻着。悬崖峭壁依然在呼嚎,大大小小的洞穴依然在为老圈敲着丧钟,电光依然在频频闪烁,霹雳声依然隆隆不绝,雷鸣的回声依然震耳欲聋,滂沱大雨依然在浇灌着山谷。盛开的野花已经随处可见,有的在梯形台地上与越长越深的草丛争奇斗艳,有的从隐蔽的角落里绽开了白皙的笑脸,有的从山壁上已经干涸了长达一年之久的罅隙里神奇地向外探头探脑地张望着。整个山谷都铺满了鲜花,俨然成了人间天堂。每时每刻,当清晨时分的金色光柱穿过石拱桥、与西面峭壁上鲜红的朝霞交相辉映时,眼前都会呈现出一派五彩缤纷的景象。在金色的黎明时分,山谷荡漾在浓密、缥缈的雾霭之中,到了正午时分,山谷里温润而又白亮,及至黄昏,则满目都是绛紫色。每一场雷暴雨过去之后,都会出现色泽鲜艳的彩虹,横跨在波光粼粼的树林上方,艳丽夺目地闪耀着,然后再渐渐淡去,留下其瑰丽的虹彩在天空中微微闪烁,久久不散。

温特斯和贝丝再一次携手漫步在宛如梦境的山谷中,观赏着周围峭壁上不断变幻的阳光,让西风轻轻吹拂在脸上。

轻柔的西风总会给他捎来奇异而又甜蜜的来自远方的音讯。

西风来自一个古老而又焕发着青春气息的地方。它吹进了时间的树林。它捎来了岁月的故事。它表达着在战斗的男人和在祈祷的女人的心声。它清晰地吟唱着爱情的颂歌。它是永恒的信使,在传递着生活的音讯和气息——在阴凉的树林中嬉戏的年轻人,在湿润的草甸里跋涉的旅行者,在篱笆墙下幽会的少男少女,在汹涌的波涛中搏击风浪的弄潮儿;在绿草如茵、微风习习的山坡上恬美地徜徉,在月光皎洁的小道上悠闲地漫步——在遥远他乡的每一个地方,手指合拢了,心在狂跳,渴望的嘴唇开启着——整个世界都回荡着遏止不住的爱的音讯。

在这梦幻般的时光里,他常常凝望着这个女孩,心里在问自己,她在做着什么样的梦呢?因为山谷中不断变幻的阳光所折射出的亮度、色彩和意蕴,都反映在她那双眼睛里,与她那不断变幻的神情辉映成趣。他从中看出,她漫无边际的遐想,远远超过了他在自己的梦境中所看到的一切。他从中看到的是思想、灵魂、天性的火花——强烈的对未来生活的憧憬。西风从遥远而又古老的他乡所捎来的全部音讯,他在那双深蓝色的深邃的眼眸的深处都找到了,他还发现,那些神秘的不解之迷也已一一化解了。在她那若有所思、若含幽怨的眼神的注视下,他的心被软化了,而在软化的过程中,他发觉自己也成长为一个更加伤感、更加睿智、也更为出色的男人了。

虽然有西风在传送音讯,在不断充实他的心灵,在教会他做男人的天职,日子也在一天天飞逝,绛紫色的云团终于化为漫天白云,夏季的雷暴雨终于宣告结束了。

"我现在该出发啦。"他说。

"什么时候动身?"她问道。

"马上——今天夜里。"

"我很高兴,这个时刻终于来了。我起先还在嫌时间过得太慢呢。去吧——因为你可以早去早回啊。"

临近黄昏时分,血色残阳将最后一抹火红的晚霞洒落在西面悬崖呈V字形的凹口上,在夕照的余晖中,贝丝和温特斯肩并肩地漫步走过东面的梯形台地,朝巍峨的石拱桥下那面被风化了的岩石坡爬去。他们走进那条狭窄的溪谷,绕过温特斯很久以前在这儿扎起的那道篱笆墙。贝丝以往的活动范围从未超出过这个地方。暮霭低垂,笼罩着这条深壑。夕阳投下的幽影在宽阔的青石坡上慢慢退去,大地一片苍茫。他领着她去参观了他时常向她说起的那尊"平衡石",向她讲解着"平衡石"在山谷的入口处所占据的险要位置。她战战兢兢地俯瞰着巨石下那条陡峭、苍白的石板坡,还有那些近在咫尺、摇摇欲坠的巉岩断壁。

"多峻险的小道啊!你当初就是抱着我从这儿上来的?"

"我是这么做的,不至于是假的吧。"他答道。

"真吓人,我看着都怕。不过,我以前从来不怕这些崎岖的羊肠小道。凡是马儿能够上得去的地方,我都敢骑着马去闯一闯,马儿上不去的地方,我就自己爬上去。可是,这儿却有一种令人心惊胆寒的气势。我感到——这地方好像在监视着我呢。"

"你瞧这岩石。它就这样屹立在这儿,多平稳啊——简直是四平八稳啊。我曾经对你说起过,从前的那些云崖居人在这块巨石上开凿过,还告诉过你他们开凿的原因。虽然他们早就一去不复返了,但是这块巨石却一直守护在这儿。你能理解——体会到它是怎样守护在这儿的吗?我曾经晃动过它一次,却从此再也不敢动它了。用力一扛,就能掀起它。紧接着,它就会轰轰隆隆地翻滚下去,砸碎那个巨大的石柱,撞倒那些断壁巉崖,把通向迷魂谷的出口永远封闭住!"

"啊！等你回来后，我要偷偷爬上这个地方，使出全身力气来推，使劲儿推，让这块石头滚动起来，把迷魂谷的出口永远封上！"她调皮地说，然而，她那貌似轻松的话语里却蕴含着某种沉重的暗示，她那说话的口气，要远比她这句俏皮话本身深刻得多。

"贝丝！……你可千万别吓唬我呀！等我带着粮食和生活用品回来之后——你再来推翻这块石头吧。"

"我——是说——说着——玩儿的。"她颤抖的声音又低了下去。"你总是想走就走，你需要的是自由。现在就走吧……这个地方太让我压抑了——会把我憋死的。"

"我是该动身啦——可是，你不是有话要告诉我吗？"

"是的……你——你还会回来吗？"

"只要活着，我就会回来的。"

"可是——可是，你万一不回来了呢？"

"当然有这种可能。不过，要想干掉我恐怕也没那么容易吧。谁也不可能拥有我那样的快马和机灵的猎犬。再说，贝丝，我还有枪呢，要是把我逼急了，我就开枪。你就别担心啦。"

"我相信你的本领。四天之后，我可就要担心啦。只是——因为你还是有可能不回来的——我必须告诉你——"

她忽然缄默不语了。她那苍白的脸颊、她那燃烧着激情和真诚的大眼睛，在这幽暗的深谷里似乎显得格外醒目。猎犬呜呜地叫了几声，打破了寂静的气氛。

"我必须告诉你——因为你这一走，也许就不回来了，"她柔声细语地说，"我一定要让你知道，我心里是怎么想的——怎么看待你的好心好意——和你本人的。在这之前，我总是觉得难以启齿，好像我不懂得感恩似的。其实，感激之情都深深地埋在我的心窝里呢。即使是现在——要不是因为处于现在这种状况——我也不会告诉你的。可是,我什么也算不上——我只不过是一个盗马贼的女孩——没名没姓——罪恶昭彰。你救了我的命——我也就是——就是你的人了,随便你怎么办都行……我爱你!——全心全意地爱你!"

第十五章　紫艾草山坡上的团团黑云

在乌云密布、山雨欲来、夏季已接近尾声的日子里，大团大团的黑云压向了紫艾草山坡，天色一片昏暗，然而，简妮·威瑟斯汀却把这些黑云比喻为越聚越浓、重重包围着她的人生的一团团黑影。

拉肯夫人已经去世，因为没有一家认识的亲戚，小菲便成了孤儿。简妮的爱心成倍增长起来。这是眼下这段黑暗时间中仅存的一点光明。小菲如今更加依恋简妮了，在她幼小的心灵里，她就是她所崇拜的偶像。于是，简妮最终也找到了合适的方式来充分表达她渴望做母亲的心愿了。拉西特的情绪也因拉肯夫人之死而产生了波动。在此之前，他经常劝简妮，建议她把小菲送给某个愿意接纳她的非摩门教徒家，不过，他也没有作任何解释。简妮对他的提议大为惊讶，态度激昂、痛心疾首地表示反对，甚至都不能容忍有这种想法。如今，拉西特再也不提这个建议了，在沉思默想地注视着这孩子时，他变得越发忧郁、越发寡言少语起来，但同时也毫无节制地变得越发有耐心和爱心了。有时候，看见拉西特在出神地望着小菲时，简妮心中不免就生出一种不可名状的冷飕飕的恐惧感。这位骑士究竟看出了什么样的未来呢？既然他能料事如神，那他为什么会变得一天比一天沉默、镇定、冷静，然而又一天比一天忧郁呢？

毫无疑问，简妮暗暗思忖，骑士以他近乎超人的远见卓识，已经看出了地平线下正越积越厚的大片黑云，这些黑云不久就会弥漫过来,笼罩在他和她以及小菲的身上。简妮·威瑟斯汀在等待着迟迟未来的暴风雨的发作。在身陷绝境时,她反而有了勇气和胆略,以及苦涩的平静心态。希望还没有破灭。怀疑和恐惧已经顺从于她的意志,不会再使她彻夜难眠、整日苦恼了。爱心犹存。对过去所爱的一切,她现在爱得更深了。她似乎感到,在面临不幸、面对仇恨时,她反倒能公开表现她丰富的爱心了。她没有一天不为众人祈祷——甚至还热忱地为仇敌祈祷。她唯一感到不安的是,她已经没法完全掌控自己的思想了,要不就是,她对自己的思想从来就没有绝对的控制力。从某种程度上说,理性、智慧、果敢,统统都被锁进了大脑中的一间密室,需要有一把钥匙来开启。对某些事情的思维能力已经脱离了她的掌控。与此同时,如果以某一天的生活来判断,她也是在无休止地努力挣扎着,坚决不让苦涩的泪珠滴进杯中,坚决要撕开在慢慢、不知不觉地滋生着的、滚热的、具有腐蚀性的、正在一点一点蚕食着她的心灵的地衣。

八月十日的早晨,简妮在院落里等候拉西特时,突然听见了一声清锐、响亮的步枪射击声。枪声来自树林那边,在牲畜棚附近的某个地方。简妮吃惊地向外张望着。天色阴沉,风息全无,也没见有任何动静。三角叶杨树的叶片全都有气无力地耷拉着,仿佛它们也预见到了威瑟斯汀庄园的末日,正随时准备枯萎、凋谢、腐烂一样。简妮从来没见过如此晦暗的景色。她反复揣摩着,那声枪响究竟意味着什么。近日来,在那片树林的各个角落里,左轮手枪的射击声频频爆响——是密探们胆怯地躲在远处偷偷向拉西特打黑枪呢!但是,步枪的射击声就非同小可了。骑手们是很少使用步枪的。在她的记忆中,只有贾金斯和温特斯是例外。难道那些像猎狗一样在追逼她的人正躲在她家的树林里,想用步枪从她身边夺走她的最后一位朋友拉西特？也许有这种可能——完全有可能。她不赞成他那冷静的奢想，说他绝不可能死在一个摩门教徒的手里。她早已预料到这一点了。他对她的一往情深，以及他不肯滥用他那名不虚传的一出手即能置人于死地的枪法——如今所有的摩门教徒对这两点都一清二楚——会使他难免暴露在遭人暗算的危险之中。然而，面对埋伏、枪口、强敌，他却似乎能泰然处之，表现得极有风度！不，简妮暗暗思忖着，那不是风度，那是受过极好训练的眼力和听力，以及对迫在眉睫的危险的感觉力。然而，这些并不能永远用来对付偷袭啊。

正在这时，树叶的哗哗声引起了她的注意，不一会儿，那熟悉的叮当声，伴随着稳健、轻捷、警惕的脚步声传进了她耳中，接着，拉西特迈步走进了院子。

"简妮，那边有个带长枪的家伙呢。"他一边说，一边脱下他的阔边黑帽，露出了他裹在头上沾满血迹的围巾。

"我听见枪声了。我一听就知道，那是冲着你来的。快让我看看——不会伤得很重吧？"

"依我看，不重吧。不过，这也许还算不上一次侥幸的脱险呢！……我要坐到那边的角落里去，别让人从树林里看见我。"他慢慢解开、取下围巾，只见他左侧太阳穴上有一道很长很深、还在流血的裂口。

"只是划破了一道口子，"简妮说，"可是，血怎么会流得这么多啊！你赶紧用围巾捂住伤口，等我一下，我马上就来。"

她匆匆奔进屋子，旋即拿着绷带返回了。在她清洗、包扎伤口的当儿，拉西特讲起了事情的经过。

"那家伙本来有很好的机会可以撂倒我的。可惜他在扣扳机的时候，肯定吓得手发抖了。当我猛然一闪身躲开那一枪时，我看见他窜进了树林。他提着一杆步枪。我一直在盼待着用那种方式玩枪呢。我估计,我现在也得多加小心隐蔽好自己了。这帮家伙举枪朝我瞄准时,似乎在打着寒颤,或者在哆嗦,不过,其中有一个家伙也许能碰巧击中我。"

"你不会一走了之——离开杨树村吧,因为我恳求过你——趁某个家伙还没有碰巧击中你之前?"她动情地对他说。

"依我看,我会留下的。"

"可是,啊,拉西特——我的双手会沾满你的鲜血的!"

"你看看这儿,尊贵的女士,瞧瞧你现在的这双手,此时此刻的这双手。难道你这双手就不纤巧、不强有力、不白嫩吗?难道这双手现在还没有沾上鲜血吗?那是拉西特的鲜血啊!你这双美丽的手居然也沾上了鲜血,真是咄咄怪事。不过,一旦你看得更深入些,你就会发现比鲜血更红的颜色。那是心的颜色啊,简妮!"

"啊!……我的朋友!"

"不,简妮,在这场游戏玩得正热闹的时候,我是不会临阵脱逃的,你当然也不会。虽然这场游戏对我来说蛮新鲜,但我暂且还不知道会有哪些动向,否则,我也不会挺身而上,去迎接那颗子弹了。"

"你难道会就此罢休,不想去追查那个朝你开枪的人——找到他——然后——然后就一枪打死他吗?"

"唉,依我看,我暂时还没有这么强烈的愿望。"

"哦,真是奇迹啊!……我就知道——我祈祷过——我相信过。拉西特,我几乎献出——献出了我的一切,目的就是为了缓和你对摩门教徒的态度啊。感谢上帝,谢谢你,我的朋友……不过,尽管我是一个有私心的女人,但是,这还算不上最严峻的考验呢。在那帮鬼鬼祟祟、胆小如鼠的家伙中,有哪一个人的生命能与你这样的男子汉相比啊?我想到了你对那个人的刻骨仇恨,他——我想到了你一辈子也不会改变的目的。这件事能不能——"

"等一等!……听!"他低声说,"我听见马蹄声了。"

他悄无声息地直起身子,侧过耳朵迎着徐徐吹拂的微风。突然,他一把拉下了阔边黑帽遮住了他缠着绷带的脑袋,并迅速把枪套移到身前,随即便快步走进了院落里的小凉亭。

"那是一匹马——来得很急呢。"他又补了一句。

简妮立即警觉地侧耳细听着,很快就听出,那是一阵微弱、急速、节奏清晰的马蹄声。马蹄声来自紫艾草原。她立即紧张得不知如何是好。那声音由远及近,越来越重,越来越响。随后,当那匹马奔出了紫艾草原中的那条驿道,进入了小树林中那片坚实的土地时,马蹄声分明已经截然不同。那是一种清脆、悦耳的声音——骏马疾驰的"嘚嘚"声如银铃般铿锵有力,然而其步法却很特别,马蹄前后踏地的间隔时间远比一般的马儿要长。

"郎格儿!……是郎格儿!"简妮·威瑟斯汀大叫起来。"哪怕在上百万奔腾不息的骏马中,我也能听出它的声音来!"

激动的心情和紧张的期待像潮水般涌来,彻底淹没了简妮·威瑟斯汀冷静的头脑。当她看见那匹威风凛凛的枣红马一路裹挟着棕红色的闪电飞越在绿荫中的一块块空地上时,她的胸膛犹如被一条紧箍带紧紧捆住了一样紧张得透不过气来了。须臾间,这匹骏马冲出了林中的甬道——裹着雷电昂然闯进了大院——巨大的铁蹄重重地砸在旗形石板地上。是郎格儿,没错,但它却毛发蓬乱、桀骜不驯,平添了在紫艾草原上养成的野性,满身覆盖着厚厚的尘土。它高高地扬起前蹄,然后轰然一声砸下,接着又是一个迅猛的前冲。马背上的骑手顺势跳下马来,抛开缰绳,却依然紧攥着套在郎格儿头上和脖子上的马嚼子。当简妮仔细辨认出眼前的骑士就是温特斯时,她的心猛地咯噔了一下。那宽阔健壮的双肩和傲然挺立的气度,依然还是她所熟悉的形象。但是,这个满脸胡须、长发飘逸、邋里邋遢的男人,破烂不堪的衣服紧贴在一块块裸露的皮肤上,磨破的马靴露出了他赤裸的双腿和脚丫——这个满身灰尘、肤色黝黑、野性十足的骑士,不大可能是温特斯啊。

"啊哈,郎格儿,老伙计!静一静。该放松些啦。行啦——行啦——行啦。你已经到家啦,老伙计,马上可以去饮水啦,你还记得这是哪儿呀。"

从这声音里,简妮听出,眼前的骑士非温特斯莫属。只见他把郎格儿系在拴马桩上,然后便转身朝院子里走来。

"啊!伯恩!⋯⋯你这个野人!"她叫道。

"简妮——简妮,很高兴见到你啦!你好,拉西特!没错,我是温特斯啊。"

他粗糙的手像生铁一样差点儿没捏碎简妮的手。这一握使她立即生出异样的感觉,而且一眼就看出,他变化很大,今非昔比了。变得豪放、粗犷、不修边幅了——然而,多么奇妙啊!他离开时还是个毛头小伙子呢——回来时已然成长为一个男子汉了。他好像长高了,肩膀更宽了,胸膛更厚了,体格更健壮了。但是,这是否只是她自己的臆想呢——他向来就是个小巨人啊——这种变化是否也反映了他的精神面貌?他简直像离开了好多年,经受了烈火金刚的锤炼,已然成长为拉西特这样的人了,坚定、冷静、稳重。他的眼睛——是否比以前更敏锐、更明亮了?——与她相遇的目光是那么清澈、坦荡、热情,带着真诚的问候,却没有困惑,没有牢骚,没有痛苦。

"你想看多久就看多久吧,"他爽朗地笑着说,"我可不值得你这么看啊。还有,简妮,你和拉西特,都别尽拣好听的说。你的脸色很不好啊,我从没见你这样。还有拉西特,他帽子底下缠着带血的绷带呢。这倒使我想起来了,刚才在紫艾草原那边,也有人仓促之下朝我开了一枪。那一枪把郎格儿惊得飞奔起来……哎,也许你要告诉我的事情比我要告诉你的多得多呢。"

简明扼要,寥寥几句,简妮把他走后这几个礼拜里她所面临的恶劣情况大略概说了一遍。

虽然胡子拉碴,皮肤被晒成了古铜色,她还是看得出他那极其愤怒的表情,脸都气白了。

"拉西特——你为什么还不出手?"

在这段漫长的时间里,在不断有激烈的枪声和屡屡遭到突然袭击的时候,简妮·威瑟斯汀也从没看见过拉西特像现在这样镇定、从容、冷静。

"即使我没有去添乱,没去把整个村子搅得天翻地覆,简妮的心情也够郁闷的。"

如同拉西特出奇地冷静一样,温特斯也在出奇地纳闷,在仔仔细细地琢磨着这两个人。在他探究的目光下,简妮感到有一股热浪从胸口一直涌到了太阳穴。

"好吧——你说得对,"他沉吟了片刻,接着说,"我只是感到有点儿出乎意料,没什么大不了。"

简妮凭感觉立即意识到,温特斯的内心已经稍许有了些变化,至于这种变化究竟是什么,由于脑子里一片迷茫,她一时也说不清。她一直想让他知道,她对拉西特只是在虚与委蛇,因为她想凭着自己的满腔热情去感化他。她并不是想为自己开脱。然而,此时此刻,面对眼前这两个骑士,要想把她心里的话解释清楚是绝无可能的。

也不知是什么原因,温特斯说话竟然也吞吞吐吐起来,不像他先前那样直爽了。"我找到老圈的藏身之地和你那群红色牲畜的下落了。我听说——我知道——我敢肯定,塔尔和老圈之间有勾结。"他迟疑了一下,变换了一下站立的姿势,同时也调整了一下看人的眼光。他那欲言又止的样子,仿佛在斟酌到底该不该说。悲酸、怜悯、惭愧似乎一齐涌上心来,要战胜他的理智。过了一会儿,他抬起头来,费劲儿地开口道:"简妮,是我连累了你。为了我,你差点儿毁了你自己。这是违背常理的,因为我不值得你这样。我根本不配享有如此深厚的友情。好吧,也许现在还为时不太晚。你一定要放弃你对我的这段情谊。记住,我没有变心。我还是过去的我,一点儿也没变。我要借这次机会去会一会塔尔,当面向他说清楚。"

"伯恩,已经为时太晚啦。"简妮说。

"我要让他相信!"温特斯暴怒地吼道。

"你要我断绝我们之间的友情?"

"是的。即使你不断,我也会断的。"

"永远?"

"永远!"

简妮唏嘘了一声。又一团黑云压向了紫艾草山坡,进一步把她推入了黑暗。她无可奈何地叹息着,愁肠百结的心中竟涌起了一丝甜蜜的情感。这个不久前才离开她的小伙子,回来时已然成长为一名男子汉了,变得更加高尚、更加坚强了,她凭直觉感受到了他身上的那股宁折不弯的钢铁般的志气。也许要再稍等一会儿,她才会扪心自问,自己为什么竟然没有抗拒他的意志,然而,此时此刻,她屈服了。她也很喜欢他——不,是更加喜欢,她暗自思忖，只是在这漫长的、危机四伏地等待暴风雨爆发的煎熬中，她的感情已经麻木了。

她从前曾经向他伸出过自己的手——在她慷慨解囊相助的时候；现在，她又向他伸出了自己颤抖不已的手，那是在迫不得已地顺从天意对他们两人的安排。温特斯朝她深深一揖，亲吻着那只手，紧紧地贴着那只手，仿佛在压抑着他极像啜泣的幽咽声。他肯定在啜泣，因为他抬起头时，眼睛里噙着晶莹莹的泪花。

"有些——女人——真是时运不济啊。"他说，嗓音有些沙哑。过了一会儿，他抖擞起强壮的身躯，身上的破衣烂衫也随着一掀一掀地飘动着。"我要对塔尔说几件事——等我见到他的时候。"

"伯恩——你不会对塔尔动枪吧？啊，那种事情千万不能干啊！答应我——"

"这一点我答应你，"他打断了她的话，声音铿锵有力，慷慨激昂，听得她惊恐失色，"如果你再为这个阴谋家多说一句话，我就会像宰一头发了疯的郊狼一样宰了他！"

简妮双手交叉，十指紧握。这个眼睛里喷着怒火的男人，难道就是她曾经想按自己的意志来塑造的人吗？难道温特斯已经变成了拉西特，而拉西特则变成了温特斯？

"我——我再也不说了。"她结结巴巴地说。

"简妮，拉西特曾经说你是个糊涂虫，"温特斯说，"这话肯定没说错。不过，我也不想指责你。只是别再为塔尔祈祷了，免得激起我的心魔！我见到他时会尽量保持冷静的。这件事就说到这儿吧。唉，我还有一件事想求你——最后一次。我在迷魂谷那边发现了一个山谷。那是一个极好的去处。我打算住在那儿。那个地方十分隐蔽，我认为没有人能找到它。那里水源充足，牧草丰盛，还有很多猎物。我想在那儿种玉米，养牲畜。我需要带些粮食和生活用品过去。你愿意给我吗?"

"当然愿意啊。你拿走的东西越多,就越是让我高兴——也许我的——我的仇敌们得到的就会越少。"

"温特斯,依我看,无论你带什么东西走,你都会遇到麻烦的。"拉西特插进来说。

"我可以在夜里动身。"

"也许那并不是最佳时机,你肯定会遇到阻拦的。最好等到凌晨时分再出发——比方说,在天刚蒙蒙亮的时候。要想在这一带走动,这才是最安全的时机。"

"拉西特,要想拦住我怕也不那么容易吧。"温特斯回答道,有些不快地。

"依我看,也是。"

"伯恩,"简妮说,"你还是先去一趟骑手们的宿舍,去为你自己找一身衣服吧。你很——很有些惹眼呢。然后嘛,你需要什么,就尽管自己动手去拿吧——驴子、驮包、粮食、干果、牛肉,等等。你还应当带上咖啡、糖、面粉——诸如此类的一切生活用品。别忘了玉米和种子。我记得你过去老是挨饿的。请吧——请你从这儿能搬走多少就搬走多少吧。我要给你做一个小包裹,不过,你要等到了你说的那个山谷之后才许打开来看。我多想亲眼看看那个山谷啊!从你和郎格儿的身上可以看出,那一定是一个荒无人迹的地方啊!"

简妮走向外院,来到郎格儿身边。烈马吃了一惊,两只耳朵倒竖起来,两眼乜斜着她。

"郎格儿——亲爱的老伙计郎格儿啊,"她一边说,一边伸手抚摸着它浓密的鬃毛,"哇,它野性十足呢,不过,它还认识我!伯恩,它还跟过去跑得一样快吗?"

"跑？简妮，昨天夜里，从天刚黑的时候开始，它已经奔行了六十多英里路程啦，如果现在再来一场比赛，我敢保证，它依然能在十英里之内打败黑星星。"

"根本不可能，"简妮反驳说，"即使它精力充沛，也做不到。"

"依我看，哪匹马最好，一比就知道啦，"拉西特说，"简妮，假如真的来一场比赛，我倒希望你把赌注押在郎格儿身上呢。"

"我也希望你这样，"温特斯附和道。"不过，简妮，也许拉西特的提醒太过偏激了。尽管你的前景很不妙，却绝对不至于闹到要逼你离家出走的地步吧。"

"谁知道呢！"她苦笑了一下，回答道。

"不，不，简妮，形势绝不会糟糕到那种地步的。等我见了塔尔之后，你的运道，你的家财，很快就会有所改观了。我要赶快进村去了……你就别再担心啦。"

简妮回到自己那幽闭的房间。拉西特对灾难的敏锐预见，温特斯强装出来的乐观态度，都没有存留在她的脑海中。物资上的损失与她正经受着的其他损失相权衡，根本就算不了什么。她愣愣地坐在那儿遐想着，双手软绵绵地叠加在一起，有些麻木不仁、心灰意冷地回味着流逝的岁月和她流失的财富。她思念着温特斯的友情。她并没有失去他的友情，但是，她已经失去了他这个人。拉西特的友情——远远超出了爱情——也会永存的，然而，要不了多久，他也会一去不复返的。小菲静静地睡在床上，连梦都没有，金色的鬈发流水般披散在枕头上。简妮是这孩子崇拜的偶像。她也会丧失对偶像的崇拜吗？假如她也走了，那剩下的还会有什么呢？良知像霹雳一样在她脑海里炸响，她剩下的还有对宗教的信仰。良知如同响雷，在"砰砰"地撞击着她的心坎，她应当虔诚地感谢上苍，让她经受了这场烈火的洗礼，通过不幸、牺牲、磨难，她的灵魂也许能熔炼成纯金。不过，往日的那种发自内心、令人销魂的精神气质已经不再能让她意气昂扬了。她想做一个女人——而不是做一个殉道者。如同一个愿以自己的血肉之躯去殉道的古代圣贤一样，简妮·威瑟斯汀在本质上也具有英勇殉道的崇高精神，假如她的自我牺牲能够换得对他人灵魂的拯救，她也会在所不惜的。然而，事到如今，她作出的自我牺牲越大，她那些牧师们的灵魂却越黑，这个该死的结论在狠狠责骂她。她的灵魂已经不知在哪儿出了严重的差错，她的牧师们、她所信仰的宗教，也已经出了严重的差错。不过，在她那翻江倒海的思绪里，依然还有一盏明灯在指引着她，在维系着她的希望；有了这盏明灯，即使她出的差错再多，即使她再脆弱、再糊涂，她也能毫不动摇、绝对牢靠地抓住那至高无上的正义之举。那就是仁爱。"爱敌如爱己！"是神的旨意，完全不受任何教派或教义的左右。

简妮的沉思默想被拉西特走进院子时的轻捷、叮当作响的脚步声打破了。他总是穿着配有马刺、叮当作响的马靴。他总是时刻准备着上马应战。她走出房间，招呼他走进光线朦胧的大厅。

"我想，你在这儿要安全些。院子里太无遮无拦了。"她说。

"依我看也是。"拉西特回答道。"再说，这儿也凉快些。这鬼天气实在太闷热啦。哎，我刚才陪温特斯一块儿进村去了。"

"已经去过啦！他人呢？"简妮立即问道，满脸惊异的神色。

"他这会儿在马厩那边。布莱克在帮他准备驴子，忙着打包呢。那个布莱克的确是个好人。"

"伯恩他——他见过塔尔了吗？"

"我估计，他们见过面啦。"拉西特回答道，接着又干巴巴地笑了一声。

"快告诉我呀！啊，你要气死我了！你这人太冷静、太沉得住气了!看在老天爷的分儿上,快把情况告诉我吧!"

"好几个礼拜以来,这还是我头一次进村呢。"拉西特不慌不忙地接着说。"依我看,已经很久没再出现什么稀奇古怪的事儿了。我和温特斯一路上是大摇大摆地走过去的!有趣得很啊!我是说,没有人特别高兴见到我们。我也没太在意周围的动静,而温特斯的模样,就像你说的,整个儿就是一个野人。好吧,我们还没走到那几家商铺,就有人跑去通风报信了。于是,所有的人都匆匆躲开了,只剩下几个惊诧不已的盗马贼站在沙龙前。温特斯径直走进那几家商铺和沙龙,我当然也跟了过去。我也不知道到底什么算最逗趣儿——是我们一路上碰到的许多人的可笑行为呢,还是温特斯的那副大无畏的气概。简妮,反正我这一趟走得特别开心。你知道的,这种事情本来就是我的拿手好戏,再说,我也有很长时间没碰到过这种事啦。不过,我们在那几个地方都没有找到塔尔。后来,终于有一个摩门教徒把塔尔的去处告诉了温特斯,说他就在那幢长条房子里,在帕桑家那个店铺的隔壁。那幢房子很像一个会议厅,当我们朝里面窥望时,果然不假,里面坐着大半屋子人呢。

"温特斯高声喊道:'大家都别动枪!我们不是冲这个来的!'话音刚落,他就昂首阔步地走了进去,我也紧紧守在他身边。屋子里先是一片混乱的脚步声,有人大叫了一声,接着便是交头接耳的窃窃私语声,再然后就鸦雀无声了,静得连掉一根针都能听得见。塔尔就在那儿,屋里还有那个曾经自不量力想朝我开枪的胖子,还有几个模样看上去似乎很重要的人物,那个身材矮小、天生两条青蛙腿的家伙也在那儿,我第一天骑马来这儿时,就看见他跟塔尔在一起。要是你也能看到他们当时的那副嘴脸,那该多好啊,尤其是塔尔和那个胖子的嘴脸。不过,向你描述他们的模样也没什么用处。

"嘿,我和温特斯就站在屋子的正中央,直接面对着那帮子人,他们谁都不敢互相使眼色,也没有一个人敢动一根手指头。我当然要先摸清他们有多少人带着枪,这是很自然的事儿。这是我的一贯做法,首先要弄清他们都带着些什么玩意儿。温特斯开口了,他的声音很尖厉,很刺耳,他对塔尔说,他有几件事要对他讲一讲。"

说到这里,拉西特停顿了一下,手里在不停地旋转着他那顶宽边黑帽,那是简妮再熟悉不过的他的习惯性动作,瞧他眼里的神色,仿佛在回味某个激动人心的场面一样,古铜色的脸上呈现出兴奋不已的表情。

"紧接着,温特斯便毫不犹豫地告诉塔尔说,你和他之间的情谊已经结束了,他正准备马上离开你家。他说,你们两个人都已不抱希望还能求得你们这帮人的好感,但是,你在其他方面还没有改变主意,永远也改变不了。

"接下来,他就开始无所顾忌地替你说话了。我不想告诉你他都说了些什么——只想告诉你一句话——他说,这世上没有哪个女人像你这样值得人们歌功颂德!你有一个坚定不移拥护你的人呢,简妮,所以,你根本不用担心那些榆木脑袋的男人不理解你。不会错的。他说出的是如雷贯耳、如电光石火的真话……紧接着,他便痛斥起塔尔的罪恶行径来,骂他是在采用阴险毒辣、卑劣无耻的手段残忍地掠夺一个无助的女人。他告诉了塔尔那群红色牲畜的下落,他揭露了塔尔与老圈之间的秘密交易,那是由杰里·卡德出面做成的。我真以为塔尔要被吓瘫了,还有那个身材矮小、天生一副癞蛤蟆腿的畜生,他听得垂头丧气,脸色惨白。不过,温特斯的嗓门也确实让人听了会腿肚子打弯。我倒是站得笔直的。他随后便对塔尔破口大骂起来——什么脏话都用上了,一个骑士所能想到的一切脏话,有些话甚至更难听。他狠狠诅咒着塔尔。我从没听过如此痛快淋漓的诅咒。他大肆嘲笑塔尔,说他这个一肚子坏水的人居然还是一个牧师。他说,塔尔和几条该死的癞皮狗是在利用像简妮·威瑟斯汀这样清白无辜、对上帝一片虔诚的女人的心来营造他们的帝国的。他大骂塔尔是一个极爱霸占良家妇女的好色之徒,一个披着荒唐可笑的正义的斗篷、却毫无人性的畜生——是地球表面上最为人所不齿、最卑鄙无耻的胆小鬼。利用他们的宗教来残害那些弱女子——那才是可耻得难以形容的犯罪!

"他骂完了,嗓子也几乎要哑了。但是,他压低嗓门说出的话也是够厉害的。'塔尔,'他说,'她恳求我今天不要对你动枪。即使你把她逼到了走投无路的地步,她仍然还会为你祈祷……但是,你听着!……我发誓,如果你和我再次狭路相逢,我一定会杀了你!'

"骂完之后,我们便退出门外,然后就上路了。不过,没人来跟踪我们。"

简妮猛然发觉自己在伤心地哭泣。她并没有意识到自己一直在动情地哭着,一直哭到拉西特讲完了这段故事。在涟涟泪水中,她体验到了极度的痛苦和得到解脱的滋味。因为悲痛太深,她的泪水早已经干涸了,她的感情早已经麻木了。拉西特讲述的这段故事,使她如同经受了一场酷刑;温特斯令人震惊的行为和言辞,实质就是一种无可比拟的当庭凌辱,比发生流血事件还要严重。像塔尔这号宁肯挨枪子儿的人,能够容忍被人在大庭广众之下如此叱责和痛骂吗?一阵不由自主、战栗不已的激情压住了她的恐惧感,使她的灵魂受到了强烈的摇撼。那是一个顶天立地的男子汉无所畏惧的壮举,充分反映了人性可歌可颂的一面。那是一种炽热的、原始的本能——要生存,就要拼搏。那是温特斯身上的骑士风范所表现出的狂放的畅快。那是近乎于愤怒的宣泄,在这场冲她而来的战争的开始阶段,这种愤怒也曾动摇过她的意志。

"行啦,行啦,简妮,别这么大惊小怪啦,"拉西特说,他显然也很悲伤,"我是憋不住才告诉你的。有些事情,人就是没法闷在心里不说。让我感到奇怪的是,你怎么会一听到这段话就忍不住哭了,因为这么长时间以来,你一直是我所见过的性格最豪迈的女人呢。可是,我不懂女人。你也许有你哭的理由吧。我知道这一点——我的灵魂深处从来就没有什么能引起我激动的事情,所以,就让这件事来填补吧,就像温特斯那样。我倒希望这件事是我干的呢,可是——我只擅长于动枪,而你似乎又不喜欢那样……好吧,我该走啦。"

"去哪儿?"

"温特斯把郎格儿牵到马厩那边去了。那匹枣红马的一只铁掌坏了,我得去帮忙控制住那个性子暴烈的家伙,给它换一只铁掌。"

"告诉伯恩,让他来拿我打算送给他的那个包裹——还有——总要来告别一下吧。"拉西特出门时,简妮在他身后喊道。

简妮把这一天剩下的时间都花在如何为温特斯准备好那只包裹上了。她左思右想,就是拿不定主意到底该放什么,不该放什么。这或许是她最后一次为他做事了,这些礼物或许也是她送给他的最后一份礼物了。所以,她挑挑拣拣,然后又推翻重来,常常停下来伤感地遐想着,然后再挑来拣去,过了很久,才终于把包装好。

夕阳快要落山了,她和小菲吃完晚饭,刚在院子里坐下,就听到温特斯匆匆的脚步声在石板地上响起。她几乎认不出他了,他已经换下了那身破衣烂衫,浓密的胡须和飘逸的长发也不见了。但是,他依然不是过去的温特斯。当他一步步走过来时,她身不由己地用手指着那只小包裹,身不由己地说着一些在她看来也许是毫无意义的话。他说了声再见,他拥吻了她,又松开了她,然后便转身走了。他伟岸的身形在她的视线里一片模糊,在朦胧的光线里越来越黯淡,在飞快地淡去,直至最后不见了踪影。

暮霭四合,笼罩着威瑟斯汀庄园,黄昏连着夜色。小菲已经入睡了,而简妮却依然睁着一双疲惫、酸痛的眼睛。她听见晚风在三角叶杨树林里呻吟,听见老鼠在墙角里吱吱乱叫。黑夜何其漫长,她却在祈求黎明不要来临。新的一天又能给她带来什么?这漆黑一团的房间,等到那伤心的灰白色的晨曦映照进来时,恐怕会显得更加黑暗。她听见早醒的鸟儿在"叽叽喳喳"地叫,满以为自己听见了"嘚嘚"的马蹄声。紧接着,远处传来了一阵沉闷、激烈的枪声。她早料到会有枪声,也在等待着这阵枪声的响起;然而,如同遭到了突如其来的电击一样,她的心陡然又紧缩起来,骨头缝里的每一根活着的纤维仿佛都凝固住了。那种似乎被牢牢地夹在老虎钳里的官能很久也没能松弛下来,直到窗台下传来了说话声,才使她松了一口气。

"简妮!……简妮!"是拉西特在轻声呼唤她。

她胡乱答应了一声。

"现在没事儿啦。温特斯早已脱身走远了。我估计,你大概也听见那阵枪声了,我也有点儿担心呢。"

"怎么回事儿——谁开的枪?"

"好吧——有个笨蛋想在紫艾草原那边拦截温特斯呢——结果他只拦截了一颗枪子儿!……我想,现在应该没事了。我既没看见、也没听到还有别的什么人在那一带活动。温特斯会平安无事地闯过难关的。还有,简妮,我已经给银玲儿备好鞍了,我打算跟着温特斯。你放心,我不会暴露自己的,除非他与人交上了火,需要我的帮助。我想去了解一下,他要去的那个地方是不是安全。他说没有人能够跟踪他找到那个地方。我还真没见过有哪个地方我找不到,有哪个人我跟踪不了呢。哎,简妮,我不在的时候,你就守在屋里,还要寸步不离地时刻注意着小菲。你行吗?"

"行!啊,行!"

"另外还有一件事,简妮,"他接着说,随后却停顿了许久也没说话,"还有一件事——我回来时,万一你不在这儿——万一你走得不见踪影了——别怕,我会循着蛛丝马迹去找你的——我一定能找到你。"

"我亲爱的拉西特,我能去哪儿呢——像你说的那样?"简妮问道,深感意外和吃惊。

"依我看,你也许会待在某个地方。说不定被人绑在一间旧仓库里——或者像牲口一样被关在某个深谷里——或者被锁在某个山洞里了!米莉·欧尼就是——直到她屈服了!也许,这对你来说有点儿像新闻——唉,万一你不见了,我会追踪下去,找到你的。"

"不,拉西特。"她回答道,声音忧伤而又低沉。"假如我不见了,你就忘掉这个不幸的女人吧,她曾经因为糊涂和自私而蒙骗过你,可你却对她报以善良和爱情。"

她听见了一句含混不清、咬牙切齿地咒骂声,然后是一阵马刺发出的悦耳的叮当声,他走了。

简妮怀着一种既安稳踏实又烦忧苦闷的平静心态,着手料理起这一天的诸多事务。灾难正倒悬在乌云下、匍匐在黑影里、潜藏在潮湿的西风中。布莱克赶来汇报时，他往日常见的那种兴致勃勃的神色已经荡然无存；杰德也是一脸的疲惫、焦虑和苦恼。接着，贾金斯也来了，他骑着一匹跛马，以骑手特有的动作勒住缰绳，跳下马来，他满身尘土，满脸阴沉，他那错愕不已的表情足以表明，他遇上了极可怕的灾难。她不需要任何解释就明白了一切。

"威瑟斯汀小姐，我不得不前来向您报告——那群白色牲畜已经——已经没了。"贾金斯嗓音嘶哑地说。

"来吧，快坐下，瞧你这样子，一定是累坏啦。"简妮安慰地回答道。她给他拿来了白兰地和一些食物，他好像已经饿极了，在他狼吞虎咽地吃点心时，她什么也没问。

"我们已经尽了最大的努力啦——没有哪个骑手比我们更尽心尽责了——威瑟斯汀小姐。"片刻之后，他接着说。

"贾金斯，别难过啦。你比任何骑手付出的都要多啊。我早就料到了，那群白色牲畜必定会丢失的。一点儿也不奇怪。这件事与正在发生的其他一些事情有关联。我感谢你的辛苦。"

"威瑟斯汀小姐，我知道您的心情。要说难过，那简直是难过得没法提啊。您知道的，我这个人是一心一意想为您效劳的，再说，我也很喜欢干这项工作。我们把那批牲畜赶到了远离那个山口的北边的一个地方。那儿一马平川，水源丰富，牧草也很肥嫩。可是，那些牲口全都高度紧张。特别容易受惊——像羚羊一样胆小！您不知道啊，它们惊恐得从来都不敢睡觉呢。我就不对您细说他们在紫艾草原那边耍了多少鬼花招了。不过，连续有好几个礼拜，那些牲畜没有哪一天不被惊吓得到处乱窜。我们天天都要费尽力气去追赶它们，把它们逼回来，再圈在一起。说实话，威瑟斯汀小姐，那些菜牛都瘦了。在到处都有水、有草的情况下，它们还那么瘦。在这样的季节里，它们还那么瘦——这就足以说明，您那群菜牛遭受到多么严重的惊扰。比方说，有一天夜里，居然有一团奇怪的四处奔跑着的火苗，径直窜进了牲畜群里。那是一头郊狼——尾巴被人浇上了油，正燃烧着呢！那是我一枪打死它之后才弄明白的。那天夜里，我们是陪着那些牲畜一起渡鬼门关啊，要不是因为紫艾草和牧草都十分潮湿——我们、马群、菜牛群，恐怕都会被活活烧死的。可是，我刚才还在说，别把这些鬼花招说给您听呢……奇怪呀，威瑟斯汀小姐，牲畜群受惊原本是一桩很自然的事情——只要一阵旋风刮起漫天沙尘就够了。这是常见的现象。可是，那压根儿就不是旋风刮起的沙尘，因为沙尘总归会落下的。沙尘来自一小块干涸的浅沼地，一般情况下，菜牛是不会朝那儿跑的。可是，畜群太紧张、太容易受惊了。就像拉西特所说的那样，白色菜牛一旦受到惊吓，就会像水牛一样难以控制。我在老家内布拉斯加那边看见过水牛受惊的情景，跟这批菜牛的情况一模一样。

"我努力学着拉西特的样儿，想把牲畜群给圈回来。不过，我是没法和他相提并论的，威瑟斯汀小姐。我也不相信这世上还有哪个骑手能把那群牲畜给圈回来。我们跟着畜群追了好多好多英里地，我的小伙子们都想把那些菜牛拦截住。可是，没用啊。我们追出了那片平地，又继续追下山去，那些菜牛后来都像疯了一样狂奔起来。我们追出了那些沟沟壑壑和一些被雨水冲刷出来的干河床——结果却发现，好多菜牛都死在那儿了。最后，我终于看见，那群牲畜朝山脊间的一个低洼地奔去。那儿有一个'猪拱背'——我们常把那个地方叫"猪拱背"——是一块陡峻的拱地，我看到畜群快要从那儿绕过去了，或者就要涌向左侧了。我想把它们朝右边赶，这样，我们兴许能把它们圈在那块低洼地里。所以，我留下三个人，带领全体小伙子，竭尽全力想把牲畜群逼向右侧。可是，我们拦不住它们。它们全都一窝蜂地绕过那片乱石岗，大部分都奔向了左侧，冲下了我们没看见的一条干河谷——我们没机会去查看那条河谷。

"另外那三个小伙子——杰米·韦尔，乔·威利斯，还有那个小凯恩斯——他是一个很有胆气的小家伙！他们，由小凯恩斯一马当先，一路猛冲过去，想把牲畜群包抄在那块低洼地里。那可是无比大胆、不计后果的想法啊。我也没法去制止他们。小伙子们被夹在了菜牛群和那条干河谷之间——他们也没有机会去查看那个河谷。我们眼睁睁地看着韦尔和威利斯被撞翻在地上。小凯恩斯骑的是一匹好马，还在一个劲儿地向前冲。我从没见过这么不怕死的人，在那些狂奔的菜牛群中，假如有一点儿空档可以冲进去，他也就把它们拦截住了。我当时的位置比较高，亲眼目睹了那些菜牛是怎么成排地冲进那条河谷里的。小凯恩斯骑着马冲到了一个什么马也没法立足的地方，结果是，他和他的马都被拧断了脖子。我们是事后才发现的，至于韦尔和威利斯——两千多头菜牛从两个可怜的小伙子身上踩了过去。连带回家安葬的尸骨都难找到啊！……啊，威瑟斯汀小姐，这一切就发生在昨天啊，我相信，假如那群白色牲畜当时没有冲过迷魂谷的那道悬崖，现在也是在朝那儿奔呢。"

在贾金斯讲述了那段经历之后的第二天上午，简妮就像一只惊弓之鸟，一直待在屋里，为失去了那几个年轻的骑手而深感悲痛和懊悔，也越来越为自己的安危担忧起来，她以前从来没有担忧过个人的安危。此时此刻，她最渴望的是能再次听到拉西特那轻软柔和、叮当悦耳的脚步声，虽然她内心里并不敢坦率地承认这一点。就在这时，她听见了那思念已久的脚步声，一种如释重负的感觉立即涌遍她的全身,一种不啻为喜悦的情感袭上她的心头,在那一筹莫展、身处黑暗的数小时里,她简直不敢奢望还能有这种心情,不过,那脚步声所包含的意义却也忽然使她忐忑不安起来——拉西特的返回对她究竟意味着什么。她已经恳求过他,为了他自身的安全,要他离开杨树村。如果她残存的一点儿勇气还能允许她敢于去直面绝对孤独和无助的处境的话,她或许还会恳求他离开此地的,但是,她现在已经意识到,假如让她来独自支撑这个局面,那她的一生都将是一场漫无止境、极其可怕的噩梦。

当他那轻软的脚步声"叮叮当当"传进了大厅,应和着她的问候时,当他那一身黑衣、高大伟岸的身形堵在大门口时,她马上就有了难以形容的安全感。他的出现立即消除了她对威瑟斯汀庄园里的那些黑漆漆的过道和每一个声响的恐惧感。平日里,每当他走进院落或大厅,只要看见他披挂在左右两侧的那两支巨大、黑色的枪,她就感到格外讨厌,想不到,那种厌恶感也在逐步减弱。这时,那种厌恶感再度袭上心来,使她为之一震,这是因为,不管怎样,有一个如梦初醒般的念头闪现在她的脑海里,分明告诉她,她激动不已地迎来的不仅是拉西特本人,也包括了他那致命的武器。那两支枪的意义确实重大。她竟然沉沦到了如此地步——她一定是心灰意冷、意志消沉到了极点——尽管她仍像过去一样,对拉西特的大枪和他的名头深感恐惧,然而,枪的法则、威力和使用价值,却也使她获得了一种冷酷的、战战兢兢地愿意接受庇护的感觉。

"你是不是一路跟着温特斯——找到他那个美妙的山谷啦?"她急切地问道。

"没错,依我看,那确实是一个绝妙的去处。"

"他在那儿安全吗？"

"这一点我也有些不放心。我一路跟踪着他，而且其中有一段羊肠小道最为险峻，连我都从没走过那么艰难的路。说不定这一带就有某个盗马贼或者什么人，跟踪的本领也不亚于我呢。倘若那样，温特斯就未必安全啦。"

"得啦——快把伯恩和他那个山谷的情况都告诉我吧。"

简妮很诧异地发觉，拉西特似乎对他这趟远行讳莫如深，也不愿深谈。他显得极其疲惫。简妮因而想到，一百二十英里的路程，其中有大量峻险的山路也许只能靠步行，要在三天之内走完，那足以能把任何一个骑士累垮啊。再者，拉西特一回来，情绪就显得格外伤感，一副心事重重的样子。她推测，他是在为她丢失了那群白色牲畜而深感惋惜，并对她朝不保夕的财产的现状深感担忧。

几天过去了，因为太平无事，简妮的情绪又好起来。在沉思默想的时候，她也曾悟出，那种企盼还能东山再起的欲念，不过是在枉费心思，徒添悲伤。同时，她也恢复了往日爱散步的习惯，有时也会牵着小菲在屋前的小树林里漫步。

有一天早晨，她竟穿过树林，来到紫艾草原的边缘。自雨季开始以来，她还没见过这片山坡。眼前的山坡正呈现出一派鲜活的绛紫色，在疾风的吹拂下，紫艾草搔首弄姿，翩然飞舞，颜色由浅而深，煞是艳丽。朵朵云彩在天空中疾驰，投下的一片片阴影在洒满阳光的山坡上阴沉沉地飘荡着。

返回庄园时，她走上了那条通往牲畜棚的甬道，但是，在快要到达那片牛棚、马厩、鸡笼、鸭舍集中的开阔地时，她突然看见拉西特急匆匆地向她走来。小菲甩开了她，朝一个畜栏奔去，在那儿使劲拍打、揪扯着一头昏昏欲睡的驴子耷拉着的长耳朵。

她只看了一眼拉西特的神情,便已做好了承受打击的心理准备。

他一言不发,领着她穿过开阔的院落,来到马厩所在的坡地上。

"简妮——你瞧!"他指着地面说。

简妮俯身察看着、仔细辨认着,终于看见了石板地上越来越清晰的斑斑血迹,看见了泥地里留下的一条条宽阔、均匀的压痕,一直伸向紫艾草原的深处。

"这些是什么造成的?"她问道。

"依我看,那些死人或者受了伤的人已经被人拖走啦,拖向了紫艾草原他们藏马的地方了。"

"死人——或者——受了伤的——人?"

"依我看——简妮,你能坚强些吗?能挺得住吗?"

他轻柔地握着她的双手,他的眼睛——她突然不敢再看那双眼睛了。"坚强些?"她浑身战栗着重复道。"我——我会的。"

在那条用旗形青石板铺就的栈道上,在那条被赛马的铁蹄踏出无数印痕的栈道上,拉西特领着她向前走去,手越握越紧。

"布莱克在哪儿——还有——还有杰德呢?"她结结巴巴地问道。

"我不知道杰德在哪儿。十有八九,凶多吉少。"拉西特回答道,此时,他已拉着她走进了畜栏的石门。"但是,布莱克——可怜的布莱克!他已经永远回不来啦!……你可要挺住啊,简妮。"

简妮看见了躺在她脚边的那支步枪,枪膛大开,枪膛里没有子弹,旁边散落着许多弹壳。她打着寒颤,瞪大眼睛,惊愕不已地望着面前这一幕,浑身禁不住泛起了一层鸡皮疙瘩,连耳膜也在怪异地嗡嗡乱响。

四肢伸展着躺在马厩地面上的人正是布莱克,脸色煞白——已经死了——他的一只手仍然紧握着一杆枪,另一只手揪着他胸口血迹斑斑的衬衣。

"无论那些贼是什么人,无论是你的人,还是盗马贼——布莱克消灭了他们好几个人呢!"

"贼?"简妮压低嗓子说。

"依我看,是贼。偷马的贼!……你瞧!"拉西特一边说,一边朝那些马厩挥了挥手。

第一个马厩——银铃儿的马厩——已经空了。所有这些马厩全空了。没有一匹赛马喷着响鼻、趾高气昂地来迎接她了。夜游神没了!黑星星也没了!

第十六章 黄金

正如拉西特向简妮讲述的那样,温特斯平安无事地闯过了围追堵截,再经过一段艰难的跋涉后,终于到达了"奇异谷"中他那片安宁的栖息地。他一路上背着重负、赶着毛驴翻山越岭,攀上了那面陡坡、穿过了奇异谷的入口处,现在总算能在银杉树下躺一会儿,放松一下疲惫不堪的筋骨了,也有闲暇来好好思考了。他为自己没有向忠实的朋友简妮·威瑟斯汀坦诚相见而懊恼了好半天。

然而,他的思绪仍然一直沉浸在对此行的回忆之中,当他再次与她面对面站在一起,为她的变化而惊愕不已,继而又得知她在逆境中所遭受的种种折磨时,他就不忍心再告诉她已然闯进他的生活、令他更为关切的事情了。他并没有撒谎,他只是缄口未语。

贝丝在忙着来来回回地搬运他从杨树村驮来的大批粮食和生活用品。他带回的东西笃定比他动身前所预想的要多出一百倍,足够用上好几年,这是毫无疑问的,说不定还够他们永远在这个山谷里安家落户呢。他想不出还有什么理由要离开这儿。

歇息了一天之后,他恢复了体力,便与贝丝一起高高兴兴地整理着堆积如山、大大小小的包裹,开始筹划起未来的生活了。在筹划未来的过程中,他的杨树村之行,包括他重新燃起的对塔尔的仇恨,以及随后的大发雷霆和恶语相向,很快便从他脑海中淡去了。他目前正全身心地积极投入在对未来的谋划中,对简妮·威瑟斯汀那场友爱的怀念，连同他的懊悔之心，已经一点一点儿地飘散到了记忆的深处，成了他时常追怀的往事。

返回营地后的第二天，就温特斯的心态而言，那流光溢彩的山谷和氤氲缭绕的紫云，能倾诉衷肠的西风和凉爽、宁静的夜色，以及贝丝那双神采奕奕、专心致志的美丽的大眼睛，都会使他心满意足，使他根本就不想离开这里的一切。

这天的下午，他就开始忙碌起来。刚开始时，只有一件事让他感到有点儿棘手，但丝毫没有影响他兴奋的心情，因为他计划着要把这个山谷营造成一片人间天堂，因此，在多如牛毛的事务中，他一时还拿不定主意该从哪儿着手。他不由自主地沉浸在遐想之中，从一个快乐的梦飘向另一个快乐的梦，如同采花的蜜蜂在山谷里的鲜花丛中飞来飞去一样，他发觉，这一个个甜蜜的梦都有可能进而转化成他辛勤的汗水。不管怎么说，他总算有了一个开端。

从一开始，他就发现，贝丝既是个好帮手，也很会添乱，她在有些事情上的确能帮很大的忙，然而在另一些事情上，却又在大帮倒忙。她兴奋不已、喜形于色，这对他既是鼓舞，也是策励；不过，她的许多想法根本就不切实际，非但如此，她还踌躇满志，没一会儿就会兴致勃勃地冒出一个新点子来。此外，他还看出，她变得越来越急切，越来越有朝气，也越来越温柔可爱了；他继而又发觉，看着她在忙来忙去、听着她唠唠叨叨，要远比自己动手容易得多。于是，他便给她分派了一些活儿，使她不得不频频去山洞里翻找他堆放在那儿的无数的包裹。

在她最后一趟返回山洞时，他已经来到梯形台地的下方，营地不在他的视线范围之内了，就在这时，他猛然听见了一声惊叫，随即又听到两条猎犬狂吠起来。

他立刻惊愕地直起身来。他绝对想不到她会有危险。她也许是看见响尾蛇——或者猞猁了。然而，即便遇上这些动物，她也不大可能像那样惊叫；两条猎犬的狂吠也使他有不祥之感。他随即抛开手头的活儿，沿着台地飞奔而回。刚要冲进那片白杨树丛时，他骇然看到，营地里站着一个黑乎乎的人影。温特斯禁不住打了个哆嗦，霎时间气血翻涌，狂躁地伸手就去拔枪。当他发现那个魁伟的身材是那样地熟悉，认出来人竟是拉西特时，他狠狠咒骂着自己是一个不动脑子的傻瓜。情感上一百八十度的大转弯，使他顿时放慢了脚步，变冲刺为慢走了；他想高喊一声，嗓子却叫不出声来；当他到达营地时，拉西特正站在那儿，用惊奇的目光打量着这个脸色苍白的女孩子。这时，小圈和小白也认出了他。

"你好啊，温特斯！我是来看你的。"拉西特慢吞吞地说。"真没想到，你居然还有一个——有一个小伙子在这儿跟你做伴儿呢。"

对这位目光犀利的骑士来说，只需看上一眼，便足以能认出贝丝的真实性别，他一贯的沉着冷静马上就会烟消云散。可是，他仍在打量着贝丝，直看得她白皙的脸颊上腾起了一片绯红。假如需要证实的话，那便是她女性特征的有力佐证，因为那绯红的脸蛋与她那娇羞的女人味完全相配，再加上她那头金色的秀发，那双颇为不乐、睁得大大的眼睛，她那娇媚可人的嘴唇，她那引人注目的浑圆、对称的苗条身段。

"老天爷呀！拉西特！"温特斯好不容易定下神来，惊诧得张口结舌地说。"吓死我了——原来是你啊！不管怎么说，这简直太不可思议了——你究竟是——是怎么找到这儿来的？"

"我是循着你的足迹一路跟踪过来的。我们——我想知道，你到底在什么地方,你是否有一个安全的去处。所以嘛,我就一路跟着你来啦。"

"一路跟着我来的?"温特斯叫起来,很是茫然。

"依我看,是这样吧。过了那片平滑的石岗子之后,走起来还真有点儿费事呢。我整天都跟在你后头,直到攀上了那些开凿在岩石上的小石阶。剩下的路就好走啦。"

"你的马呢?但愿你藏好马了。"

"我把马拴在山坡下那片怪模怪样的雪松林里了。从这个山谷里是看不到它的。"

"太好了。得啦,得啦!我简直都傻眼啦!我原以为在这种地方没有人能够跟踪我了呢。"

"依我看,这话也没错。不过,在这些高山峻岭中,如果有哪个善于跟踪的人,其本领也不亚于我,他还是能找到你的。"

"那就坏了。那要让我提心吊胆了。但是,拉西特,既然你已经来了,我还是很高兴见到你的。还有——还有,我的这个同伴可不是小伙子啊!……贝丝,这位是我的朋友。他曾经救过我的命呢。"

拉西特只是略显尴尬地愣了一下。当他伸出手和贝丝握手时,他的态度几乎立刻使温特斯如释重负,也让贝丝放下心来。听了温特斯的那番话,她又飞快地看了一眼拉西特,一颗惊魂甫定的心马上恢复了平静,而且,尽管她很害羞,在这种场合,即便意识到气氛非同一般,她也丝毫没有流露出来。

"依我看,我只能在这儿待一小会儿,"拉西特接着说,"如果你们不嫌麻烦的话,我饿了。我随身带了些干粮,可是已经没啦。温特斯,这个地方肯定是我所见过的最绝妙的一个去处。瞧那些开凿在陡坡上的小石阶!瞧那个通向峡谷的出口!从那个峡谷攀登上来进入这个山谷,就好比从地狱爬进了天堂啊!那个通道的口子上还矗立着一尊古怪的岩石呢!我没有时间停下来仔细看。真不知你是怎么找到这个地方的。一定很有趣吧。"

在准备晚饭和吃晚饭的过程中,拉西特大多数时间都在聆听他俩说话,那是他一贯的作风,只是偶尔才以他那颇为古雅的方式干巴巴地插上一两句。然而,温特斯却注意到,这位骑士竟流露出了一种越来越浓厚的对贝丝的关切之情。他并没有向她提任何问题,注意力却始终集中在她的身上,而她只顾在埋头忙着,也无暇去顾及他在细细打量着她的目光。在温特斯看来,拉西特仿佛越来越出神地沉浸在对贝丝的沉思默想之中,他那副冷冰冰的面孔已然换成了某种不可思议、越来越温厚的怜爱之情。过了一会儿,他十分唐突地站起身来,说他必须尽早动身离开此地了。他向贝丝说了声再见,声音很亲切,却似乎又有些心碎,说完便匆匆离去了。温特斯陪着他,两人走过台地,攀上那面饱经风吹雨打的石板坡,一直走到石拱桥下,两人谁也没有开口说话。

忽然,拉西特将一只大手搭在温特斯的肩上,扭过他的身子,迫使他直视着他那双怒气冲冲的火辣辣的灰褐色眼睛。

"拉西特,我没法告诉简妮!我说不出口啊,"温特斯看出了他朋友的心思,脱口喊道,"我想说,可是我说不出口啊。她不会理解的,再说,她的烦心事儿已经够多啦。何况,我已经爱上这个女孩子了!"

"温特斯,依我看,你这件事倒让我十分为难呢。我这辈子也算见过不少稀奇古怪的事情。这姑娘——她是什么人?"

"我不知道。"

"不知道!那她是干什么的?"

"这一点,我也不知道。啊,这是你闻所未闻的最不可思议的事情了。我必须告诉你。不过,你根本不会相信的。"

"温特斯,女人对我来说一向是难解之谜。不过,尽管如此,如果这姑娘不是个小孩子了,而且也很清白,我就不好对哪个人的美德和善行妄加评论啦。你不打算和她一刀两断吗?"

"我是打算——帮帮我吧,上帝!"

"依我看,就这样吧。也许我的脾气不允许我把话说透。但是,老弟啊,除了年龄,她可是一个地地道道的女人啊。她在紫艾草原里才更加可爱呢。"

"拉西特,我知道,我知道。可是,最麻烦的是,她虽然清清白白,妩媚可爱,但是她——她其实并不像她表面看上去那样啊!"

"我不想妄加——当然,我也不能骂你是个大骗子啊,温特斯。"这位年龄稍长些的汉子说。

"更加麻烦的是,她就是传说中的老圈的蒙面骑士呢!"

温特斯本想用这句话为朋友作好铺垫的,但是,对于这句话究竟会产生多大的震撼作用,他却一点儿思想准备也没有。刹那间,他无比惊讶地发现,拉西特竟被他这句话惊愕得目瞪口呆;这就使他更加迫不及待地想一吐为快,把这段传奇式的经历说出来,免得再节外生枝,又冒出什么别的想法来。

"小子,把这一切都原原本本地告诉我吧!"拉西特很快为自己找了块石头坐下来,抹去额角上浸出的汗水,这才开口说。

温特斯立即讲述起他这段传奇般的经历,从他如何开枪打死了那个盗马贼和打伤了老圈的蒙面骑士讲起,滔滔不绝地一口气说完了整个故事,毫无保留,包括贝丝开诚布公的爱情誓言和他对贝丝的一往情深,他也丝毫没有隐瞒。

"这就是整个事情的来龙去脉,"讲述完这段往事时,他说,

"我爱她,虽然我从来还没有向她表白过。假如我告诉她了,那就是我作好准备和她结婚了,可是,在这种地方,结婚似乎是不可能的。我也不敢冒险带着她去别的地方。所以,为了她,我打算在这儿尽我最大的努力。"

"我是越活越觉得这人生太不可思议了,"拉西特垂下眼帘,沉思着说,"这倒使我想起了你曾对简妮说过的一番话,你说,她的人生游戏是由一些幕后黑手操纵的。有那只看不见的大权在握的手,有塔尔的那只黑手,有我这只沾满鲜血的手,有你这只淡泊于世外的手,还有那个小姑娘的那只棕色、无助的小手。还有,温特斯,还有一只手,那是一只绝对贤明、绝对美好的手。正是那只手在指引着简妮·威瑟斯汀的人生游戏!……你的传奇故事,足以把那个比我要聪明得多的人的头脑折腾得眼花缭乱呢。我提不出什么高明的建议,即使你让我提,我也提不出。或许我可以帮助你。不管怎么样,如果老圈进村来了,我会拦住他,从他身上查明这个女孩的身世。我多年前就认识这个盗马贼。他会记得我的。"

"拉西特,如果我碰上了老圈,我会立马宰了他的!"温特斯忽然情绪激昂地叫起来。

"我看那也是十分自然的想法。"拉西特回答道。

"让他明白,贝丝已经死了——对他和过去的那种生活而言,她已经死了!"

"当然,当然,小子。你也得沉住气。如果你想与塔尔、老圈这号人拔枪过招,你得学会沉得住气。不过,依我看,你还是藏在这儿为好。行啦,我得赶紧走啦。"

"还有一件事,拉西特。你不会把贝丝的事情告诉简妮吧?请别告诉她!"

"依我看,我是不会说的。不过,我也不妨打个赌,她日后一旦知道了你的秘密,一定会非常生气的——温特斯,她一定会前所未有地大动肝火的!——她也会更加想念你的。我倒是不怕说出我自己的想法,我认为,你已经是一个顶天立地的男子汉啦。"

　　在继续上山的路上,温特斯有好几次都想停下来与他告别,然而他还是改变了主意,又接着向上攀去,一直爬到"平衡石"旁。拉西特一边仔细察看着这尊巨石,一边听温特斯讲述着这尊巨石的险要位置和蕴含的意义,并好奇地把一只强有力的手放在了巨石上。

　　"别动!"温特斯大叫一声,"我推过一次,从此再不敢碰它了。"

　　"好吧,你好像也太过于紧张啦,"拉西特回答道,并越发感到有趣起来。"瞧,对我来说,嘿嘿,我一向觉得,这世上最好玩的事情莫过于滚石头呢!我从小就爱玩滚石头,人越长越大,滚的石头也就越来越大啦!难道这事儿不好玩吗?实话告诉你吧——即便是现在,我也时常会跳下马来,就为了把一块大石头掀翻到悬崖底下去,我喜欢看石头往下滚,喜欢听石头滚落时的撞击声和轰鸣声。我曾经引起过好几次山体坍塌呢,你可别忘了。不过,我还真没见过我想推翻的哪块石头像这块这么险要呢!它至多只会轰隆一声,顺着这羊肠小道砸下去吧?"

　　"你会永远封闭住这个出口的!"温特斯叫道,"好吧,拉西特,再见吧。请替我保密,也请别忘记我。从下面那条山谷里走出来时,你可千万要当心啊。盗马贼们藏身的那条大峡谷,离迷魂谷还不到三英里呢。既然你能跟踪我找到这儿来,我也就不会再有安全感啦。"

　　下山返回山谷的途中,温特斯方才在讲述他的爱情故事时被激发起的那种亢奋情绪渐渐平息下来了,取而代之的是一种清醒、审慎的心境。他猛然间意识到了事情的严峻性,在这个山谷中,他不可能再重新找回先前的安全感了。拉西特能做到的事情,别的善于跟踪的人也照样能做得到。在那些曾经与他一起东奔西走过的许多骑手当中,温特斯实在想不出还有哪个人能够一路跟踪着他去杨树村,并循着他的足迹再一路跟踪到迷魂谷里的那面光秃秃的石板坡下,更不用说还要攀上那面光溜溜、亮晶晶的石板坡了。拉西特,不管怎么说,也绝不是一个身手一般的骑手。除了追查牲畜的足迹外,他一生中的大部分时间大概都用在对人的追查上了。老圈手下的那帮盗马贼里,说不定也有人具有拉西特那种天生善于追踪的本领呢。温特斯越是分析着这种可能性,就越感到忐忑不安。

拉西特的来访,不管怎样,也搅乱了贝丝宁静的心情,温特斯察觉到,贝丝也在反复思量着同样的问题——未来的隐居生活。他们想遁世幽居的计划已经被打破了,尽管是被一位心怀好意的朋友打破的,这不仅彻底驱散了他们的美梦和对未来的憧憬,而且也使他们渐渐滋生出一种恐惧的毒瘤。他俩都遥望到了人生之路上的足迹。

这一天,温特斯无心再继续忙碌了。日落和黄昏已经让位于黑夜,峡谷中的夜莺又唱起了那哀婉的曲调,晚风在峭壁间低吟着,燃烧着的篝火也已渐渐熄灭,只剩下一堆暗红色的灰烬。对温特斯来说,这些极其细微的差别都是那样清晰可辨,要不就是他心里在细细品味着这些虚幻的变化。他希望这种黯然神伤的情绪明天就能烟消云散。

然而,在这种心境下,他注定是要失望的。再者,贝丝又恢复了她过去的那种若有所思、闷闷不乐的表情,自从她伤体痊愈以来，他还从没见过她如此失魂落魄的样子呢。他百般努力，想逗她开心，结果总是自讨没趣，反倒使自己的心情也郁闷起来。埋头干活儿消解了他的烦闷；然而，一天下来后，他还是心烦意乱。于是，他调整好心态，开始苦思冥想起来，继而便产生了一个令他怦然心动的念头，他必须离开"奇异谷"，必须带着贝丝离开此地。作为一名骑士，他有过多次冒险的经历，作为一名大胆闯入迷魂谷的探险者，他毫不犹豫地冒着随时都可能丧失性命的危险；然而，现如今，他不愿拿贝丝的安危和幸福去做无谓的冒险了，更何况他也是一个头脑敏捷的人，并非看不到潜在的威胁。在他已经有足够的条件，能够在这个美丽的山谷中建立起永久、温馨的家园时，他却不得不离开这儿了，一想到这一点，他便感到万分痛苦。突然，他脑子中闪过了一个极具诱惑力的念头——为何不攀上那条深壑，将"平衡石"推下那条崎岖的羊肠小道，把通向迷魂谷的出口永远封闭起来呢？"那是一头盘踞在我心中的野兽啊——终于露出它的牙齿了！"温特斯自嘲地咕哝着，"我要干净彻底地扼杀它！假如我在这世上仅剩下最后一件事可做，我也要还这个姑娘一个公道！"

又一天过去了，在这期间，他是做得少，想得多，也一直在悄悄观望着贝丝。她那满腹心事的神情已经完全变成了愁眉苦脸，这使他越发难以启齿了。他保守着心中的秘密，又捱过了一天，只盼她偶尔能有心情好的时候。然而，令他焦躁不安的是，她竟变得愈发闷闷不乐起来。鉴于他自己心里有事，也因此而备受煎熬，他便以己之心揣度着她的心事，认为她心里也同样装着一个秘密，也因为不能吐露这个秘密在饱受折磨。尽管他还没有盘算好离开这个山谷的方式和时机，但他已然拿定主意，要把离开此地的必要性告诉她，并说服她走。此外，他还希望，他的推心置腹能够使她卸下心头的包袱。

"贝丝,你哪儿不舒服吗?"他问道。

"没什么。"她回答道,却把脸转向了别处。

温特斯把她拥进怀里,动作温存,但也有些蛮横,迫使她正视着他的眼睛。

"你不会当着我的面撒谎吧?"他说,"你到底怎么啦?你一定有什么事情瞒着我。唉,我也有一个秘密呢,我打算现在就告诉你。"

"啊——我是有一个秘密。你刚回来那会儿,我就想告诉你了。这就是我不管对什么事情都显得有些傻乎乎的原因。我把这个秘密一直憋在心里——为有了这个秘密而感到心满意足呢。可是,拉西特来了之后,我又有了新的想法——让我改变主意了。于是,我就不愿再告诉你了。"

"现在总可以说了吧?"

"可以,可以,我本来就想说的。我昨天就想说了,可是,你当时那么冷冰冰的,我就怕了。我这个秘密也保不了多久的。"

"好得很,你这故弄玄虚的小女子啊,快把你那个美妙的秘密说来听听吧。"

"你不许笑话我,"她反唇相讥道,脸上又显露出欢快的神情。"你是不是在笑话我,我一眼就能看出。"

"一言为定。"

她立即穿过银杉树丛,朝山洞奔去。出来时,她手里提着一个分量明显很沉重的东西。随着她越来越近,他看得出,无论她提着的是什么,那东西都显然十分重要,因为那是用他记忆犹新的那条黑色的围巾包着的。仅仅这一点就足以引得他好奇心大发。

"你能想到,在你离开这儿的这段时间里,我都干了些什么吗?"她问道。

"我估计,你是在四处闲逛,在等待、盼望我回来呗,"他微笑着回答道,"我很有点儿自以为是呢,你是知道的。"

"你错啦。我在干活儿呢。瞧我这双手。"她紧挨着他落坐的地方跪下来,接着,她小心翼翼地摆放好那只黑色的包裹,然后才举起那双手。她的双掌和手指的内侧都被水浸泡得泛了白,皱纹迭起,有的地方甚至都磨破了。

"哎呀,贝丝,你一直在玩水啊?"他说。

"玩水?瞧这儿!"她用灵巧的手指解开黑围巾,明丽的阳光洒落在一堆模糊不清、闪闪发亮的金子上。

"金子!"他吃惊地喊出声来。

"是啊,金子!瞧,好多磅金子呢!我找到的——在那条小溪里淘洗出来的——我一点儿一点儿拣回来、一小块一小块淘出来的!"

"金子啊!"他叫道。

"是啊。现在——现在你要嘲笑我这个秘密啦!"

温特斯愣怔地看了一小会儿。然后,他伸手摸了摸,想看看这堆金子是否真的。

"金子!"他几乎在叫喊,"贝丝啊,这堆金子要值好几百——好几千块钱呢!"

他扑向她,伸出手去,紧紧握着她的手。

"这东西多吗?你在哪儿找到的?"他悄悄问道。

"多得很呢,顺着那条小溪,一直到那个峭壁旁。你知道的,我过去经常淘金子。我也听那些人说过。我想,这儿的黄金储量虽然不大,却足够——足够让你发大财呢。"

"这——就是——你的——秘密啊!"

"是的。我恨金子。因为它会使人发疯。我见过那些男人的嘴脸，因为有了金子而醉醺醺地手舞足蹈，恣意行乐，胡作非为。我见过他们因为金子而胡言乱语，破口大骂。我见过他们因为金子而互相斗殴，像疯狗一样在尘土里滚来滚去。我见过他们为了争夺金子而互相残杀。"

"这就是你不愿告诉我的原因吗？"

"不——不完全是。"贝丝脑袋耷拉下来，"因为我知道，你一旦有了金子，就不会在这儿久留了。"

"你怕我会离开你？"

"是的。"

"你听着！……你这了不起的心地单纯的小妞儿啊！听我说……你这讨人喜欢、超凡脱俗、恣行无忌、金发碧眼的疯丫头啊！我刚才还在为我心中的这个秘密备而受煎熬呢。也正是因为这一点，我才明白过来，我们——我们必须离开这个山谷。我们已经没法再在这儿待下去了。我还想不出我们该怎样脱身——逃出这蛮荒之地——或者，我们该怎样生活，假如我们真能够冲出去的话。我穷得像个叫花子呢。这就是我没有说出我心中这个秘密的原因。我很穷啊。走出这儿，到了斯特灵村那边，就需要花钱了。我们不可能骑着马儿或驴子走，也不可能就这样永远步行下去。所以，当我意识到我们必须离开这儿时，我就一直在为怎么走、以后该怎么办而发愁呢。现在好啦！我们有金子啦！只要过了斯特灵村，我们就安全了，就不会再遇到盗马贼了。我们就谁也不怕了。"

"啊！你听着！贝丝！"温特斯这时才发觉，他的说话声竟是那样高亢用力，充满柔情，同时也感到，贝丝在依偎着他时，竟双手冰凉，脸色苍白，紧张得气也透不过来。"这就是我想告诉你的心里话！你使我获得了新生！我要带你远走高飞——远离这个荒无人烟的地方。你会开始新生活的。你会幸福的。你会看到都市、船舶、人群的。你会称心如意、心想事成的。你生活中的一切耻辱和忧愁统统都会被抛到九霄云外——就像从没发生过一样。这就是我唯一想告诉你的心里话——你这满眼忧伤的姑娘哦。我爱你！你难道不知道吗？你怎么可能不知道呢？我爱你啊！我自由了！我是一个男子汉——被你造就出来的一个男子汉——再也不是穷叫花子啦！……吻我吧！这就是我此时此地要告诉你的全部的心里话——你这天生丽质、令人费解、满腹忧愁的姑娘啊！我要让你过上幸福的生活。我为什么——为什么要在乎——你的过去呢！我爱你！我要带你回老家，回到我伊利诺伊州的老家去——带你去见我的妈妈。然后，我就要带着你远走高飞啦。我要把你失去的一切都弥补回来。啊，我知道你爱我——在你没告诉我之前就知道了。爱情已经改变了我的人生。而且，你也会陪伴我的，不是像现在这样跟我做伴儿，也不是做我的妹妹，而是，贝丝，亲爱的！……做我的妻子吧！"

第十七章　郎格儿的越野赛

这对情侣经过反复商量、权衡，最终做出的计划是，由温特斯再到村里去一趟，务必为贝丝弄一匹马和一套能让她女扮男装的衣服来，或者至少弄一套不那么显眼的服装，因为她现在这身打扮实在太惹眼，然后就火速赶回山谷。与此同时，她则继续淘金，增加他们的黄金储备。之后，他们要启程，踏上那遥远而又危险的山路，离开犹他州。万一他无法为她弄一匹马回来，他们打算让那匹高大的枣红马身负双重责任。他们的行装很简单，由金子、少量的食物、马鞍袋、毛毯和温特斯的枪支弹药所构成，因为他们需要轻装上阵。

"我爱这片美丽的地方，"贝丝说，"真舍不得离开啊。"

"舍不得！唉，我也这样想啊，"温特斯回答道，"也许——若干年以后——"不过，他并没有把他心里的话全都说出来：在阔别多年、饱经沧桑之后，他们兴许还有可能回到这儿来的。

在"平衡石"的幽影下，贝丝再次与温特斯告别，不过，这一次告别已是带着嘱咐、带着体贴、带着激情和信赖了。他离开她走出很远，穿过迷魂谷的出口处很久之后，她的热烈拥抱，她的温润的嘴唇，还有她那焕然一新的性格给他带来的那种妙不可言的感觉，依然令他魂牵梦绕、激动不已。这个曾悲切地称自己是一个没名没姓、什么也不是的女孩，从他发出爱的誓言那个时刻起，就发生了奇迹般的脱胎换骨的变化。这是一种值得回味、能温暖他的心坎的情感，然而在眼下，他却必须杜绝儿女情长，这样，他才能集中心智去对付这充满危险的旅程。

他只随身携带着步枪、左轮手枪、少量面包和牛肉，因为负担很轻，他便健步如飞地奔下了石板坡，走出了山谷。夜色正越聚越浓，这对他十分有利。等他到达峭壁间他过去的藏身之地时，夜空中已是繁星满天，借着星光，他悄然溜进了那片浓密的灌木，朝林中牧草茂盛的地方走去。郎格儿正站在草地的中央，脑袋高昂着，在微弱的星光下，它那黑乎乎的身影显得格外高大。温特斯轻轻打了声呼哨，慢慢朝它靠去，接着又呼唤了一声。枣红马喷着响鼻，突然撩开沉重的马蹄，扭头就走，转眼就消失在朦胧的夜色中。"脾气见长啦！"温特斯咕哝了一声，随即便跟着枣红马走进了峭壁间越来越狭窄的深壑。但是，不一会儿，他就无奈地停下了脚步，因为前方的能见度还不到一英尺呢。当他正准备折回那片开阔地时，郎格儿却猛然从峭壁间漆黑一团的幽影里横冲出来，巨大的身形风驰电掣般从他眼前一掠而过，奔向了星光下的林间空地。要想在夜色中套住郎格儿，简直不啻为白费力气，温特斯干脆放弃了努力，来到他藏着马鞍和毛毯的岩石架下的隐蔽处，在这儿美美地睡了一觉。

天光刚露出鱼肚白，他就从睡梦中醒来，当光线亮到足以能辨别景物时，他一跃而起，从马鞍中抽出套马索，走出岩石架下的隐蔽处，准备去套那匹枣红马。他看见郎格儿正站在山洼的尽头，便和颜悦色地悄然向它走去。在他快要靠近它时，郎格儿显然也认出了他，却野性十足地不肯俯首就范，沿着林中的空地奔向了峭壁间的那条狭窄的小径。这个地势对温特斯非常有利，便于他迅速套住这匹马，于是，他圈好套马索，疾步追了上去。郎格儿让温特斯走到靠近一百英尺的距离，然后才扭头跑开。就在它眼看要撒开四蹄大步飞奔的刹那间，温特斯准确无误地抛出了套马索。他有足够的时间收紧缰绳,制服这匹受惊吓的烈马,然而,郎格儿依然甩开了他,拖着他奔出了好几码远,然后才停下来。

"你这脾性暴烈的家伙,"温特斯一边说,一边慢慢走近郎格儿。"难道你不认我了吗?来吧——老伙计——好啦——好啦——"

郎格儿乖乖顺从了套马索,对温特斯那强有力的手段更是服服帖帖。由于在紫艾草原上无拘无束地散漫惯了,它显得毛发蓬乱,野性十足。它虽然垂下长耳,纹丝不动地站着,让温特斯给它配上马鞍、套上嚼子,但它仍然极其敏感,每一下碰触、每一个声音,都会使它浑身的肌肉颤动一下。温特斯牵着它走向树林,拨开稠密的细枝嫩桠挤身走出了密林,终于来到那片开阔地。他以犀利的目光扫视着周围的环境,确信这孤寂的峡谷中一切正常后,才跨上马鞍,向南奔去。

郎格儿大步流星地驰骋着,美妙的身姿将一块块土地甩在了身后。它的一个纵跃几乎是普通马的两倍,它的耐力也同样非比寻常。温特斯偶然也会放慢节奏,让马缓步徐行地登上一个个高坡,蹚过一片片柔软的沼泽地。自温特斯骑上马背后,郎格儿还从没流露出一丝疲惫的迹象呢。然而,现在也该节省一下马的体力了,因此,温特斯没有像上一趟匆匆赶路时那样策马飞奔。在迷魂谷中最后一处有水的地方,他停下来露营了。此处距离杨树村还有多远的路程,他并不知道;不管怎么样,他还是估算了一下,距离已经不远,大约还剩下五十英里的路程。

天刚蒙蒙亮,他又继续赶路了,大约在晌午时分到达了迷魂谷南端那个险要的山口,接着又沿着山口处的那条崎岖的小道,朝紫艾草原的边缘走去。他机警地窥望着,发觉尘土中只有拉西特在跟踪他时留下的足迹,并无其他人的脚印,于是,他跳下马来,拉直缰绳,牵着郎格儿沿着陡峭的山路向上爬去。这儿地势峻险,人能勉强攀爬上去,兽类则难以行进,每登上一小段山路,都必须找一块平地停下来喘息一会儿,他也会借机仔细察看一下山坡上的一蓬蓬紫艾草。

郎格儿嗅到了紫艾草的气息,立即快慰地嘶鸣起来。温特斯重新跨上马背,迎着和煦、芬芳的山风,攀上了那条白色的驿道。刚走出约两三英里路,郎格儿便出其不意地猛然收住了脚步,将温特斯重重地撞在马鞍的前桥上。

"怎么啦,老伙计?"温特斯叫了一声,低头查看着,以为是马的铁掌松了,或踩到蛇了,抑或是马腿被凸起的岩石撞伤了。仔细查看后,并没有发现异常,他又直起身来。郎格儿昂首挺立,长耳竖得笔直。温特斯立即警觉地放眼望去,只见前方尘土飞扬,一群黑压压的骑手正策马向山坡下疾奔而来。根据他们的奔行速度和方向来判断,显然还看不出他们是否已经发现了他。

"不知他们究竟是些什么人!"温特斯叫道。他并没有临阵脱逃的意思。一阵兴奋之后,他随即冷静下来,暗自思忖,无论正在向他靠拢过来的这帮骑手是什么人,他们都不可能是朋友。他悄然下了马,牵着郎格儿,躲在长势最高的那丛紫艾草灌木的后面。这儿足以能隐蔽他和郎格儿,等候那帮骑手奔到眼前,这样才能看清他们究竟是些什么人;至于他们需要多久才会发现他,他并不关心。

检查好步枪,确信子弹已经上膛,随时可用后,他凝神静气地监视着周围的动静。在监视的当儿,他心中早已休眠了的那股泼辣、勇猛的劲头又渐渐复苏了,乃至随时都会燃起冲天大火。但愿那些骑手不是盗马贼,他已经不记得盗马贼的模样以及他们骑马的姿态了。蓦然间,他们上来了,一小群人,黑压压地挤作一团，使他无法分清他们究竟有多少人。奇怪的是，他们的马居然没看到郎格儿！温特斯据此推断，这种失误是因它们奔行速度太快所导致的。只有盗马贼才老是喜欢像这样纵马狂奔，而普通骑手向来都对自己的坐骑爱惜有加。温特斯担心的是，这些骑手大有可能没等他来得及做出反应，就冲到他面前了。在他们相距不足三百码时，他故意牵着郎格儿走出了隐蔽处，踏上了那条驿道。

紧接着，他便听见了吆喝声和急促、沉重的马蹄声，随即便看到，那些马有的直立起来，有的在横冲直撞，首尾相接，乱作一团。霎时间，黑压压的骑手和马群中喷射出好几缕白烟，枪声随即响起。子弹击打在温特斯身前不远的地方，打得泥土飞溅，有几颗子弹嗖嗖地钻进了紫艾草丛里。这个射程恰好适合于左轮手枪，不过，无论这几枪是为了要他的性命，还是仅仅只为了阻止他前进，枪声已足够激起温特斯体内蛰伏已久的那股狠辣劲儿。温特斯伸手拉住缰绳，以防郎格儿逃走，然后举起步枪，连续扣动了两下扳机。

他看见第一个骑手左右摇晃了几下，栽下马来。他看见第二个骑手在马鞍上东倒西歪，痛苦地叫了几声。接着，郎格儿惊恐地猛冲了几步，顶住了温特斯，差点儿没把他撞翻在地。他攥紧缰绳，飞身跳上了马鞍。温特斯还没来得及坐稳，郎格儿又是一个猛冲，辔头被拉得笔直。他动作极快地俯身向前，稳住身子，挽起缰绳套在马鞍的前桥上。然后，他咬紧牙关抬头望去，想看看事态的进展。

那伙人已经四散开来，以免目标太大，当了别人的活靶子。那帮骑手都脸冲着温特斯，有的人手里的枪还在喷着红色的硝烟。他听见了一声更为尖厉的枪响，就在郎格儿再次前冲时，一颗铅弹贴着他头顶呼啸而过,要不是因为郎格儿骤然一跃,这颗子弹无疑就击中他了。一阵热浪毛骨悚然地擦着温特斯耳边飞过。他瞄准了那个手持卡宾枪的骑手,一枪击毙了他。郎格儿嘶鸣着冲向了紫艾草原。温特斯让它奔出十来米远之后,才伸出铁腕勒住它。

还剩下五名骑手,肯定是盗马贼。其中一个跳下马鞍,想捡回已经倒毙在地的同伙的卡宾枪。温特斯朝他开了一枪,虽未击中他,却打得尘土飞扬,逼迫他又返身逃向了自己的马。他们随即分散开来。负了伤的那名骑手奔向了一边,企图夺回卡宾枪却无功而返的那位逃向了另一边,温特斯还看见了第三个骑手,只见他背负着一个形状奇特的包裹,飞快消失在紫艾草丛里。由于动作太快,视线模糊,他没来得及看清那究竟是一个什么包裹。两名骑手带着三匹马折向了右边。因为惧怕步枪的威力——这种武器太沉,盗马贼或骑手们一般很少愿意携带它——他们终于被击溃了。

温特斯突然发现,方才看见的那两名并辔而逃的人里,有一个人骑的居然是简妮·威瑟斯汀的赛马银铃儿——那匹栗色骏马是她送给拉西特的礼物啊。温特斯狂吼了一声。紧接着,第二名骑手那矮小、敦实、癞蛤蟆般的身形,以及他在马鞍上轻松自如的身手——人世间总是有那么多不相协调的事情——在温特斯的视线中变得越来越眼熟了。

"杰里·卡德!"温特斯叫道。

那家伙正是塔尔的左膀右臂。温特斯心中几近白热化的怒火熊熊燃烧起来。他努力抑制着满腔怒火,凝眸向前仔细观察着,想看得更清楚些。

"果真是杰里·卡德!"他当即惊呼了一声,"他正骑着黑星星、牵着夜游神呢!"

温特斯胸中早已燃起的疾风骤雨般的怒火终于爆发成了冲天大火。他立即用踢马刺驱动郎格儿飞奔起来,当骏马扬起四蹄、腾空而起时,温特斯拉开了枪栓,往枪膛里装填着一发发子弹,直至步枪再次荷满弹药。卡德和他的同伙此时在前方约半英里左右,正轻松自如地朝山坡下奔去。当郎格儿一路驰骋,奔出紫艾草地,进入了那条宽阔的被牲畜踩踏出的驿道时,温特斯测算着骏马飞驰时的平稳速度,温特斯曾沿着这条驿道追踪过简妮·威瑟斯汀的那群红色牲畜。这条已经被使用了多年,被无数牲畜踩踏得异常坚实的山路洁净而又平整,犹如一条人工修筑的道路。温特斯看到,杰里·卡德居然在马背上回过头来朝他张望着,另一个骑手也回头朝他瞥了一眼。随后,那三匹赛马加大了跨越的步伐,由慢跑改为疾驰了。

"郎格儿,比赛开始啦,"温特斯以严峻的口吻说,"我们要与它们保持同步,陪它们一起慢跑,一起驰骋,一起飞奔。我们要让它们来确定奔行的步伐。"

温特斯知道,他胯下的坐骑是犹他州这一带高山峻岭中体格最健壮、速度最快、耐力也最为持久的骏马,是任何骑手都无缘见识到的。简妮·威瑟斯汀曾经斩钉截铁地说过,夜游神的速度与郎格儿不相上下,而黑星星则要比郎格儿略胜一筹,想到这一点,温特斯真希望简妮能来这儿亲眼看一看这场比赛,对她的黑色赛马重新作出评价,重新树立起对这匹绝对优胜的枣红色高头大马的信心。然而,温特斯又暗自庆幸她不在现场,因为他知道,这场赛事将会以杰里·卡德的一命呜呼而告终。温特斯起初的愤怒、勃然大怒,已经渐渐消退,处在被自己的意志力所支配的阴鸷、乃至冷酷的心境中。这是一种不共戴天的情绪,一种与他的本性完全相左的情绪，是被这野蛮之地上野蛮之人的野蛮行径所激发出来、熏陶出来、释放出来的情绪。积聚在他内心的力量——占主导地位的显然是仇恨，也不乏几分残忍——也许这就是穷尽毕生的时间进行报复性征战的如火如荼的结果。没有任何事情能够阻止他的行动。

温特斯精明地盘算着这场赛事。骑着银铃儿的那名骑手也许会落在后面，会折向紫艾草原。对温特斯来说，他的那点儿能耐根本算不得什么。要阻止杰里·卡德，中止他罪恶、秘密的生涯，阻止他此时的亡命逃窜，然后再擒住那几匹黑马——那才是温特斯最为关心的事。这条被牲畜踩踏出来的山道曲折盘旋，绵延数英里，一直通向山坡下。温特斯具有骑手的敏锐眼力，紫艾草原十英里、十五英里、二十英里的距离，都一目了然地呈现在他眼前。在他的视线范围内，暂时还没有任何骑手或盗马贼赶来救助卡德。他唯一能死里逃生的机会，就是放弃他偷来的马，爬进紫艾草丛里躲起来。郎格儿能在十英里之内逼迫黑星星和夜游神仓促应战，能在十五英里之内彻底打败它们。所以，温特斯控制着枣红马的速度，任由卡德放马飞奔。这是一场远程比赛，需要那几匹黑马保持体力呢。

郎格儿大步流星慢跑了几英里之后，与那三匹黑马之间的距离就明显拉近了。杰里·卡德再次回过头来，看到枣红马越追越近，他立即驱动黑星星疾驰起来。夜游神和银铃儿，在他左右两侧，也与黑星星以同样的速度飞快地奔驰着。

温特斯松开郎格儿的辔头，让它也进入了奔驰状态。枣红马一看见前方的黑马，自己也想急追上去，不过，温特斯在限制着它的奔行速度。比起慢速奔跑，在急速驰骋的状态下，它很快又把距离拉得更近了些。银铃儿以这种步法奔行时速度很快，而训练有素的黑星星和夜游神则更善于疾驰飞奔。郎格儿渐渐又将差距缩短了近四分之一英里，而且越逼越近了。

杰里·卡德又一次转过身来。温特斯清楚地看见了他那油光闪亮的红脸膛。这一次回头时，他张望了好大一会儿。温特斯纵声大笑起来。他知道卡德心里在想什么。这位骑手正在纳闷呢，想看清究竟是哪一匹马居然能胜过简妮·威瑟斯汀所钟爱的这些无可匹敌的赛马。郎格儿虽然离开村子已有很久，但是，杰里不大可能会忘了它吧。此外，无论杰里的本领有多高超，作为紫艾草原上最负盛名的骑手，他最大的缺点肯定是缺少远见卓识。他没能识别出郎格儿。经过一番仔细考量后，他又让他的同伙也回过头来张望着。这种行为让温特斯觉得很可笑，同时也清楚地表明，无论是卡德，还是那个盗马贼，他俩其实都还没有意识到自己已命在旦夕。话说回来，倘若他们坚持要走这条道——这号人最不情愿做的事情，就是离开这条道——他俩也就必死无疑了。

卡德的这位同伙在马鞍上支起身子，扭过头来眺望着，甚至还用手罩着眼睛遮挡着强烈的阳光。他也看了好大一会儿。之后，突然间，他又回过身去，面向前方，全身俯伏在马鞍上，不停地上下挥舞着右手。温特斯知道，他是在不停地挥鞭抽打着银铃儿。杰里的动作也很迅速。三匹赛马全都撒开蹄子绝尘而去。

"嗨，郎格儿！"温特斯大叫一声，"冲吧，老伙计！冲啊！"

温特斯把马缰搁在郎格儿的脖子上，把其余的部分圈在马鞍的前桥上。这段山道平坦、整洁，枣红马根本不需要引导。它健步如飞，步伐比平时更大、更稳，它的奔行速度更是令人惊叹不已。它也许是被温特斯高昂的情绪所感染了。毫无疑问，它那野性十足的纵跃驰骋，与它背上的骑士的精神状态完全一致。温特斯紧握步枪，俯身向前，身体随着骏马的奔驰上下颠簸着。他敏锐的目光在测量着自己与杰里·卡德之间的距离。

奔行了不到两英里，银铃儿便落了单，被那两匹黑马甩在了后面，郎格儿很快就能追上它。温特斯估计，那个盗马贼也许会迅速折向紫艾草原。岂料，他竟没有这样做。那家伙大有可能自作聪明地认为，倘若离开这条驿道，路途将会更加崎岖难行，而那匹强健无比的枣红马则更能轻而易举地追上银铃儿吧。不一会儿，银铃儿与郎格儿之间的距离只剩下了几百码。那个盗马贼在马鞍上回过身来，举枪射击了，子弹"嗖嗖"地飞来，激起了一溜尘土。温特斯端起步枪，作好了连续射击的准备，与此同时，他也在等待良机，等待银铃儿与前面两匹马不在同一水平线上的那一时刻。温特斯不仅一心想剿灭这帮恶棍，仿佛他们是令人深恶痛绝的郊狼一样，而且还要尽量不让自己误伤简妮所心爱的这几匹具有阿拉伯血统的纯种赛马。

然而，银铃儿还是没有冲向左侧，还是没有脱离黑星星和夜游神的奔行范围，他也没有追上多大距离。于是，温特斯在举枪瞄准时抬高了枪口，趁着郎格儿大跨度向前腾跃时出现的短暂间隙，他朝那个盗马贼开火了，一连射出了好几发子弹。尽管那个亡命逃窜的骑手目标很大，成了步枪射击的好靶子，但他一直在向前狂奔，时上时下地颠簸不定。此外，郎格儿也在风驰电掣般纵跃驰骋，在它的背上开枪射击难度极大。更加为难的是，枪口倘若偏低了一点儿，子弹就会危及银铃儿的性命。然而，尽管顾虑重重，左右为难，温特斯却坚信自己的枪法，如同他坚信自己不可改变的性格一样。他死死地盯着那个策马飞奔的盗马贼，努力捕捉着能一枪毙命的机会。第六发子弹射出时，那个盗马贼终于扬起双臂，从马背上飞了起来，然后重重摔倒在地。他一连翻了几个滚，蜷缩成一团，想支起上半身，却又倒下了，接着便连滚带爬地钻进了紫艾草丛。温特斯电闪雷鸣般从他身旁疾驰而过时,他在紫艾草丛里向外偷窥了一眼,却见击伤他的人早已踪影全无。银铃儿继续奔出数百码之后,渐渐放慢了速度,郎格儿追过来时,它已经停下了。

温特斯拉开枪栓,重新往步枪的弹仓里装填弹药。他镇定自若,心不慌,手不抖,连一颗子弹也没落下。他抖起骑士的眼力和神枪手的准头,再一次测算着自己与杰里·卡德之间的距离。郎格儿在加速飞奔,将他拉进了步枪的射程。温特斯难以遏制地想举枪射击,但又忍住了满腔的怒火。杰里这家伙,似乎早料到自己会遭到步枪的快速连射,居然把身子蜷缩成了一个小球,紧紧俯伏在黑星星的脖子上,此时此刻,他已算定,追杀他的人绝不会误伤这两匹黑马,于是又重新坐回到马鞍上。他的想法或许与温特斯的想法一样,直到这时,这场真正意义上的赛马才正式拉开了序幕。

温特斯向前探过身去,伸手摸了摸郎格儿的脖子,接着又捋了捋它一侧的身躯。在它那乱蓬蓬的沾满尘土的毛发下,一块块发达的肌肉在战栗着、抖动着、鼓胀着,充满了活力。但是,郎格儿依然浑身凉爽,全无汗渍。真是一头冷血的野兽啊,温特斯暗暗称奇,并越发对这匹烈马爱恋有加。任何一名骑手,即使身处险境,即使无力摆脱仇恨心理或复仇心理,或要挽救心上人的满腔激情、或害怕丧失自己性命的恐惧心理,也不可能像他这样富有人情味,与他胯下的这匹枣红色骏马同呼吸、共命运,欣赏它雄壮的纵跃姿势,聆听它急促、霹雳般的蹄声,骑着它投入这场赛事,是为了展现其卓越的丰姿,而不是为了在比赛中赢得荣誉。

因此,纵然杀心依旧强烈,而且有增无减,温特斯仍保持着纵马驰骋的态势,同时也在痛快淋漓地品尝着这蛮荒的紫艾草原为一名骑士所酿造出的一切甜酸苦辣。

郎格儿的鬃毛在风中狂舞,抽打着温特斯的脸颊,那种刺痛感也加快了他脉搏的跳动。他俯身瞅了一眼,想看看郎格儿的实际步伐,看到的却是飞速移动、奔腾不息的四蹄和"唰唰"地一闪而过的白色山路。他注视着枣红马那桀骜不驯的脑袋,只见它笔直地冲着前方,嘴仍紧闭着,还没有出现飞沫状的唾液,但是它鼻翼大张,仿佛在喷吐着无形的怒火。郎格儿属于那种在比赛中能作殊死一搏的烈马。温特斯看见两旁的紫艾草原仿佛汇成了飘摇直上、色彩全无的高墙。风在呼啸,一阵紧似一阵,扑打在他的脸上,带着令他眩晕的挥之不去的芬芳气息,在他耳边"飕飕"地呼号着。

他上百次地测算着他与杰里·卡德之间还有多远。郎格儿已经不再能拉近距离了。那两匹黑马在证实着它们极速飞奔的本领。温特斯紧盯着杰里·卡德,也由衷地赞叹着这个身材矮小的骑手的精湛骑术。他的确是无与伦比、当之无愧的高原骑手,天生与马鞍有着不解之缘。温特斯忽然发现,卡德已经改变了姿势,要不就是马的位置有了变化。温特斯十分清楚地记得,夜游神一直是在驿道的右侧由杰里牵引着向前飞奔的。然而,此时此刻,这匹赛马却跑到了左侧。不对——那是黑星星。但是,温特斯对这一点仍是百思不得其解,杰里骑坐的一直是黑星星啊。温特斯又进一步凝眸细看着,终于看出,黑星星的背上确实没有骑手。夜游神此时正驮着杰里·卡德。

"他从这匹马换到那匹马了!"温特斯脱口叫道,对他这身令人震惊的技艺颇为敬佩。"是因为换了马,才保持全速的!杰里·卡德,这就是你的本领啊,要不就是我被紫艾草的芳香熏醉了,没能看清。不过,我得先亲眼看看你的这一招数,然后才能相信。"

从那时起,尽管郎格儿在飞速驰骋,温特斯的眼睛一直就没有离开过那个五短身材的骑手。杰里·卡德的骑术似乎无可匹敌。在犹他州这些高山峻岭中,在所有不惧生死的骑手里,杰里是唯一能在这场越野赛中把这两匹黑马的非凡之处发挥得淋漓尽致的骑手。他在让马作殊死狂奔,但还没有使出最后的杀手锏,没有把马逼到活活累死的地步。他时不时地朝身后瞥上一眼,如同一个明智的将军在撤退途中在不断测算自己有多少生还的可能,测算追兵的实力和速度,以便在最后的关键时刻再作殊死一搏一样。毫无疑问,杰里·卡德,虽然命在旦夕,在这场比赛中却也赢得了荣誉,他也许比温特斯还要狂妄。因为他生来就属于这紫艾草原,早已与马鞍、与这蛮荒之地结下了不解之缘。他已经与马融为一体,他多半就是一匹马。不到最后的紧要关头——突然闪现出的自己保命要紧的本能——他是不会在这场比赛中输掉他的骑术、判断力、胆略和精神的。温特斯似乎读懂了杰里·卡德的心思。这个身材矮小、劣迹斑斑的骑手确实在一心想着他的坐骑,在精心控制着马的速度,在运用他多年积累的对马的脾性的了解操纵着马,在骏马优美、疾速、有张有弛的驰骋中得意扬扬,在他自己的性命悬若游丝、危在旦夕之际,他也巴不得他的坐骑能在这场比赛中获胜呢。杰里再一次在马鞍上扭过身来,阳光照耀着他红通通的脸膛。他随即又回过身去,将黑星星拉向了夜游神,越拉越近,直至两匹骏马并辔而奔,犹如合二为一。紧接着,卡德在马鞍上直起身子,悄然滑出了马镫,而且,不知在搞什么名堂,他整个人竟蜷曲成了一团,随后便飞身朝黑星星扑去。在骏马的剧烈颠簸中,他甚至都没有失去平衡。他像一条水蛭一样牢牢吸附在另一个马鞍里,在两匹骏马即将分离的刹那间,他的右脚,刚才显然叠合在他身下,飞速向下一落,踩住了马镫。这位骑手的动作竟如此优雅,如此敏捷,如此狠辣,令温特斯不得不大为叹服。

杰里·卡德骑着黑星星奔行了约一英里左右之后,又再次换上了夜游神。不过,杰里的一身本领和两匹黑马的交替疾驰,都没能甩开枣红马的紧追不舍。

温特斯眯起眼睛眺望着前方,察看着远处的地形。驿道笔直伸向前方达五英里,然后消失在一片丘陵地带里。在右侧,在大约十米远的地方,温特斯看见紫艾草原里出现了一道裂隙,那是迷魂谷的边缘。穿过这道黑魆魆的罅隙,对面就是流光溢彩的红色峭壁。温特斯暗暗思忖着,这条驿道应当在北边那些连绵起伏的山脊的某个地方通向迷魂谷的纵深处。他猛然意识到,他必须也应当能在这笔直的五英里之内追上杰里·卡德。

他于心不忍地将踢马刺扎进了郎格儿的肋腹。其实,踢马刺的轻轻一碰,就足以使郎格儿全速猛冲了。于是,郎格儿喷吐着激昂、悦耳的响鼻,浑身肌肉剧烈抽动着,速度似乎是原来的两倍。它箭一般向前冲去,差点儿没把温特斯掀下马鞍。紫艾草原在眼前一掠而过,驿道在马蹄下一闪而过,大风扑面而来,逼得他难以呼吸、难以听见任何声音。杰里·卡德又一次转过身来。情急之下,他迅疾换上了黑星星,由此可见,他不得不孤注一掷,作最后的拼死一搏了。温特斯瞄准驿道的这一侧开了一枪,子弹把杰里身前的尘土打得飞扬起来。温特斯希望这一枪能吓住这名骑手,逼迫他折向紫艾草原。不料,杰里竟回了他一枪,子弹十分危险地贴着郎格儿飞驰的四蹄射进了泥土里。于是,温特斯控制住自己的火力,而对方却打空了他的左轮手枪。约莫一英里之后，黑星星甩下了夜游神，竭尽全力向前狂奔而去，郎格儿的追击毫无进展；又一英里之后，它的追击似乎总算有了点儿进展。追了近三英里路时，它终于迎头赶上了仍在疾驰的夜游神，开始迅速逼近另一匹黑马了。

这时，黑星星与郎格儿只相隔一百码了。威风凛凛的枣红马以雷霆之势奋起直追——越逼越近。每一码都能把距离再拉近一英尺。它鼻翼大张，呼吸响亮，通体湿润，汗珠飞溅，浑身热如烈火。它野性十足、威猛无比、快如闪电，不过，它的每一个凌空纵跃也会把温特斯震得几乎要脱出马鞍！郎格儿的霸气、锐气和势不可挡的神力，在它几乎脚不沾地的飞速驰骋中得到了淋漓尽致的施展。郎格儿雄姿勃发的穷追猛赶，几乎使胜利在即了——冲吧！广袤的原野在温特斯眼前似乎变成了宽阔、舒展的紫色平原，成排地在他身下飞速滑过。黑星星如同这铺开的紫色原野上缓缓向前移动着的一块黑斑。而那个骑手，杰里·卡德，仿佛只是依稀可辨的一个小黑点在上下跳动着。郎格儿挟着雷电奋勇直追——直追而上——势不可挡！每一次腾空飞跃之余，温特斯都感到心跳在加剧，紧张得几近休克。斑斑点点的飞沫飘进了温特斯的眼中，使他激情燃烧，使他眼前的紫艾草原全然变成了一片红色。然而，透过这红色的雾霾，他看到，他似乎看到，黑星星背上的骑手突然不见了，它的步态也不自然地踉跄起来。郎格儿以雷霆万钧之势疾驰而上，一步迅猛无比的纵跃，终于突破了最后一线距离。直到这时，温特斯才奋力勒住坐骑。随着惯性，郎格儿由奋蹄驰骋改为快步——由快步改为慢步——由慢步改为碎步——由碎步改为踏步——由踏步改为站立，这匹强健彪悍的枣红马终于结束了这场比赛。

温特斯回头看了看。黑星星正站在驿道的中央，它的骑手已经不见踪影。杰里·卡德已经逃进了紫艾草原。夜游神正沿着那条白色驿道一路小跑着向它的忠实伙伴走来。温特斯跳下马背，目光仍有些模糊，感到一切都在眼前旋转。片刻之后，他强打起精神，该去照顾郎格儿了。他迅速卸下马鞍，解开缰绳。这匹枣红马浑身散发着强烈的腥味儿，在呼哧呼哧地喘着粗气，浑身都在不停地颤抖着。但是，它依然能昂首挺立地站着，温特斯对它的体力并不担忧。

温特斯急忙返身朝黑星星奔去，却见这匹马四腿痉挛，踉踉跄跄地走进了紫艾草丛里，没走几步就轰然倒下了。温特斯立即飞步抢上前来，解开了马鞍和缰绳。黑星星已经跑断腿啦，温特斯暗自思忖。对这匹已经彻底累垮了马，他不再抱任何希望了。黑星星瘫倒在地上，满口血沫，嘴巴大张着，舌头倒挂着，双目圆睁，漂亮的身躯在不停地抽搐着。

温特斯不忍心眼睁睁地看着简妮所钟爱的这匹赛马就这样慢慢死去，便匆匆走上驿道，去迎接另一匹黑马。他一路走，一路高度警惕地搜索着杰里·卡德。温特斯料想得到，这个骑手一定会非常明智地躲开步枪的射程，不过，鉴于他没有马就会在紫艾草原上寸步难行，他说不定也会潜伏在附近某个地方，伺机再来抢回一匹黑马。不一会儿，夜游神就一路颠簸着走了过来，它也浑身汗水淋淋、精疲力竭了。温特斯把它牵到另外两匹马的附近，松开了它的马鞍和缰绳，任由它在一旁歇息着。夜游神倦庸地匍匐下来，居然在尘土中打了个滚，似乎想证实，它的体力并未耗尽。

做完这些之后，温特斯坐了下来，一边歇息，一边思考着。无论有多少风险，他都必须待在原地，或守在附近，在这儿过夜。马需要休息，需要饮水。他必须找到水源。他此时距离杨树村约有七十英里地，此外，他还认为，这儿离那条峡谷已经很近，这条由牲畜踩踏出的驿道肯定会在前方不远处拐弯，直通迷魂谷的纵深。他歇息了一小会儿，便起身去勘察这片山坳了。

即将靠近一条怪石嶙峋的深壑的边缘时，他果然发现，驿道在这儿拐弯了。路面已经崎岖不平，布满被雨水冲刷出的干涸的沟槽，成慢坡状一直伸向深谷。沿着谷底向前走去时，他看到，这儿还有许多纵横交错的沟壑，再往前去，便是那些高耸的红色削壁和黄色悬崖，一直绵延至远处呈Ｖ字形裂开的一线深蓝色的天空，他断定，那儿就是迷魂谷。他步出几米，登上一块突兀的岩石架，发现驿道正是从这儿开始下行的。这是一个慢坡，驿道就夹在刀削斧砍般的绝壁之间，温特斯确信，老圈就是从这个地方把牲畜赶进迷魂谷的。然而，此处却根本没有任何迹象可以表明，他是否也是从这个地点把牲畜赶出迷魂谷的。老圈生性狡猾，藏身的洞窟一定很多。

温特斯仔细搜索着这些沟壑，终于如释重负地找到了水源。他静下心来休息了一会儿，吃了些面包和牛肉，当然也是在熬时间，以便能安然无恙地让马饮水。他推算，此时已近正午时分。郎格儿已经卧伏在那儿歇息了，夜游神也卧伏在旁边。既然它们都躺下来休息了，温特斯也就不想再惊动它们。它们休息得越久越好，等一会儿让它们去饮水时，也就会更加安全。他慢慢提起精神，想去看看黑星星倒伏的地方，满以为这匹马已经死了。岂料，这匹赛马非但没死，反而有了些好转，虽然还没有完全恢复体力。它那双大大的黑眼睛竟认出了他，透着火一般的热情。温特斯大喜过望，在这匹黑马身边坐了很久。过了一会儿，黑星星居然挣扎着想站立起来，喘着粗气，闷哼了一声，抖了抖身躯，接着便喷着响鼻向他要水喝了。温特斯立即回到他方才找到的那个小水潭，用他的阔边黑帽盛满水，让这匹赛马喝了一口。黑星星一饮而尽，仿佛只是润了润嘴唇，接着便用鼻头拱起帽子，哼哼着还要喝。温特斯立即牵起夜游神去潭边饮水了，再过了一会儿，又牵着黑星星去了水潭边。此后，两匹黑马开始吃草了。

那匹枣红马已经逍遥自在地走开了，遛进了驿道和峡谷之间的那片紫艾草地。它时不时会消失在那些低洼的浅沼地里。最后，温特斯估计，郎格儿已经吃足草料了，便拿起套索，准备把它召回来。他翻过一个又一个小山丘，终于看见了一小潭水，那潭水早就被那匹马弄成了一潭泥浆。温特斯由此推想，郎格儿已经连水也喝足了，情况似乎不赖，不过，若想抓住它恐怕也就不那么容易了。况且，他也十分肯定，要想在套马索可及的范围内接近这匹枣红马也是不可能的。他又寻找了一个小时，最终还是恼火地放弃了。郎格儿看来似乎只是有些任性，还不至于那么桀骜不驯。温特斯犹豫不决地回到另外两匹马身边，尽管满心希望，然而更多的还是惴惴不安，不知等郎格儿吃饱喝足，自个儿玩耍够了，他是否能逮住它。

午后的时光在悄悄流逝，温特斯的忧虑也在慢慢减弱，然而他始终在密切注视着那两匹黑马，警惕地监视着那条驿道和紫艾草原。没有任何迹象能表明杰里·卡德还会耍出什么花招。温特斯满腹不快地承认，这个骑手对他来说实在是太敏捷、太狡诈了。不管怎么说，温特斯仍异常坚定、固执己见地认为，卡德的死期已经不远了。

风儿渐渐平息下来，红火的太阳悬挂在西边遥远的山岗上，悄悄移动着的一块块紫色的阴影越拖越长。峡谷上方犬牙交错的边缘被夕阳浸染得一片血红，条条深壑罅隙仿佛都在喷吐着蔚蓝色的烟雾。四下里一派静谧。

寂静突然被打破,传来了一阵让人撕心裂肺的马儿的嘶鸣声和疾速飞奔的沉重的马蹄声。温特斯一跃而起,急转身朝南面望去。从峡谷的边缘,在靠近山口的出口处,郎格儿突然猛冲出来,速度依然如电闪雷鸣。

温特斯惊诧得张口结舌。这匹桀骜不驯的枣红马难道真疯了吗?它那高昂的脑袋在不停地左右扭动着,对一匹奔驰的骏马来说,这个姿势是极为罕见的。突然,温特斯辨认出,有一个身形如癞蛤蟆状的人正紧紧依附在郎格儿的脖子上。是杰里·卡德!他不知何时已经给郎格儿配上了马鞍,此时就像一只巨大的垫圈紧紧箍在马背上。然而,令温特斯惊恐不已的却是他那极其怪异的姿势和那匹枣红马暴怒的嘶鸣。郎格儿朝着驿道的拐弯处狂奔而去,眼看就要冲下山了。他在不顾死活地向前猛冲,活像一匹瞎了眼的马,几个纵跃就能冲上那片悬崖的边缘了。

杰里·卡德身子向前弯曲着,竟然用牙齿紧紧咬着郎格儿的鼻头!温特斯目睹着这一幕,脑海里闪电般地回想起,以前有几个不要命的骑手也曾玩过这种伎俩。他甚至记得,有一个骑手就是用这种极其可怕的方式来挣脱或制服惊恐万状的马儿的,结果却把自己的牙齿全崩掉了。郎格儿确实疯了。奇迹就出在制伏它的那种方法。难道这就是杰里·卡德这半人半兽、多半就是马的家伙的看家本领?不管这难解之谜是什么,眼前这一幕却是真的。只要再奔出几米远,杰里·卡德就能驾驭着这匹枣红马转过前面那道弯,逃进深谷里去了。

"不——杰里!"温特斯闷哼了一声,立即拔脚冲上前去,并迅速举起了步枪。他极力想透过瞄准器捕捉到那个身材矮小、弓腰驼背、癞蛤蟆模样的人形。那家伙移动速度太快,目标也太小。然而温特斯还是开枪了,一枪……两枪……三枪……四枪……五枪！全都是浪费子弹，浪费了这宝贵的几秒钟！

温特斯咬牙切齿地咒骂了一声，穿过瞄准器捕捉到了郎格儿，立即扣动了扳机。他明白无误地听见子弹击中了目标的噗嗤声。郎格儿发出了一声撕心裂肺、令人毛骨悚然的长啸。在临终之际的奋力一搏中，它气贯长虹地旋过身来，以它最后一个优美的身姿凌空一跃，势不可挡地扑向了大峡谷的边缘。刹那间，它带着依然紧搂在它脖子上的那个五短身材、癞蛤蟆模样的人形，气贯长虹地冲下了万丈深渊！

世间一切都停息了，仿佛永远无声无息了，只剩下一片震惊，一片瞬间发生的死寂。

过了一会儿，深谷中传来一声沉闷的撞击声，随后是一阵经久不息、震耳欲聋的轰鸣声，山岩垮塌的隆隆回声许久之后才渐渐平息下来，随后，一切又回归到永不溃散的寂静之中。

郎格儿的越野赛终于跑完了。

第十八章　老圈的丧钟

大约过了四十多个小时之后，温特斯骑着黑星星，牵着银铃儿和夜游神，走进了杨树村的中央大街，这一举动立即使全村一片哗然。他遇到银铃儿纯属偶然，它当时正在一个盗马贼的尸首附近吃草，他快马加鞭闯进村来的途中，只遇到了这件小事。

温特斯并无深谋远虑，只不过想虚张一下声势。他压根儿就没有考虑过骑着简妮·威瑟斯汀的这几匹赛马无视一切、明目张胆地闯进这个头号阴谋家的堡垒会有什么后果。他要让人们亲眼看一看这几匹名不虚传、具有阿拉伯血统的纯种赛马；他要让人们看出这几匹满身尘土、肮脏不堪的赛马被人折腾得精疲力竭的迹象；他要让人们亲眼看到，并知晓，偷走这几匹赛马骑进了紫艾草原的那些蠹贼，并没有把这几匹马再骑回来。温特斯就是冲着这个目的而来的，当然还有其他目的——他要与塔尔面对面地交锋；如果不是塔尔，那就是戴尔；如果不是戴尔，那就是这个阴谋集团主要头目中某个身份仍未暴露的什么人。这就是令温特斯热血沸腾的首要目的。与盗马贼的不期而遇，无缘无故地对他发起的突然袭击，流血事件，意外认出了杰里·卡德和这几匹赛马，那场你死我活的竞赛，以及发了疯的郎格儿的最后的凌空一跃——这一切的一切，都如同火上加油，点燃了他早已郁积在胸中的怒火，火势越烧越旺，已经变成了熊熊燃烧的冲天烈焰。他会一枪毙了戴尔，哪怕他正在祭坛上主持他的宗教仪式；他也会当场宰了塔尔，哪怕当着他成群的妻妾和娃娃的面。

他带着三匹赛马慢慢走在村中那条宽阔的绿树成荫的大道上。他耳听着从琥珀泉流出的淙淙流水声。那都是简妮·威瑟斯汀的苦水啊!男男女女都驻足凝望着他和这几匹马。大伙儿都认识他,都认识这两匹黑色的赛马和这匹栗色的骏马。此时无声胜有声,温特斯从那些男人的脸上看出了端倪——简妮·威瑟斯汀的阿拉伯纯种赛马被盗的消息早已不胫而走。温特斯勒住缰绳,在戴尔的宅邸前停下来。这是一幢长条形石砌结构,与威瑟斯汀庄园相仿。屋前宽敞的院落里花红草绿,生机盎然;几条砂砾小路通向巨大的门廊;一条修剪得整整齐齐、用紫艾草扎成的篱笆墙将庭院与教堂的广场分隔开来;树丛里有鸟儿在啼鸣;道路边流淌着潺潺溪水;屋子里传来了孩子们欢快的无忧无虑的叫喊声。在温特斯眼里,这户人家美满甜蜜、祥和宁静、貌似幸福的生活,都已变成了黑白两色。在温特斯眼里,这盛开的鲜花,这绿茵茵的草坪,以及这爬满古藤的石砌庄园,都已笼罩在一片阴影之中。在鸟儿动听的鸣啭声里,在泉水悦耳的流淌声中,他听出了一种不祥的声音。宁静美满的生活——悦耳动听的天籁之音——天真无邪的欢声笑语!命运是通过什么样的畸形怪胎才使这一切照样存在于戴尔的阴影里的呢?

温特斯继续策马前行,来到塔尔的宅第前。女人们面色苍白地瞪着他,随后便从门廊里一哄而散。塔尔自己也探着身子、伸长脖子在门口张望了一眼。他的黑脸膛一闪而过,门随即便"砰"的一声关上了,厚实的门闩"咣当"一声重重落下。

温特斯抖了抖黑星星的缰绳,牵着另外两匹马,径直奔向了村子的中央。在十字路口,在那几家店铺的门前,他再次勒马停下。在那一目了然的街角处,平日常见的那种悠闲气氛已经不见踪影。围聚在那儿的骑手们、农场工人们、村民们突然中止了他们谈兴正浓的交头接耳。一阵慌乱的脚步声过后,路边已是一排神色各异的脸。

温特斯朝这些缄口不语、面色死板的男人们扫视了一眼。他认出其中有不少人是骑手和村民,不过,这些人里没有一个是他想见的。这些转过身来面对着他的人,脸上全都毫无表情。所有人都认识他,大多数都怀着敌意,然而对简妮·威瑟斯汀这几匹纯种赛马的失而复得,却没有几个人因为好奇和惊喜而激动得眉飞色舞。所有人都默不作声,无动于衷。这是他早已司空见惯的一些典型特征——犹如戴着面罩般的不露声色——不可思议的守口如瓶——毫无表情地表达着内心的神秘莫测的情感和藏而不露的威慑力。

"这儿有谁见过杰里·卡德吗?"温特斯大声质问道。

无言以对,无人点头或摇头,也无人眨眼或嚅动嘴唇——无声无息,只有板着面孔、暗暗较劲儿的怒目而视。

"都被刀架着脖子啦?你们这儿有一个人很会使刀呢——依我看,这个人就是塔尔!……难道你们的舌头都被刀割掉啦?"

温特斯如此这般的冷嘲热讽,也没能引起任何反应,那种冷若冰霜的沉默寡言,如同火上浇油,更激起了他内心的忿懑。

"我看得出,你们也有人带着枪呢!"他继续尖刻地嘲弄着。在这紧张的僵持状态下,他高度戒备、一动不动地端坐在黑星星身上,宛如一根绷得笔直的钢丝。"好吧,"他接着说。"那你们就派一个人给塔尔通风报信去吧。去告诉他,我见过杰里·卡德!……告诉他,杰里·卡德永远也回不来了!"

依然还是死一般的鸦雀无声,于是,温特斯骑着黑星星退离了街角,走上了大街,离开了这些人的视线范围。他准备直奔威瑟斯汀庄园,把这几匹赛马交还给简妮。

"你好啊,温特斯!"这是一个熟悉的声音,嗓门嘶哑,接着,他看见有一个人向他奔来。来人是骑手贾金斯,他疾步上前,紧紧抓住温特斯的手。"温特斯,一看到这几匹马,我就乐坏了。可是,你的脸色也太难看啦。出什么事儿啦?你疯了吧?像这样骑着马闯进村来,你一定是疯了——带着这几匹马——像这样肆无忌惮地谈论塔尔和杰里·卡德。"

"小贾,我不是发疯——而是地地道道、彻头彻尾地发狂啦。"温特斯回答说。

"发狂啦,哎呀,伯恩,我很高兴,你说话的腔调还是老样子。因为你上来的时候,活像一具骑在马上的僵尸,只是眼睛里在喷火。你把那伙人吓得呆若木鸡,连枪也不敢动了。走吧,我们得好好聊聊。我们到那个甬道里去吧。在这儿说话不太安全。"

贾金斯骑上了银铃儿,与温特斯并辔走进三角叶杨树林。进了树林后,他们跳下马来,掩进了树丛里。

"还是先听你说吧,"贾金斯说,"你把这些马找回来了。这就是本事啊。当然,你还干掉了杰里,也干掉了霍恩。"

"霍恩!"

"没错。他的尸体是昨天才发现的,已经被郊狼啃光了,那致命的一枪正好击中了他的心脏。"

"在哪儿找到他的?"

"在那条驿道的岔口处——就是老圈沿着驿道从北面赶牲口进迷魂谷的那个地方。"

"我就是在那儿遇上杰里和那些盗马贼的。霍恩怎么会和他们搅在一起呢?我还以为霍恩是一个老实本分的看管牲口的人呢。"

"老天爷啊——伯恩,别问我这个问题吧!我也正稀里糊涂呢,我也正想把事情弄明白呢。"

温特斯把那场战斗、与杰里·卡德的那场越野赛,以及那悲壮的结局讲述了一遍。

"我早就知道了!我很早就知道,郎格儿是最棒的马了!"贾金斯叫道,他两眼放光,瘦削的脸上流露出兴奋的神色。"那真是一场名副其实的赛马啊!老天爷,我真想亲眼看到郎格儿拖着杰里跳下悬崖的那一幕。最了不起的骏马,连同紫艾草原上最杰出的骑手,都已经再见啦!……可是,伯恩,既然你已经夺回了这些马,为什么还要在塔尔面前招摇过市呢?"

"我要让他知道。如果我能走近他,我就——"

"你不可能有机会接近塔尔的,"贾金斯打断了他的话,"保安队的那帮乌合之众也都调去当了塔尔和戴尔的贴身保镖啦。"

"难道拉西特到现在还没有出手?"温特斯颇觉奇怪地问道。

"没有!"贾金斯一脸不屑地回答道。"简妮已经把他弄得晕头转向了。他已经疯狂地爱上她啦——整天像条狗一样跟着她。他已经不是拉西特了!他已是英雄气短,看上去不是原来那个人啦。全村人都这么说呢。大伙儿都知道。他从没动过枪,也不会动枪了!"

"小贾,我敢打赌,他肯定会动枪的。"温特斯一本正经地回答道。"记住我的话。这个拉西特是真人不露相啊,他绝对不是一个普通的枪手。小贾,他很了不起——很伟大!……我是从他的内在气质上感受到这一点的。一旦拉西特真要盯上了塔尔和戴尔,就只有上帝能帮他们了。因为马、骑手、石墙都救不了他们。"

"好吧,你有你的看法,伯恩。我也希望你的看法是对的。对于拉西特变得这么心慈手软,我其实也没有当真生他的气。不过,我并不否认他有勇气,或者说,不管他身上有什么英雄气概,人也有英雄气短的时候。就在今天早上,我还看见他逍遥自在地走在这条甬道上呢，一副文文静静，不慌不忙的样儿。而且，就像他随身带着的那两支枪一样，他也是一身黑——黑，那才是拉西特的形象。好吧，围聚在街角里的那帮人连眼都没敢眨一下，我敢用这匹马打赌，那帮人没有一个不把心提到嗓子眼儿里的，直到拉西特从他们身边走了过去。他径直去了斯奈尔沙龙，因为没人敢玩枪，我也就跟了进去。在那儿，我真他妈的不敢相信那些情景啊，拉西特就站在吧台前，一边喝酒，一边跟老圈聊天呢。"

"老圈！"温特斯闷哼了一声。他的声音，因为怒火满腔，激情澎湃，仿佛要凝结成冰了。

"放开我的胳膊！"贾金斯大叫起来。"我这只胳膊是受了伤的。当然是老圈啊。你他妈的到底怎么啦？温特斯，我看得出，你好像有点不对劲儿嘛。你的脸色简直比白纸还要白呢。你该不会是被这个盗马贼吓坏了吧。我就不信你会有害怕的时候。好啦，让我把话说完嘛。你是知道的，我说话啰嗦，虽然词不达意，可是我终归能把意思讲清楚。我刚才说到，拉西特正在和老圈亲密交谈呢。好像谈得还很投机。那伙人也没太在意。不过，我就像老猫盯着老鼠一样，两眼紧盯着这两个家伙。他们的闲扯让我感到很莫名其妙。对一个不明就里的人来说，我当时不得不多留了些心眼儿。近来出了不少蹊跷的事儿，而这件事在我看来似乎最为蹊跷了。吧台前只有这两个人，他们挨得很近，连枪把儿都快贴到一块儿了。我看得出，老圈起初多少有些吃惊，拉西特却冷得像块寒冰。他们交谈了一会儿，后来，不知拉西特说了句什么话，那个盗马贼恶狠狠地怒骂了一声，整个人顿时就趴倒在吧台上，垂头丧气地歪在那儿不动了。沙龙里的那伙人相互对视了一眼，然后都狂笑起来，但是谁也没有动。最后，老圈终于转过身来，可以看得出，拉西特的那句话对他震动很大。是的，先生，那个身材魁伟的盗马贼——你知道的,他人高马大,膀阔腰圆,是个壮硕得无人能比的彪形大汉——是的,先生,他已经萎靡不振,好像灵魂出窍了似的。过了好大一会儿,他终于才重新开口了,侃侃而谈,对拉西特说了许多话,渐渐地,谁也没有料到,拉西特竟越听越像被戳到了痛处。不管怎么说,我反正从没见过他那么冷若冰霜——这回总算看到了。他受到的打击似乎比老圈还要大,只不过没有像老圈那样狂吼乱叫。他似乎也瘫软在吧台上了,目光深邃,眼中无物,整个沙龙里的人在他眼里好像没有一个是活人似的。后来,他好像渐渐醒过神来了,握了握手——请注意,是跟老圈握了握手——然后就走出了沙龙。我情不自禁地想到,在当时那种情景下,恐怕连一个小孩子都能把这个大名鼎鼎的枪手推倒在地!……好吧,那个盗马贼在吧台边站了许久,也是目光空蒙、若有所思的样子;过了很久,他才回过神来,咆哮着要威士忌,然后就咕咚一声猛灌了一大口酒,他那一大口酒,大得足足能把我淹死呢。"

"老圈现在还在这儿吗?"温特斯喃喃地问道。他声音怎么也高不起来。贾金斯的这番话对他毫无意义。

"他还没走,还在斯奈尔沙龙。伯恩,我还没告诉你那些盗马贼近来猖獗到了什么地步呢。他们洗劫了石桥村和斯特灵村,然后便到这儿来了,已经有三天啦,他们在这儿酗酒、赌博、挥金如土。这些盗马贼有一大堆金子呢。如果只是金粉或者砂金块,我也就信了,全是崭新的金币啊,就像刚从美国财政部铸造出来的一样。而且都是纯金的。这些都得到证实了。事实情况是,老圈最近一直暴跳如雷。前不久,他的蒙面骑士莫名其妙地失踪了,他们说,他为这事儿都快要气疯了。我正在纳闷儿,不知拉西特是否把那个骑术精湛的蒙面小恶魔的消息告诉这个盗马贼了。骑术！他的骑术跟杰里·卡德不相上下呢。还有，伯恩，不知你是否知道——"

"贾金斯，你也算得上一条好汉，"温特斯打断了他的话，"将来有一天，我要给你讲一个故事。现在没时间啦。请你把这几匹马交给简妮吧。"

贾金斯愣住了，瞪大眼睛看了好一会儿，随后，他自言自语地咕哝了一声，骑上了银铃儿，接着又迷惑不解地盯着温特斯看了一会儿，然后才拉上另外两匹马，策马走进树林深处，走得不见人影了。

回首往事，很久以前，当温特斯趁着夜色、背负着贝丝翻山越岭，穿峡谷过险壑，一口气奔入"奇异谷"时，他曾体验过各种官能在剧烈运动的状态下得到超水平发挥的奇妙感觉。现在，那种感觉又出现了。然而时过境迁，此时此刻，他却感到浑身冷飕飕的，仿佛快要冻僵了，动作很机械，思维也不顺畅，周围的一切似乎都不真实，超然而又遥远。他把步枪藏进了紫艾草丛，极其小心地做上了确切无误的标记。随后，他沿着那条甬道迈开大步朝村子中央走去。种种知觉在他心头一闪而过，微风吹来的是冷飕飕的感觉，溪水流淌着的是阴冷的叮咚声，寒意逼人的天空中闪耀着一轮寒冷的太阳，连鸟儿的鸣啭和孩子们的笑声也显得冷清清的。万物在天地间都是冷冰冰的，让人不可捉摸。他脸上的皮肤越绷越紧，也越来越冷；被磨得锃亮的枪柄也越来越冷、越来越硬；他抹去脸上的冷汗，抚摸着冰凉的枪套，双手也变得越来越冷，也越来越稳了。路上遇见他的那些人，为谨慎起见，都对他避之唯恐不及。在贝文家的商铺前，一群人忙不迭地闪身躲开，给他让出了一条通道，他们那一张张面孔和窃窃私语，恍如梦幻世界里的一张张面孔和窃窃私语。他转过街角，不料却脸对脸、眼对眼地遇上了塔尔。曾几何时，他亲眼目睹过此人的脸色由苍白转为死白、再转为铅灰色的全过程，此刻，他又一次目睹了这一变化。行色匆匆的塔尔猛然站住了，举起颤抖的右手摇了摇。这只手又突然无力地垂下了，他似乎想快点溜走，走出温特斯的视线。接着，他看到了许多拖着缰绳的马——全都是四肢匀称、体格优美的深栗色和黑色的骏马——盗马贼们的马！嘈杂的吵闹声、兴高采烈的哄笑声、骰子的哗啦声、椅子的嘎吱声、金子的叮当声，全乱哄哄地混杂在一起，从一扇敞开的大门里倾泻出来。他迈步走了进去。

看着这乌烟瘴气的房间，看着那些在推杯换盏、诅咒谩骂、吆五喝六、面容黝黑的男人们，温特斯仿佛又回到了现实之中。

他进门时，谁也没有注意到他，于是，他猫下腰来，仔细端详着吧台边的那些酒徒醉汉们。他们清一色的全都是黑衣、黑脸膛的汉子，被太阳晒得黧黑，由于长期生活在马背上而双腿罗圈，与紫艾草原上的大多数骑手一样，只是没有那么瘦削，也没有那么憔悴。接着，温特斯的目光又转向了那一张张桌子，飞快地扫视着那些面目狰狞的赌棍，终于看见了盗马贼首领的那颗硕大无比、浓须粗眉、戴着黑冠的脑袋。

"老圈！"他叫道，那声音宛若一记洪钟敲响在他耳边。

喧闹声戛然而止。

这肃杀静谧的气氛突然被打破了，老圈猛然站起身来，他座下的椅子发出一片稀里哗啦的响声；他愣怔了一下，那彪悍、阴沉的身躯随即像黑塔一样压了过来，满屋的人再度安静下来，全场霎时变得鸦雀无声。

"老圈，有句话要对你说！"温特斯接着说。

"嘀！这家伙是什么人？"老圈瓮声瓮气地问道，皱着眉头仔细打量着他。

"出去说,就你一个人。有句口信带给你——是你那个蒙面骑士的!"

老圈一脚踢开挡路的椅子,如箭一般向前猛冲过来,沉重的马靴踩得地板嘎吱乱响。他摆了摆手,压下了正七嘴八舌、纷纷站立起来的手下人。

温特斯退出门外,一边等候,一边聆听着,由于他心无别的杂念,那盗马贼急促、沉重的脚步声便听得格外清楚。

老圈出来了,温特斯瞥了一眼他那膀阔腰圆、膘肥体壮的庞大身躯,他那纯金打造的皮带扣和垂挂在皮带上的那两支手枪,他的高筒马靴和镶嵌在马靴上的纯金马刺。在这一瞬间,温特斯忽然产生出一种莫名其妙、不可理喻的好奇心,想好好看一看老圈还活着的模样。这盗马贼天庭饱满,浓眉大眼,齐刷刷的络腮胡子黑得像渡鸦的尾翼,肩膀极其宽阔,胸膛浑厚雄健,整个儿一副气宇轩昂、威风凛凛的模样,浑身上下散发着惊人的活力、威力和精力,似乎给温特斯提供了一种难以形容的残忍的快感,因为这气度不凡的男子汉气概和这条鲜活壮健的生命,对他而言,只意味着冷酷的一触即发的死亡。

"老圈,贝丝还活着!不过,对你来说,她已经死了——对于你曾经强迫她过的那种生活来说,她已经死了——就像你顷刻间也要死掉一样!"

温特斯的目光快如闪电般从老圈那惊诧不已的眼睛扫向了他的双手。老圈的一只手,右手,抻开五指,伸向了他的手枪——说时迟,那时快,温特斯一枪射穿了他的心脏。

老圈慢慢跪了下来,那只手,拔枪的那只手,歪在了一边。温特斯那敏锐得不可思议的官能在捕捉着老圈那一系列动作的含义：那只软绵绵的胳膊、摇摇晃晃的庞大身躯、断断续续的喘息、颤动不已的胡须。可是，他那双黑眼睛里却闪烁着逼人的光芒，难道那只是元气未绝的表现？

"伙计——你——为什么——不能——等一等啊？贝丝——是——"老圈的这句微弱的耳语慢慢散失在他的络腮胡子里，随着一阵剧烈的抽搐，他"扑通"一声向前倒下了。

温特斯连蹦带跳地迅速逃离了现场。他绕过街角，穿过大街，越过一道篱笆墙，穿过庭院、果园、花园，径直奔向了那片紫艾草地。在这儿，在高高的灌木的掩护下，他折向了西边，朝他藏步枪的地方奔去。拿到步枪后，他又接着狂奔起来，绕过紫艾草原的边缘，从山后奔向了简妮·威瑟斯汀家的马厩和牛棚。由于过度劳累，胸襟已经被汗水湿透，腰部疼痛得像被人捅了一刀，他停下脚步，想在这儿喘口气。在歇息的当儿，他那双眼睛也在四处搜寻着，想找一匹马。马厩门窗大开，一派被荒废的景象。一头无精打采的毛驴孤零零地站在附近的牛棚里。这儿曾经人欢马叫，一派热闹非凡的景象，是简妮·威瑟斯汀的宠爱之物的快乐家园，如今却鸦雀无声，死气沉沉，真让人不可思议啊！

他走进牛棚，小心翼翼地抹去足迹，然后拉着那头毛驴来到水槽边。温特斯尽管不渴，但还是牛饮般喝了一肚子水。片刻之后，他牵上毛驴，走过坚实的马场，钻进紫艾草丛，朝山坡下奔去。

他健步如飞，不时扫视着左右，察看山坡上有无骑手。他的脑袋刚好比紫艾草丛、灌木丛的高度略高一点，而毛驴则根本没人能看见。渐渐地，郁郁葱葱的杨树村掩进了身后的山坡，广袤的紫艾草原终于呈现在眼前，与蔚蓝色的天空连成了一片。

尽量不被发现、尽快脱身、尽可能隐藏好足迹——这是他直奔迷魂谷而去时脑海中唯一的念头。他调动起自己全部的睿智，凭着非凡的眼力和耳力，以一名骑士的敏捷和判断力准确辨认着距离和路面，以求能顺利完成肩负的使命。他紧贴着紫艾草丛，走在通向迷魂谷的那条羊肠小道的左侧，离那条小道很远。他走了十英里，却回头张望了上千次。紫艾草原优雅的紫色波浪总是那样壮阔、那样孤独，是一派一览无余、毫无杂色的紫色荒原。行至一道乱石嶙峋的山脊时，他立即利用这个地形，横穿过羊肠小道，沿着小道的右侧继续向前走去。他一边走，一边反复告诫着自己，遇到骑手的可能性还是存在的，他们骑在马上，用不了多久就会看到，他正骑着一条小毛驴，一条裸着背的小毛驴。

时间一小时一小时地过去了，这条不知疲倦的小毛驴始终在踏着忠实而又稳健的步子一路小跑着。太阳开始下沉了，一道道长长的幽影朝山坡下越拉越长。紫色的暮霭，宛如飘拂的薄纱，从空谷深壑中悄悄溢出，在地表上不断聚合，形成了苍茫的暮色，不久便与那些幽影融为一体，渐渐化成了夜色。温特斯骑着小毛驴靠近了那条羊肠小道，借着道上的白光辨认着那些崎岖不平的乱石岗和土丘，又继续行进了数小时。

只要下了山坡，不留痕迹地进入了迷魂谷，他就能暂时脱离险境了。深夜时分，他到达了紫艾草原边缘上的那条深壑。他跳下驴背，让小毛驴走在前面，用尽全身力气把那些摇摇欲坠的山石统统推倒，用坍塌的泥石掩埋了山脚下羊肠小道上的一切，只是没伤着那条小毛驴。尽管浑身青紫、皮开肉绽，他一时间也颇为得意，因为他已经隐藏好了自己的足迹。他再次骑上了小毛驴，继续向前走去。在夜色最浓、最为黑暗的时分，他到达了他过去的营地前的那片密林。在这儿，他松开小毛驴，把它牵到泉水边的草地里，然后摸索着来到他从前用树叶铺就的床边和身躺下。

虽然遍体疼痛，燥热难当，浑身肌肉都在不住地颤抖，然而对身体上的不适，他只是模模糊糊地有点儿感觉，仿佛这些不适全都是身外之物一样。然而，一阵该死的感情狂潮终于像汹涌的山洪一样迸发出来，在这一刻，刚从紧急行动中松弛下来的他，在精神上的反应却是一片混沌。他在备受折磨，却又不明就里。他审视着自己的心态，审视着灵魂深处未被照亮的那片黑暗。那股曾经烧得他心头起泡的无名之火，与那股曾经冻得他浑身僵直的莫名寒潮，此时正交汇在一起，在折磨着他的思想和心灵，如同一匹火烈的骏马，铁蹄被裹上了寒冰，在调整好自己的身姿后，在他的血液里纵横驰骋，肆意践踏着正在复苏的美德，同时也在拖曳着罪恶的邪念。

在逐渐平息下来的混乱不堪的思绪中，一个十分清晰的问题突然冒了出来。究竟发生了什么？他离开这片山谷的初衷，是为了去杨树村啊。到底是怎么一回事？现在看来，他此行的目的似乎就是为了去杀一个人——老圈！这个名字已经牢牢铆在他的意识之中了，在世上所有的男人里，这个人就是他最想会面的人。他已经见过这个盗马贼了。温特斯回想着沙龙里乌烟瘴气的情景，回想着那些脸色黝黑的男人，回想着那个身躯伟岸的老圈。他目睹他大步走出门来，一个极具男子汉气概的气宇轩昂的人物，一个蓄着齐刷刷的紫黑色络腮胡子的相貌堂堂的巨人。他还记得那双急切地紧盯着他的猎鹰般锐利的眼睛。他在心里情不自禁地重复了一遍那句话："**老圈，贝丝还活着！不过，对你来说，她已经死了。**"他感到自己猛然抽搐了一下，耳畔回荡着那炸雷般骤然响起的枪声，他目睹这个威风凛凛的巨人慢慢跪了下去。他难道就只有那么一点儿活力——他眼睛里闪烁着的那股逼人的光芒——难道那只是一个威震四方、人面兽心之人的生命难以咽气的表现吗?一句断断续续地说出的微弱的耳语,像死亡一样让人捉摸不透:"伙计——你——为什么——不能——等一等啊?贝丝——是——"接着,老圈就面朝前轰然倒下,气绝身亡了。

"我已经杀死他了,"温特斯叫道,思绪仍沉浸在震惊之中,"可是,这不是**那回事**啊。唉,他那奇怪的眼神,还有他那句微弱的耳语!"

这里肯定暗藏着一个秘密,正是这个秘密一直在困扰着他;搅得他心烦意乱、惶惶不安。这样一个心脏已被打穿了的人,眼睛里流露出的那种神情多么令人震撼啊!那个眼神传达的既不是仇恨,也不是凶横;既不是对世人的畏惧,也不是对死亡的畏惧。那个眼神绝不是一个无所畏惧的劲敌在临死之际想以牙还牙、以命换命、却终因体力不支而表现出的充满怨愤的回光返照。此时,温特斯已经历历在目地回想起当时的情景,回想起令他刻骨铭心的那个眼神,他终于明白过来,老圈那双明澈的眼睛里滚动着的是抑制不住的巨大惊喜——是柔情——是爱!然而,紧接着便蒙上了一层阴影,他以超人的精神拼命挣扎着想开口说话。心脏虽被击穿,老圈却仍在奋力挣扎着,想逼回死神,想赢得一点儿时间,但是,他的目的绝不是为了开枪还击或者咒骂,而是为了悄声说出那句莫名其妙的话。

对一个垂死之人来说,他的这句话是多么奇怪啊!温特斯为什么不能等一等?等什么?他绝不是为了乞求活命,而是在遗憾生命的短促,居然没能留下表白心迹的时间。**贝丝是——**这句话里潜藏着对温特斯的新一轮的折磨。贝丝与老圈究竟是什么关系?还是老问题,如同钻出坟墓的幽灵,又来纠缠他了。他早已忽略了这个问题,他早已学会了原谅;他已经获得了爱情,忘却了仇恨;然而此时,一个临死之人断断续续说出的这句不可思议的话，却又勾起了他那十分别扭，对问题尚未得到满意答复，不确定因素尚未得到澄清的嫉妒心理。贝丝曾经爱过这位气宇轩昂、头顶黑冠的巨人——她自己也亲口坦白承认过，她爱他；温特斯的灵魂深处再度燃起了嫉妒的烈焰，使他犹如坠入了十八层地狱。接着，那喧嚣不宁的地狱中爆出了一声枪响，老圈被当场一枪击毙，刹那间，一阵狂热的恶毒的快感，一阵可恶的复仇的惬意涌上了心头。然而随后，这种快意又幻化成了对老圈眼中流露出的爱意和光芒的回忆，对他那句莫名其妙的耳语的回忆。温特斯心潮起伏，如此这般地在情感的漩涡中徘徊着，彷徨着。

这是他备受煎熬的一年里最为痛苦的时刻，也是他人生斗争中最为关键的一步。当黎明的曙光来临时，他站起身来，虽然满腹忧愁、几乎肝肠寸断，但是，他已经战胜了那股邪恶的激情。他无法改变过去；再者，即便他还没有全心全意地爱上贝丝，他也算得上一个堂堂正正的男子汉，他绝不会改变他早已为她筹划好的未来。他唯一放心不下、并想彻底了结的是，他必须知道事情的真相，知道最坏的结果，只有等确切弄清了贝丝与老圈的关系，他才能扼杀这些一直在困扰着他的将信将疑和令他浮想联翩的嫉妒心理，将过去彻底埋葬。关于这件事，他是知道的——早就知道了，但是他必须亲耳听到由别人把它说出来才行。这样，等他们平平安安地走出这荒无人烟的地区，开始过上一种崭新的恩恩爱爱的生活时，她就会忘却过去，她就会幸福地生活着，这样，即便若干年过去之后，他也会觉得此生无憾，完全值得他好好生活下去。

整整一天，他都在骑着小毛驴不慌不忙、小心翼翼地朝迷魂谷进发，一边走，一边从容不迫地仔细察看着周围的每一个角落，专拣地硬草丰的地方行走，确保无人能跟踪他。深夜时分，他来到那片光滑平整、似被人信手涂鸦过的乱石冈下,这是山谷的入口处。在这儿,他放掉小毛驴,自己步行着向前走去,爬上陡坡,进入了那条在星光的映照下显得朦朦胧胧的峡谷。由于已经累到了疲惫不堪的地步,他爬进了一个小石洞,倒头便睡着了。

清晨,在沿着那条羊肠小道下山时,他发觉朝阳正在冉冉升起,将一条金光粼粼的长河从雄伟的石拱桥的拱形桥洞中源源不断地倾泻过来。"奇异谷"宛如梦境中的山谷,披着神秘的幕纱,显得恬静而又美丽,正随着这金色的潮水从睡梦中醒来,金色的潮水卷走了倦慵的层层薄雾,露出了一张张峭壁的脸。

虽然距离尚远,他还是能辨认出正在银杉树丛里忙碌着的贝丝,不一会儿,两条猎犬的吠声便告诉了他,他们已经看见他了。他听到了树林里模仿鸟的婉转啼鸣,接着又听见了鹌鹑叽叽喳喳的叫声。小圈和小白连蹦带跳地向他奔来,贝丝也张开双臂紧随其后向他奔来。

"伯恩!你回来啦!你终于回来啦!"她叫道,这快乐的叫声驱散了她连日来的寂寞。

"是啊,我回来啦。"他说,望着她一路飞奔着前来迎接他。

当她张开双臂拥抱着他、仔细打量着他时,她突然大惊失色,一切快乐都不翼而飞了,只见她脸色苍白,浑身直哆嗦。

"啊!出什么事儿啦?"

"出了很多事儿呢,贝丝。我不需要告诉你出了哪些事情吧。我可是累坏啦。精神上的疲惫超过了身体上的疲惫呢。"

"亲爱的——你的脸色让我好害怕!"贝丝结结巴巴地说。

"千万别往心里去。我没事儿。你也没什么好担惊受怕的。一切都会不折不扣地按我们的原定计划进行的。等我稍微休息一下之后,我们就立刻动身,离开这个地方。只是现在,此时此刻,我必须弄明白有关你的事实真相。"

"有关我的事实真相?"贝丝打了个激灵,重复道。她似乎在脑海中搜寻着一把久已被忘却的钥匙。温特斯在看着她的同时,自己也在承受着痛苦不堪的精神上的折磨。

"是的——有关那件事的真相。贝丝,你别误会。我还没变到那么坏的地步。我依然很爱你。事后我会更加爱你的。生活照样会甜蜜如故——对我们来说,只会更加甜蜜。我们要——要尽快结婚。我们会幸福的——可是,我心里有一个魔鬼啊。一个非常别扭、非常嫉妒的魔鬼!有它在作怪,我就会胡思乱想。我早就忘了。可是,现在,那一切可恶的将信将疑,想知道又怕知道的心理又来作祟了,把我折磨得很痛苦。我得用事实真相来扼杀它们啊。"

"不管你想知道什么,我都可以告诉你。"她回答得很坦率。

"那就让老天保佑吧!我们会让它过去,让它了结的!……老圈爱你吗?"

"他当然爱我啊。"

"你——你也爱他吗?"

"当然啦。我告诉过你啊。"

"你怎么能说得这么轻巧啊?"温特斯激动地叫了起来。"你难道就一点儿也没有感觉到——感觉到——"他哽咽得说不出话来。他感到一阵悲痛、一阵愤激涌上了心头。他用他那双粗鲁的强有力的大手一把抓住了她,把她拽到近前。他直勾勾地盯着她那双深蓝色的眼眸。那双眼睛依然如故,目光中不仅依然充盈着渴望,而且像清澈的泉水一样清澈见底。那是一双认真、庄重的眼睛,在表白着无法形容的爱恋、信赖和克制。温特斯战栗了。他知道自己正在窥探着她的心灵。他知道,在这个时刻,她是不会撒谎的；但是，当她用那双眼睛像那样看着他时，她也许会说出的事实真相，却几乎会彻底毁掉他对纯洁的信念。

"你跟——你过去跟老圈——是什么关系？"他气喘吁吁，却口气严厉地问道。

"我是他女儿啊。"她毫不迟疑地回答道。

温特斯慢慢松开了她。他的感情的力量猛然出现了一道巨大的裂痕——顷刻间变得一片空白。

"你——你说——说什么？"他问道，似乎反应迟钝起来，脑子里变得一片迷茫。

"我是他的女儿。"

"老圈的女儿？"温特斯又问了一遍，声音里慢慢有了些活力。

"是啊。"

他心潮澎湃，如梦初醒般抓住她的双手，把她拉到身前。

"你——你一直是——是老圈的女儿？"

"是啊，当然一直是啊——永远都是。"

"可是，贝丝，你以前对我说——你让我想入非非了——是我胡思乱想，以为你是——是——你那么——那么羞于启齿。"

"这是我的耻辱。"她说，声音低沉，却圆润动听，脸颊上又泛起了一层红晕。"我告诉过你——我什么也不是——没名没姓——就叫贝丝，是老圈的女孩儿！"

"我知道——我想起来啦。可是，我根本没想到——"他嗓子沙哑、急不可耐地接着说。"那时候——你就躺在那儿，奄奄一息的样子——嘴里还在祈祷呢——你——也不知道是怎么一回事儿，我就想到了你很坏。"

"很坏？"她问道，竟笑出声来。

她抬起头来，脸上挂着茫然不解的淡淡的笑意，像一个懵懵懂懂的孩子一样，压根儿什么也没有意识到。温特斯已经被这震撼人心的事实真相惊得目瞪口呆，而她却还没弄明白他到底是什么意思。

"贝丝啊！贝丝！"他把她紧紧搂在怀中，把她的眼睛藏在他的胸前。他决不能让她看到他此时的脸。他拥抱着她，举目眺望着整个山谷。在他朦朦胧胧的视线里，在金色的阳光和缥缈的雾霭中，他依稀看见了老圈。她是老圈的无名无姓的女儿。老圈爱她。他处处护佑着她，不让她与他手下的那些男女有任何接触，却也使她不谙世事，使她的头脑还像个小孩子一样纯真。这就是那个秘密的核心——那个不解之谜的谜底。这真是一个精彩绝伦的事实真相啊。她非但不坏，而且很善良，很纯洁，是这世上最单纯、最清白的人——孤苦伶仃地度过了她少女时代的纯真年华。

他看见了老圈那双明澈的眼睛，在探询着、在审视着，目光越来越温和。他看见那双眼睛里在闪动着惊喜交集、充满怜爱的光芒，可是，突然间，它又幻化成了坚韧不屈的毅力。他仿佛听见老圈在喃喃地说话，接着又看见他像一截木桩一样摇摇晃晃地倒下了。霎时间，无数的声音汇集成了惊天动地、万钧雷霆般的呼啸、呐喊——枪炮齐鸣般地轰击着他的良知，晴天霹雳般地震撼着他的悔恨之心——振聋发聩地在他的耳畔喧嚣着。他杀死了贝丝的父亲。这时，一阵大风呼号着钻进了他的耳膜，如同在峭壁间悲鸣的风声一样，听上去活像是丧钟——老圈的丧钟。

他浑身瘫软，跪在了地上，把脸藏进了贝丝的怀中，像一个行将淹死的人一样紧紧抓着她。

"我的上帝啊！……我的上帝！……啊，贝丝！……原谅我！千万别计较我已经做下的事情——千万别计较我曾经有过的想法。但是，请原谅我。我要把我的生命交付给你。我要为你而活着！

我会爱你的。啊,我的确是真心爱你的,因为这世上绝没有哪个男人像我这样爱过一个女人。我要让你知道——让你记住,我是为你而战的——不管我这一仗打得有多糊涂。我原以为——我原以为——千万别计较我过去是怎么想的——但是,我爱你——我向你求过婚,希望你嫁给我。就让这个求婚——就让我用这个求婚来抚慰我的心灵吧。啊,贝丝,我是不得已才这样的!况且我本来也应当知道的!这个谜团不解,我寝食难安啊。上帝啊!事情的结果怎么会这样啊!"

"伯恩,你身子太虚啦——你在哆嗦——你在说胡话呢。"贝丝叫道,"你劳累过度啦。根本就没有什么要原谅的事情。根本就没有什么不解之谜,只有你对我的爱。你已经回到我身边啦。"

说罢,她温柔地把他的头搂在自己怀里,让他的头紧紧贴在她剧烈颤动着的胸脯上。

第十九章 小菲

在简妮·威瑟斯汀的家里，小菲爬上了拉西特的膝头。

"你爱不爱我？"她奶声奶气地问道。

拉西特由于一向温文尔雅，充满爱心，对小菲的问话同样也认认真真地作了回答，用一本正经、妙趣横生的言辞信誓旦旦地向她保证说，他就是她忠贞不二的臣子。小菲摆出一副若有所思的样子，仿佛在揣摩着男人们的口是心非，又像在绞尽脑汁地寻找最有力的手段来考验这位豪杰。

"那你爱我的新妈妈吗？"她突然出其不意、一脸迷茫地问道。

简妮·威瑟斯汀忍俊不禁地大笑起来，许多天来，她还是第一次像这样耳热心跳，脸上发烧。

时值令人昏昏欲睡的夏日的午后，他们三人正坐在树木葱茏的小土丘下的阴凉处，面向着紫艾草原那边的山坡。小菲对她妈妈的痛苦思念并没有持续多久——那种稚气十足、不解世事的忧伤——很快就过去了。如今，哪里有小菲，哪里就会充满童趣稚语，充满笑声和欢乐。她已经走出痛失亲人的阴影，变成了欢乐和美好心情的化身。她长得越来越惹人喜爱了，而且漂亮得简直让人匪夷所思。对简妮·威瑟斯汀而言，这孩子就是她祈祷的对象，是上苍的赐福，是一笔比她失去的财产还要珍贵得多的财富。在拉西特看来，简妮显然已经本能地把抚养小菲当成她责无旁贷的神圣职责了。

"你爱我的新妈妈吗？"小菲又问了一遍。

拉西特谨慎而又真诚地对这个问题作了肯定的答复。

"那你为什么不和我的新妈妈结婚,做我的爸爸呢?"

对小菲所提出的成千上万的问题,拉西特还是头一次不知该如何回答是好。

"小菲——小菲,别问这种怪怪的问题啦。"简妮说。

"为什么呢?"

"因为——"简妮回答道。她忽然发觉,自己竟有点儿莫名其妙地不好意思去正视这孩子凝望着她的目光了。她似乎感到,小菲那紫罗兰色的眼睛里具有摄人的智慧,仿佛能看穿她的心事。

"你爱他,对不对?"

"亲爱的孩子——快去玩你的吧,"简妮说,"别跑太远了。不许离开这个小土丘。"

小菲立即欢呼雀跃着跑开了,为获得了自由而兴高采烈,她已经有好几个礼拜没能享受到在野外自由自在地玩耍的乐趣了。

"简妮,为什么小孩子总比大人们真诚呢?"拉西特问道。

"是吗?"

"依我看,是的。瞧小菲——她就能看到人们挂在脸上的事情。印第安人也是。狗也是。印第安人和狗大多数时间都能根据他们所看到的现象作出准确的判断。也许小孩子的话总是对的。"

"好吧,小菲都看到些什么啦?"简妮问道。

"依我看,你是明白的。小菲以她那双小孩子的慧眼看出了部分真相,她想知道更多的情况,却遇到你在莫名其妙地作假,我不知道她脑子里会怎么想?等一等!你虽然是我所认识的最优秀的女人,但是,你也在一定程度上有点儿作假。我想说的就是这一点。小菲已经看出,你是在假装——假装很在乎我,因为这一点都写在你脸上呢。正因为这样,她那小脑瓜子里才冒出了这些问题。可是,她得到的答案,与她看到的表面现象却大不相同。久而久之,她就会对这种虚情假意渐渐习以为常,长大以后,就会和别的女人一样,当然还有男人。这种对生活虚与委蛇的态度已经得到证实了,那就是,你表面上似乎是爱我的,其实你并不爱我。事情并不像表面看上去那样。"

"拉西特,你说得对。绝对应当把真相告诉孩子。可是——能做到吗?我是无能为力的,何况我一辈子都是爱说真话的,并且为自己一贯不打诳语而感到自豪。也许我这话有自吹自擂之嫌。我已经长了不少见识啦,我的朋友。有一些模糊不清的事情已经在我眼前露出真面目了。至于——至于是不是在乎你的问题,我想,我还是非常在乎你的。至于在乎到了何等程度,我也说不上来。我的心几乎都要碎啦,拉西特。所以,现在还不是谈情说爱的最佳时机。我仍然可以陪小菲一起玩耍,一起嬉戏。我仍然还可以做梦。但是,一旦要认认真真地思考问题时,我就感到头晕目眩了。我干脆什么也不去想了。我反正什么也不在乎了。我已经不再祈祷啦!……很难想象吧,我的朋友!但是,尽管我感情麻木了,但是,我相信,我会走出这黑暗、痛苦的深渊,成为一个更加出色的女人的,对男人和上帝的爱也会更加炽热的。我现在正受着酷刑呢;除了痛苦,我别的什么也感觉不到,而且对痛苦也快要到麻木不仁的地步了。但是,我迟早会走出这种浑浑噩噩的状态的。我在等待时机啊。"

"这个时机很快就会来临啦,简妮,"拉西特头脑清醒地回答道,"到那时,恐怕你还是接受不了。岁月是无情的,况且你已经被禁锢了很多年。多年养成的习惯,就像生活本身一样,是牢不可破的。不过,我也相信——你能摆脱一切,走出困境,成为一个更加贤良的女人的。我也在拭目以待呢。我一直在纳闷——在思考,简妮,我们之间的婚姻难道就那么不合情理吗?"

"拉西特!……我亲爱的朋友!……我们是不可能结为夫妻的!"

"为什么——像小菲说的那样?"拉西特问道,带着温文尔雅的执着态度。

"为什么!我从来就没有想过为什么。但是,结婚这件事是不可能的。我是简妮,是威瑟斯汀的女儿。我父亲会从坟墓里站出来横加阻止的。我生来就是一个摩门教徒。我已经濒临破产了。但是,我依然还是一个摩门教女人。而你呢——你是拉西特!"

"也许我已经不像从前的拉西特了。"

"你刚才是怎么说的?多年养成的习惯就像生活本身一样牢不可破!有一个习惯你是绝不会改变的——你的人生目标。因为你还照样随身披挂着那两支黑乎乎的大枪呢。你依然还在培育着你那嗜杀成性的习惯呢!"

一丝微笑,如同一道阴影,从他脸上飞掠而过。

"不对。"

"拉西特,我对你说过谎。但是,我求你——千万别对我撒谎。我是万分敬重你的。我相信,你已经心软了,对我的大多数村民,也许对所有村民的态度都有所转变了,除了对——但是,当我说到你的目标、你的仇恨、你的枪时,我脑子里只有他!我认为,你还是没有回心转意。"

作为回答,他解下了沉甸甸的子弹带,并且把子弹带,连同那两支在晃悠着的沉重的枪套,一齐放在她的膝头上。

"拉西特!"简妮喃喃地叫了一声,目光从他身上移向了那两支漆黑、冰冷的枪。没了枪,他仿佛连体力都大打折扣了,变成了一个毫无防卫能力,连身高似乎都缩小了的男人。她难道是迪莉娅①吗？刹那间，她的意识深处只剩下了一个动机——不能眼睁睁地看着这个男子汉被他的仇敌们视为懦夫——她站起身来，遑急不安地把那条子弹带胡乱系在他腰上，使其重新物归原主。

"拉西特，我是个胆小鬼啊。"

"跟我一起离开犹他州吧——到了那边，我就可以把枪收起来，做一个好男人啦。"他说，"依我看，到那个时候，我就能向你证明这一点了。走吧！你的黑星星已经失而复得了，还有夜游神和银铃儿。让我们带着这几匹赛马和小菲，赶紧走出犹他州吧。你只剩下这几匹马和这个孩子啦。走吧！"

"不，不，拉西特。我决不离开犹他州。家产破了，心也碎了，我在这个世界上还能有什么作为呢？我决不会离开我深深爱着的这些紫色山坡的。"

"依我看，我早该料到你有这种想法啦。要不了多久，你就会住到山坡下的某个窝棚里去了，而且，也要不了多久，简妮·威瑟斯汀就会蜕变成人们的一种回忆了。我只不过想找个机会向你证明一下，一个男人——随便哪个男人——是如何放下屠刀、立地成佛的。假如我们离开了犹他州，我就可以向你证明——依我看，我还是有这个能力来向你证明你所说的爱情的。的确很奇怪，地狱和天堂只有一步之遥啊，简妮·威瑟斯汀。在我看来，你把你那颗慷慨的心似乎都浪费在你那个所谓的博爱上了——对宗教、职责、牧师、骑手、穷人，以及穷苦人家的孩子的爱！然而，你根本就不懂什么是爱情——爱情又是如何改变一个人的命运的！……听我说，我要把米莉·欧尼的经历告诉你，让你知道爱情是如何改变她的。

---

① 《圣经》中大力士参孙（Samson）的情妇（参孙被她所迷惑，后被出卖）。

"在米莉和我还很小的时候,我们家从密苏里州搬迁到了得克萨斯州,我们是在得克萨斯州长大的,好像我们就是在那儿土生土长的人一样。我们过去很穷,但是,到了得克萨斯州,我们的日子开始蒸蒸日上了。我们居住的那个地方,在我们刚去的时候,还是一个小村落,后来渐渐发展成一个城镇了,许多陌生人和新的家庭源源不断地迁徙进来。那时候,米莉是一个人见人爱的小美女。我现在还记得她那时的模样,一个小巧玲珑的女孩子,长得很俊俏,一双水灵灵的大眼睛,深蓝色的眸子在激动起来时就会变得乌溜溜的,但始终是十分漂亮的。你还记得米莉的那双眼睛吧!她的头发是浅褐色的,中间夹杂着一缕缕金黄色,她那张小嘴可爱得谁都想上去亲吻一下。

"在米莉出落成一个最漂亮、最可爱的姑娘时,来了一个年轻的牧师,他与另外一些年轻人展开了一场竞赛,旨在赢得米莉的欢心。他赢了。米莉一向热衷于宗教,结识了弗兰克·欧尼之后,她就全心全意投入到拯救人们灵魂的工作中去了。问题是,米莉由于潜心研读《圣经》,而且积极投身于教堂的各项活动,尤其是那些具有鼓动性的福音布道会,后来竟有点儿头脑发热,飘飘然了。老人们倒是一点儿也不担忧她的,唯一让我心烦的是,她老是不厌其烦地祈祷、劝说我,说是要拯救我的灵魂。她根本就改变不了我,不过,我们依然还是最要好的伙伴,依我看,我们兄妹之间的感情比任何兄妹情都要深厚。唉,我与弗兰克·欧尼后来也结下了深厚的友谊。他相貌英俊,身材魁梧,而且风度翩翩,绝对是一表人才。他所信仰的宗教一点儿也不妨碍我,因为他可以陪我一块儿去狩猎、钓鱼、骑马,是个好小伙子。在一次追赶水牛的事件中,他挺身而出,救了我一命。我们成了结拜兄弟,再说,他也是我唯一看中的能配得上米莉的男人。他们结婚的那天，我平生第一次喝醉了。

"他们结婚之后不久，我就离开了家乡——似乎只有米莉才是我的牵挂——与欣欣向荣的家乡相比，我去的都是一些很艰苦的地方。在锅柄①一线，我发现生活条件极其恶劣，便又继续北上。从前的堪萨斯州和内布拉斯加州的状况，你可以想象得到，与犹他州的这个边境地区目前的状况差不多，也很糟糕，我必须能娴熟自如、得心应手地使枪，才能生存下去。在骑术上，在众多的骑手中，能超过我的人也不多见。我可以非常谦虚地说，在追踪马或菜牛或人这方面，我还从没见过有哪个白种人的本领能与我相比呢。不知不觉，两年一晃就过去了，我突然开始想家了，于是，又挥鞭南下。

"家里的一切都面目全非了。我永远也摆脱不了那次回归故里时的情景。母亲长眠在坟墓里。父亲变成了一个沉默寡言、心灰意冷的人，已经瘫痪在床不能行走了。弗兰克·欧尼整天像个幽灵一样自我封闭着，既不干活儿，也不宣教，甚至也不安安稳稳地过日子，米莉却不见了踪影！……我是过了很久之后才得知事情的原委的。父亲神志不清没法说，弗兰克·欧尼又不敢说。所以，我只好逢人就打听，家里到底发生了什么变故。

"事情好像是这样的，我离开家乡之后不久，小镇上又来了一个牧师。他与弗兰克成了竞争对手。这家伙与弗兰克截然不同。他传播的是另外某种宗教，而且他头脑活络、充满激情；而弗兰克则老成持重、为人谦和。那个人喜欢哗众取宠，尤其喜欢追逐女人。在相貌方面，他虽没法与弗兰克·欧尼相比，但是他对待女人却很有手腕。他口齿伶俐，说起话来滔滔不绝，天天传经布

---

① 指美国西弗吉尼亚州、得克萨斯州、奥克拉荷马州等地。

道。米莉受到了他的蛊惑……对他所传播的宗教表现出极大的兴趣。弗兰克容忍了她,因为他向来待人宽容,而且向来都宠着她,让她爱怎么样就怎么样。他说,不管是什么宗教,信仰的都是同一个上帝,还说,如果米莉变换一个角度来看问题,对她也不会什么坏处。于是,那个新来的牧师便乘机频频登门拜访米莉了,有时还趁弗兰克不在家的时候来。弗兰克每个礼拜都要有几天出门在外去照看牲畜。

"大约就这段时间里,发生了一桩很蹊跷的事情,我至今都百思不得其解。有一个陌生人来到了这个小镇,有人看见他老是跟那个牧师待在一块儿。这个陌生人是一个身材魁梧的汉子,眼睛碧蓝,蓄着金黄色的络腮胡子。他很有钱,好像也是一个很神秘的人,就在一个妙龄女子开始对那个新来的牧师所传播的宗教表现出极大兴趣的时候,这个人却突然销声匿迹了,全镇人都对此议论纷纷。后来,没隔多久,又有一个人从伊利诺斯州的某个地方赶了过来,他一来就立即发现,这个牧师原来竟是一个很有名气、专门鼓吹人们改变宗教信仰的摩门教徒。这件事前所未有地激怒了弗兰克·欧尼,也使他们从竞争对手一下子变成了不共戴天的死敌。事情的结局是,弗兰克·欧尼闯进了米莉经常去听布道的那座教堂的议事厅里,当着米莉和众人的面,把那个牧师痛骂了一顿——狠狠谴责了他的行径,就像前不久温特斯痛斥塔尔一样。弗兰克痛骂了一顿之后,又用马鞭狠狠教训了他一顿,把这个专事劝诱人们改变信仰的伪牧师赶出了小镇。

"人们注意到,据说是这样的,米莉一反常态,连她那和颜悦色的性格也变了。有人说,那是因为她很快就要当妈妈的缘故,也有人说,她是迷上了那个新的宗教信仰。女人们则直截了当地说,她是迷上了那个摩门教徒。不管怎么说吧,有一天早上,当弗兰克从外面风尘仆仆地赶回家来时，却发现米莉不见了。他家周围几乎也没有什么邻居——因为他们住在城外——但是，据住得离他们较近的那些人说，夜里有一辆马车来过，他们认为，那辆马车就停在她家的门口。好吧，痕迹总归能说明问题，现场的确留下了许多马车的车痕，纷乱的马蹄印，还有男人的脚印。消息很快像野火一样传开，说米莉抛弃自己的丈夫离家出走了。除了弗兰克，人人都认为这是真的，而且毫不迟疑地散布消息，揣测她离家出走的原因。我母亲一贯不喜欢米莉的古怪言论，也不喜欢她那么热衷于新的宗教，母亲也认为，米莉是和那个摩门教徒私奔了。这件事加速了母亲的死亡，而且她至死也不肯原谅她。父亲是那种即便在家族蒙羞或遭到不幸的状况下也不肯低头屈服的人，但是，痛失女儿的打击却使他从此一蹶不振了，因为他对米莉的父爱是超越一切的。

"从得知米莉失踪的消息那个时刻起，我就根本不相信她是自觉自愿地离家出走的。我了解米莉，我也深知，她不可能做出那种事情。我在家里住了几天，想劝劝弗兰克·欧尼，让他开口说话。可是，他即使知道一星半点的情况，也决不肯说出来。所以，我只好亲自出马，去寻找米莉的下落了。我努力追寻着那个专门蛊惑人心的伪牧师的足迹。我知道，只要我能找到他曾经去过的某个城镇，我就一定能发现他的踪迹。我还知道，他一定会不遗余力地到处煽风点火，蛊惑人们去皈依他那个宗教。于是，我马不停蹄地从一个城镇奔向另一个城镇。我心中有一个盲目的信念在指引着我的行动。日子一个礼拜一个礼拜、一个月一个月地过去了，我估计，我已经渐渐变成了一个不可理喻的人。不知何故，人们都很怕我了。两年之后，在得克萨斯州的一个旮旯里，我终于找到了我所追踪的那个人曾经逗留过的一个城镇。他刚刚离开那儿。人们说，他来这个小镇时，并没有带女人来。为了追寻此人，我踏遍了阿肯色州和密西西比州的山山水水，后来又循着原来的踪迹，紧追不舍地回到了得克萨斯州。离开家乡后，我发现了他首次去过的那个小镇。在那儿，我找到了米莉的踪迹。我还发现了她生孩子时住过的一个小木屋。但是，没有迹象能表明她究竟是不是被人囚禁在那儿的。小木屋的主人是个卑鄙可恶、守口如瓶的无赖，所以，临走前，我还是不失时机地在他身上留下了我特有的记号。然后，我又回归故乡了。

"回到故里才发现，我已经没有家了，什么都没了。父亲一年前就去世了。弗兰克·欧尼仍旧住在米莉离开他时的那个屋子里。我陪他小住了几日，整天看着他，我也变老了。他的农场已经一片荒芜，长满了野草，他的牲畜群不是走失了，就是被人偷光了，他的房子因年久失修，几乎不能遮风挡雨了。弗兰克整天坐在门廊里，无休无止地凿着一根根拐棍，人变得一天比一天消瘦。他偶然也会像疯子一样狂怒地吼叫几声，但是他大多数时间都傻愣愣地坐在那儿，瞪大眼睛看着，谁见了他那副模样都会忍不住要诅咒几声。我估计，弗兰克心里藏着一个我迫切需要知道而他却不敢启齿的秘密。我对他说，我追踪米莉长达三年，已经找到了她的踪迹，看到了她生小孩时住过的地方，我以为他会"咕咚"一声跪在我脚边。我以为他会有所好转，恢复正常——会央求我不要再追查下去了。没想到，他还是什么也不肯说。我只好不再理他，只是日日夜夜地守护着他。

"我发现，他依然还有一件他非常珍惜的东西，那是他存放各类文件的一个小匣子，就放在他睡觉的那间卧室里。不过，他似乎很少睡觉。经过一番耐心的劝说后，我拿到了小匣子里的什物，从中发现了米莉写来的两封信。一封很长，是她失踪几个月之后写的。信中说,她是被三个男人在家里五花大绑、塞住嘴巴、强行拖走的,还说了那三个人的名字——赫德、梅茨格、斯莱克。这三个人她都不认识。她被带到了一个小镇上,就是我两年之后发现了她踪迹的那个小镇。但是,这封信并不是从那个小镇寄出的。她是被囚禁在那儿的。那几个伪牧师,当然已经现出了原形,似乎不想再冒任何风险失去她。她在信里接着说,她有一度的确头脑发热到了疯疯癫癫的地步,等她清醒过来、恢复了理智时,使她能咬紧牙关坚持活下来的唯一动力,就是那个小宝贝。她说,小宝贝长得很漂亮,她日思夜想,只盼有朝一日能把这孩子送回她父亲的身边,到那时,她就可以谢天谢地离开人世,死而瞑目了。那封信写到这儿就戛然而止了,还有一句话,只写了一半,连落款也没有。

"第二封信的写作时间要比第一封晚两年多。这封信寄自盐湖城。信里直截了当地说,米莉已经得知哥哥在循着她的足迹到处找她。她要弗兰克劝说哥哥别再找她了,因为,如果他再这样追查下去,她将会遭受到可怕得无法言说的苦难。她没有乞求。她只是陈述了一个事实,提了一个简单的要求。信的结尾说,她马上就要离开盐湖城了,与那个她已经渐渐有了点儿爱意的男人一起走,从此再也不会听到她的任何音讯了。

"我认识米莉的笔迹,我也能辨别出她写信的风格。不过,从第二封信的内容上,我能看得出,米莉的内心已经发生了很大转变。我反复推敲着这封信,终于感到,她要不就是真的渐渐爱上了那个人和他的宗教,要不就是迫于某种可怕的威慑力而违心地撒了谎,是不得已才这么写的。我也吃不准是属于哪一种情况。我当然要把这件事查它个水落石出。我把话撂在这儿,假如我当时像现在这样了解摩门教徒,我也就听任米莉顺从命运的摆布了。

因为她说，如果我再继续寻找她，她的苦难就会加重，她这话也许有一定的道理。可是，我那时年轻气盛、血气方刚。一怒之下，我先去了她第一次被人带去的那个小镇，然后又去了她被关押过的那个地方。我抓住了那个无赖房主，把他带到树林里，逼他说出了他所知道的情况。他知道的情况其实并不多，也不详细，但是，其本质内容却足以燃起积压在我胸中的冲天怒火。这一次，我在他身上留下的印记，足以使他今后再也不能继续胡作非为，再昧着良心去害人了。之后，我便循着蛛丝马迹，一路追到了犹他州。

"这都是十四年前的事儿啦。绝大多数摩门教徒都进入过我的视线。这是一个野蛮的地区。这是一个野蛮的时代。我扬鞭跃马，从一个城镇走到另一个城镇，从一个村落走到另一个村落，从一个农场走到另一个农场，一路风尘仆仆、风餐露宿。我从来没有在同一个地方停留很久。我别无他求，心中只有一个念头。我从来没有停下来好好歇息过。四年过去了，我踏遍了犹他州北部的每一条山路。我仍在不停地追索，随着岁月的流逝、年龄的增长，我的信念越来越坚定，却也越来越盲目了，不管指引着我始终在马不停蹄地追踪的目标是什么。我曾经在书上看到过这样一个人，他航渡过七大洋，周游过全世界，因此，他总有一段可资讲述的传奇故事，所以，无论何时，他只要遇见了一个他心仪的人，就会与他大谈起那段传奇经历，因为他知道，这个人曾经与他有过一面之缘。我很像那个人，唯一不同的是，我总有一个问题要问。再说，我也知道这个我必须问他问题的人。所以，我从没错过任何蛛丝马迹，尽管在这许多年里，这是一场希望最渺茫，任何人也无法承受的追踪。

"后来，我的运气总算有了一点儿改变。在犹他州的中部，我逮住了赫德,我在他耳边悄悄地说了一句话,然后便注视着他的面部表情,然后便用枪顶着他的丹田。他死了,牙关咬得铁紧,我用刀子都撬不开他的嘴。同一年里,斯莱克和梅茨格都听到了我悄声问出的那个相同的问题,这两个家伙都至死不肯吐露一个字。我很久以前就听说过,在这个种群或阶层里——要不,上帝也许知道他们是什么种类的人——没有任何人会泄露秘密!我不得不根据一个人对死亡的畏惧神色来判断,他与米莉·欧尼的命运到底是否有关联。光阴如梭,岁月蹉跎,但是我坚信,我会找到这个人的。

"就这样,当我漂泊在通往犹他州南部的漫漫山路上时,我的名字总是比我本人要先到,所以,我不得不面对一大批对我早有防备的人,而且要随时准备动枪。是他们把我培养成了一名枪手。这个名号倒也适合我。在这段时间里,那个伪牧师,还有那个身材魁梧、眼睛碧蓝、蓄着金黄色络腮胡子的人的行踪似乎已经渐渐淡出了我追踪的路线。在长达十余年的时间里,我只发现过两次那个神秘人物的足迹,就是那个曾经在我的家乡会见过那个伪牧师的神秘人物。他与米莉的命运究竟有何关联,我无从得知,除非我的灵感能指引我去找到他!至于另外那个人,我有十足的把握知道他是谁,就像我在呼吸,像夜空中的星星在闪烁,像风儿在吹拂一样确信无疑,有朝一日,我会和他见面的。

"我顺着这条线索追踪了整整十八年,一直追到了位于犹他州边境的最后这座孤零零的村落。十八年啊!……我现在才感到,我已经老啦。开始追查这件事时,我才二十岁。唉,我以前也曾告诉过你,附近的一个非摩门教的人也曾对我说过,简妮·威瑟斯汀可以告诉我米莉·欧尼的情况,并且可以带我去看一看她的坟墓!"

那低沉的说话声戛然而止,拉西特一遍又一遍地把玩着他的阔边黑帽,仿佛在数着他帽子饰带上的银饰品有多少枚一样。简妮倾身朝着他,宛如一尊活化石坐在那儿,神情专注地聆听着,似乎还在期待着能听到更多的讲述。她恨不得直着嗓门尖叫一声,然而舌头和嘴唇根本不听她使唤。她只是默默地望着这位满脸忧伤、眼眸灰褐色、激情已经被磨去的汉子,耳边听到的只是树叶发出的微弱的飒飒声。

"就这样,我来到了杨树村,"拉西特接着说,"你领我去看了米莉的坟墓。尽管你的嘴巴比所有那些躺在路边的死人的嘴巴还要紧,不过,你已经等于告诉了我这十八年来我一直想打听清楚的秘密!简妮,我说过,你会告诉我的,用不着我来问你。在你这儿,我是不需要问我那个问题的。那天,你还记得吗,当那个胖子在你家院子里朝我拔枪的时候,还有——"

"啊!嘘!"简妮轻声说道,盲目地抬起了双手。

"我从你脸上的表情已经看出,戴尔,现在已经当上主教了,就是毁了米莉·欧尼一生的那个伪牧师。"

刹那间,简妮·威瑟斯汀的脑子一片混乱、天旋地转起来。等她回过神来时,却发觉自己情不自禁地紧紧抓着拉西特,活像一个即将要淹死的人一样。犹如一道闪电划过心田,她由麻木不仁迅速转入了极度的痛苦之中。

"纯属一派胡言!拉西特!不,不!"她难受地呻吟着说。"我发誓——你错了!"

"别说啦!你是在自欺欺人呢!不过,我可以原谅你。你这可怜的女人!还是这么糊涂!还是这么虔诚!……你听着。我知道。这件事就到此为止吧。我决定放弃我的目的啦!"

"你说——说什么?"

"我放弃我的目的啦。我的看法和感觉都跟过去不一样了。我也帮不了可怜的米莉。再说,年深月久,我的复仇心理也被磨耗掉啦。我已经渐渐认识到了,我无力去评判一个人的好与坏。我也不能一味地为了复仇去杀一个人。自从我爱上了你和小菲,我的仇恨已经与原来不一样了。"

"拉西特!你的意思是,你不会再想着要杀死他了吗?"简妮低声问道。

"是的。"

"为了我的缘故吗?"

"依我看,是的。我也不明白,不过,我会尊重你的感情的。"

"因为你——呃,因为你爱我?……十八年啊!你是那么令人闻风丧胆的拉西特啊!而现在——就因为你爱我吗?"

"是的,简妮。"

"啊,你这样做一定会让我爱上你的!我怎么不由自主地爱上了你这个人呢?我的心肯定是铁石做的。可是——啊,拉西特,等一等,再等一等吧!给我点儿时间。我已经不再是过去的我啦。从前我那么容易就能坠入爱河。现在却这么容易就能产生仇恨。再等一等吧!我对上帝——对某个上帝——依然怀着一颗虔诚之心。有了这份虔诚,我才能陪你过上更加幸福的日子啊,你这可怜的已经被激情所左右的浪迹天涯的人啊!对我来说——我不过是一个可怜兮兮、已经家道中落的女人。我爱你的妹妹米莉。我也会爱上你的。我不可能堕落到如此下贱的地步的——我不可能这么轻易地被上帝抛弃的——不至于心中留不下对你的这份爱。再等一等吧!让我们忘掉米莉凄惨的一生吧。啊,我对这件事的了解比世上任何人都要深刻!还有一件事我也会告诉你的——如果我临终时你守在我身边的话,可是,我现在还不能说啊。"

"依我看,我也不需要再打听啦。"拉西特说。

简妮依偎着他,仿佛仅剩的一点儿力气也飘出了体外,她抑制不住地失声恸哭起来。拉西特默默地拥着她,对她的切肤之痛深表同情。她渐渐恢复了镇静,当她感到久压心头的那个沉甸甸的包袱终于被移除、正准备站起身来时,拉西特的骤然变色又使她大吃了一惊。

"我听见马蹄声了——马蹄是被裹住的,声音很闷!"他一边说,一边警觉地直起身来。

"小菲去哪儿啦?"简妮匆匆环顾了一眼小土丘周围的树荫处,急忙问道。这个金发靓丽的孩子,刚才还一直在附近玩耍呢,此时却忽然不见了踪影。

"小菲!"简妮喊道。

没有欢天喜地的回应。没有"啪嗒啪嗒"的脚步声。简妮看到,拉西特的脸色已经十分严峻。

树叶在"飒飒"地颤动,草丛里有一只蟋蟀在嘲啾,附近有一只蜜蜂在"嗡嗡"地飞来飞去。此时已经接近傍晚时分,寂静的氛围中处处透露着令人厌恶的不祥之兆。简妮有些魂不守舍了。这寂静的氛围不知何时竟变得如此阴森恐怖起来!

"她——只是——溜到别处玩去了——听不见——喊声吧?"简妮眼巴巴地望着拉西特,结结巴巴地说。

骑士脸色苍白,表情严峻,像雕塑般僵立在那儿,那姿势既不是在聆听,也不是在四处搜寻,而是确信大祸已经临头的神情。突然间,他伸出钢铁般有力的手,一把拉住简妮,避开了她凝视着他的目光,拖着她大步向山丘下奔去。

"瞧——小菲刚才在这儿玩过——她用石块和树枝搭了一个小房子……这儿是她用鹅卵石垒起来的马厩,还有喂马的草叶呢,"

拉西特指着地面上的痕迹,声音刺耳地说,"这儿是她来来回回地搬东西时走过的脚印……瞧,她在这儿掩埋了什么东西呢——是一只死掉的蚂蚱——还为它堆了一个坟墓呢……她是从这儿走过去的,大概是在追赶一条蜥蜴——瞧这些小脚印……她扒下了这棵杨树的树皮……瞧这路上的尘土——她在写你刚教给她的字呢——瞧她画的这些画儿,有鸟、有马、还有人……瞧,这儿有一个十字架!啊,简妮,你的十字架啊!"

　　拉西特拉着简妮继续向前走去,如同在读书一样读着小菲的足迹所留下的含意。从小山丘一路下来,穿过灌木丛,绕过一棵棵三角叶杨树,小菲游移不定的奇思妙想在这些地方都留下了印迹,生动地记录了这孩子天真可爱的想法和她稚气烂漫的玩耍过程。她在一个鸟窝儿旁逗留了很久,留下了一个炫丽的蝴蝶翼。她在流水潺潺的小溪边也玩耍了很久,水面上漂浮着许多她做出来用来运载鹅卵石的小船。后来,她蹚过了茂密的草丛,小脚丫几乎都没有踩倒娇嫩的草叶,在这儿,在一些已经凋谢了的花朵旁,她做了不少美梦。之后,她走上了那条宽阔的甬道。她的光脚丫在尘土里留下了一个个微微凹陷的小脚印,十分清晰,沿着甬道一直向前。然而,没多久,这些小脚印便中断了,赫然呈现在他们眼前的是一个成年男人留下的一溜大足印,从灌木丛中横穿出来,然后又折了回去。

第二十章　拉西特的风格

这些足印似乎在讲述着小菲已经被人拐走的事实。在极度的悲愤中，简妮·威瑟斯汀无言以对地转过身来，两眼凝望着拉西特，随即，她心中的种种担忧便得到了证实，因为她看见了他那十分晦暗的脸色，看见他仿佛一下子就苍老了许多，变得虚弱不堪，犹如遭受了一记致命的打击。

顷刻间，她的生命之厦似乎轰然坍塌了，变成了一堆残垣废墟。

"一切都完了，"她听见自己在喃喃地说，"一切都结束了。我要去——我要去——"

"去哪儿？"拉西特顿时大惑不解地看着她，诘问道。

"去——去找那些残酷无情的人——"

"把名字说出来！"拉西特炸雷般地吼道。

"去找戴尔——去找塔尔。"简妮接着说，她心头一震，竟顺从地脱口说出了名字。

"好吧——为了什么？"

"我要小菲。没有她，我也活不成。他们拐走了她，就像他们当年拐走了米莉·欧尼的孩子一样。我不能没有小菲。我只想要回她。我认输了。我要告诉戴尔主教——我已经心灰意冷了。我要告诉他，我愿意套上枷锁——只要把小菲还给我——我就——我就同意嫁给塔尔！"

"万万不可！"拉西特歇斯底里地叫道。

他长臂暴伸,一把拽住了她。在三角叶杨树林的掩护下,他拖着她几乎在一路飞跑着,穿过了院落,径直冲进了威瑟斯汀庄园巨大的客厅,一进屋,他就"砰"地一声关上了大门,用力之猛,震得厚重的墙壁都直发抖。黑星星和夜游神,自从失而复得之后,就一直被关在这个大厅里,此时,两匹骏马也在焦躁不安地踢踏着青石板地。

　　拉西特松开简妮,像患上了眩晕病一样脚步踉跄地离开了她,声嘶力竭的一声大吼之后,他身若筛糠地斜靠在一张桌子上,他的全套骑士行头就摆放在那张桌子上。他伸手在马鞍袋里摸索着。随着他的动作,一阵"叮叮当当"的金属声传来——是子弹的"哗啦哗啦"声。把子弹插上备用子弹带时,他的手指在不住地哆嗦着。然而,当他把子弹带系上身,扣在他习惯的位置上时,他的手不抖了。这条备用子弹带上也配有两支手枪,只是比垂挂在他腰下的那两支乌黑油亮的巨大的枪略小一些,他把这两支小手枪掖在腰间,这样,他的外套就能遮住这两支枪。随后,他的动作便恢复了原有的敏捷。简妮·威瑟斯汀一直在注视着他,既神情专注,又迷惑不解,只见他又动作麻利地为黑星星和夜游神备好了马鞍。做完这些之后,他把她拉到了落地窗户前的光线下,傲然挺立地站在她面前,钢铁般冰冷的手指紧紧地抓着她的胳膊。

　　"你说得对,简妮,一切都结束了——不过,你不能去找戴尔!……得由我去找他!"

　　她凝望着他——他的模样变得十分可怖——却似乎没听懂他话里的含意。这个面如死灰,目光凶狠,差点儿没吓得她尖叫起来,嘴角边挂着陌生的残忍和悲愤的男人,他究竟是谁?那个一向温文尔雅的拉西特到哪儿去了?大厅里的这种气氛,笼罩在他的周围、她的周围的这种气氛——这种阴森、无形的气氛,究竟蕴含着什么？

"是的，一切都结束了，简妮，"他仍在说着，话音极其平静、冷峭，却斩钉截铁，"我打算去小小地拜会他们一下。我要把你锁在这间屋子里，等我回来时，你要把鞍囊里装满牛肉和面包。另外，要作好远走高飞的准备。"

"拉西特！"简妮叫道。

她绝望地努力想去直视他那双灰褐色的眼眸，可就是做不到，她绝望地反复努力着，在情感与理智轮番冲击的痛苦中挣扎着，想努力战胜自我，她终于成功了，在这一瞬间，她也明白了。

"不——不——不！"她失声恸哭起来。"你说过的，你已经决定放弃复仇了。你答应过保证不杀戴尔主教的。"

"如果你想在我面前提及他——请不要用主教这个称呼。我不懂这个称呼有什么意义，也不知道这个称呼有什么用处。"

"啊，你不是已经放弃复仇，不再报复——报复戴尔了吗？"

"是的。"

"可是——你的行为——你的那番话——你的枪——你那可怕的脸色！……这一切难道不是在表明，你还没有放弃复仇的打算吗？"

"简妮，现在是为了去匡扶正义。"

"你会杀了他吗？"

"如果上帝愿意让我多活一会儿的话！如果不是上帝——那就是魔鬼，是魔鬼在逼我这么做！"

"你要杀死他——是为了你自己——为了要报仇雪恨吗？"

"不！"

"为了替米莉·欧尼报仇雪恨？"

"不。"

"为了小菲?"

"不!"

"噢——那是为了谁呢?"

"为了替你报仇雪恨!"

"他的血会玷污我的灵魂的!"简妮低声说道,随即又双膝着地跪了下来。这是久拖未决的悬案即将产生结果的关键时刻。在这一刻,多年养成的习惯——毕生保持的对宗教的热情——使她从浑浑噩噩的状态中警醒过来,而长达数月、飘忽不定的疑虑,却仿佛像从没发生过一样。"如果你让他流血,他的血就会玷污我的灵魂——也会玷污我父亲的灵魂。你听我说。"她双手紧紧环抱着他的膝盖,无论他怎样扶她起来,她也不肯松手。"你听我说。难道我对你就这么无足轻重吗?"

"女人——你就再别咬文嚼字啦!我爱你!而且我马上就能证明这一点。"

"我愿把我的身子献给你——我愿随你一起远走高飞——嫁给你,只要你能饶恕他,行吗?"

他的回答是一阵冷酷得令人胆寒的放声大笑。

"拉西特——我会爱你的。饶他一命吧!"

"不。"

在绝望之极、精神崩溃的状态中,她从地上一跃而起,伸出双臂搂住他的脖子,紧紧拥抱着他,他拼命挣扎着,却怎么也推不开她。"拉西特,你会把我也杀了吗?我是在为了我的青春和原则作最后的斗争——为了对宗教的爱,为了对父亲的爱。你不知道——你也猜不到事情的真相,我也不可能说大逆不道的话。我马上就要一无所有了。我自己也在变。就此时此刻而言,我所经受的一切磨难都算不了什么。可怜可怜我吧——在我内心最虚弱的时候,帮帮我吧。你再一次坚强起来了——啊,坚强得如此残忍、如此冷酷无情!你简直是在要我的命啊。我看得出——感受得到,你已经不是原来的拉西特了!我的主啊,仁慈点儿吧——饶了他吧!"

他的回答是一阵不为所动的冷笑。

她把他搂抱得更紧了,把自己汹涌起伏的酥胸紧紧贴在他身上,接着又仰起脸来向着他。"拉西特,我的确是真心爱你的!那是从我的痛苦中迸发出来的爱。那是在事实真相的沉重打击下突然涌动出来的爱。你是一个真正的男子汉!我直到现在才真正体会到。在你扣好子弹带,披挂好那些枪,脸上露出那种铁灰色的令人望而生畏的表情时,我的内心就发生了某种奇妙的变化。在那一瞬间,我对你的爱萌动了。我这一生都在奉献着我的爱,却从来也没有像现在这样动情过。没有任何一个女人在她伤心欲绝的时候还能说爱。要不是因为有一桩事——只有这桩事——还是暂时不说为好!我说不出口啊——我为你内心所具有的男子汉气概感到无比荣耀——可是,你胸中的那头雄狮,对我来说,就意味着要去杀戮。相信我的人格——饶恕戴尔吧。宽容一些吧——你既然是一个胸怀博大的人,你就再大度一些吧……啊,你就听我一回,相信我一回吧——我虽然一无所有了,可我毕竟还是一个女人啊——是一个如花似玉的女人,拉西特——这是一个充满激情和爱意的女人——我爱你!带着我远走高飞吧——把我藏到某个杳无人烟的地方去吧——用你的爱来修补我这颗破碎的心吧。饶他一命,带我走吧。"

她仰起脸来,向他越凑越近,他们的嘴唇几乎要相互触及了,她紧搂着他脖子,使尽全身几乎已经耗尽的气力,将自己剧烈战栗着的身子紧紧挤压在他的身上,与他越贴越紧。

"亲亲我!"她喃喃地说着,有些头晕目眩。

"不——不,你的代价太高了!"他回答道。他的声音已经变了,要不就是她的听觉出了问题。

"亲亲我!……你还是一个男人吗?亲亲我,救救我!"

"简妮,你从来没有光明磊落地对待过我。直到现在,你嘴上还在天花乱坠——在用谎言玷污你自己的灵魂!"

"凭我对母亲的缅怀——凭圣经——不!不,我没有《圣经》!凭我对上苍的希冀吧,我发誓,我爱你!"

拉西特紧紧地抿着他那铁灰色的嘴唇,然而,他嘴角边那无声的言词却意味着,即便她奉献出自己的爱,也已无法动摇他的意志。仿佛像拉开一个小孩子的胳膊一样,他扯开了她紧搂着他的双臂,转身走开了。

"等一等!你别走!啊,听我再说最后一句话!……但愿有一个更加公正、更加仁慈的上帝,而不是我从小就受到教诲要顶礼膜拜的那个上帝,来审判我——饶恕我——拯救我吧!我不能再这样沉默下去了!……拉西特,我在为戴尔求情的同时,更是在为我的父亲求情啊。我父亲是摩门教的一位教主,与教会的领袖们关系非常密切。派戴尔外出游说,宣扬摩门教教义的那个人就是我父亲。那个眼睛碧蓝、蓄着金黄色络腮胡子的人就是我父亲。这些年来,你一直紧追不放的那个人就是我父亲。诚然,是戴尔毁了米莉·欧尼的一生——从她家里拖走了她——来到了犹他州——来到了杨树村。可是,他那样做都是为了我父亲啊。假如米莉·欧尼果真成了一个摩门教徒的小老婆,那个摩门教徒就是我父亲啊!我从前根本就不知道——永远也无从知道,她是否已经成了他的小老婆。也许我真的很糊涂,拉西特——也许我一直狂热地信仰的宗教就是一个伪宗教,但是,我知道什么是正义,也知道我父亲背离了人类的正义。当然，他很快就会遭到正义的惩罚的——在某个方面。让我感到心惊肉跳的正是这一点——我想到的是，你杀死戴尔，就是在为我父亲洗刷罪孽。所以，我才一直在祈祷啊！"

"简妮，过去的事情已经无法挽回了。在我爱上了你的时候，我就已经忘却了过去。我马上要去做的这件事绝不是为了我自己，也不是为了米莉或小菲。我这样做并不是因为过去所发生的任何事情，而是因为眼下正在发生的事情。是为了你啊！……你听我说嘛。从小时候起，我就从来没有因为哪桩事情而感谢过上帝。如果真有一个上帝存在的话——我渐渐相信有了——我现在倒要感谢他了，谢谢他这么多年来把我锤炼成了拉西特！……使我一伸手就能摸到这些大口径手枪，使我知道我可以用它们来做什么。还有，简妮，在戴尔所宣称的应当信奉的那些奇迹中，只有一个奇迹能够挽救他的性命！"

简妮·威瑟斯汀再度陷入天旋地转、无休无止的黑暗中，在神志不清、晕头转向的迷乱状态下，她似乎要拜倒在一个形象高大、熠熠生辉的人物脚下了——就是这个男人——拉西特——是他把她从自我封闭的状态中拯救出来的，但他又是一个不可改变的人，他就要为匡扶正义去大开杀戒了。突然间，她眼前一黑，不省人事地晕倒在地。

等她从晕厥中苏醒过来，恢复了神志时，却发现自己躺在起居室里那扇窗户边的沙发上。她感觉额头上湿乎乎、凉丝丝的，有人正在为她擦洗双手。她认出了贾金斯，看出了他那张清癯、粗犷的脸，由于过分激动，他显得神采奕奕、红光满面。

"贾金斯！"她虚弱地喊了一声。

"哎，威瑟斯汀小姐，您总算苏醒过来啦。您别动，再躺一会儿吧。您没事儿了；一切都好着呢。"

"他——在哪儿？"

"谁啊？"

"拉西特！"

"他的事儿您根本不必担心。"

"他在哪儿？告诉我——快告诉我。"

"哦，他在另一个房间里，正在包扎几个鸡毛蒜皮的枪眼儿呢。"

"啊！……那戴尔主教呢？"

"我最后看见他的时候——大约半个小时之前吧，他正跪在那儿呢。他正忙着呢，不过，他并不是在祷告！"

"你怎么说话这么怪腔怪调的！我要坐起来。我——我已经好了，又有力气了。快告诉我。戴尔跪在地上！他在干什么？"

"哎呀，对不起，威瑟斯汀小姐，都怪我嘴笨。戴尔正跪在地上，而且不是在祈祷。您还记得他那双肥大、宽阔的手吧？您见过他抬起那双大手为满头白发的老人和像——像小菲·拉肯这样的满头鬈发的娃娃们祝福时的模样吧！我不记得、也没听说他是否曾抬起他那双大手为哪个女人祝福过。好吧，我最后看见他的时候——就在刚才没多久——他正跪在地上呢，不是在祈祷，我刚才说过了——而是他在用那双大手紧紧地压着好几处比他那双手还要大的伤口呢。"

"嗨，你简直要把我急疯啦！拉西特把戴尔杀了吗？"

"是的。"

"他把塔尔也杀了吗？"

"没有。塔尔带着他手下的大部分骑手离开村子了。天黑之前，他应当能赶回来。拉西特必须在塔尔和他的骑手们进村之前赶紧离开这儿。他要不走,就死定了。您的情况就会更糟糕啦,威瑟斯汀小姐。塔尔一回来,可能就要闹暴乱了。"

"我会跟拉西特一起离开这儿的。贾金斯,把你看到的一切全都告诉我吧——把你知道的有关这场大屠杀的一切情况都告诉我吧。"她既没有感到惊慌,也没有感到诧异,贾金斯的一句话,确证戴尔已经死了的那句话,使她清楚地意识到——灾祸已经降临——命运已经被彻底改变,她长期以来被塑造出、或被整治出、或被毁坏掉的形象已经被彻底改变,她已经彻头彻尾地变成了另一个女人。她心情平静,甚至还有点儿冷酷,性格也坚强起来,自从第一片阴影笼罩到她的身上以来,她还没有像现在这样坚强过。

"我亲眼目睹了整个过程呢,威瑟斯汀小姐,我很乐意把一切都告诉您,只要您有耐心听我说下去,"贾金斯态度十分认真地说,"您是知道的,我对这种事情向来特别关注,当然也因此而有些兴奋不已。我说话啰嗦,也许没有必要这么啰嗦,可是,我也实在没法儿改掉我这个毛病啊。

"我当时就在那个会议厅里,戴尔正在那儿主持法庭。您是知道的,塔尔不在的时候,都是由他来亲自担任地方最高行政长官兼法官的。那场审判也是为了当庭审查我那帮年轻骑手中仅剩下来的那几个人——就是协助我照料您的牲畜的那帮小伙子——他们凭空捏造了许多罪名强加在那几个小伙子的身上。我们对这种做法也习惯了,小伙子们也不在乎被他们关上几天,或是被逼着去挖水沟,或是去做法官定下的任何劳役。您是知道的,我已经把您赠送给我的金子全分给我那些小伙子们了,他们都把金子藏起来了,他们都感到富裕起来了。不管怎么说吧,法庭还没等法官宣判,就宣布休庭了。是的,小姐,法庭莫名其妙地很快就休庭了,快得像闪电闪过会议厅一样。

"我本来嫌麻烦,不想参加这场审判的,不过,我还是去了。在场的有好多人呢,我那帮小伙子们都在,还有戴尔法官和他的几个随从。他还带了五名骑手,这五个人都是他的贴身保镖,最近一直寸步不离地紧跟着他。他们是卡特尔、莱特、詹格森,其余两人是新来的,是石桥村人。我没听说过他俩的名字,只听说他俩很擅长使枪,枪法也很好,不过,他们的模样却像盗马贼,而不大像骑手。不管怎么说,他们都在场,五个人齐刷刷地站成了一排。

"戴尔法官当时正在宣布维利·柯恩的罪状,维利是我那帮小伙子里最优秀、最可靠的一个——戴尔对维利宣布说,维利在他家附近偷偷开挖了一条水沟,擅自把水放进了他自家的田垄里,这是不允许的。维利想辩解,他有证据可以证明,事情发生的时候,他一整天都不在家——这是真的,我可以作证——可是,维利还没来得及申辩,戴尔法官紧接着就定罪了。就在这时,他无意间扫视了一眼全场。如果有哪个人能在眨眼间变成石头的话,那个人就是戴尔。

"我也自然而然地回过头来,想看看究竟是什么人,能够对这位法官产生这么强大、这么奇怪的震慑力。在那儿,在屋子的半中腰,在过道的正中央,拉西特正站在那儿呢!他一身黑衣,脸色苍白地站立在那儿,我想不出能用什么词语来比喻他,反正他活像个死人。温特斯曾经在这个会议厅里痛骂过塔尔,使全场一片哑然,人人感到发憷;但是,这一回却大不相同。我发誓,威瑟斯汀小姐,我当时感到骨髓里都冷飕飕的。我也说不出是什么原因。但是,拉西特那副威风凛凛的样子,也确实让人望而生畏。他说了一句话——好像是一个人的名字——我没听懂,尽管他声若洪钟，说得清清楚楚。也许我当时太激动了。戴尔法官肯定听明白了，让我更感到不可思议的是，他大叫一声，从椅子上跳起来，直扑到讲台前。

"那五个骑手，戴尔的保镖，也都一拥而上跳了出来，其中的两个人，我后来才发现，是石桥村来的陌生人，他们从台阶后一拥而上，动作之快，你吸口气都来不及。他们显然不是摩门教徒。

"詹格森、卡特尔，还有莱特，也都看见了拉西特，因为当时那种情况，一秒钟就好比是一小时啊，他们个个都吓得脸色煞白，神情紧张。不过，他们并没有示弱，也没有丧失胆量。

"我倒是把拉西特好好看了个够。他傲然挺立着，腰微微前弓，两只胳膊向内屈曲着，那双手如同鹰爪。我无法描绘他的眼睛是怎么看人的。但是，我看得懂他那种眼神，知道他的眼睛能看透人的心思，谁要想拔枪，都逃不过他那双眼睛。当然，因为在盯着他看，我也就没法看到那三个想拔枪的人。尽管我一直在盯着拉西特看——看得非常仔细——可惜我还是没看到他究竟是怎么拔枪射击的。反正他的动作比我的眼睛还快——就是这样的。不过，我看见他枪口喷出的红光了，听到他的射击声了，只比那几个骑手的射击略早那么一丁点儿。我回头一看，只见莱特和卡特尔都倒毙了，詹格森他粗壮得像头菜牛，正在扣动扳机，他的枪摇摇晃晃的。很显然，他已经中弹了，子弹打中了他的胸膛。他突然"噗通"一声倒下了，他的枪也"啪啦"一声摔落在地上。

"随后，全场鸦雀无声。谁都不敢出气儿。不管怎么说，我没感到惊讶。我看见拉西特把那支还在冒烟的枪又插回了子弹带。但是，他没有使用那两支大口径手枪，我觉得这一点也很奇怪。这一切来得太快——你简直想象不出有多快。

"地板上传来了一阵抓挠声，戴尔爬了起来，面如铅灰。我本想看拉西特的,可是,一看戴尔的脸色,一看他那面如死灰的样子,我就盯着他看了。我看见他在拔枪——哎哟,连我出枪的动作都比他漂亮、比他利索——紧接着,嘭一声枪响,是拉西特开的枪,子弹打中了戴尔的右臂,他的枪飞了起来,掉在地上。他两眼看着拉西特,活像一匹被困在角落里的紫艾草原上的恶狼,他嚎叫了一声,又朝他的枪扑去。他刚从地上捡起枪、抬起枪时,又是炸雷般的一声枪响,这一枪几乎卸掉了他那条胳膊——我看是这样。他的枪又掉了,人也跟着跪在地上了,却还在连滚带爬地摸枪。看他那副气急败坏的样子,我就觉得很奇怪,也挺吓人的。这种人为什么会这么看重自己的性命呢?不管怎么说,反正他又用左手捡起了枪,举起枪来,正要发狂地扣动扳机时,第三次炸雷般的枪声又爆响了,打中了他的左臂,他的枪又掉。不过,他的左臂还能动弹,他又抓起了枪,在哆哆嗦嗦地瞄准,那模样在我看来也真是在作孽啊——随便换了哪个人,都会有这种感觉的——他还真开枪了。有一颗流弹打在距离拉西特约二十英尺远的一个人的身上。那个人当场被打死了,我是事后才知道的。刹那间,一连串的子弹噼里啪啦地横飞过来——整整九枪,我是枪响之后才数出来的——当时太快,没数过来——我就知道,拉西特把他那支黑色大口径手枪里的子弹全打在戴尔身上了。

"我是实话实说啊,威瑟斯汀小姐,因为我想把一切都原原本本地告诉您呢。您以后会从那种阴影里摆脱出来的。我以前在犹他州的这个边陲地区也见到过这种惊心动魄的场面,不过,这一次是最可怕的。我记得我当时吓得把眼睛都闭上了,在那一刻,我脑子里冒出的全是些稀奇古怪的事情,魂儿都不在身上了,脑子里冒出的全是些连做梦也想不到的事情。我看见了紫艾草原,看见了奔驰的骏马——这是在我眼前浮动着的最美好的景象——

接着,我又看到了许多隐藏在黑暗里的朦朦胧胧的东西,耳朵好像也在"嗡嗡"作响。当时的那些情景,我都记得清清楚楚——因为就是这些东西在"嗡嗡"地叫着,打着旋儿飞出了我的脑袋,于是,我睁开了眼睛——我记得很清楚,满屋都是火药味儿。

"法庭因为那个法官的原因,大概只好休庭了。他跪在地上,可惜他不是在做祈祷。他在大口喘着粗气,还想用他那双被打残了的软绵绵地吊着的大手压住身上的伤口。在最后那一阵霹雳般的枪声中,拉西特把所有子弹都射进了他的身体。那才是拉西特的风格呢。

"拉西特说话了,即使我记不住他的话,我也永远忘不了他说话时的那种口气。

"'你这个专门宣扬邪教的伪牧师,依我看,你最好快点儿去拜见一下在这世上只向你显灵的那个上帝吧,因为他是不会去你马上要去的那个地方的!'

"这时,我看见戴尔低头望着他那双吊着的大手,由于他最后那一下的放手一搏,他的那双手也就不那么大了。他仰起头来望着拉西特。紧接着,他惊恐地瞪大眼睛不知在看什么,反正不是在看拉西特,也不是在看在场的其他人,也不是在看整个房间,也不是在看从楼梯口探进屋来的紫艾草的枝叶。不管他在看什么,那模样就像一个人忽然发现了某个秘密、却又为时已晚一样。那模样真的很可怕!……随着一声恐怖的恍然大悟的叫喊,他脸朝下栽倒在地上。"

贾金斯停顿了一下,气喘吁吁地抹着额头上沁出的汗水。

"我讲完啦,"他总结似的说,"拉西特离开了会议厅,我急忙追上了他。他中了三枪,伤口在流血,不过,都不碍事儿。我们一起走到这儿来的。我发现您正躺在大厅里的地上,我只好帮了您一下。"

简妮·威瑟斯汀并没有为戴尔的灵魂祈祷。

拉西特的脚步声在大厅里回荡着——那熟悉的轻灵悦耳、叮当作响的脚步声——她一听到那脚步声,便油然生出五味杂陈、令她怦然心动的全新情感,既有对他的惧怕,又有一丝淡淡的喜悦。房门开了,她看见了他,拉西特还是老样子,不慌不忙、从容不迫、温文尔雅、沉着冷静,然而,他不是原来那个不折不扣的拉西特了。她站起身来,一时间不禁两眼模糊,泪如泉涌。

"你——还——好吗?"她问道,声音有些发颤。

"依我看,还行吧。"

"拉西特,我要和你一起远走高飞,把我藏起来吧,藏到危险过去之后——藏到人们把我们忘却之后——带我走吧,我愿和你一起去浪迹天涯。你的民众就是我的民众,你的上帝就是我的上帝。"

他以那奇特的颇具古风的礼节典雅地吻了吻她的手,只有在重要关头他才会这样。

"黑星星和夜游神都准备好啦。"他简约地说。

他话虽说得慢声细语,然而,一提到那两匹黑色赛马的名字,她立即打起精神,行动起来。她匆匆走进闺房,换上她的骑士服,拾掇好她的珠宝首饰,装上了剩下的一些金子,把女人的一应服饰用品也都打进了包里,因为鞍囊有足够的空间来容纳这些什物。收拾停当后,她回到了大厅。黑星星裹着铁掌的蹄子踢踏作响,它那漂亮的脑袋摇晃着,眼睛也颇通人性地望着她。

"贾金斯,我把银铃儿交给你,"简妮说,"希望你永远带着它,善待它。"

贾金斯含混不清地说了声"谢谢",他连话也说不流利了,眼睛里闪动着感激的泪花。

拉西特将简妮的鞍囊搭在黑星星的背上,系好皮带,牵着两匹赛马走向了屋外的院子。

"贾金斯,你陪简妮一起骑马出去,直奔紫艾草原。倘若看到有骑手追来,你就啸叫两声。还有,简妮,你千万别回头看!我很快会赶上你们的。我们要在午夜之前赶到进入迷魂谷的那个山口,在那儿等到天亮,然后再下山去。"

黑星星优雅地弯下脖子,低下它高贵的头颅,跪下前腿时,宽阔的肩胛也驯服地低垂下来,让简妮骑上了马背。

在贾金斯的陪护下,她策马走出大院,穿过树林,越过宽阔的甬道,进入了紫艾草原,这时她才意识到,她就要永远离别威瑟斯汀庄园了,她并没有回头张望。一种不可思议、如梦如幻、淡泊一切的平静慢慢渗进了她的心灵。厄运终于降临在她头上了,然而,她并没有感到生活从此再也不值得留恋,反而觉得人生被赋予了双重意义,如同这轻柔的西风一样,充满了柔情蜜意,如同她眼前这一望无际、洒满夕阳的紫色余晖的紫艾草原一样,既美不胜收,又充满了未知。她忽然意识到,贾金斯正在与她握手道别,她听见他嗓音沙哑地说了声"再见";没过一会儿,银铃儿的位置就被风驰电掣般追上来的通体乌黑、鼻腔喷吐着浓烈气味的夜游神取代了,她知道,拉西特才策马走在她的身边。

"不要——回头——看!"他说,他的声音竟也有些含混不清。

简妮面朝正前方,眺望着满目波浪起伏、模糊不清的紫艾草原。她下意识地抬起一只戴着金属防护手套的手,感觉手套扣得很紧。于是,她继续策马向前奔去,根本没有回头去张望杨树村前那片美丽的小树林。她似乎并不留恋她已经永远抛弃在那儿的过去的一切,却在心驰神往地遐想着通向"迷魂谷"的那片长满紫艾草的山坡，遐想着那绚丽的色彩、神秘的气氛和那一派混沌的原野，遐想着未来。她注视着山坡下越来越暗的天色，她感受着从身后吹来的沁人心脾的西风，她感慨着头顶上方和远方在随风飘摇的低垂的黄色云层。

"别——回头！"拉西特说。

一股股浓烟驾着风儿从身后追来，浓烟中夹杂着强烈、刺鼻的木质燃烧的气味。

拉西特已经放火焚烧了威瑟斯汀庄园！但是，简妮并没有回头去张望。

她目光坚定地眺望着这绛紫色的山坡，眺望着大大小小、影影绰绰的峡谷深壑的轮廓，薄纱似的暮霭使原本清晰可辨的视野渐渐变得模糊起来。一切都过去了，如同这滚滚浓烟也将转瞬即逝一样，她凝望着渐渐隐入苍茫暮色中的那条山谷。夜幕很快降临了，快得如同这两匹飞驰的骏马一样，星辰探头探脑地显露出来，在夜空中熠熠闪烁，越来越亮，紫艾草原东面拔地而起的那些巍峨、飘渺的山峦，被初升的月亮映照得一片银白。虽然沐浴在惨白的月光下，紫艾草原似乎依然坚守着它固有的紫色光泽，使这片原野显得分外苍莽、孤寂。不知不觉中，夜阑人静的时光渐渐临近了，而简妮·威瑟斯汀却始终都没有回头去看一眼。

第二十一章　黑星星与夜游神

温特斯和贝丝要撤离他们那个幽居之地的时刻已经来临。他们在煞费苦心地挑选着为数不多、能随身携带的物品，在精心准备着这趟要走出犹他州的旅程。

"伯恩，这到底是一个什么包裹啊？"贝丝放下手头的活儿，直起身来，满脸通红地问道。

温特斯正为自己手头的事情忙得不可开交，因此，他头也不抬地回答说，他从杨树村带来的东西实在太多了，连一半都还没有整理出来呢。

"这个包裹是一个女人打的！"贝丝大叫起来。

他简直听不懂她是什么意思，但是，她那怪里怪气的说话腔调，迫使他立即直起身来，却见贝丝正匍匐在一个已经被打开了的包裹前，他一眼就看出，那正是简妮送给他的那个小包裹。

"啊呀！"他惊呼了一声，深感歉疚，可是，一看到贝丝的那张脸，他又爽朗地大笑起来。

"这个包裹是一个女人打的。"她又重复了一遍，瞪着一双充满哀怨的眼睛悲切切地望着他。

"哎呀，这算不算一条罪状呢？"

"反正——反正有一个女人！"

"唉，贝丝啊——"

"你对我撒谎了！"

温特斯马上发觉，当务之急是要立刻把手头的活儿暂时放一放。贝丝尽管一直生活在与世隔绝的状态中,然而她身上还是继承了女人的气量中所特有的某些永恒不变的元素。

"不管怎么说,还是有一个女人啊,你对我撒谎了。"在他已经作了解释之后,她仍在不依不饶地说。

"那又怎么样?贝丝,我马上要生你的气啦。你要知道,你从小到大一直是生活在被禁锢着的状态中的。我敢说,假如你一直生活在外面这个现实世界里,那你就会有十几个心上人,就会在本人面前撒下无数个谎。"

"我肯定不属于那种人。"贝丝振振有词、义愤填膺地说。

"好吧——就算你不会撒谎吧。但是,你肯定会有许多倾心爱你的恋人——这不是你能左右得了的——因为你太漂亮啦。"

这似乎是一句非常明智、吉星高照的话。于是,拾掇物品、打理包裹的工作在山洞里又继续进行了,再没有发生任何插曲。

温特斯用柳条和白杨编织了一道栅栏,把山洞的洞口封堵得严严实实,这样,鸟儿或老鼠都不可能钻进来偷吃贮存在这儿的粮食。他这样做是与他一贯小心谨慎的作风相一致的。他或许根本就走不出犹他州,那就只好再回到这个山谷里来了。不过,他已经答应过贝丝,无论如何也要尝试一下,万一他们被逼无奈,不得不退回来,他希望储存在这儿的这么一大批粮食和谷物完好无损。至于那些农具和器皿,他早已收拾好,放在另一个山洞里了。

"贝丝,我们的东西足够我们在这儿生活一辈子呢。"他曾充满遐想地说。

"我们去推倒那个'平衡石'吧,好不好呀?"她问道,话虽俏皮,然而她眼中却闪动着深蓝色的烈焰。

"不——不。"

"啊哈,你还是忘不了金子和尘世呀。"她叹惜道。

"宝贝,你不想那些漂亮的衣服、不想到花花世界去走一遭——如此等等的好事情吗?"

"哦,我想走。可是,我又想留下来!"

"我的心情和你一样。"

他们把那八头牛犊统统放出了围栏,只留下了温特斯从杨树村带来的那两头小毛驴。他们打算骑着毛驴出发。贝丝也释放了她所有的宠物——那么一大群鹌鹑、兔子和狐狸。

最后这一天的日落、黄昏和夜晚,是他们在"奇异谷"中所度过的最甜蜜、也最伤感的时光。晨曦给他们带来了无比的喜悦和激动。当温特斯将马鞍披在两头毛驴的背上,捆扎好那些轻便的包裹和两个大水壶时,朝阳也在驱散着山谷中倦庸的阴霾。朝那些山洞和银杉树最后望了一眼之后,温特斯和贝丝依依不舍地牵着毛驴出发了。小圈和小白也显得很敏感、很知趣。温特斯感到似乎有什么事情拖住了后腿,回头一看,原来是贝丝被落在了身后。从梯形台地到石拱桥这段陡坡似乎从来没有像现在这样漫长,这样难以攀登。

直到行至那条深壑的入口处时,他们才停下来歇息了一会儿,也想借此机会再最后看一眼山谷的全景。巍峨的石拱桥在朝阳的衬托下,轮廓分明,显得分外醒目。金色的光柱穿过石拱桥直泻而下,色彩斑斓。整个椭圆形山谷宛如一轮魔盘,云蒸霞蔚,雾气缭绕,五彩缤纷——美丽而又富有野性,如同梦中的仙境一样虚无缥缈。

"我们——我们会——想——想念这儿——永远——怀——怀念这儿的——呜——"贝丝抽泣起来。

"嘘!别哭啊。我们的山谷仅仅是为了使我们能适应别的地方更加美好的生活而服务的。走吧！"

他们走进深壑，他随即关上了那扇柳条门。他们从玫瑰色、金黄色的朝霞中踏进了凉爽、浓密的阴霾里。两头毛驴迈着碎步，沿着羊肠小道向上攀去，留下一串空谷足音。深谷逐渐变宽，伸向狭窄的出口处；阴霾渐渐淡去，前方露出了灰蒙蒙的光线。在山顶的分界处，他们又停歇了片刻。温特斯以敏锐的目光仔细打量着始终萦绕在他心头的那尊"平衡石"，打量着那段漫长的陡坡，打量着那些摇摇欲坠的巉岩断崖，却没看出有丝毫的变化。

下山时，两条猎犬在前面带路；贝丝牵着她那头小毛驴紧随其后；温特斯则牵着他的毛驴殿后。贝丝一直在低头看着脚下。温特斯却难以自制地不断抬头仰望着那尊"平衡石"。"平衡石"总是挥之不去地缠绕着他，此时，他心中在担忧着，不知这尊巨石能否等他们安然走出这个山谷之后再轰然倒塌。他期盼着能出现奇迹。每走几步，他都会安慰一下自己那颗在莫名其妙地担惊受怕的心，时不时就会转身去看一眼，确信那尊犹如天神般鬼鬼耸立的庞然大物是否仍岿然不动地矗立着。随着他不断地下行，那尊巨石在他的视线中也越来越模糊。巨石的形状已经与此前截然不同；它仿佛在左右摇晃着，在阴沉地点头哈腰；最后，在他不着边际的遐想中，那尊巨石竟然抬起身子，轰然倒塌了。如同在梦境中有时会感到自己在跌向深渊、其实根本就没有跌下去一样，他仿佛看到，由从前那些身材矮小的石匠们开凿出来、已经在此伫立了无数年的这尊巨砾，赫然如晴天霹雳般倾覆下来，永远封住了迷魂谷的出口。

就在他沉湎于恐怖的幻觉之中，被折腾得惶惶不安的时候，这段下山的路已然走完，并没有发生任何灾祸。

"谢天谢地，这段路总算走过来了。"他说，呼吸也顺畅多了,"但愿我已经永远从那块摇摇欲坠的巨砾旁走过来了。自从我头一次见到它,我心里就一直在犯嘀咕,它兴许一直在恭候我的到来呢。现在,假如它真的倒塌了,即便在千里之外,我也会听见的。"

那面光溜溜的石板坡跃然横呈在眼前,绵延伸向远处那些奇形怪状的雪松,再往下去便是迷魂谷了。温特斯一见到这面石板坡,就恢复了他一贯的镇静和胆略。他举目察看着石板坡的左侧,然后又把目光转向了右侧,丝毫也不敢掉以轻心。牵着毛驴走向那个石嘴子时,他在陡坡边停下来。

"贝丝,这个地方很险恶,这就是我以前对你说起过的那个地方,这儿有许多人工开凿好的小石阶。你先下去,牵着你的毛驴。别紧张,慢慢下,万一滑倒了,要牢牢牵着毛驴别松手。我已经用绳子把它拴住了,绳子的另一头就系在这个石嘴子上,所以,我可以万无一失地把毛驴往下放。爬上山来难得简直要人命。不过,现在是下山,要相对容易些。"

两头小毛驴顺着云崖居人早年开凿出的那些石阶走了下去,虽然举步维艰,倒也无一失足。走完这段陡峻的坡地后,余下的石板坡,以及那段怪石嶙峋、崎岖不平、长达一英里多的羊肠小道,只需仔细看清方向即可,温特斯终于顺利将毛驴放到了山坡下地势平坦的地方,暗自庆幸,总算一切都平安无事。

"啊,要是郎格儿在这里该有多好啊!"温特斯感慨地说,"不过,我们还算幸运。最凶险的一段山路我们已经走过来了。我们现在只要提防别遇到人就行啦。一旦进入了紫艾草原,我们就能隐蔽行迹,像郊狼一样悄悄前进了。"

他们骑上毛驴,由东向西穿过山坳,进入了那条峡谷。温特斯不时会牵着两头毛驴徒步行进。他们穿行在溪谷交错、沟壑纵横、直通迷魂谷的复杂地形里。走完这段路程之后,他们加快了行进的速度,停下来歇息的次数也少多了。对于那令人惊慌的一幕,温特斯并没有向贝丝吐露半点儿口风,他已经看见了几匹马儿,还有冒烟的迹象,就在相距不足一英里远的一个峡谷的交汇处。他什么也没有说。穿过这条峡谷之后很久,在确信并没有被人发现、无需顾虑安全问题的情况下,他仍未放松警惕。不过,他不再徒步行走了,而是赶着两头毛驴一路小跑起来。夜幕降临后,他们到达了迷魂谷中最后一处有水源的地方,借着星光在这儿露营了。为了不让毛驴走失,温特斯用长长的套马索将两头毛驴拴在泉水附近的草地里。贝丝已经累得疲惫不堪,一声不吭地头枕着马鞍睡着了,两条猎犬一左一右地守护着她。温特斯没有合眼。寂静的峡谷中似乎到处都弥漫着无休无止的昆虫的嗡嗡声。他聆听着昆虫时而高昂激越、时而清晰和缓的鸣叫声。他仰望着满天繁星和飘浮不定的朵朵乌云,然而目光总是又落回到那女孩略显苍白的面容上。他接着又回想起,有一度,那张脸在星光的映照下显得多么苍白和静穆啊。随后,严峻的思绪又再次与那些稀奇古怪的念头交织在一起。他的一切辛劳和他的爱情,到头来是否会竹篮打水一场空?他究竟会不会失去她?笼罩在她身上的那层让人费解的阴影到底是什么兆头?穿越高山峻岭和紫艾草原的漫漫路途上是否还会潜伏着灾难?他的心中为什么总是涌动着、跳荡着不可名状的担忧?他聆听着寂静无声的四野,暗暗告诫自己,到天光大亮的时候,他就能驱除掉像铅一般沉重地压在他心头的恐惧了。

东面的悬崖顶上刚刚露出一线灰白,他就叫醒了贝丝,把马鞍袋搭在两头毛驴的背上系好,开始新的一天的跋涉了。他想趁早走出迷魂谷,免得撞上有可能闯下山来的骑手。当朝阳的第一道霞光染红了悬崖的边缘时,他们已经到达了山谷的出口处。

有一度,由于迫切想尽早登上那块平地,他没有让小圈和小白在前面带路。他一边耐着性子鼓励贝丝加快步伐,一边驱赶着两头毛驴,沿着那条柔软、陡峭的羊肠小道上向上爬去。

光线越来越亮了。当他翻过悬崖顶端最后那道巉岩嶙峋的山脊时,火红的太阳,绛紫色的草原和山坡霎时间一览无余地展现在眼前,景色一片灿烂。贝丝娇喘吁吁地站在他身边,手里依然紧紧地攥着毛驴的缰绳。

"我们上来啦!"他兴高采烈地叫道。"紫艾草原上连一个黑点也没有。我们安全啦。没人会发现我们的!啊,贝丝——"

小圈突然吼叫了一声,它嗅到了强烈的气味,毛发倒竖起来。温特斯立即握紧步枪。小白偶尔会出点儿差错,然而小圈是从不会弄错的。沉闷、急促的马蹄声几乎使温特斯失去了判断能力,一时竟不知祸从何而来。他瞪大眼睛,看到拉西特正牵着黑星星和夜游神走出紫艾草原,后面紧跟着身着骑士服的简妮·威瑟斯汀,他感到自己惊讶得竟有些目瞪口呆了。

霎时间,温特斯不由自主地感到一阵头晕目眩,仿佛置身在紫艾草原中的一个个盘旋飞舞着的巨大怪圈的正中央。等到他神志稍微清醒过来时,却看见拉西特已经满面春风地站在他身前了,简妮一脸错愕,目不转睛地盯着他。

"啊哟,伯恩!"她惊呼起来。"总算见到你啦,这是多好的事情啊!你瞧,我们正仓皇出逃呢。风暴终于爆发了——我成了一个倾家荡产的女人啦!……咦,我还以为就你一个人呢。"

温特斯狼狈不堪,尴尬得说不出话来,脑子里一派慌乱,全然不知该如何是好,只是呆呆地望着简妮。

"小子,你们这是要往哪儿去啊?"拉西特问道。

"不安全了——我原来待的那个地方。我打算——我们打算离开犹他州——回东部去了。"他总算能开口说话了。

"依我看,这次相逢,无论对你、对我——对简妮——还是对贝丝,都是一件最值得庆幸的事情呢。"拉西特说,语气很平和。

"贝丝!"简妮大叫一声,她突然一阵血气翻涌,苍白的脸颊涨得通红。

温特斯却是一头雾水,根本看不出此次相逢有什么值得庆幸的地方。

简妮·威瑟斯汀,以她女人的眼光,快如闪电地打量着贝丝早已面红耳赤的脸蛋,打量着她那苗条、姣美的身段。

"温特斯!这是个姑娘——是个女人吧?"她诘问道,声音颇有些刺耳。

"是的。"

"你有她了,才待在那个奇妙的山谷里的?"

"是的,可是,简妮——"

"自从你一去不回头之后,一直都这样吗?"

"是的,可是我没法讲——"

"你向我要了那么多的粮食和生活用品,就是为了她?你想把你的山谷变成人间天堂,就是为了她?"

"啊——简妮——"

"回答我呀。"

"是的。"

"啊,你这个满口谎话的骗子!"于是,带着这些言辞激烈的话,简妮·威瑟斯汀忍不住勃然大怒起来。这是她一生中第二次像这样怒不可遏,大发雷霆,这也是她父亲的一大弱点。而且比她父亲更糟糕的是,她还是一个醋坛子——甚至对朋友也嫉恨起来。

他竭尽所能强忍住自己,承受着她的雷霆之怒。她之所以冲他大发脾气,不仅是因为他欺骗了她,还因为她所信奉的宗教,连同她原有的那种生活,对她的无情背叛。

她激动万分的情绪,犹如燃烧到白热化的火焰,只维持了一小会儿便自行熄灭了。她已经体力不支,尽管在精神上仍想继续怒斥和谴责那些错怪过她、委屈过她的人。犹如一棵根部被深深砍伤的大树,她战栗着、摇晃着,满腔怒火渐渐减弱下来,变成了绝望。随后,她那银铃般动听的嗓音也消沉下去,变成了时断时续、声音沙哑的喃喃低语。过了一会儿,由于精疲力竭、摇摇欲坠,在拉西特的搀扶下,她转过身去,把脸埋进了黑星星的鬃毛里。

尽管温特斯傻愣愣地站在那儿哑口无言,当简妮·威瑟斯汀终于抬起头来望着他时,他内心仍在承受着巨大的痛苦。

"简妮,这女孩是清清白白的!"他叫道。

"你还能指望我相信你的话吗?"她问道,眼中满是疲惫和辛酸。

"我不是那种满口谎话的骗子。这一点你也是知道的。即使我撒了谎——从道义上说,我也应当把实话告诉你,而我却守口如瓶,那也是为了不让你难过。我回杨树村的目的,就是为了要告诉你这件事。可是,我不能让你再雪上加霜啊。我本想告诉你,我已经渐渐爱上这个女孩了。可是,简妮,我忘不了你对我的恩情。我对你的感情直到现在也一点儿没变。我非常珍惜你的友情,永远珍惜。可是,不管你怎么看待这件事——请不要冤枉好人。这女孩是清清白白的。不信你可以问拉西特。"

"简妮,这姑娘既讨人喜欢,又天真无邪,简直和小菲一模一样呢。"拉西特说。他脸上浮现出一丝淡淡的笑意,洋溢着妙不可言的兴奋之情。

温特斯看得出,而且知道拉西特也看得出,简妮·威瑟斯汀那饱受折磨的灵魂正在与仇恨相搏斗,抛开了仇恨之后——又在与怀疑、猜忌、鄙夷一切的心理相搏斗,最后,她终于战胜了这一切。

"伯恩,在我沉浸在万分痛苦之中的时候,如果我错怪了你,冤枉了你,我希望你能原谅,"她说,"我现在再也不是从前的我啦。告诉我吧——这姑娘是什么人?"

"简妮,她是老圈的女儿,也是他的蒙面骑士。拉西特可以告诉你,我当初是怎么把她当成一个盗马贼一枪给毙了,接着又救了她的命的——他会原原本本地告诉你。这是一段不可思议的传奇经历啊,简妮,就像这紫艾草原奇妙得让人匪夷所思一样。但是,这是千真万确的——就像她的清白无辜也是千真万确的一样。这一点你必须相信。"

"老圈的蒙面骑士!老圈的女儿!"简妮惊讶地叫道,"她还清白无辜!你要我相信的事情实在太多啦。假如这女孩真是——真像你所说的那样,那她怎么能跟着一个杀死她父亲的人一起远走高飞呢?"

"你为什么要把这件事给抖搂出来啊?"温特斯情绪冲动地大叫起来。

简妮的这个问题使贝丝猛然从浑浑噩噩的状态中警醒过来。她的目光顿时黯淡下去,迷惘地瞪着一双大眼。她迈步走向了温特斯,举着双手,仿佛想躲开一记重击一样。

"你——你真的杀了老圈?"

"是的,贝丝,我也为此而感到痛心疾首。可是,你知道,我做梦也想不到他就是你的父亲啊。我以为是他玷污了你。我完全是出于疯狂的嫉妒才杀死他的啊。"

贝丝震惊得一时说不出话来。

"可是,他是我的父亲啊!"她终于爆发了。"我要回去——我不能跟你一起走。一切都结束了——不过是一场美梦。啊,我就知道,这场美梦是不可能实现的。你现在不可能带我走了。"

"如果你能原谅我,贝丝,一切终究都还会好起来的!"温特斯恳求道。

"不可能好起来了。我要回去。不管怎么说,我是爱他的。他对我很好。这一点我不会忘记的。"

"如果你真想回到老圈手下那帮人的身边,那我就跟你一起去,让他们把我杀死算了。"温特斯声音嘶哑地说。

"啊,不,伯恩,你别乱来。让我走吧。你最好把我忘了,因为我给你带来的只有痛苦和耻辱。"

她并没有哭泣。但是,那惹人喜爱、青春焕发的表情,那鲜活的生命力,都从她脸上慢慢消失了。她显得憔悴不堪,满脸悲伤,仿佛突然间变成了一个发育不全的小矮人一样;她那双手软弱无力地低垂着;脑袋萎靡不振地耷拉着,在无可奈何地承受着毫无希望的命运的最终判决。

"简妮!瞧你干的好事!"温特斯伤心欲绝地叫道。"你有必要告诉她吗?你的那颗充满仁爱的心哪儿去啦?这姑娘已经过够了那种凄凉、孤独的生活。我找到了一条能让她幸福的路子。你却把它给扼杀了。你把一桩甜蜜、纯洁、充满希望的事情给扼杀了,这是一桩和你在呼吸一样实实在在的事情啊!"

"啊,伯恩!是我一时失言了。我根本没想到——我根本没想到会这样!"简妮回答道,"我怎么知道她还蒙在鼓里啊?"

拉西特忽然走过来，洋溢在他脸上的那妙不可言的神色，此时竟不可思议地显得越发神采飞扬了，他看了看简妮，又看了看温特斯，然后将他那温和、明澈的目光落在贝丝的身上。

"好啦，依我看，你们每个人都发过言啦，也该轮到我拉西特说说话啦。嘿嘿，我一直在祈盼着这次相逢呢。贝丝，你看看这儿。"

他轻轻拍了拍她的胳膊，让她转过身来面对着大伙儿，然后展开那只大手，露出了一枚亮灿灿的已经被压扁了的金项链的挂件。

"打开它！"他说，声音显得格外洪亮而富有磁性。

贝丝听从了他的吩咐，却仍是一副无精打采的样子。

"简妮——温特斯——靠近点儿，"拉西特接着说，"看看这张照片。你们认识这个女人吗？"

简妮只瞥了一眼，就惊得倒退了一步。

"米莉·欧尼！"她惊诧不已地叫道。

温特斯的脉搏在"咚咚"地跳着，心中泛起了一股异样的情感，在那张已经褪了色的微型照片上，他也认出了米莉·欧尼的眼睛。

"是的，她就是米莉，"拉西特温柔地说道，"贝丝，你见过这张面孔吗？——看仔细点儿——用你的心灵仔细看看？"

"这双眼睛好像时常萦绕在我的脑海里，"贝丝喃喃地说，"啊，我记不起来了——我经常梦见这双眼睛——可是——可是——"

拉西特伸出强有力的胳膊搂住她，低下头来望着她。

"孩子，我以为你还记得这双眼睛呢。如果你照照镜子，或者在清澈的泉水中看一看，你就会看到一双漂亮的和这照片上一模一样的眼睛啦。那是你妈妈的眼睛啊。你是米莉·欧尼的女儿。你的名字叫伊丽莎白·欧尼。你不是老圈的女儿。你是弗兰克·欧尼的女儿,他曾经是我最要好的朋友呢。瞧!米莉身边的这个人就是他。他英俊潇洒,风度翩翩,是我所见过的最有侠义心肠的南方绅士。弗兰克出生于一个有着悠久历史的旧家族。你出生于一个有贵族血统的家族啊,姑娘,血统是改变不了的。"

贝丝从他怀中滑出,跪在地上,把那枚小挂件紧紧抱在胸前,抬起她那双楚楚动人、充满渴望的眼睛。

"这——不可能——是——真的啊!"

"谢天谢地,姑娘,这是真的,"拉西特回答道,"简妮和温特斯可以作证——他们都认出米莉了。他们在你身上看到了米莉的影子。他们只是一时还回不过神来,才没有马上告诉你,就是这么回事儿。"

"那你是谁呢?"贝丝喃喃地问道。

"我是米莉的哥哥,依我看,应该是你的舅舅啊!……杰姆舅舅!这个称呼好不好?"

"啊,我简直不敢相信——别拉我起来!伯恩,让我跪着。从你脸上——从威瑟斯汀小姐的脸上,我看出来了,这是千真万确的。不过,还是请你把一切都原原本本地告诉我吧——让我跪着听吧。让我明白,这到底是怎么回事!"

"好吧,伊丽莎白,你听我说,"拉西特说,"在你出生前,你父亲与一个名叫戴尔的摩门教徒结下了不共戴天之仇。他们俩都是牧师,后来却成了冤家对头。戴尔从你家里偷偷拐走了你母亲。十八年前,她在得克萨斯州生下了你。后来,她就被带到了犹他州,辗转了许多地方之后,最终来到了这个边陲小镇——杨树村。在你长到快三岁的时候,你被人从米莉身边拐走了。她根本不知道你到底遭遇了什么灾祸。但是她天天都在祈盼着、祷告着,只盼你还能回到她的身边。后来,她绝望了,去世了。我不妨也在这儿顺便说一下,你父亲十年前也去世啦。好吧,我花了大量的时间在追查米莉的下落,就在几个月前,我在杨树村发现了一些情况。直到最近,我才打听到了你的消息。我与老圈长谈过一次,告诉他你已经死了,想不到,他却对我说出了一个我多年来一直想了解的惊天秘密。从米莉身边偷偷拐走你的那个人,当然还是戴尔。部分原因是,他恼羞成怒了,因为米莉拒绝用摩门教的教义来培养你,不过,最主要的原因还是,他依然对弗兰克·欧尼怀着刻骨的仇恨,于是,他与老圈谈成了一笔交易,由老圈把你领走、养大,把你培养成一个臭名昭著的盗马贼,把你的身份变成一个地地道道的盗马贼的女儿。他用心险恶,目的是想在弗兰克·欧尼一旦真的追到犹他州时,以此来伤他的心——让他知道,他的女儿是和一帮下贱的盗马贼们混在一起的。就这样——老圈带走了你,慢慢把你抚养成人了,也使你成了他的蒙面骑士。他使你恶名昭彰了。他履行了合同中的这部分内容,但是,他也渐渐地真把你当成了他的女儿,给你以父亲般的爱,而且严守着秘密,只有他手下人知道你是个女孩子,外人谁也不知道。我亲耳听他说的这番话,我看着他那双大眼慢慢蒙上了阴影。他对我说,他始终都在保护着你,他只要不在山里,就会把你锁起来;只要带着你骑马出征,他总是守护在你身边或者附近,终于使你在紫艾草原上名声大噪。他说,他和一个他信得过的老盗马贼教会了你读书写字。他们还选购了不少书籍让你看呢。戴尔原想让他们把你培养成一个邪恶得无以复加的人的!可是老圈却把你培养成了一个单纯得无以复加的人。他说,你根本就不知道什么是邪恶。我耳边现在还在回响着他说话时激动得发抖的声音。他对我说,那些男人——那些盗马贼和匪徒们——老是不怀好意地想跟你套近乎——他告诉我说，他把这些人都一个个拉出去枪毙了。我之所以特别要告诉你这些，是因为你显得那么羞愧难当的样子——说自己是个没名没姓的人，诸如此类的话。你的这个想法大错特错啦。真相已经大白了。老圈还对我发誓说，如果戴尔死了，合同解除了，他就要去找你的父亲，要亲手把你还给他呢。老圈好像还不是那么可恶的人，再说，他肯定是爱你的。"

温特斯向前凑过来，内心充满了悔恨之情。

"啊，贝丝，我知道，拉西特说的全都是实话。因为我开枪打中老圈时，他扑倒在地，却以非凡的毅力挣扎着想开口说话。他说：'伙计——你——为什么——不——等一等啊？贝丝——是——'说罢，他就倒地身亡了。他的表情和他这句话，直到如今都搅着我不得安宁。啊，贝丝，老圈的所作所为是多么出人意料而又美妙绝伦啊！一切都显得那么令人难以置信。不过，亲爱的，你确实不是你所想象的那种人。"

"伊丽莎白·欧尼！"简妮·威瑟斯汀叫道，"我很爱你的母亲，在你的身上，我能看到她的身影呢。"

这令人难以置信的传奇故事出自两个男人之口，再加上一个女人那声情并茂、搔首弄姿的渲染，使贝丝终于慢慢接受了这奇迹般的事实。她跪在地上，苗条的身子微微战栗着，不住地起伏摇摆着。她眼中原有的那种充满渴望、忧心忡忡的神情，已经转化为十分庄重、充满喜悦的光彩。她相信这是真的了。她所憧憬的幸福就要梦想成真了。由于思维的转换需要时间，她的表情的变换也同样需要缓冲。她眼睛里所折射出的是她心灵的转变。惝恍、忧悒、无望的心念——蒙在她眼中的一片片悲切的云翳——在慢慢消散，在渐渐清朗，直至冰消瓦解，变成了明媚的春光。她慢慢从地上站起来，直起身子，脸上漾起了一片娇艳如玫瑰的红晕——越来越红润——终于容光焕发了。她的精神已经得到了升华。她的一切自甘卑微、自甘堕落的念头,全都烟消云散了。

温特斯无限深情地注视着她,高兴得说不出话来。他怀着喜悦的心情,凭直觉揣测着,拉西特对真相的披露对贝丝意味着什么,然而他知道,他也只能淡淡地体会出其中的意义。当她重新振作起来,似乎获得了某种精神上的脱胎换骨般的升华时,那一刻才是他一生中最绚丽的时刻。她伫立在那儿,微启的嘴唇不住颤抖着,双手将那枚金质挂件紧紧地攥着,捂在她那高高隆起的胸口上。一种崭新的自我价值得到尊重的自豪感油然而生,使她那原有的不加矫饰、略带野性的仪容和姿态都被赋予了高贵的色彩。

"杰姆舅舅!"她颤声叫道,脸上绽开了别样的笑容,温特斯从没在她脸上见过的那种笑靥。

拉西特将她搂进怀里。

"我啊,听到你这声叫,心里别提有多舒坦了。"拉西特回答道,竟也激动得有些难以自持了。

温特斯心头一热,眼睛湿了,连忙转过身去,没想到竟与简妮·威瑟斯汀的目光碰了个正着。他几乎忘记了她的存在。她那愤激难平的情绪很快就冰释了,取而代之的是慈爱之心和意气相投的同情。温特斯理解她的心情——能体会到她那高尚的心灵所起的反应——他看得出,她为他人的幸福而感到由衷的高兴。他突然泪眼模糊,激动得哽咽起来,便又赶紧别过脸去。他知道她下一步会做什么:她会诚心诚意地弥补她方才的失态;她会义无反顾地捧出她那颗真挚的爱心;也许就在这一瞬间,如同她曾经与米莉·欧尼亲如姊妹一样,她也会十分疼爱伊丽莎白·欧尼。

"我说,伙计们,我们最好来说点儿正经事儿吧,"良久之后,拉西特终于说,"时间不等人啊。"

"你说得对,"温特斯立即响应道,"我忘了时间——场合——危险啦。拉西特,你们就这样一走了之。难道简妮也要扔下威瑟斯汀庄园不管了吗?"

"永远不管了。"简妮回答道。

"我已经放火烧了威瑟斯汀庄园啦。"拉西特说。

"戴尔呢?"温特斯突然厉声问道。

"依我看,戴尔所去的地方再也不会发生绑架女孩子的事情啦。"

"啊!我早就料定会这样的。我对贾金斯说过这件事——那么,塔尔呢?"温特斯继续情绪激昂地问道。

"我发脾气的时候,塔尔恰好不在场。他现在很可能正率领着他手下的那帮骑手在追杀我们呢。"

"拉西特,你们打算钻进迷魂谷里躲起来,等这场风暴结束之后再出来吗?"

"我看这是简妮的主意。我倒是觉得,这场风暴会旷日持久地刮下去,一时半会儿不会停的。我本来想在'奇异谷'里跟你会合的。你愿意陪我一起回去吗?"

"不。我要带贝丝离开犹他州。拉西特,贝丝在这条山谷里找到金子了。我们有一只马鞍袋里装满了金子呢。如果我们能够到达斯特灵村——"

"好小子!你打算怎么走到那儿?斯特灵村离这儿有一百多英里路呢。"

"我的计划是,保持高度警惕,马不停蹄地走下去。沿着这条羊肠小道走一段之后,我们就拐进紫艾草原,绕过杨树村,然后再走这条羊肠小道。"

"这个计划行不通的。不出两天,你就把这两头小毛驴给活活累死啦。"

"那我们就步行。"

"那样非但不好,反且会更加糟糕。还是跟我一起下山,回迷魂谷去吧。"

"拉西特,这姑娘一辈子都躲躲藏藏地窝在那种偏僻荒凉的地方,"温特斯接着说,"再说,老圈的手下还在四处追杀我呢。我们那个地方再也靠不住啦。即使靠得住,我也要利用这次机会带她走出去。我要和她结婚。她也应该享受到人生的一些乐趣呀——看看大城市的风光,看看人家是怎么生活的。我们有金子呢——我们会富裕起来的。哎呀,生活已经为我们两个人打开了幸福之门。还有,老天爷作证!我一定要带她走出去,哪怕丢了性命,我也要试一试!"

"我看,要是你继续带着那两头毛驴走下去的话,你的小命也就真的丢啦。塔尔会在这紫艾草原上布满骑手。你不可能骑着毛驴突围出去的。这个想法很愚蠢。那不是在为这姑娘好。跟我回去吧,我们可以在盗马贼那边碰碰运气。"

拉西特这番平心静气的分析使温特斯动摇了,不是动摇了他要走的决心,而是动摇了他获得成功的希望。

"贝丝,我想让你知道。拉西特说,我们的出行计划现在看来几乎行不通。他的话恐怕是对的。我们要想闯出去,成功的可能性大概只有百分之一。我们要不要抓住它?我们要不要继续走下去?"

"我们要继续走下去。"贝丝回答道。

"那就这么定了,拉西特。"

拉西特摊开他那双大手,似乎表明他已经爱莫能助了,然而他那张脸上却布满了愁云。

温特斯感到有人轻轻拍了拍他的胳膊肘,原来是简妮站在他身边,一只手搭在他的胳膊上。她满面春风地望着他。从她身上焕发出的那种精神气质,犹如一股强大的电流,加速了他血液的奔流。

"伯恩,你会不折不扣地做成这件事的,宁肯自己死,也要带领伊丽莎白走出犹他州——走出这片混乱无序的荒野之地。你必须说到做到。大千世界处处有奇观美景,你一定要领她去看一看。你想想,她的见识有多少啊!你想想,有多少欢乐在等待着她啊!你有金子,你就大大方方地花吧;你会让她幸福的。多么灿烂的前景啊!我赞成你的做法。我会想念你们——梦见你们——为你们祈祷的。"

"谢谢你,简妮。"温特斯努力稳住自己的感情,尽量以平静的口吻回答道。"前途的确是光明的。啊,但愿我们能平安无事地闯出这广袤无垠、满目荒凉的紫艾草原!"

"伯恩,这趟旅程注定会非常美好的。路上会安全的——放心吧。旅途也一定会充满欢乐气氛的。"她柔声细语地说。

温特斯诧异地瞪大了眼睛。历经磨难的简妮,难道精神也错乱了吗?拉西特的样子显得也很奇怪,突然开始不停地旋转着他手中的那顶阔边黑帽,然而那双手确实在发抖。

"你是一名骑士,她也是一名骑士。这个旅程将是你们的生命之旅啊。"简妮又补了一句,语气还是那样轻柔,仿佛她自己也沉浸在无限的遐想之中。

"简妮!"他叫道。

"我把黑星星和夜游神送给你们!"

"黑星星和夜游神!"他下意识地重复了一声。

"就这么定了。拉西特,把我们的马鞍袋卸到那两头毛驴的背上去吧。"

直到拉西特动作迅速地按照她的吩咐忙碌起来,温特斯才恍然大悟地听懂了那句朴实无华的话语的真正意思。他急忙奔过去,一把拉住拉西特正忙着的手。

"不行,不行!你这是在干什么?"他颇有些恼火地诘问道。"我不会要她的赛马的。你把我当成什么人啦?这太不近情理了!拉西特!你给我住手!……你得照顾好她呀。你们也有很长很长的路要走啊。塔尔正在追查你们的下落呢。迷魂谷里还有许多盗马贼。把那个马鞍袋还给我!"

"你小子——冷静点吧!"拉西特回答道,听他那说话的口气,就好比大人在对一个小孩儿说话。不过,他掰开温特斯紧紧抓着他的那双手时,力道却大得犹如一个大力士,握得温特斯无法动弹。"听着——你这傻小子!简妮已经把形势估算好啦。这两头毛驴给我们用正合适。我们可以悄悄地行走,还可以躲起来。我得带走你那两条猎犬和你这杆步枪。哎呀,这不过是一个小小的花招嘛。这两匹黑马归你啦,这样一来,就像我玩枪很有把握一样,你们就有把握平安无事地走出紫艾草原啦。"

"简妮——让他住手——求求你让他放开我。"温特斯气喘吁吁地说,"我浑身力气都使尽啦。我没法动弹——有劲儿也使不出。这简直太让我难受了!你难道没看见吗?是我害苦了你——都是因为我,你才倾家荡产的。你只剩下黑星星和夜游神了。你特别喜欢这两匹马。啊!我知道,你现在有多喜欢它们!可是——你却要把它们送给我。为了帮我走出犹他州!为了要救出我爱的这个姑娘!"

"那才是我的光荣啊。"

此时此刻,在那张白皙的凝神聚气的脸上,在那双深不可测的眼睛里,温特斯看到了简妮·威瑟斯汀在危急关头所表现出的至高无上的境界。在这一刻,她那颗高尚的心灵达到了她一直渴望达到的顶峰。他,在搅乱了她和平、安宁的生活轨迹之后,在她的牧师和教民们由于他的原因都把深仇大恨发泄在她的头上之后,在她喝下了人生所酿造的这杯苦酒之后——他反倒要成为她救赎的对象。他再次别过头去,这一次他激动得连灵魂深处都在剧烈地颤抖。简妮·威瑟斯汀是无私的化身。他的内心交织着惊叹与恐惧,体验到了那不可名状的痛苦与欣喜的滋味。生活对他的种种打击算得了什么,怎能与如此高尚的情操,如此忠诚、慷慨的友谊相比?

在这一瞬间,仿佛受了神明的启示,他茅塞顿开,知道自己正在经受着脱胎换骨的变化——努力了,结果却差强人意;然而却变得更加坚强、更加坚贞不渝、更加脚踏实地了——于是,他转过身去,急步朝简妮·威瑟斯汀走来,心中充满了渴望、喜悦和激情,既如痴如醉,又意气昂扬。他恭恭敬敬地朝她深深一揖,将热泪和热吻洒落在她的双手上。

"简妮,我——此时此刻——我——找不到合适的话语——来表达我的心声,"他说,"纵有千言万语,也诉说不尽我的感激之情。唯有——我懂。我愿意接受这两匹黑马。"

"不要再浪费时间啦,"拉西特打断了他的话,"我不敢断定,不过,我好像看见,紫艾草原那边的山坡下飘来了一团黑影。也许是我看走眼了。不过,不管怎样,我们都必须动身了。我已经为贝丝把黑星星的马镫缩短了一截。贝丝就骑这匹马吧。"

简妮·威瑟斯汀伸出了双臂。

"伊丽莎白·欧尼!"她叫道,贝丝立即像小鸟一样向她飞去。

对温特斯而言，看到贝丝紧紧依偎在简妮·威瑟斯汀胸前的那个画面是多么奇妙而又绚丽，多么令人难以想象啊！

于是，他纵身一跃，跨上了夜游神。

"温特斯，你骑着马照直走，一路冲上那面高坡，"拉西特嘱咐道，"如果没遇到任何骑手，你们就继续前进，走到离村子还有几英里路时，务必要拐进紫艾草原，用迂回的方式找到那条羊肠小道。不过，你们十有八九会遇到塔尔和他手下的那帮骑手。你们只管马不停蹄地往前闯，只要超出他们的射程就行，然后就迅速抄近路拐进紫艾草原。他们会追你们的，不过，追也没用。你的马术不错。贝丝的马术也不错。甩掉他们之后，你们就一路向西，找到那条羊肠小道。要尽量保存马的体力，不过，也别太担心。如果你们无奈之下要飞马驰骋，黑星星和夜游神也应当能在太阳落山之前跑出一百英里路程。如果你愿意，你们可以在天黑之前赶到斯特灵村。不过，最好在明天早晨到达那儿。在穿越格莱兹村附近的那个大峡谷时，你们要贴着右侧前进。在那段小道上，格莱兹村和石桥村你们都可以看到。一定要避开这两个村子。过了斯特灵村之后，你们就不会遭到老圈手下那帮盗马贼的袭击了。你们可以在峡谷北边那些横七竖八的沟壑里找到水源。那儿有一条古老的驿道，平常不大有人走动，但是，这条路是直通斯特灵村的。另外还有一件事。万一塔尔不肯放过你们——或穷追不舍，追了好几英里——你们只管让两匹黑马放开四蹄飞奔，要尽快甩掉他和他手下那帮骑手。"

"拉西特，但愿我们后会有期！"温特斯说着，声音有些沉闷。

"小子，不太可能——不太可能喽。行啦，贝丝，老圈的——蒙面骑士——伊丽莎白·欧尼——快过来吧，你该爬上黑星星啦。你的骑术我早有耳闻啦。好吧，每一个骑手都盼望能拥有一匹好马呀。再说,姑娘,黑星星过去可是一匹天下无敌的骏马啊,只有一匹马能胜过它。"

"哎,拉西特,黑星星就是一匹天下无敌的骏马,没有任何一匹马能胜过它呀。"简妮说,依然固守着她过去的自豪感。

"我时常有些纳闷儿——温特斯大概是在那场比赛结束之后,才把这两匹黑马牵回来的吧。小子,郎格儿算不算最好的马呀?"

"不算,拉西特,"温特斯回答道。他因为撒了这个谎而获得了奖赏——简妮的嫣然一笑。

"罢了,罢了,我对马儿的感觉也不一定总是对的。瞧我在这儿啰里啰嗦说了一大通话,浪费了不少时间啦。不过,在一个钟头之内,既找到了,又要马上失去一个漂亮的外甥女,也确实不那么容易啊!伊丽莎白——再——见!"

"啊,杰姆舅舅!……再——见!"

"伊丽莎白·欧尼,开心起来吧!再见啦。"简妮说。

"再见——噢——再见!"贝丝以轻灵自如的动作纵身一跃,就骑上了黑星星背上的马鞍。

"简妮·威瑟斯汀!……再——见!"温特斯声音沙哑地喊道。

"伯恩——贝丝——紫艾草原的骑士们——再——见啦!"

第二十二章　紫艾草原的骑士

黑星星和夜游神，受到踢马刺的刺激，沿着那条白花花的羊肠小道向西飞奔而去，小道慢慢陡峭起来，小道两旁蔓生着一丛丛紫艾草。温特斯听见小圈悲嚎了一声，小白却一声没吭。两匹黑色的骏马撒开四蹄，大跨度地向前纵跃驰骋着。迎面吹来的风儿惬意地扑打在温特斯燥热的脸上。登上第一道微微隆起的山梁时，他回头看了一眼。拉西特在朝他们挥手，简妮则挥舞着她的围巾。温特斯站在马镫上，高高扬起他的阔边黑帽，向他俩致意。随后，山梁的尖顶挡住了他们的身影。登上第二道山梁时，他再次转过身来。拉西特、简妮、那两头毛驴都不见踪影了。他们已经冲下山来，进入了迷魂谷。温特斯胸中涌起一股强烈的怅然若失的感觉。

"伯恩——瞧！"贝丝指着前方那道坡度漫长的高坡叫道。

有一团规模很小、模糊不清、在不断移动着的黑点，划破了绛紫色的原野与蔚蓝色的天际相交汇的地平线。那黑点正是一帮骑手。

"勒住黑马，贝丝。"

他们由疾驰改为慢跑，又变为碎步。两匹精力旺盛、渴望驰骋的骏马却不喜欢像这样受人摆布。

"伯恩，黑星星的眼力真了不起。"

"不知他们究竟是不是塔尔手下的那帮骑手呢。也许是盗马贼吧。不过，对我们来说，都一样。"

那黑点越来越大，变成了黑压压的一块，在飞扬的尘土中缓缓移动着。虽然动作十分迟缓，却一直在不断增大。过了很长时间，那片黑影总算清晰地映入了眼帘，其间不时还会掩进紫艾草原的深处。两匹黑马慢跑了约半小时，然后又跑动了半小时，那片黑影却似乎始终徘徊在地平线上。不管怎么说，随着时间的推移，黑影终于渐渐壮大起来，慢慢爬下了山坡，想去占据远处的制高点。

"贝丝，你看清他们是什么人了吗？"温特斯问道，"我认为他们不是盗马贼。"

"他们是紫艾草原上的骑手，"贝丝回答道，"我看出来了，其中有一匹白马，还有几匹灰马。盗马贼们很少骑这种马，他们骑的大多是栗色的马和黑马。"

"那匹白马是塔尔的坐骑。勒住黑马，贝丝。我要下马去系紧马的肚带。我们要大干一场啦。你害怕吗？"

"现在还不怕。"姑娘答道，并报以坦然一笑。

"你没必要害怕。贝丝，你的体重对黑星星来说，还不足以让它感觉到你正骑在它身上呢。我没办法守在你身边啦。你会一举甩掉塔尔和他那帮骑手的，就像他们都一动不动地愣在原地一样。"

"你呢？"

"千万别担心。即使我不能和你在一起，我也照样能把塔尔好好戏弄一番。"

"瞧，伯恩！他们已经停在那道山梁上不走了。他们看见我们了。"

"没错。不过，我们离他们还远着呢，他们不可能看清我们是谁。他们首先认出的是这两匹黑马。这些山梁大多数我们都翻越过来了，最茂密的紫艾草丛我们也都走过来了。现在，等我一声号令，你就让黑星星放开速度冲过去。"

温特斯在测算着距离，他们与那群骑手相距大约还有一英里左右。他们在小步快跑，前进的速度很快。不一会儿，温特斯就认出了塔尔的那匹白马，他断定，那群骑手同样也认出了黑星星和夜游神。不过，塔尔一时还无法看清这两匹黑马身上的骑手已经不是拉西特和简妮了。温特斯注意到，塔尔和那队骑手，总共约十至十二人，已经停下了好几次，显然是在朝山坡下张望。塔尔一定是被眼前的景象弄糊涂了。一想到塔尔最后发现自己上了当，变得恼羞成怒的模样，温特斯不禁阴笑起来。温特斯的目的，就是要趁塔尔还没来得及弄清骑着两匹黑马的骑手是谁之际，突然冲进紫艾草原。

距离已经缩短到还有半英里左右。塔尔猛然停了下来。他的骑手们纷纷跟了上来，在他周围形成了一个黑乎乎的群体。温特斯自认为，他已经看见塔尔了，看见他在挥舞着的双臂；果然不出所料，他的骑手们"呼啦"一下散开了，分成两路，左右合围地冲进了那条羊肠小道两侧的紫艾草原。塔尔正按着温特斯脑海中对他的预想，在部署他的行动呢。

"喂，贝丝！"温特斯大吼一声，"向北冲。从那些骑手们身边包抄过去，然后再掉头朝西冲。"

黑星星威武地蹚过低矮的紫艾草丛，几个纵跃之后，就进入了大跨度驰骋状态，向前飞奔起来。温特斯驱动夜游神紧随其后。在紫艾草丛里奔行并非易事。马儿不妨可以撒开四蹄，然而骑在马背上的骑手则必须始终保持敏锐的眼力和准确的判断力，要为马儿选准落脚的地面，而不停地在灌木与灌木之间的空隙里绕来绕去，跨越一个个干涸的水沟和鼹鼠筑起的小土丘，穿过一簇簇紫艾草，无疑会使纵马驰骋变得十分艰难。转入了一条狭长的空地时，温特斯抓住这个机会，抬头观察了一眼塔尔的那些骑手。他们正成一溜直线鱼贯向东北方向斜插过去。而此时，温特斯和贝丝则是在朝着正北方向疾驰，这就意味着，如果塔尔的坐骑和他手下的那些骑手们有足够的速度和控制力，他们就能迎头截住这两匹黑马，把他们逼回到山坡下。塔尔的手下并没有要节省坐骑的体力的迹象，他们在策马狂奔呢。温特斯只担心黑星星和夜游神的脚下会出现意外的闪失，不过，高超的马术应当能弥补这种可能性。他朝前方扫视了一眼，顿时就明白了，贝丝完全有能力在紫艾草原中冲出一条路来，她的本领一点也不亚于他。只见她既不回头，也不理会那帮急奔而来的骑手，而是匍匐在黑星星的脖子上，在全神贯注地察看着前方的地面。

对前方的动态观察了几次之后，温特斯立即看出，跑在前面的贝丝果然如他所预料的那样，与他的距离越拉越大了。他起先想到的只是黑星星轻微的负载和它的速度；然而，他现在却发现，撇开杰里·卡德输给郎格儿的那场比赛不算，这匹黑马此时正被人前所未有地驾驭着。贝丝稳稳地坐在马鞍上，竟显得那么轻松自如、气定神闲、安之若素！她很会骑马呀！温特斯忽然想起她曾说过她会骑马。但是，他做梦也没有想到，她的马术居然有如此精湛。刹那间，一幕幕往事如闪电般在他脑海中浮现出来，使他激动不已地回想起，贝丝曾经是老圈赫赫有名的蒙面骑士呢！

他忘却了塔尔——连同那些飞奔而来的骑手——还有眼下这场比赛。他松开了马缰，任由夜游神大跨度地飞速驰骋着，因为他知道，夜游神会紧追不舍地跟着黑星星的，知道黑星星已然被当今这紫艾高原上堪称最佳骑手的人相中了。因为杰里·卡德已经死了。与它的威名最相匹配的骑手只有一个，而这个骑手正是眼前这个身材苗条的姑娘,她的身姿此时正随着黑星星飞驰的节奏悠然自得、起伏有致地摆动着。温特斯曾经对她的恶名痛恨之极,然而,此时此刻,他为她的本领、胆略、驾驭马的能力而感到由衷地骄傲了。他在记忆深处仔细搜寻着,回想着过去在各个村落和篝火旁曾听说过的一些与此相关、广为流传的事件。老圈的蒙面骑士!对这位神秘莫测的骑士,人们既十分熟悉,又一无所知。他曾以其无可匹敌的骑术逃脱了人们对他无数次的围追堵截。在石桥村的大街上,他不得不冲破治安维持队员们对他布下的交叉火力网,扔下了许多死马和死去的盗马贼。他曾经纵马横越过格伯河谷,那是一条又深又宽的溪谷,是格莱兹村的农田与广袤的紫艾草原的分界线。他曾经被重重包围在斯特灵村以北,却顺利地突破了封锁线。有关他的各种传闻,众说纷纭,沸沸扬扬:光天化日之下对牲畜群的冲击,月黑风高之夜的偷袭,骑手们对他的无数次围捕追杀,而这个快如追风的蒙面骑士最终却都能风驰电掣般地绝尘而去,消失在紫艾草原里!那匹疾驰的黑马——那个苗条的黑色身影——那块黑色的蒙面布——那个向山下狂奔而去的身姿——那个在紫色原野上跳荡着的黑点——那匹朦朦胧胧、在悄无声息地奔腾着的骏马正渐渐消失在茫茫夜色中!

这个赫赫有名的高原蒙面骑士,曾经就是伊丽莎白·欧尼啊!

紫艾草原所特有的清新、芬芳的风儿吹打在温特斯的脸上,在他的耳边唱起了歌谣。他耳听着夜游神急促、单调的马蹄声;他眼看黑星星正在与他拉开距离,越去越远。他注意到,两匹黑马都在改变方向,朝西面奔去。直到这时,身后传来的激烈的枪声,才使他忽然想起塔尔的存在。温特斯回头看了一眼。那帮骑手已经被远远甩在了身后。他们开火了。温特斯没看到子弹击起的尘土,也没听见子弹的呼啸声。他已经冲出了他们的射程。等他再次回头张望时,却发现塔尔的骑手们居然放弃追击了。他们的最佳做法,毫无疑问,应当是尽可能靠得近一些,这样才能看清真正驾驭着这两匹黑马的人是谁。温特斯看见塔尔正垂头丧气地坐在马鞍上。

于是,温特斯勒住夜游神,让它从飞驰的状态中缓和下来。这区区几英里的路,还不够这匹黑马热身呢,不过,温特斯希望能节省马的体力。贝丝转过身来,虽然相距很远,温特斯还是能看见她那只白皙的手在挥动着向他致意。他驱动夜游神小跑起来,继续向前赶去,使贝丝和黑星星依然保持在他的视线范围内。在紫艾草蔓生的山坡上向前奔行时,他仍不时回头看一看已经被远远甩在身后的那群黑压压的骑手。他们很快便被挡在身后的一道山脊下,看不见了,于是,他不再回头张望了。他们会调转马头去寻找拉西特的足迹,继续追下去的,让他们白费力气地追下去吧。温特斯心情轻松地接着赶路了,徐徐吹来的风儿仿佛变得更加甜蜜、更加芬芳了,眼前的紫艾草原变得更加丰富多彩了,天空也变得更加湛蓝了;耳边的歌唱声也越来越悦耳动听了。不久后,贝丝勒住了马缰,在等待他的到来,他知道,她已经到达那条羊肠小道。等他赶上来时,看着她站在那儿,双臂亲热地搂着黑星星的脖子的那副模样,他忍俊不禁地笑了起来。

"啊,伯恩!我爱它!"她叫道,"它太漂亮了,它很通人性呢,它可真能跑啊!我骑过不少快马。可是,黑星星!……郎格儿绝对不可能胜过它!"

"我正纳闷儿,不知我是不是在做梦呢。贝丝,这两匹黑马真是棒极了。简妮不知有多舍不得呢——啊!——好吧,等我们带着黑星星和夜游神走出这片荒原，回到我在伊利诺伊州的老家后，我们要购置一个有草甸、有泉水、有树荫的农场。在那儿，我们要让这两匹马无拘无束地——让它们自由自在地漫步、吃草、喝水——永远不再受人鞭笞——永远不再被人骑！"

"我喜欢那种生活。"贝丝说。

他们歇息了一会儿。重新上马时，他们肩并肩地沿着那条白色的羊肠小道策马向前奔去。冉冉升起的太阳高挂在他们的身后。在他们的左侧，远远望去，好一派绿莹莹的景色，那是杨树村的所在地。温特斯只看了一眼，就没再多看。贝丝只顾凝视着正前方。他们时而纵马驰骋，时而策马小跑，偶尔也会慢步徐行。数小时过去之后，数英里路程被甩在了身后，那面陡峻的岩壁隐隐出现在远处。那条V字形峡谷正朝他们张着大嘴。那是一道崎岖不平、怪石嶙峋的关隘，不过，其间有一条平坦、宽阔的驿道，温特斯和贝丝骑着黑马长驱直入。一段古老的山路贴着右侧，与峻拔突兀的岩壁相平行，温特斯知道，那就是临分手时拉西特提到的那段山路。

格莱兹村，镶嵌在这广袤的紫色荒原中的一个绿白相间的小山村，就坐落在前方几英里远的山坡下，山坡的形状如同杨树村前的那面山坡一样，唯一不同的是，它是面向西方的。再往西去几英里远的地方，有一片淡淡的绿色，那便是石桥村的所在地。除了这些，整个世界表面看来全都是一望无际、波浪起伏的紫艾草原，再没有纵横交错的峡谷深壑来加重其荒凉感了。

"贝丝，我们安全啦——我们自由啦！"温特斯说，"紫艾草原上只有我们两个人。我们距离斯特灵村只剩下一半路程了。"

"啊！不知拉西特和威瑟斯汀小姐的情况怎么样了。"

"别担心，贝丝。凭他的机智，他一定能打败塔尔。他一定能平安脱身,把她安置在一个安全的藏身之地的。他说不定会钻进'奇异谷'里呢,不过,我想,他也不会走得太远的。"

"伯恩,我们的那个山谷真美啊,这世上还能找到像那样美丽的地方么?"

"找不到啦。不过,亲爱的,听我说。有朝一日,我们还会回来的,若干年以后——也许十年以后吧。到那时,我们已经被人家忘记啦。但是,我们的山谷会依然如故,和我们离开时一模一样的。"

"假如'平衡石'倒塌了,封闭了迷魂谷的出口,那可怎么办啊?"

"这一点我也想过。我会带着许许多多的绳子。假如出口处被封死了,我们就爬上悬崖峭壁,在悬崖峭壁上用云梯下去,进入山谷。这是能够做到的。我知道从哪儿可以爬上去,我永远也忘不了。"

"哦,是的。我们会回来的!"

"展望未来总是一件令人愉快的事啊。贝丝,未来好像在朝我们召唤呢。"

"叫我——伊丽莎白吧,"她娇羞地说。

"伊丽莎白·欧尼!这个名字简直漂亮极了。不过,我永远也忘不了贝丝啊。你知道吗——你想过没有,要不了多久——到明天这个时候——你就要成为伊丽莎白·温特斯啦?"

聊了一会儿,他们就顺着这条古老的驿道继续朝山下走去。这时,太阳渐渐日薄西山了,金色的霞光铺满了紫艾草原。时光如箭,黄昏转眼即将来临。他们时常会停下来让马歇息一会儿。空谷中,一汪波光粼粼的池水跃入温特斯的眼帘。到了池塘边,他卸下了马鞍,任由两匹黑马打着滚儿、饮水、吃草。等他和贝丝重新上马，走出空谷时，夕阳已经低垂，宛如一只血色圆球挂在天边，山谷仿佛被罩上了一层绛紫色的火焰和烟霞。在这短暂的时间里，残阳似乎停下来歇息了片刻，然后才慢慢开始下沉；寂静，如同一件裹着无形生命的披风漫天飘落下来，沉甸甸地罩住了紫艾草原这片微光闪烁的世界。

他们注视着夕阳慢慢将其鲜红的弧线埋进了黑沉沉的地平线下。

"我们要继续骑在马背上赶路到很晚呢，"他说，"夜深时，你可以小睡一会儿，我来值夜，喂马。我们要在明天清晨进入斯特灵村。我们要在那儿结婚！……我们要及时赶上那台戏。我们要把黑星星和夜游神拴在后面——然后——去一个不像这儿这么荒凉、这么可怕的地区！"

"啊，伯恩！……你瞧！紫艾草原上的太阳正在下沉呢——这是我们最后一次观赏这片美景啦，除非我们下次还有胆量再来犹他州的边境。要等十年呢！啊，伯恩，再看一看吧，这样，你就永远也不会忘记了！"

那团略显倦庸、正在渐渐淡去的绛紫色的火焰烧遍了波浪起伏的紫艾草原。无数呈线状、条状、立柱状、长矛状的晚霞，为西边的山坡平添了一道道流苏。飘摇的金色帷幔与低垂的紫色云层交相辉映。缤纷的色彩和苍茫的暮霭在缓慢的转化过程中幻化出一派令人惊奇的景色。

突然，温特斯被一阵低沉的滚滚而来的轰鸣声吓了一大跳——那声音十分沉闷，宛如被闷在一只贝壳里隆隆作响的吼声。

"贝丝，你听见什么动静没有？"他悄声问道。

"没有啊。"

"听！……也许只是我的想象而已——啊！"

就在这时,从十分遥远的东面或者北面,陡然传来了一阵沉闷至极、经久不息的隆隆声——深沉、怪异、爆鸣激荡、声如惊雷、震耳欲聋——许久之后,终于渐渐平息了。

第二十三章 "平衡石"的倒塌

泪眼模糊的简妮·威瑟斯汀注视着温特斯和伊丽莎白·欧尼以及那两匹黑色的赛马越过了那道遍布紫艾草的山梁,慢慢消失了。

"他们走啦!"拉西特说。"他们现在已经脱离危险啦。在他们未来的幸福生活里,他们没有哪一天会不怀念简妮·威瑟斯汀的,当然还有——还有杰姆舅舅!……依我看,简妮,我们也该上路啦。"

两头毛驴驯服地转过身来,小心翼翼地踏着碎步朝深谷里走去,但是,拉西特却不得不用皮带拴住那两条"呜呜"直叫的猎犬,把它们牵在手里。简妮胸中突然涌起一阵异样的感觉,那种感觉既不是浑身无力,也不是心灰意冷,却使她怎么也提不起兴趣。她的体力依然强健,然而在感情上却是疲惫不堪了。在进入"迷魂谷"的那一刻,她的痛苦达到了极点——如洪水猛兽般的愤怒——最后一笔财产的奉献——爱到极致的情感——宁静心态的复归。她暗暗寻思,假如有小菲在身边,她对生活也就别无他求了。

她像一台机器一样跟随在拉西特的身后,顺着陡峭的羊肠小道向山下走去,小道上积满厚厚的尘土和风化岩的碎片;当那些碎石片连同她本人一起滑下来,或者堆积在她的膝盖周围时,她也没有大惊小怪。走在黑黢黢的狭窄的峭壁间,置身在深邃的峡谷里,躲开了刺眼的太阳和流光溢彩的紫艾草原,她反倒淡淡地觉得是一种解脱。拉西特将其中一头毛驴的脚镫加长一截,吩咐她骑上它,走在他身旁。就这样,她也得小心提防着,免得让毛驴在乱石丛中踢伤其虽小犹硬的蹄子。于是,她骑着毛驴继续行进在忽明忽暗的峭壁间。这条峡谷十分幽深、宁静、凉爽。她心不在焉地注意到,他们已经走在遮天蔽日、巉岩嶙峋的悬崖下,正蹚过一簇簇杂草、紫艾草、灌木丛和小树林,越过一条条干涸的布满鹅卵石的河谷,绕开一堆堆坍塌下来的风化岩。两头毛驴在不知疲倦地一路小跑着;重新获得了自由的两条猎犬也在不知疲倦地奔走;拉西特毫不停歇地在前面开路,每走到一处空地,他都会回头照看一下。峭壁下的阴凉已经为耀眼的阳光所取代。不一会儿,他们来到了一处幼树茂密的小树林,穿过这片小树林便是绿茵茵的草地和泉水了。在这儿,他让毛驴休息了一会儿,然而他自己却坐立不安、心神不宁、沉默不语,始终在聆听、在窥视着树林里的动静。她麻木地想到,敌人就在身后——大敌当前啊;思维虽然有了点儿头绪,但她仍然没有感到恐慌,或者焦虑,或者着急。

按照他的吩咐,她再次骑上了毛驴,紧跟着他那头毛驴继续向前走去。峡谷越来越窄;两旁拔地而起的峭壁怪石嶙峋,高耸入云;灼热的阳光从头顶上的一线蓝天直泻而下。拉西特放慢了行进的速度,格外小心地察看着脚下的路面,并不停地在和两条猎犬说话。它们又恢复了猎犬的灵性——敏感、机警、多疑,迎着温煦的山风不停地嗅着鼻子。单调乏味的黄色削壁开始有所变化,色泽和光洁度都与前不同,凹凸不平的岩壁变得更加巉峻。岩壁上的罅隙裂缝深不可测,互为直角的峡谷深壑犬牙交错,不一会儿,在众多沟壑的交汇处,迷魂谷豁然开朗。

拉西特跳下毛驴,牵着它,唤上那两条猎犬,像蜗牛一样绕来绕去地走在一堆堆岩石丛中,穿过一丛丛枝繁叶茂的灌木,行进在左侧的峭壁脚下。路过那些大沟小岔的出口处时,他总要站在那儿仔细察看、侧耳聆听好大一会儿,不敢贸然闯过去。走了一段之后,他突然停下脚步,放掉毛驴,朝简妮做了个告警的手势,然后便悄悄钻进了巉岩丛中,两条猎犬也随即悄无声息地跟他走了。由于他不在场,时间对简妮·威瑟斯汀来说,也就无所谓长短了。

再次回到她身边时,他脸色煞白,嘴唇紧咬,灰褐色的眼睛里透着一股冷森森的杀气。吩咐她下来之后,他把两头毛驴牵到了一个周围有巉岩和雪松环绕着的隐蔽处,把它们拴在那儿。

"简妮,我总算撞上那帮我一直在寻找的家伙了,我想追上去,消灭他们。"他说。

"为什么?"她问道。

"我看,现在没有时间跟你细说啦。"

"难道我们就不能避开他们,悄悄溜走吗?"

"完全有可能。不过,那可不是我的玩法。我想知道,万一我回不来了,你会怎么办?"

"我能怎么办?"

"依我看,你可以回到塔尔身边去。要不就躲在迷魂谷里,等那帮盗马贼来把你抓走。你愿意选哪一样?"

"我不知道。我脑子已经不够用了。不过,我想,我宁肯让那些盗马贼把我抓走得了。"

拉西特坐下来,两手捧着脑袋,憋闷了足足有好几分钟,似乎沉浸在痛苦的思索中。等他抬起头来时,他脸上已是形容枯槁,布满皱纹,冷若冰霜,宛如一尊大理石雕像了。

"我要去了。我刚才只是说有可能回不来。我坚信,我会回来的。"

"你有必要去冒这么大的风险吗?你非得要打打杀杀不可吗?

你制造的流血事件难道还不够多吗?"

"我很想把我为什么要去的原因告诉你,"他接着说,他很少像这样冷冰冰地跟她说话。她注意到这一点了,不过,对她来说,反正都一样,仿佛他还在用过去那种温文尔雅的热情态度在和她说话。"不过,依我看,我还是不说为好。我只想告诉你,仁慈也好,善良也罢,诸如此类的品德你身上都有,尽管这是人性中最高尚的东西,在犹他州的这个边境地区,却是无法实践的。在这个偏远地区,生活如同地狱。你认为——或者说,你过去总是认为——你的宗教信仰能够使这儿的生活变为天堂。也许你眼里的标准现在已经降低了。简妮,我并不想让你有任何改变,这就是我为什么想把你藏在迷魂谷里的原因。我还想把更多的女人藏起来呢,因为我已经渐渐了解到,在你的民众中,还有很多像你这样的女人。我只希望你能明白,这个边境地区的生活是多么艰难和残酷、充满血腥啊。你或许会认为,那些教堂和教堂里的牧师们是能够让生活变得美好起来的。可是,他们偏偏把生活弄得更糟糕了。你的那些冠冕堂皇的东西——主教、长老、牧师、摩门教的教义、职责、信仰、荣誉。你的梦想——或者说,你是被逼疯了。我是男人,我知道。你的那些堂而皇之的东西,在我眼里全是些执迷不悟的狂热分子、盲目的追随者、糊涂的女人、专事压迫和虐待他人的狂徒、江洋大盗、农场主、盗马贼、为虎作伥的骑手。我们已经——你最近这几个月已经饱受过种种磨难啦。虽然那也是无可奈何的事情,但是,总不能永远就这样下去啊。请你记住这一点——有朝一日,这个边境地区会变得美好、干净起来的,因为像拉西特这样的人会付出十倍的努力。"

她看见他挺直了高大魁伟的身躯,奇怪而又坚定地看了她一眼,然后便悄无声息地、蹑手蹑脚地钻进了岩石堆和树林里。小圈和小白因为没有得到吩咐,依然守在简妮的身边。她感到极其疲乏,却似乎又不是身体上的疲乏。她在树荫里坐下来,想理一理纷乱的思绪。她望着一条正在爬过来的蜥蜴,盛开的仙人掌花,两条耷拉着脑袋的毛驴,歇息在她身边的两条猎犬,以及在黄色山崖的上方翱翔着的一只雄鹰。从前,哪怕是最不起眼的一朵野花,一片色彩,一只飞来飞去的蜜蜂,任何一个生灵,都能给她带来极大的欢乐。拉西特已经走了,他遏制不住他那不可救药的杀戮欲,他这一去,说不定还会丢掉他自己的性命;她对此深感遗憾,却没有因此而深感悲痛。

突然,就在她前方不远处的那个峡谷的谷口响起了一声清脆、尖锐的步枪的射击声。枪声如霹雳般回荡着。紧接着又传来一声激越高亢、令人回肠荡气的怒喝声。那声音也如霹雳般破空而出,在冷酷无情地回荡着。沉闷的左轮手枪的射击声——嗓门嘶哑的叫喊声——沉重急促的马蹄声——尖厉刺耳的马的嘶鸣声——枪声和人喊马叫的声音混作一团,在山谷中回荡着——过了一会儿,一切又恢复了寂静!拉西特肯定在应接不暇地忙着呢,简妮想,她没有感到毛骨悚然,也没有吓得花容失色。是啊,这个边境地区的确是一个充满血腥的地方。然而,生命总是充满血腥的。男人们总是在制造流血事件。世界历史的各个发展阶段一幕幕闪现在她的脑海中——古希腊和古罗马时期的各种战争,黑暗的中世纪时期的各种战争,以宗教为名义的各种犯罪。在海上、在陆地、在世界的每一个角落——枪击、刀捅、诅咒、冲突、征战不止的男人们!贪婪、权力、压迫、狂热、爱情、仇恨、复仇、正义、自由——为了这些,男人们在互相残杀着。

她躺在雪松树下,透过纤细如花边的松叶,凝望着蔚蓝色的天空,她思绪万千,浮想联翩,对眼前的一切全不放在心上。

又一阵"劈里啪啦"的枪声打破了午间的宁静。她听见了一大块风化岩坍塌的声音,听见了一声嗓音沙哑的告警的吼叫,听见了一声惊恐的尖叫,接着又是一声步枪发出的清脆、尖锐的射击声,随后又是一声惊恐的尖叫,那是一声死亡的尖叫。紧接着,尖厉炸耳的步枪的射击声压过了一连串沉闷的左轮手枪的射击声。子弹呼啸着飞过简妮的藏身之地;有一枚子弹击打在一块岩石上,又反弹起来,"嗖"地一声飞向了空中。此后,过了一会儿,又传来了一阵杂乱无章的枪击声;在一阵长时间的大口径手枪霹雳般的射击声之后,激烈的枪战终于停了。

不知过了多久,简妮听见了一阵马蹄急促地踩踏在岩石上的声音,那声音正越来越近。沉寂了一小会儿之后,传来了拉西特那轻柔的叮当作响的脚步声,她心定了,他正在朝她走来。他浑身是血地出现在她面前。

"没事儿啦,简妮,"他说,"我回来了。你也不用担心啦。"

他蘸着水壶里的水,清洗着脸上和手上的鲜血。

"简妮,快过来。把我的围巾撕成两半,帮我把这几个地方包扎一下。我手上的这个枪眼有点儿不太方便,比我耳边的这个伤口严重多啦。哎哟——你的手真灵巧!一点儿也不紧张——也没有发抖。依我看,我对你的勇气的评价还真有点儿有失公允呢。我很高兴,你刚才表现得很勇敢——你需要这样。行啦,我本来隐蔽得很好,好得让他们无法击中我,可是,他们的火力一直很猛,子弹横飞。我打光了步枪的子弹,然后就去追他们了。也许你都听到了。我就是在这个时候负伤的。不得不打光了枪里的每一颗子弹,他们的子弹也打光了,我看得出。全是盗马贼和摩门教徒啊,简妮!现在,我这老不死的身上正带着五个枪眼呢,枪也没子弹啦。动作快点,赶紧走吧。"

他解开了毛驴身上的鞍囊,把马鞍也卸了下来,放在地上,又松开两头毛驴,接着又唤上那两条猎犬,带头穿过那片岩石丛和雪松林,来到一块空地,那儿正伫立着两匹马。

"简妮,你情况还好吗?"他问道。

"我想是吧。我不累。"简妮回答道。

"我不是那个意思。你能承受得住吗?"

"我想,无论什么,我都能承受得住啦。"

"依我看,你好像有点儿发冷,嗓子沙哑。所以,我想让你及早有个思想准备。"

"准备什么?"

"我刚才没告诉你我为什么要去追杀那帮家伙的原因。我当时不能告诉你。我怕你会把命送掉。不过,我现在可以告诉你了——如果你能受得了打击的话。"

"说吧,我的朋友。"

"我找到小菲啦!她还活着——伤得不轻啊——不过,她会活下来的!"

简妮·威瑟斯汀已经完全封闭的情感,受到拉西特那深沉、颤抖的话音的感染,立即又回到了活生生的触痛之中。

"在这儿呢。"他又补了一句,领着她来到小菲身边,只见小菲正躺在草地上。

简妮既说不出话,也站不稳身子,双膝着地跪了下来。一看到那头长长的漂亮的金发,简妮立即认出,那正是她心爱的小菲。但是,小菲的可爱模样全无踪影了。她的脸蛋已经完全变了形,因为悲痛而显得有些老成。但是,她还没有死——她的心脏还在跳动着——简妮·威瑟斯汀立即振作起来,精神倍增了。

"你明白了吧,我刚才非得把小菲追回来不可啊,"拉西特一边说,一边跪下来擦洗着那张苍白的小脸,"不过,依我看,我再也不想干像刚才那种左右为难的事儿了。那帮匪徒中有一个家伙残废了,简妮。也许是被温特斯打残废的。不管怎么说,这就是他们为什么盘踞在这儿的原因。我把营救小菲当成了头等大事,不过,在那一刻,我也很犯难,实在想不出用什么办法去把她抢回来。再说,我还想夺他们几匹马呢。我不得不冒险试一试。所以,我就悄悄爬到了他们营地的跟前。有一个家伙抱着小菲跳上了马,我一枪击毙了他,当然,小菲也摔了下来。她受了惊吓,又摔了个鼻青脸肿——她是头朝下摔下来的。简妮,她醒啦!伤势不重嘛!"

小菲长长的睫毛跳了几下,眼睛睁开了。起初,那双眼睛有点呆滞,仿佛疼得不会动了。接着,那双眼睛飞快地眨了眨,变得泪水盈盈,随后便闪动着智慧——诧异——回忆——意想不到的惊喜。

"简妮——妈妈!"她低声叫道。

"噢,小菲,小菲啊!"简妮大叫一声,立即抱起孩子紧紧搂在胸前。

"哎,我们得赶紧走啦!"拉西特说,声音严厉而又冷酷。"简妮,你看看迷魂谷下面!"

越过那些岩石堆和紫艾草丛,简妮看到,一队骑手正从迷魂谷那条狭窄的山脊上朝这边鱼贯而来;领头的是一匹白马,即便在一英里开外的地方,她也知道那人是谁。

"塔尔!"她差点儿尖叫起来。

"依我看,是他。不过,简妮,我们依然能稳操胜券。他们的马已经疲惫不堪了。温特斯很可能已经跟他们玩了一场捉迷藏的游戏。他不会忘记捉弄他们的。我们的马精力充沛着呢。"

他匆匆扎紧马鞍袋,迅速检查了一遍马鞍的肚带和马镫,然后纵身跳上了马背。

"把小菲抱上来。"他说。

简妮服从了,两只胳臂却直打哆嗦。

"打起精神来呀,尊贵的女士!已经到了生死攸关的节骨眼儿上啦。小心点儿。快上马!保持你的聪明才智。跟紧我,注意马的去向,走啦!"

简妮也不知怎么就上了马,不知怎么就来了力气,提起马缰,两腿一夹,紧紧跟随着他策马飞奔起来。一阵毛骨悚然、浑身簌簌发抖、恨不得立即告饶认输的恐惧占据了她的灵魂。拉西特一马当先,风驰电掣般从那片开阔地上横冲过去,越过一条条干涸的沟壑,蹚过一丛丛紫艾草,进入了一条十分狭窄的峡谷,急促的马蹄声在两侧的峭壁间激烈回荡着。狂风在她的耳边呼啸,流光溢彩的绝壁在两旁飞快地倒退,羊肠小道、紫艾草丛、青草地在她脚下迅速后移。拉西特朝她转过脸来,那张脸上缠着绷带,血迹斑斑;他在大声呼喊着给她鼓劲;他回头看了看迷魂谷下;随即又策马狂奔起来。简妮紧跟着他,同样也在策马狂奔。两匹骏马由疾风暴雨般的奋蹄急驰转为大跨度的纵跃驰驱了。她从来也没有像现在这样,以这种速度纵马驰骋过;她拼命想稳住身子,努力与马的节奏保持一致,使急速奔驰的骏马能跑得更加顺畅,也使自己能最大限度地看清路面,操纵胯下坐骑的奔行。然而事与愿违,她只能保住自己坐在马鞍上不被摔下来,并不停地策马飞驰。她不时闭起眼睛,不忍心看到小菲的金色鬈发在随风飘舞。她无法祈祷;她无法抱怨;她不再关心自己的命运。人世间的一切生机、一切美德、一切善举,对上苍的一切希望,全都寄托在拉西特带着小菲奔向安全的飞速驰骋上。她真想拨转胯下这匹套着铁蹄的畜生,她真想向那个不仁不义、黑眉紧锁的塔尔投降。然而,她知道,拉西特势必也会陪着她一起调转马头,于是,她义无反顾地继续向前奔去。

这场驰骋究竟持续了多少时辰,简妮·威瑟斯汀无从知道。拉西特的坐骑喷吐着白沫,涎液如同一条条白色的飞流倒刮过来,飘飘洒洒地溅了她一身。两匹马都已跑到了极限,他们只好及时放慢速度,节省马的体力,但还是让它们喘着粗气、汗水淋淋、脚步蹒跚地在继续赶路。

"噢,拉西特,我们必须赶快跑——我们必须赶快跑啊!"

他回头看了一眼,什么也没说。他头上的绷带已经被狂风吹落,脸上鲜血直流。在多处负伤,却仍要肩负重任,纵马驰骋的重压下,他无奈地低下了头。即便这样,他依然显得那么沉着冷静、那么轻松愉快——那么英勇不屈!

两匹马儿在慢走、小跑、疾驰、飞奔,然后又改为慢走。时光在飞逝,要么在延宕。时间是瞬间——是永恒。简妮·威瑟斯汀能感觉得到,那该死的恶魔正在穷追不舍地朝她赶来,她不敢回头张望,唯恐自己会摔下马来。

"啊,拉西特!他追上来了吗?"

这位神色严峻的骑士扭过头去看了看,却一句话也没说。小菲的金发在微风中散乱地飘扬着。阳光普照,两旁的绝壁熠熠生辉,紫艾草原流光溢彩。片刻之后,太阳仿佛隐身而去了,两旁的峭壁顿时黯淡下来,紫艾草原变得一片灰暗。两匹马儿在慢走——在小跑——在疾驰——在飞奔——然后又改为慢走。峭壁悬崖下,光线一片朦胧。峡谷拐了个弯,光线又渐渐明亮起来,通向了一条漫长、宽阔、为悬崖绝壁所环抱的山谷。渐渐西垂的太阳再次把紫艾草原映照得一片火红。远远望去,前方怪石林立,似乎挡住了进入迷魂谷的通道。

"打起精神,简妮,打起精神来啊!"拉西特喊道。"如果你不这样萎靡不振,我们就胜券在握啦。"

"拉西特!你一个人——走吧!救救小菲啊!"

"只有你能救她!"

"啊!——我是个胆小鬼——是个可怜的胆小鬼啊!我不会打仗,不会思考,没有信心,也不能祈祷啊!我完了!噢,拉西特,你回头看看!他上来了吗?我不行了——在拖累——"

"别白费口舌啦,你这婆娘,冲过去,这不是在为了你自己或为了我,而是为了小菲啊!"

穿越这片紫艾草地的最后一次冲刺,使拉西特的坐骑慢了下来。

"它完了。"骑士说。

"啊,不——不!"简妮呻吟道。

"回头看看吧,简妮,你回头看一看。我们在这条山谷里已经奔走了三四英里啦,塔尔到现在还不见人影呢。只剩下最后几英里的路啦!"

简妮回过头去,目光扫过漫长的紫艾草地,接着便看到了嵌在峭壁里的那个狭窄的壑口,突然,就从那个壑口中,一溜黑压压的人马冲了出来,冲在最前面的正是一匹白马。那些骑手的突然出现,仿佛给简妮注入了一剂兴奋剂。那种冷若冰霜、让人毛骨悚然的恐惧的重压顿时松弛下来。随后,她目光坚定地凝望着那两条猎犬,凝望着拉西特胯下那一瘸一拐的马,凝望着他那血迹斑斑的脸膛,凝望着越逼越近的巉岩怪石,目光最后落在了小菲的金发上。顷刻间,她血管中的那块寒冰荡然无存了,于是,慢慢地、不可思议地,她浑身又再度充满了力量,她相信,凭着这股力量,她会亲眼看到小菲抵达那个安全的去处,因为拉西特是一诺千金的人。然而,就在她凝神注目地观望时,拉西特的坐骑踉跄了一下,轰然倒毙了。

他腿一偏,从马鞍上滑落下来。

"简妮,把孩子接过去。"他一边说,一边举起小菲。简妮接过孩子的手臂顿时坚强起来。"他们赶上来啦,"拉西特接着说,他一直在密切监视着那些尾随而来的骑手,"不过,我们能打垮他们。"

他拉住简妮的马嚼子,正准备出发时,忽然瞥见了已经倒毙的那匹马身上的鞍囊。

"我刚好还有点儿时间,"他咕哝了一声,手指准确无误地迅速解开鞍囊,搭在肩上,然后才拉着简妮的马奔跑起来,他时而奔跑,时而小跑,时而步行,片刻后再接着奔跑。简妮已经看见了前方不远处陡然隆起的一面光秃秃的磐石。拉西特到达了此处,在其底部搜索了一番,找到了一处低洼的地方,随后便拖着已经疲惫不堪的马向上爬去,登上了这面浑圆、平滑的磐石。简妮扭头望去,看见塔尔的马距离此处已经不足一英里了,看见那帮骑手正排成一条长龙紧随在他身后。她又向前看去,只见山谷的左侧较为宽阔,右侧却是一面高耸入云的绝壁。拉西特拖着马儿,还在奋力前进。

小菲躺在她怀里,眼睛睁得大大的——因为疼痛,眼中依然噙着泪花,却不再因为恐惧而目光呆滞了。她那头金色的鬈发不时掠过简妮的嘴唇,一双小手无力地抓着她的胳膊,甜美的嘴唇边挂着一丝淡淡的微笑,那是在受到惊吓后流露出的对她信任的微笑。简妮·威瑟斯汀犹如一头母狮一样醒来,精神大增。

拉西特牵着马儿攀上了一面光滑、平整的岩石坡,朝那片七歪八扭的白花花的雪松林走去。在雪松林里,他停下了脚步。

"简妮,把那丫头交给我,你也下马吧!"他说。他带着一种很不寻常、宛如诀别的神情,依依不舍地解下了那两支黑色的空枪,仿佛在忍受着与老友离别的痛苦。随后,他接过小菲,把她抱在怀里,伫足回头观望了片刻。塔尔的白马登上了那面圆石的边缘,有几匹栗色的马和黑马也紧随其后跟了上来。"不知他看到这两支空枪会有什么想法。简妮,带好你的鞍囊,跟着我爬上去。"

眼前是一面亮得耀眼、人间罕见、寸草不生的石板坡,坡上布满了小孔,坡度越升越高,越来越陡峭,最终陡然化成了一座如同皱着眉头的黄色悬崖。简妮密切注意着脚下,跟在拉西特身后向上攀去。他攀行的动作缓慢下来了。也许他只是在节省体力吧。但是,一看见洒落在石板上的斑斑血迹,她什么都明白了。他们在一刻不停地向上攀爬,连头也没有回一下。她感到胸口憋得很难受,仿佛有无数灼热的钢针从腰部捅进了肺里。她听见拉西特也在喘着粗气,两条猎犬更是气喘吁吁。

"在这儿——歇歇脚吧。"他说。

矗立在她眼前的是一面险峻的岩石坡,坡上开凿出了许多凹陷的小石阶,再往上去,便是那黄色悬崖的一角,那面如作沉思状的巍峨的悬崖,仿佛在俯瞰着众生。

两条猎犬奋力向上攀去,不一会儿便消失在那块凸起的石嘴子的后面。拉西特抱着小菲,沿着石阶在一步步奋力向上攀登,他的身躯却如同醉汉一样在不住地摇晃,很快,他也转过那个石嘴子不见了。然而,须臾间,他又只身返回来,他一半是在奔跑,一半是在顺坡滑下,飞快地朝她奔来。

就在这时,山下断断续续传来了那帮气急败坏的男人嗓门嘶哑的吼叫声。塔尔和那几个骑手已经追赶到拉西特与他的枪分手的那个地点了。

"你们就差那口气——也许!"拉西特说,他脸朝着山下,两眼炯炯有神。

"加油啊,简妮,最后一截啦!"他接着说,"踩着那些小石阶往上爬。我会跟着你、稳住你的。什么也别想。只管往上爬。小菲就在上面。她在睁着眼睛看呢。她刚才还对我说,'我的简妮妈妈呢?'"

没有一丝畏惧,没有一丝战栗,没有一步下滑,也不需要拉西特的帮扶她的那只手,简妮·威瑟斯汀沿着那些人工开凿的小石阶稳稳当当地向上攀登着。

他推着她翻过了悬崖上的那个岬角。小菲睁着一双大眼躺在那阴森森的峭壁的暗影里。两条猎犬也守候在那儿。拉西特抱起孩子,转身走进了一条幽暗的V字形深壑。这条深壑弯弯曲曲,接着又渐渐变宽,终于豁然开朗了。简妮惊讶地发现,眼前竟是一面光洁、陡峻、十分奇特的斜坡,斜坡一路向上,两侧是裂隙纵横、巉岩嶙峋、摇摇欲坠的绝壁。落日的红霞把这条通道映照得一片血红。拉西特迈着缓慢而又坚实的步伐向上爬去,他的鲜血一滴滴洒落下来,白花花的石板坡上血迹斑斑。简妮想尽量不踩到他的鲜血,却无法做到,因为她没有别的落脚之处。身上的鞍囊越来越重,已然成了她的拖累;她大口喘息着,感到心脏都快要蹦出来了。骑士的步履越来越慢,然而他仍在向上攀爬,也在呼哧呼哧地喘着粗气。斜坡越来越宽了。两侧的石柱、石笋和大片大片的岩石突兀地耸立着、斜倚着,令人怵目惊心。落日鲜红的余晖穿过峭壁上断裂开来的一条条缝隙透射出来。简妮虽然没有向坡顶仰望,但是她已经感受到了头顶上方的断崖残壁投下的阴影。她感到这是一个险象环生、令人胆寒的去处。她肝肠寸断地继续向上攀爬着。到达斜坡的顶端时,在一块狭窄、平缓的凹地里,她倒在了拉西特和小菲的身边。

他挣扎着站起来——跟跟跄跄地朝一尊巨大、斜立着的岩石走去。巨砾雄伟壮观,却兀自伫立在一个很小的基座上。他把手撑在那尊巨石上——那是一只受过枪伤的手——简妮看到,那个伤口还在流血。就在这时,他倒下了。

"简妮——我——不忍心——这么——做啊!"他喃喃地说。

"做什么?"

"推倒这块——巨石!……我这一生——最爱玩的——就是滚石头——可是,此时此刻——我不能——不能滚这块石头啊!"

"滚了又怎么样?你的话很奇怪。为什么要推倒那块石头?"

"我本来的打算是——带你来这儿——然后推倒这块巨石。瞧!它会撞倒那些石柱、石峰——造成那些悬崖峭壁的整体坍塌——封闭这个出口!"

简妮·威瑟斯汀凝望着下方那个漫长的斜坡,斜坡的两侧是四分五裂的危崖峭壁,只要稍受震动,那些断壁残崖就会轰然坍塌;就在这时,她看见塔尔突然出现在斜坡的脚下,正在往上攀爬。他身后跟着一个骑手——又来了一个——又来了一个。

"瞧!塔尔!那些骑手!"

"是啊——他们会抓住我们的——唉。"

"为什么唉声叹气?难道你已经没有力气去滚那块石头了吗?"

"简妮——不是没有力气——是没有胆量啊!"

"你!……拉西特!"

"我早就想推倒它了——我的目的就是要——可是,我——不能啊!温特斯的山谷就在我们身后这个地方。我们可以——生活在那儿。可是，如果我推倒了这块石头——我们就被永远封闭在这儿了。我不敢啊！我得为你着想啊！"

"拉西特！推倒那块石头吧！"她叫道。

他站立起来，身子摇摇欲坠，面容却十分坚毅，他再次把那只鲜血淋漓的手撑在"平衡石"上。简妮·威瑟斯汀把目光从他身上移向了那条通道。塔尔正在向上攀爬。在她的想象中，她几乎已经看见了他那张阴鸷、残忍的面孔。他身后又跟来了几个骑手。对小菲——对拉西特——对她自己来说——他们算什么东西？

"推翻那块石头！……拉西特，我爱你！"

尽管他脸色苍白，鲜血直流，眉头紧锁，面颊冷若钢铁，心灵却发生了巨大变化。他把双手都放在了巨石上，又把肩膀抵了上去，挺直了他魁伟强健的身躯。

推翻那块石头啰！

巨石在微微晃动、在呻吟、在嘎嘎作响、在摇晃、在慢慢扭摆，似乎在咬牙切齿地诉说着冤屈，终于开始倾斜了。为了这辉煌的一滚，它已经等待了无数年，因而现在的启动也需要时间。突然，仿佛灵性大发一样，它带着伤痛向山下猛扑过去，在陡峭的斜坡上翻滚着，继而又腾空而起，在空中积聚起雷霆万钧之势，砸向了高傲地矗立在它下方的石柱。石柱轰然碎裂成无数原子。气浪翻滚——好一阵摧枯拉朽的冲击波！尘土飞扬，遮蔽了照耀在摇摇欲坠的悬崖峭壁上的如血的夕阳；尘土淹没了塔尔，他举着双臂倒下了，双膝跪在地上。巨大的石柱、石片，连同峭壁上整块整块的岩体，威武雄壮、轰轰烈烈地坍塌下来。

峡谷深处传来了经久不息、隆隆不绝的轰鸣声。迷魂谷的出口被永远封闭了。